HANS JÜRGEN SITTIG

Zwischen Eifel und Hölle

EIFEL KRIMI

emons:

Bibliografische Information der Deutschen Nationalbibliothek
Die Deutsche Nationalbibliothek verzeichnet diese Publikation in der Deutschen Nationalbibliografie; detaillierte bibliografische Daten sind im Internet über http://dnb.d-nb.de abrufbar.

MIX
Papier aus verantwortungsvollen Quellen
FSC® C083411

Umschlagmotiv: Hans Jürgen Sittig
Umschlaggestaltung: Tobias Doetsch
Gestaltung Innenteil: César Satz & Grafik GmbH, Köln
Lektorat: Marit Obsen
Druck und Bindung: CPI – Clausen & Bosse, Leck
Printed in Germany 2017
ISBN 978-3-7408-0080-2
Eifel Krimi
Originalausgabe

Meiner lieben Mutter

Die Lerchen lockten mich aufs Feld
an warmen Frühlingstagen.
Dort fand ich Glück ganz ohne Geld
und Frohsinn ohne Fragen.

Hans Jürgen Sittig,
aus dem Gedicht »Mein Eifelland«,
zu finden in: »Honigmuscheln: 90 Gedichte und Geschichten«

EINS

Der um siebzehn Uhr fünfundfünfzig in Paris-Nord gestartete Thalys fuhr mit neunzehn Minuten Verspätung um einundzwanzig Uhr siebenundzwanzig in den Kölner Hauptbahnhof ein. Wärmland trat nervös von einem Bein auf das andere. Als die Türen sich öffneten, hielt er Ausschau nach seiner Freundin und fragte sich, wie sie wohl reagieren würde, wenn sie ihn sah.

Nicole erwartete seinen Besuch erst morgen. Doch die Anzeichen und Hinweise der vergangenen Wochen hatten Wärmland in letzter Zeit immer deutlicher erkennen lassen, dass es um ihre Beziehung nicht mehr gut stand, und er wollte Antworten.

Vor etwa zwei Monaten hatte es begonnen. Sie hatte das gemeinsame Wochenende abgesagt, mit dem Hinweis auf eine zu große Arbeitsbelastung. An sich nichts Ungewöhnliches, sie war auch früher schon einige Male in Paris geblieben, wenn die Arbeit es erforderte. Manchmal war stattdessen er zu ihr gefahren und hatte sie in der französischen Metropole besucht, aber in der Regel kam sie nach Deutschland, um mit ihm in ihrer Kölner Wohnung oder bei Wärmland in der Eifel das Wochenende zu verleben. Trotz ihrer Fernbeziehung sahen sie sich häufig, und Wärmland hatte geglaubt, dass ihr gemeinsames Leben auf diese Weise gut weiterfunktionieren würde. Alles schien perfekt. Bis zu jenem aus Wärmlands Sicht denkwürdigen Donnerstagabend, an dem er in Nicoles Stimme den Hauch einer Veränderung wahrgenommen hatte. An diesem Abend hatte sie irgendwie anders geklungen. Als sie ihr Bedauern darüber zum Ausdruck brachte, in Paris bleiben zu müssen, hatte er einen fremden Unterton wahrgenommen. Eine bis dahin noch nie aufgetretene Schwingung, eine mikroskopisch kleine, irritierende Frequenzänderung. Das hatte bei ihm intuitiv eine ganz bestimmte Art von Unwohlsein ausgelöst, jene, die von unterschwelligem Misstrauen befördert wird. Etwas war anders als zuvor. Den daraus erwachsenden Gedanken, Nicole könnte eine Affäre mit einem anderen Mann haben, hatte er als absurd und völlig abwegig beiseiteschieben wollen. Gelungen war es ihm jedoch nicht.

Seither wurde er das Gefühl nicht los, dass ihre bis dahin so glückliche Beziehung in jenem Moment einen ersten Haarriss erhalten hatte. Einen, der sich stetig vergrößerte, denn Nicoles Verhalten war auch weiterhin verändert. In den nachfolgenden Wochen war es zu weiteren Absagen gekommen, sie hatten einander überhaupt nicht mehr gesehen, und immer war es die Arbeit, die sie als Grund für ihren Verbleib in Paris nannte. Auf Wärmlands Fragen reagierte sie zunehmend gereizt und ließ sich von ihm auch keine weiteren Begründungen entlocken.

So war Wärmland ungewollt zu einigen freien Wochenenden gekommen, was ihn aber alles andere als beglückte. Nicole fehlte ihm, und nach längerer Zeit spürte er nun wieder diesen stillen Schmerz von Einsamkeit, den er leider viel zu gut kannte. Ein paarmal war sein sechzehnjähriger Sohn Stefan zu einem zusätzlichen Besuch nach Mayen gekommen. Doch obwohl sie immer eine schöne Zeit gehabt hatten und er sich über die Extrastunden freute, die sie miteinander verbrachten, schlug sich in Wärmlands emotionaler Gesamtbilanz ein deutliches Minus nieder, denn er glaubte zu fühlen, dass hinter dem sich inzwischen etwas unscharf abzeichnenden Horizont seiner Beziehung etwas aufzog, was ihm großen Kummer und finstere Täler der Einsamkeit bescheren würde.

Mit banger Erwartung hatte Wärmland auf Nicoles weiteres Vorgehen gewartet. Vor zwei Tagen hatte sie dann endlich für dieses Wochenende ihr Kommen zugesagt. Dass sie ihn beinahe im selben Atemzug um einen ruhigen Freitagabend für sich allein in ihrer Kölner Wohnung gebeten hatte, war dabei Wasser auf die Mühlen seiner Befürchtungen gewesen. Es hatte Wärmlands Unruhe um ein Vielfaches gesteigert und dazu geführt, dass er nur einen einzigen Ausweg für sich gesehen hatte: Klarheit zu schaffen, sobald es möglich war. Er musste endlich wissen, woran er war. Die Situation hatte sich für ihn in einem solchen Maße verschlechtert, dass in seinen Gedanken kaum noch Platz für andere Dinge war.

Während blechern die Ansage hinsichtlich der Möglichkeiten zur Weiterfahrt über den Bahnsteig hallte, quollen Menschen aus dem Zug hervor, Geschäfts- wie Privatreisende, und mühten sich ab, mit ihrem Gepäck durch die Phalanx der vielen Wartenden und Einsteigewilligen hindurchzukommen.

Wärmland hatte kein Glück, denn Nicole stieg nicht unmittelbar vor seiner Warteposition am vorderen Zugdrittel aus. Und auf dem Bahnsteig konnte er sie im quirligen Gewusel sich schnell bewegender Menschen nirgends ausmachen. Langsam ging er in Richtung des mittleren Zugabschnitts. Dann sah er sie – gerade in dem Moment, als sie durch den hilfreich ausgestreckten Arm eines gut gekleideten Herrn mit grau meliertem längeren Haar sicheren Schrittes den ersten Fuß auf den Bahnsteig setzte. Nach vollständig vollzogenem Ausstieg drückte sie ihm dankbar einen Kuss auf die Wange. Wärmlands Herz schnürte sich zusammen, und seine kleine heile Welt, die er schon so in Bedrängnis gesehen hatte, zerbrach endgültig. Das Schlimmste, was seiner Meinung nach hätte passieren können, war eingetreten.

Nicole Benoît hakte sich bei ihrem Begleiter unter, und beide gingen in Richtung des nächsten Treppenabgangs. Wärmland haderte noch mit sich, was er tun sollte. Den Kerl sofort niederschießen, die Spuren verwischen und Nicole einer Gehirnwäsche unterziehen? Nichts davon ließe sich in den nächsten Sekunden erfolgreich realisieren. Er musste es wohl zunächst einfach hinnehmen und abwarten, was der morgige Tag bringen würde.

Sogleich beschlich ihn die Furcht, dass sie ihm vielleicht noch absagen würde und er ohne eine persönliche Begegnung auskommen musste. Sich wieder nur mit einer ihrer unbefriedigenden Ausreden abspeisen zu lassen wäre jedoch völlig inakzeptabel – *das* wollte er in keinem Fall hinnehmen. Aber was konnte er stattdessen tun? Nicht mehr auf irgendetwas warten, beantwortete er sich die Frage selbst, sondern schnellstmöglich die Wahrheit ergründen. Das war der in diesem Moment einzige noch gangbare Weg, ungeachtet dessen, was das Ergebnis sein würde.

Wärmland setzte sich in Bewegung und folgte Nicole und ihrem Begleiter mit etwas Abstand in Richtung Ausgang. Die beiden verließen den Bahnhof auf der Domseite und wandten sich in Richtung der Taxis, die auf der rechten Seite des Vorplatzes auf Kundschaft warteten.

Sie wird wohl mit ihm nach Hause fahren, vermutete Wärmland. Ob er mit seiner Vermutung richtiglag, würde sich zeigen, wenn er es schaffte, an ihnen dranzubleiben.

Die beiden Verfolgten bestiegen, wie von Wärmland erwartet, ein Taxi. Er beeilte sich, selbst auch eines zu besetzen, um ihnen folgen zu können, denn schließlich konnte er, ohne es mit eigenen Augen gesehen zu haben, nicht völlig sicher sein, dass sie mit dem adretten, hilfsbereiten Herrn zu ihrer Wohnung fuhr. Es konnte auch andere Varianten und Möglichkeiten geben. Das Fluchttaxi war losgefahren und bog bereits um die Ecke, als Wärmland dem Fahrer im nächsten Fahrzeug seinen Dienstausweis zeigte.

»Können Sie an dem Kollegen vor Ihnen dranbleiben?«, fragte er den über diese Bitte in keiner Weise erstaunten Fahrer. Der Mann grunzte nur etwas Unverständliches, während er sein Fahrzeug in Bewegung setzte. Es klang ein bisschen wie: »Wurde ja auch mal Zeit, dass sich hier etwas Abwechslung einstellt.«

Wärmland fühlte sich wie ein unfreiwilliger Kamikazepilot, der mit einem Motorschaden in der Luft unterwegs war. Egal, wie es weiterging, es konnte nur schiefgehen – davon war er überzeugt. Schließlich kam nach ein paar Minuten sogar der Moment, da er seine Verfolgung in Frage stellte und mit seinem Plan haderte. Ihm wurde jedoch wieder bewusst, wie wichtig es für ihn war, bezüglich seiner Beziehung mit Nicole Gewissheit zu erlangen. Er war noch so verliebt in sie wie zu Beginn ihres wunderbaren Kennenlernens. Nein, halt, das stimmte nicht, sein Verliebtsein hatte in den vergangenen Monaten sogar zugenommen.

Wärmlands Taxifahrer blieb tatsächlich hartnäckig am Fahrzeug des Kollegen dran, der eindeutig den Weg zu Nicoles Wohnung eingeschlagen hatte. Wärmland fragte sich für einen kurzen Augenblick, ob es nicht vielleicht doch eine völlig harmlose Erklärung für das vertraute Miteinander der beiden gab? Nach dem Motto: »Darf ich dir meinen Cousin vierten Grades vorstellen, lieber Jan? Er ist ganz zufällig in meinem Zug gewesen, weil er einen Geschäftstermin in Köln hat. Er ist in der Modebranche tätig, deshalb ist er so unglaublich gut angezogen, und er hat früher als Model gearbeitet, deshalb sieht er trotz seiner vierundfünfzig Jahre immer noch so unverschämt gut aus. Albert wird heute Nacht übrigens bei mir in der Wohnung übernachten, weil sein Hotel, das er seit Jahren in Köln bucht, versehentlich eine Doppelbuchung vorgenommen hat. Ein völlig harmloser Freundschaftsdienst unter Verwandten, nichts, worüber du dir den Kopf zerbrechen müsstest, *chéri*. Auch nicht darüber, dass er bei mir im Bett schläft. Um einschlafen zu können, braucht er jemanden in seiner unmittelbaren Nähe, du verstehst schon, weil er als Baby vertauscht wurde und irgendwie einen lieben Menschen um sich braucht, vor allem im Dunkeln.«

Wärmland wurde durch lautes Hupen und einen Schwall von Flüchen aus seiner schmerzhaften Vision gerissen. Sein Fahrer ließ eine üppige kraftsprachliche Ausdrucksfähigkeit erkennen, ausgelöst durch das Fehlverhalten eines anderen Autofahrers. Wärmland vermutete, dass es sich bei dem Ausbruch von Worten im Ausmaß des Auswurfs eines Mount St. Helens entweder um eine ihm bisher unbekannte Form des Kölschen handelte oder um normales, aber temperamentvoll vorgetragenes Farsi, das man im Iran und in Afghanistan sprach.

Sein Fahrer beruhigte sich allmählich wieder, und Wärmland bemerkte, dass sie in der Nähe von Nicoles Wohnung angekommen waren. Er bedeutete dem Fahrer, an der Litfaßsäule zu halten, die kurz darauf am rechten Straßenrand in Sicht kam. Kaum einhundert Meter vor ihnen war auch der Wagen mit Nicole und ihrem Begleiter darin zum Stehen gekommen. Hastig bezahlte Wärmland seine Fahrt und verließ das Fahrzeug.

Nicole und der adrette Herr hatten inzwischen die Straße überquert und waren durch einen kleinen Vorgarten zur Haustür des weiß gestrichenen Gründerzeithauses gelangt.

Wärmland überlegte fieberhaft, wie er weiter vorgehen sollte. Mit einem Zuruf könnte er die beiden noch vor dem Betreten des Hauses stoppen und ein Gespräch erzwingen. Aber wäre das die beste Option? Er zögerte einen Moment zu lang, schon waren sie im Hauseingang verschwunden. Die innere Strategiedebatte über die Frage nach einer Klärung schon vor dem Haus hatte sich damit erledigt.

Langsam ging Wärmland auf das Gebäude zu, in dem er sich bisher immer so überaus wohlgefühlt hatte. Jetzt hatte es all seinen

Zauber verloren. Dieses Haus war nun nicht mehr nur die Stätte ihrer ersten aufwallenden Gefühle und ihres gegenseitigen Entdeckens. Es war auch der Ort, an dem der seit Wochen auf ihm lastende Schatten schon bald zu einer finsteren Wahrheit werden würde. Das sonst so leuchtende Weiß des Hausanstrichs hatte in seinen Augen auf einmal einen sehr düsteren Grauanteil.

Vor der Haustür blieb Wärmland stehen. Er hatte einen Entschluss gefasst. Er würde sie jetzt anrufen und sehen, was sich aus diesem Kontakt ergab. Mit stark überhöhtem Puls wählte er ihre Nummer, obwohl er sich angesichts ihres Besuchers kaum eine Chance ausrechnete, dass sie überhaupt an ihr Handy ging. Sie tat es aber doch. »Allo, Jan«, sagte sie knapp. Auf mehr Text wartete er vergeblich.

»Hallo, Nicole. Ich wollte nur wissen, wie es dir heute Abend geht«, sagte er mit rauer, vor Aufregung belegter Stimme.

»Eutö war es sehr stressig bei mir. Isch attö sso viel ssu tun ier in Paris, isch konntö nicht einfach wegfahrön. Isch nemö dann morgän früü die Ssug«, antwortete sie ohne Zögern, und Wärmlands Herz erhielt einen Stich. »Wenn isch aangekommön bin, fahrö isch schnell ssu mir, und dann könntön wir uuns am Dom träffön für einö klainö Schpassiergang an die frischö Luft. Waas ällst du davon?«

»Okay«, antwortete Wärmland mühsam mit völlig ausgetrocknetem Mund. Sie kennt mich, dachte er niedergeschlagen. Sie denkt, dass ich heute noch zu ihr kommen will, und lügt, damit ich sie gar nicht erst frage.

»Okay. *Bonne nuit*, Jan.«

»*Bonne nuit*, Nicole.«

Eine Träne lief aus Wärmlands linkem Auge. Sein Alptraum war gerade wahr geworden. Sie hatte ihn angelogen, und sie schien ihre kleine Vorstellung ohne Reue gegeben zu haben. Damit war eigentlich alles klar.

Wärmland wehrte sich noch ein paar Minuten gegen das Akzeptieren des Offensichtlichen. Dann traf er eine Entscheidung. Er wollte nicht bis morgen warten, er wollte Gewissheit, die ganze Packung dieser furchtbar bitteren Pille, die man den Verlust einer Liebe nannte. Er wollte ein Ende mit Schrecken statt

Schrecken ohne Ende, und zwar so schnell wie möglich, keine weitere unsichere, leidvolle Nacht mit Spekulationen darüber, ob es in ihrer Beziehung nicht doch noch etwas zu reparieren und zu retten gab.

Er drückte auf den Klingelknopf. Nichts geschah. Er drückte noch einmal. Dann ertönte das Summen des Türöffners.

Nachdem er das Haus betreten hatte, waren es nur noch drei Meter bis zum Treppenabsatz. Wie früher schon schaute er nach oben, ehe er die Stufen erklomm. Nicole hatte bei seinen vorherigen Besuchen stets am Geländer im ersten Stock gestanden, gewinkt und ihm ein Lächeln zugeworfen. Diesmal war dort niemand.

Schweren Herzens ging er nach oben und erschrak bei jedem Knarzen der Stufen. Dabei waren ihm diese Geräusche in all den Monaten, in denen ihn das Glück leichtfüßig die Treppe hinaufgetragen hatte, vertraut geworden. Dann stand er vor der angelehnten Wohnungstür. Er starrte sie an und fühlte sich wie gelähmt. Nicoles Wohnung war ihm so vertraut. Doch jetzt fühlte sich auf einmal alles ganz fremd an. Aus der Balance geraten. Es gab hier keinen Platz mehr, an dem er richtig war.

Wärmland widerstand dem Impuls, einfach hineinzugehen, wie er es zuvor schon so oft getan hatte. Stattdessen klopfte er an die Tür. Es kam keine Reaktion. Er klopfte fester.

»Kommön Ssie rein«, rief Nicole. »Links geht ös ssur Küchö. Stellön Sie das Essön bittö auf die Küchöntisch. Isch bin gleich da.«

Wärmland folgte dem beschriebenen Weg bis zum vertrauten alten Küchentisch, an dem er schon so oft gesessen und mit einem warmen, glücklichen Gefühl seine Mahlzeiten eingenommen hatte. Er ließ seinen Blick über all die bekannten Gegenstände schweifen, die er nun zum letzten Mal sah, denn er spürte, dass dies sein letzter Besuch in dieser Wohnung sein würde – da war er sich ganz sicher. Er hörte ein Geräusch im Flur und drehte sich um. Da stand Nicole, bleich und mit großen Augen.

»Du bist ier?«, fragte sie fast tonlos.

Er nickte und schluckte schwer, entgegnete jedoch nichts.

»Öss tut mir leid, Jan. Abbör öss ist etwaas göscheön.«

»Ist es nur wegen der Arbeit, oder ist es seinetwegen?«, fragte Wärmland, und ihm wurde bewusst, was für eine törichte Frage das war.

»Charles und isch arbeitön manschmal ssusammön. Er aat mir einö Professur angebotön an die Üniversität.«

»Und er hilft dir wohl auch beim Zugfahren, rein kollegial natürlich«, entgegnete Wärmland mit einer Portion Zynismus, die er sogleich bereute. »Tut mir leid. Ich denke, ich weiß, was los ist. Seit wann seid ihr zusammen?«

»Ach, Jan, lass uns doch bittö nischt in diesö Sachö errumwühlen.«

»Seit etwa zwei bis drei Monaten, schätze ich.«

Nicole nickte.

Charles hatte wohl den Dialog gehört und erschien in der Tür.

»You must be Jan«, sagte er in einem lupenreinen Englisch ohne den von Wärmland erwarteten französischen Akzent. *»Sorry, but my German isn't good.«*

Nicole ließ eine weitere Konversation der Männer nicht zu, sie schickte den schönen Mann zu Wärmlands Verblüffung zurück ins Wohnzimmer. Dann schaute sie Wärmland traurig an. Zumindest interpretierte er ihren leicht gesenkten Blick so.

»Ess war ein Fehlör, ssu glauben, dass isch längör von meinö Eimat fortbleiben könnte. Es at misch immer ssurückgezogön. Und jetzt ist allös sso gekommen, wie ös meinö tiefö Ssehnsucht war. Es tut mir sso leid. Isch wolltö disch nicht verletzön. Aber isch binn fro, dass jetzt endlisch Klareit errscht.«

Sie drückte es genau so aus, wie es war – endlich Klarheit. Wärmlands Herz tat unendlich weh, aber die Last, die ihn in die Knie zu zwingen drohte, schien sich auf seltsame Art und Weise vermindert zu haben. Der verbleibende Schmerz reichte nach Wärmlands Empfinden nur noch dazu, ihn halb zu töten.

»Leb wohl, Nicole, und hab weiter ein gutes Leben«, hörte er sich sagen.

»Pass auf disch auf, *cher* Jan. Isch wolltö dir morgön allös erssählön. Abär sso abön wiar einö Nacht wenigör mit diesö Kummör.«

Wohl dem, der sich für solche Kummernächte vorausschauend jemanden zum Trösten mitbringt, dachte Wärmland bitter.

Als er sich zum Gehen wandte, drückte Nicole ihm noch schnell einen Kuss auf die linke Wange. Der letzte Kuss, den er jemals von ihr erhalten würde – das war ihm bewusst. Und doch war er irgendwie dankbar für dieses letzte kleine Bekenntnis ihrer Zuneigung.

Als er wieder draußen auf der Straße stand, fühlte er sich wie aus der Zeit gefallen – aus einer guten Ordnung in ein furchtbares Chaos. Eben noch war er ein glücklich verliebter Mann in einer festen Beziehung gewesen. Jetzt stand er als verstörter Single auf einer Kölner Straße. So etwas konnte nicht real sein.

Wärmland atmete tief durch. Er verwarf den spontanen Gedanken, sich zu besaufen. Dabei würde er es nicht einmal allein tun müssen. Sein unnützer älterer Bruder Jörg, ein Alkoholiker, zu dem er den Kontakt abgebrochen hatte, würde ihm bei einem Verzweiflungsgelage sicher bereitwillig assistieren. Er war vor ein paar Jahren nach Deutschland zurückgekehrt, nachdem er lange in Schweden gelebt hatte. Kein Ereignis, an das Wärmland sich gern erinnerte. Von einem Tag auf den anderen war das ihm beinahe verhasste schwarze Schaf der Familie wieder da gewesen und hatte sogar die Dreistigkeit besessen, Unterschlupf bei Wärmland zu suchen. Auf Bitten ihrer Schwester Ulli hatte er das zunächst sogar zugelassen. Doch dann hatte sich die charmante Seite seines ungepflegten, unkontrollierten Alkoholikerlebens offenbart, und Wärmland hatte ihn bereits nach kurzer Zeit wieder aus seiner Wohnung geworfen. So war es nicht zu der von ihrer Schwester erhofften Annäherung der Brüder gekommen. Dass er ihm damals die erste Freundin ausgespannt hatte, hatte Wärmland seinem Bruder nie verzeihen können.

Nach dem Rauswurf war Jörg nach Köln gegangen, um in Ullis Nähe zu sein, die ihrem missratenen Bruder trotz seiner Fehler sehr zugetan war, und lebte jetzt wohl irgendwo hier in der Stadt. Aber er war und blieb trotz Wärmlands akutem Gefühl von Schmerz und Einsamkeit der letzte Mensch, mit dem er jetzt zusammen sein wollte.

Sein erstes Besäufnis an einem nordgriechischen Strand kam

ihm wieder in den Sinn. Er war sechzehn Jahre alt gewesen. Was den Ausklang betraf, war ihm der betreffende Abend als nicht sehr erfreulich in Erinnerung geblieben. Er spürte jetzt noch den Geschmack von geharztem Wein auf der Zunge, den er im Übermaß genossen und folglich nicht vertragen hatte. Erst eine elende Übelkeit, dann die griechischen Meisterschaften im Dauerkotzen. Die nette Gesellschaft einiger Gleichaltriger hatte den Alkoholisierungsprozess jedoch angenehm begleitet und die Gitarren- und Busukimusik weitere schöne Begleitumstände geschaffen.

Aber wo waren sie jetzt, die Jungs von damals? Sie hätten sich gern noch einmal nützlich machen dürfen. Der Gedanke an ein alkoholisches Alleinerlebnis ohne griechische Küsten- und Musikatmosphäre war überhaupt nicht verlockend. Da wäre die Alternative mit Jörg rein preislich beinahe bedenkenswert. Bei dem könnte er kotzen, ohne zuvor in Alkohol investiert zu haben.

Wärmland seufzte schwer und machte sich auf den Heimweg.

Mit der Aussicht auf ein Wochenende, das unendlich lang werden würde angesichts der Tatsache, dass er es allein, mit nichts als seinem Kummer, verbringen musste, fuhr Wärmland zurück nach Mayen. Stefan war bei seiner Mutter. Auf ihn als beste denkbare Ablenkung konnte er nicht setzen. Und eingeschworene Freunde, die nur auf seinen Anruf warteten, um mit ihm zusammen ein tröstendes Männerwochenende zu verbringen, gab es nicht. Er musste es irgendwie allein schaffen. Nur wie?

Sein bester Freund und Kollege, der Koblenzer Hauptkommissar Sven Trobisch, fiel ihm ein. Seit Monaten waren sie nicht mehr dienstlich zusammengekommen. Einige Male hatten sie sich in Koblenz getroffen, nachdem Wärmland seinen Sohn zu dessen Mutter in die Südstadt zurückgebracht hatte. Einmal, im Frühjahr, hatte ihn Trobisch auch in Mayen besucht. Da hatte Wärmlands Rücken so sehr geschmerzt, dass er nur noch unter Stöhnen und in Schieflage hatte herumlaufen können. Eine unerfreuliche Folge seines privaten Wohnzimmertrainings mit dem Versuch, es nach Jahren mal wieder mit einarmigen Liegestützen zu versuchen. Wärmlands Vorgesetzte, Oberrätin Melchior, hatte ihn aus dem Dienst nach Hause geschickt, weil sie den Anblick dieses krummen Herrn, dem auch ein Buckel und ein Holzbein sicher gut gestanden hätten, nicht mehr ertragen konnte, und Trobisch war vorbeigekommen, um ihm einen Krankenbesuch abzustatten. Als besonders lebendig und blühend konnte man diese Freundschaft derzeit also nicht bezeichnen, dessen war sich Wärmland bewusst. Aber es war das Beste, was er hatte, und zu Hause erwartete ihn nur ein Tal der Tränen. Vielleicht sollte er es also einfach mal bei Trobisch versuchen, auch wenn er davon ausgehen musste, dass dieser für das Wochenende bereits Pläne mit einer seiner Freundinnen gemacht hatte.

Zu Hause angekommen, wählte Wärmland denn auch sogleich Trobischs Nummer, erreichte seinen Freund jedoch weder auf dem Festnetz noch auf dem Handy. Damit wurde das anstehende Wochenende für Wärmland zu einem beängstigenden, in ungeahnte Höhen wachsenden Zeitgebirge, dessen Überwindung ihm kaum möglich schien. Mehr noch, er glaubte zu spüren, dass ihm seine bescheidene Lebensbühne als nächsten Akt eine kleine Depression anbieten würde.

ZWEI

Es wurde eine sehr schlimme Woche für Wärmland. Was immer er auch versuchte, nichts vermochte ihn aufzuheitern oder zu trösten. Trobisch, der Wärmland am Sonntagabend zurückgerufen und vom Ende der Beziehung zu Nicole erfahren hatte, scheiterte ebenfalls mit allen Fernversuchen, ihn etwas aufzumuntern. Und selbst die Arbeit konnte ihn nicht ablenken. Wärmland war übernervös und verzehrte während der Dienstzeit große Mengen von Colafläschchen, hin- und hergerissen zwischen Momenten, in denen er mit seiner ganzen leidenden Emotionalität sehnsüchtig auf Nicoles Bereuen und ihren erlösenden Anruf wartete, und Augenblicken der Vernunft, in denen er sich einredete, froh sein zu müssen, dass sich ihm diese nicht tragfähige Beziehung bereits jetzt offenbart hatte. Wäre es Jahre später geschehen, hätte er erst *dann* wieder Hoffnung schöpfen können, doch noch der einzig Wahren und Richtigen zu begegnen. Jetzt standen seine Chancen ungleich besser, da er mit seinen einundfünfzig Jahren noch nicht in der dunkelroten Zone der alten Knacker angekommen war.

Immerhin wurde durch die Arbeitsroutine wenigstens die Freizeit überschaubarer. Nach Feierabend mischte sich Wärmland ein großes Radler aus alkoholfreiem Bier und Zitronenlimo, setzte sich vor seinen PC und rief seinen Account bei einem der großen Internetanbieter für Filme und Serien auf, um einige Folgen seiner aktuellen Lieblingsserie »House of Cards« anzusehen, ehe er eine weitere schlaflose Nacht verbrachte. Das war derzeit die einzige Tätigkeit, die ihm ausreichend Ablenkung bieten konnte. Zumal er die Serie, in der sich Kevin Spacey als amerikanischer Präsident durch Intrigen und Mord an der Macht zu halten versuchte, nie zusammen mit Nicole angeschaut hatte. Sie hatte solchen Politkrimis nichts abgewinnen können.

Die Nacht auf Mittwoch brachte dann jedoch eine nachhaltige Veränderung in Wärmlands Leben. Sie begann genau wie die Nächte zuvor mit einem grübelnden Hauptkommissar, der Schwierigkeiten hatte, in den Schlaf zu finden. Um ein Uhr siebenunddreißig wachte er auf und schaute auf die Uhr neben seinem Bett. Dass er nicht durchschlafen konnte, überraschte ihn nicht, wohl aber der Zustand, in dem er sich befand. Er war von einem entsetzlichen Gefühl geweckt worden. In seiner Brust schüttelte sich sein Herz, als wäre es ein auf heftigen Vibrationsalarm gestelltes Handy. So konnte ein Herz doch unmöglich längere Zeit funktionieren.

Schon früher hatte er gelegentlich gespürt, wie sein Herz mal eng oder mal hektisch geworden war. Aber stets hatte es innerhalb von Sekunden wieder zu seinem üblichen Rhythmus zurückgefunden. Jetzt ratterte es auf furchterregende Weise im Stakkato vor sich hin. Wärmland dachte unwillkürlich an Herzstillstand und seinen nahenden Tod, daran, dass man ihn am nächsten Tag finden würde, tot und steif, weil sein Herz ausgerastet war und schließlich zu schlagen aufgehört hatte. Er wurde ganz traurig, weil er keine Chance mehr sah, etwas für seinen Sohn tun zu können. Und weil er ihn niemals wiedersehen würde. Schon spürte er, wie die Furcht seinen Hals zuschnürte und ihm die Luft zum Atmen nahm.

Er zwang sich zur Ruhe. Nach der ersten Panik gelang es Wärmland, sich gegen den Sterbegedanken aufzulehnen. Dieses entsetzliche Herzflackern würde sicher wieder aufhören. Er musste nur Geduld haben und sich nicht so schnell in Angst versetzen lassen.

Eine Stunde verging, in der er sich hin und her wälzte und eine Position suchte, in der das Herz vielleicht etwas Entlastung bekäme, um damit die Rückkehr zu einem normalen Schlagen zu begünstigen. Auf der linken Seite zu liegen fühlte sich am schlechtesten an. Da schien ihm der Druck unerträglich und das Herz noch belasteter zu sein. Auf dem Rücken war es am besten, auch wenn er es eigentlich vorzog, auf der rechten Seite zu liegen. Er blieb also auf dem Rücken liegen und versuchte, sich zu entspannen. Doch sein Atem ging ungewohnt schnell, und er fühlte sich elend und machtlos. Allmählich kam die Todesangst wieder zurück.

Wärmland wusste nicht, wie er reagieren sollte. Das städtische Krankenhaus kam ihm in den Sinn. Aber ihm grauste vor dem ganzen Prozedere und der möglicherweise stundenlangen Wartezeit bis zu einer Aufnahme und Bettzuweisung. Er im

Krankenhaus? Nein, so weit war er noch nicht. Es gab noch eine Alternative. Einer der anderen Bässe aus dem Chor, dem er seit rund eineinhalb Jahren angehörte, war Kardiologe. Gleich morgen früh würde er ihn aufsuchen. Hans-Günter würde ihm sagen können, was das innere Vibrieren und Schütteln zu bedeuten hatte, wenn es nicht bald aufhörte.

Es hörte nicht auf. Wärmland lag wach und hatte Angst. Irgendwann gegen Morgen musste er vor Erschöpfung aber doch noch eingeschlafen sein, denn um sechs Uhr dreißig wurde er von seinem Wecker geweckt. Noch immer spürte er dieses eigenartige, ungute Gefühl in seiner Brust. Das Vibrieren war etwas schwächer geworden, aber es war noch da.

»Wie hat dein Doc das genannt?«, fragte Trobisch noch einmal nach, nachdem Wärmland ihm am nächsten Tag telefonisch von seinem Untersuchungsergebnis berichtet hatte.

»Tachyarrhythmia absoluta mit Vorhofflimmern«, antwortete Wärmland ohne Stolz.

»Klingt ja schlimmer als Syphilis«, gab Trobisch zurück. »Und was bedeutet das genau?«

»Vereinfacht ausgedrückt: Herzrhythmusstörungen.«

»Das ist doch ein ernstes Problem?«, erkundigte sich Trobisch besorgt.

»Soweit ich es verstanden habe, bedeutet Vorhofflimmern eine unregelmäßige Impulsgabe für die Herzkammern. Das führt dazu, dass das Herz unregelmäßig schlägt, und dadurch besteht die Gefahr, dass sich in den auftretenden Schlagpausen Blutverklumpungen bilden. Wenn diese kleinen Klümpchen eine ungünstige Größe haben und weiterbefördert werden, können sie zu Verschlüssen führen, also zu einer Embolie. Das kann in der Lunge sein oder im Kopf. Und dann kriegt man ein ernstes Problem, zum Beispiel einen Schlaganfall. Da muss ich jetzt mit einem Gerinnungshemmer und Betablockern gegenhalten.«

»Hört sich irgendwie nicht gut an«, murmelte Trobisch betroffen. »Und wie lange geht so etwas?«

»Das wird vielleicht gar nicht mehr aufhören. Es könnte so bleiben.«

»Dann ist das ja was richtig Ernstes«, sagte Trobisch bestürzt. Eine Schlussfolgerung, der Wärmland nicht widersprechen konnte.

Die beiden verabredeten sich für den Abend in Andernach, um sich mal nicht am Telefon auszutauschen, sondern richtig miteinander zu reden, und Wärmland wandte sich etwas widerwillig seiner Arbeit zu. Es fiel ihm schwer, sich zu konzentrieren, doch es galt, einen Vermisstenfall abzuschließen. Eine vierundsechzigjährige Mayenerin, die vormals als Kassiererin in einem Supermarkt gearbeitet hatte, war vor drei Monaten verschwunden und als vermisst gemeldet worden. Zuvor hatte sie über die Dauer eines Jahres hinweg zunehmend Symptome einer Alzheimererkrankung entwickelt. Die beiden Kinder der Frau hatten den Ernst der Lage und die sich anbahnenden Gefahren jedoch verkannt. Statt die Mutter einem überwachten Leben zuzuführen, nachdem sie von der Polizei nach Hause gebracht werden musste, weil sie mit ihrem Wagen orientierungslos irgendwo stehen geblieben war und nicht mehr weiterwusste, hatten die beiden ihr zwar den Wagen weggenommen, ihr aber ansonsten weiter völlige Bewegungsfreiheit gelassen. Wenig später war sie verschwunden. Sie hatte die Wohnung verlassen und war einfach nicht mehr zurückgekehrt. Letzte Woche waren ihre sterblichen Überreste in einem Wäldchen bei Mayen gefunden worden. Sie war wohl spazieren gegangen und hatte erneut die Orientierung verloren. In der nachfolgenden kalten Märznacht, die sie im Freien zubringen musste, war sie erfroren.

Mit diesem Schicksal vor Augen konnte Wärmland endlich erkennen, dass es außer dem seinen auch noch andere – und schmerzhaftere – Verluste gab. Nicole und er waren noch am Leben. Sie konnten beide – also auch er – irgendwann ihr Glück finden. Diese Erkenntnis befriedete Wärmlands heftiges Hadern mit seiner Situation und milderte seine Trauer etwas ab. Der Abend mit Trobisch tat ihm ebenfalls gut. Als er sich aber in sein Bett legte, war da wieder ganz deutlich dieses Vibrieren. Und Wärmlands Angst kehrte zurück.

DREI

Der Freitag begann als ruhiger Bürotag mit viel Sitzen, Telefonieren und Dokumentieren. Wärmland war zwar grundsätzlich lieber draußen unterwegs, zumal bei Sonnenschein und der jetzt im Juni provenzalisch anmutenden Osteifel-Atmosphäre, aber an manchen Tagen passte es auch mit dem Innendienst. Heute hatte es gepasst.

Am Abend nahm Wärmland in seiner Wohnung eine Fertigpizza aus dem Gefrierfach, schob sie in den Backofen und schaltete schließlich um kurz vor zwanzig Uhr den Fernseher für die Abendnachrichten ein. Als der Nachrichtensprecher gerade seine Begrüßung in die Kamera gesprochen hatte, hörte Wärmland den Signalton, der den Eingang einer Nachricht auf seinem Smartphone verkündete. Er nahm das Gerät von der Couchtischplatte und sah, dass es eine SMS von einer ihm unbekannten Nummer war.

Er legte sein Handy wieder zurück. Erst mal die Nachrichten, dachte er. Wenn es etwas Wichtiges wäre, hätte der- oder diejenige ihn sicher unmittelbar angerufen.

Als die Hauptthemen der Sendung nach gut zehn Minuten abgehandelt waren, griff er erneut zum Smartphone und öffnete die eingegangene SMS.

»Sehr wichtige Post im Briefkasten. Besser sofort nachsehen!«, stand da.

Wärmland runzelte die Stirn. Spontan vermutete er, dass sich die Kollegen in seiner Mayener Dienststelle einen kleinen Scherz mit ihm erlaubten. Als Leiter des Kommissariats 1 war er für Todesermittlungen, Brände und Vermisste zuständig und trotz des ernsten beruflichen Themenspektrums bekannt für seinen immer wieder mal auflebenden trockenen Humor. Auch seiner Truppe fehlte es nicht an Witz. Aber ein auffälliger Scherzkeks, der zu schelmischen späten Postzustellungen neigte, hatte sich unter seinen Mitarbeitern bisher noch nicht gezeigt.

Die normale Tagespost hatte Wärmland schon bei seiner

Heimkehr aus dem Briefkasten genommen. Die SMS-Nachricht wies auf eine kürzliche, eine individuelle Zustellung hin. Er schnappte sich also seinen Schlüssel und sprang rasch die Treppe hinunter.

Als er die Klappe öffnete, fiel sein Blick auf einen zerknitterten weißen DIN-A4-Umschlag. Er stutzte und dachte in einem Anflug von IS-Paranoia, dass ihm vielleicht jemand einen kleinen Sprengsatz in den Briefkasten gesteckt hatte. Dann schüttelte er den Kopf. Was für ein bescheuerter Gedanke. Durch diesen ganzen Mist mit den Terroranschlägen wird man ja zwangsweise vollkommen neurotisch, dachte er verärgert, sogar als Polizist. So weit, dass ein völlig unbedeutender Kleinstadtbulle für diese Leute eine Zielscheibe darstellt, sind wir aber wohl noch nicht.

Wärmland nahm den Umschlag aus dem Briefkasten. Sein Name prangte in großen, mit Computer geschriebenen Buchstaben auf einem ausgedruckten Stück Papier, das mit durchsichtigem Paketklebeband am Umschlag befestigt worden war. Ein Absender fehlte. Der Umschlag war nicht sonderlich schwer, und im Innern konnte er einen Gegenstand erfühlen. Zur weiteren Untersuchung der mysteriösen Sendung kehrte Wärmland in seine Wohnung zurück.

Am Küchentisch sitzend öffnete er eine Seite des Umschlages und schaute hinein. Innen befand sich ein weiterer, kleinerer Umschlag. Er zog ihn heraus und erschrak. Der Umschlag wies zahlreiche rote, teils verwischte Flecken auf, die Wärmland sogleich an Blut denken ließen.

Sein Puls beschleunigte sich deutlich, als er auch diesen Umschlag öffnete und im Inneren eine Art Papierknäuel sah, das länglich und gänzlich blutrot gefärbt war. Langsam kam in ihm die Ahnung auf, dass es sich hier nicht um einen sich gerade zu voller Blüte entwickelnden verspäteten Aprilscherz handelte. Er zögerte einen Augenblick und dachte an die Kollegen von der Spurensicherung, aber er konnte jetzt nicht abbrechen, er musste erst wissen, was es mit dieser mysteriösen Sendung auf sich hatte.

Außer dem blutroten Papierknäuel entdeckte er im Umschlag noch eine Karte, die ebenfalls rot verschmiert war. Er zog sie heraus. Auf der Vorderseite sah man einen Mann, der auf allen vieren an unzähligen Schnüren eine große Zahl von Kinderwagen hinter sich herzog. Die Überschrift lautete: »Vater werden ist nicht schwer – Vater sein dagegen sehr.«

Wärmland drehte die Karte um. Auch hier war mit Klebeband ein Stück Papier aufgeklebt worden. Darauf stand in Computerschrift: »Wollen sehen, was für ein guter Vater Wärmland sein kann!«

Die Erkenntnis traf ihn wie ein Schlag. Wärmlands Gehirn ergänzte die schriftliche Botschaft augenblicklich um das noch nicht inspizierte Papierknäuel und kam zu einem furchtbaren Schluss. Mit einem üblen Gefühl in der Magengegend faltete er das rote Etwas auseinander. Zum Vorschein kam ein abgetrennter Finger. Auf der Innenseite des Papiers stand: »Ein Gruß von Stefan«.

Wärmland war von einer Sekunde auf die andere schweißgebadet. Eine entsetzliche Schwere umklammerte sein Herz und schnürte ihm die Brust zusammen. Das konnte nicht wahr sein, das *durfte* nicht wahr sein. Verzweifelt suchte sein Verstand nach einem Ausweg, nach einer Erklärung, die seine schreckliche Vermutung widerlegen könnte.

Warum? Obwohl Wärmland noch gar keinen bestätigenden Beweis für den von ihm unterstellten Zusammenhang hatte, hämmerte sofort diese eine Frage in seinem Kopf: Warum? Das konnte doch unmöglich ein Teil seines Lebens sein. Aber seine innere Stimme übertönte alles und brüllte ihn an: Es ist passiert! Du bist zur Zielscheibe geworden für jemanden, der dich fertigmachen will. Und er hat zu diesem Zweck das Effektivste getan, was möglich war. Er hat sich deinen Sohn geholt.

Wärmland blendete die Stimme aus und versuchte, sich zur Besonnenheit zu zwingen. Er musste ruhiger werden und vernünftig reagieren. Professionell. Er hatte gelernt, professionell zu denken und zu handeln. Das war ihm viele Jahre lang gelungen. Und wenn das hier ein, nein, *der* Ernstfall war, schuldete er es sich selbst und vor allem seinem Sohn, kontrolliert und besonnen vorzugehen. Panik half niemandem.

Er nahm sein Handy und wählte Stefans Nummer. Nur die Mailbox. So gelassen, wie es ihm möglich war, sprach er seine Nachricht auf Band. »Hallo, Stefan, hier ist Papa. Kannst du mich bitte schnellstmöglich zurückrufen? Ich hab eine Frage wegen Mama … Es ist sehr wichtig. Melde dich bitte, sobald es geht.«

Als Nächstes rief er Ursula an. Auch bei ihr erreichte er nur die Mailbox. Er bemühte sich um einen halbwegs normalen Tonfall. »Hallo, Ursula, weißt du, wo Stefan steckt? Ich muss was Dringendes mit ihm besprechen. Ruf mich doch bitte zurück. Danke.«

Dann informierte er Trobisch.

»Na, mein Alter, hast du wieder den besonders wichtigen Schraubenschlüssel für deinen Rollator verlegt?«, war dessen erster Satz, als er das Gespräch annahm.

»Es ist sehr ernst«, erwiderte Wärmland heiser. »Ich brauche die Spusi-Kollegen bei mir im Haus.«

»Ach du Scheiße! Was ist los?«, fragte Trobisch bestürzt, und Wärmland berichtete ihm, was in den vergangenen neun Minuten geschehen war.

Die Spurensicherer des Koblenzer Präsidiums nahmen sich Wärmlands Briefkasten, den Umschlag, die Karte und das Verpackungsmaterial vor. Sie fanden Fingerabdrücke an der oberen Briefkastenklappe und an der Hauptklappe, aber ob diese vom Absender oder ausschließlich von Wärmland stammten, musste sich noch herausstellen.

Wärmland suchte unterdessen im Verzeichnis seines Handys nach einer Nummer. Dr. Bremicker war in der Bonner Rechtsmedizin, die auch für Wärmlands Bereich, die Osteifel, zuständig war, so spät sicher nicht mehr zu erreichen. Aber für dringende Fälle hatten sie ihre Mobilfunknummern ausgetauscht. Und dieser Fall war wahrlich dringend.

Als Bremicker hörte, was geschehen war, sagte er: »Packen Sie den Finger ein, wenn möglich in Eis, und schicken Sie einen Beamten damit zu mir. Ich schaue ihn mir sofort an.«

Wärmland bedankte sich. Dann nahm er zwei Gefrierbeutel aus einer Küchenschublade und packte das Eis aus einer Eiswürfelschale im Kühlschrank in die eine Tüte und den Finger in die andere. Er steckte den Beutel mit dem Finger in den mit dem Eis und schob das Ganze vorsichtig in einen gepolsterten DIN-A3-Umschlag, den er sicherheitshalber verschloss. Den

Umschlag übergab er einem jungen Polizisten, der sogleich in einen Dienstwagen stieg, um den Finger nach Bonn zu Bremicker zu bringen. Wenn nichts Ungewöhnliches geschah, würde der erfahrene Rechtsmediziner in etwas mehr als fünfzig Minuten mit seiner Untersuchung beginnen können.

Wärmland konnte eine Träne nicht unterdrücken. Ihm war bei dieser Aktion so elend zumute. Ein weiterer Anrufversuch bei Stefan und Ursula hatte das gleiche Resultat erbracht wie zuvor. Keiner der beiden war telefonisch erreichbar. Er meinte, es bald nicht mehr ertragen zu können – die Ungewissheit über den Aufenthaltsort seines Sohnes und den Schmerz angesichts der Gefahr und der vielen offenen Fragen.

Trobisch, der zeitgleich mit den Kollegen von der Spurensicherung eingetroffen war, stand hilflos neben Wärmland und sah sich nicht in der Lage, in irgendeiner Weise beruhigend auf ihn einzuwirken. Zu lächerlich erschien ihm im Augenblick jedweder Versuch, tröstende und beruhigende Worte zu finden. Dass so etwas seinem Freund passierte, der Verbrechen dieser Art im Allgemeinen aufklärte, statt sie zu erleiden, machte ihn ratlos. Um überhaupt etwas zu tun, folgte er den nach der Spurensuche wieder abrückenden Kollegen hinunter zu deren Fahrzeug.

Ehe der leitende Spusi-Kollege in seinen Wagen stieg, sagte er mitfühlend zu Trobisch: »Ich hab ja selbst einen siebzehnjährigen Sohn, und zwar einen, der mir zurzeit mächtig auf den Sack geht. Aber wenn ich mir vorstelle, dass ich plötzlich einen Finger von ihm im Briefkasten finde … das ist so gruselig, da merk ich sofort, wie sehr ich mein Kind doch liebe. Ich hab also eine ungefähre Vorstellung davon, wie schlimm Wärmland sich jetzt fühlen muss.«

Als Trobisch wieder nach oben in die Wohnung kam, klingelte Wärmlands Handy. Es war Ursula.

»Was ist denn los?«, erkundigte sie sich beunruhigt. Die feine Nuance ungewohnter Besorgnis in der Stimme ihres Ex-Mannes war ihr beim Abhören seiner Mailboxnachricht offenbar nicht entgangen.

»Weißt du, wo Stefan ist?«, fragte Wärmland kurz.

»Natürlich weiß ich das.« Ursula war sowohl verunsichert als auch leicht aggressiv. »Er ist nach der Schule mit zu Julian gefahren. Die beiden wollen heute Abend zusammen ins Kino gehen, und Stefan wird auch bei ihm übernachten. Aber sagst du mir vielleicht endlich mal, was los ist?«

Vor dieser Frage hatte sich Wärmland gefürchtet. Er wusste nicht, was er Ursula zum jetzigen Zeitpunkt sagen sollte. Durfte er sie in den gleichen Abgrund stürzen, in den er nach dem Öffnen des Umschlags gefallen war? Oder sollte er warten, bis er Gewissheit hatte? Er hatte noch keinen wirklichen Beweis für das, was der späte Postbote ihn glauben machen wollte. Wann musste er ihr offenbaren, dass sie womöglich der größten Katastrophe ihres gemeinsamen Elternlebens gegenüberstanden? Er war gänzlich verunsichert; das Furchtbare anzudeuten, erschien ihm im Augenblick jedoch eindeutig zu grausam.

»Es hat einen Fall von Nötigung unter Jugendlichen an Stefans Schule gegeben«, fiel ihm ein. Das hatte Trobisch, der wusste, dass Wärmlands Sohn auf dem Görres-Gymnasium war, ein paar Tage zuvor erwähnt. »Drei Jungs haben einen Schulkameraden in die Enge gedrängt und ihm zwanzig Euro abgenommen. Das soll kein Einzelfall gewesen sein.«

»Aber was hast denn du als Mayener Polizist damit zu tun?«, wollte Ursula wissen. »Solche Fälle werden doch sicher von den Koblenzer Kollegen bearbeitet.«

Da hatte sie natürlich recht. Wärmland fand nur eine Begründung, die er anführen konnte.

»Offiziell habe ich gar nichts damit zu tun. Ich wollte Stefan aber schon fragen, ob er nicht irgendetwas mitgekriegt hat. Als sein Vater und als Polizist habe ich ja durchaus ein besonderes Augenmerk auf das, was unseren Jungen so umgibt. Vielleicht ist er selbst schon damit konfrontiert worden und hat es uns nur nicht gesagt.«

»Na prima«, hörte Wärmland Ursula schimpfen. »So weit sind wir auf dieser Schule jetzt also auch schon. War ja zu befürchten, dass es nur eine Frage der Zeit sein würde, bis auch der letzte Hort der Friedfertigkeit von halbstarken Möchtegerngangstern eingenommen wird. Toll, wirklich toll.«

Wärmland rann weiterer Schweiß den Nacken hinunter, obwohl ihm schien, dass er mit seinem kleinen Ablenkungsmanöver Erfolg hatte und Ursula bezüglich der tatsächlichen Hintergründe seiner Frage nach Stefans Aufenthaltsort im Unklaren lassen konnte.

»Du wirst dich aber wohl noch etwas gedulden müssen«, ergänzte sie nichts ahnend. »Wenn die beiden jetzt im Kino sind und die Handys aushaben, erreichst du ihn nicht vor elf. Aber das hat doch sicher auch noch Zeit bis morgen, oder? Wenn du ihm auf die Mailbox gesprochen hast, wird er sich ja von sich aus melden.«

Wärmland bestätigte das und dankte Ursula für ihre Rückmeldung. Als das Gespräch beendet war, seufzte er vor Erleichterung, dass ihm die Offenbarung seiner wirklichen Beweggründe erspart geblieben war.

»Was für eine beschissene Situation«, meinte Trobisch leise. »Du willst sie so lange wie möglich schonen. Aber genau das wird sie dir später übel nehmen. Das weißt du.«

Wärmland nickte mit finsterem Blick. »Wenn es allerdings ein Bluff ist und mein Junge gerade gesund und munter mit seinem Freund im Kino sitzt, war es genau das Richtige«, erwiderte er trotzig. »Ich muss Klarheit haben, bevor ich Ursula einweihe.«

»Okay, so gesehen hast du recht«, räumte Trobisch ein. »Bis wir es genau wissen, besteht Hoffnung. Und die ist auch durchaus berechtigt.«

Draußen auf der Straße gingen einige von Wärmlands Mitarbeitern von Haus zu Haus und von Tür zu Tür, um herauszufinden, ob vielleicht jemand aus der Umgebung rund um das Mietshaus, in dem Wärmland wohnte, etwas bemerkt hatte. Eine unbekannte Person, die zum Haus gekommen war und etwas in den Briefkasten geworfen hatte, konnte jemandem aufgefallen sein. Aufmerksame, oft ältere Menschen, die ihre unmittelbare Umgebung genau im Auge behielten, gab es überall. Sie waren nicht bei allen Nachbarn gleichermaßen beliebt, weil sie unaufgefordert über alles wachten und als neugierig galten. Aber manchmal konnte diese Neugier sehr nützlich sein.

Zu einem der drei Zweierteams gehörte auch Regine Nau,

eine junge Kommissarin und Wärmlands rechte Hand. Sie hatte sich spontan angeboten, sich an der Befragung zu beteiligen, als sie von dem Einsatz erfahren hatte. Zwar war ihr erster Impuls gewesen, bei Wärmland zu bleiben, um ihm irgendwie beizustehen. Nach dem, was heute geschehen war, brauchte er einen Freund an seiner Seite. Aber dann war ihr bewusst geworden, dass er mit Trobisch genau so eine Person bei sich hatte und dass sie mit einer sorgfältigen Ermittlungsarbeit mehr tun konnte. So war sie nun mit einem anderen Kommissar unterwegs und klingelte die Bewohner der umliegenden Häuser aus ihrer abendlichen Ruhe. Gerade hatte ihnen jemand aus dem zweiten Stock des gegenüberliegenden Hauses kurz und bündig zu verstehen gegeben, dass er weder etwas gesehen noch gehört habe und sich ohnehin nicht für die Angelegenheiten anderer Menschen interessiere. Der Mann wollte auch keinerlei Aufmerksamkeit für sich, denn er komme sehr gut allein zurecht.

Nau nickte verständnisvoll, doch sie sah, dass der vielleicht Sechzigjährige entgegen seiner Aussage gar nicht allein war. Sein »Besuch« scharte sich in größerer Zahl gleich hinter dem Mann auf dem Fußboden im Flur seiner Wohnung. Neben zwei aufeinandergestapelten Kisten Bier – der obere Kasten enthielt überwiegend volle Flaschen – standen dort rund dreißig teils volle, teils leere Flaschen mit höherprozentigem Inhalt. Der nette Herr, dessen Tür sich nun wieder schloss, hatte ganz offensichtlich reichlich Gesellschaft. Zwar war die Zusammensetzung seiner »Gästeliste« alles andere als erfreulich. Aber für eine Alkoholikertherapiestunde fehlte ihr gerade die Zeit. Nau und ihr Kollege wandten sich der nächsten Wohnung zu.

Wärmland hatte unterdessen mit Julians Eltern gesprochen, die Ursulas Angaben bestätigt hatten. Die Jungen waren unterwegs, und man erwartete sie gegen dreiundzwanzig Uhr aus dem Kino zurück. Immerhin hatte Wärmland erfahren, in welches Kino die beiden gegangen waren und um welchen Film es ging.

»Ich werde jetzt nach Koblenz fahren«, sagte er mit belegter Stimme. »Ich will sehen, ob ich die Jungs beim Verlassen des Kinos abpassen kann.«

Trobisch nickte mit einem kaum wahrnehmbaren Lächeln um den Mund. »Wir machen das zusammen«, sagte er und legte seine linke Hand auf Wärmlands Schulter. »Zweien von unserer Sorte werden sie ja wohl nicht durch die Lappen gehen.«

Als die beiden Männer im Dienstwagen in Richtung Koblenz fuhren, sie waren gerade auf Höhe der kleinen Vulkankuppe des Karmelenbergs, klingelte Wärmlands Handy. Auf dem Display erschien Bremickers Nummer. Wärmland hatte das Gefühl, dass sein viel zu schneller Puls noch einmal zulegte, und er empfand ein unangenehmes Druckgefühl in den Halsschlagadern. Das ist also der Moment, dachte er und fand die Welt mit einem Mal so düster und unerträglich, dass ihr Gewicht ihn zu zerquetschen drohte. Wie sollte er je damit fertigwerden, wenn … ja wenn Bremicker ihm in wenigen Sekunden die schlimme Variante der beiden möglichen Informationen offenbarte?

Wärmland nahm den Anruf aus Bonn an, während Trobisch verkrampft das Steuer hielt und geradeaus starrte. Ab und an warf er Wärmland einen hastigen Blick zu, um an dessen Mimik den Inhalt des Gesprächs abzulesen.

»Die Blutgruppe stimmt nicht überein?«, brach es laut aus Wärmland heraus. »Sie sind sich also ganz sicher, dass dieser abgetrennte Finger nicht von meinem Jungen sein kann?«

Dr. Bremicker bejahte diese Frage entschieden.

Wärmland dankte dem Rechtsmediziner mit überschwänglichen Worten und verzog das Gesicht zu einem unendlich erleichterten Lächeln, das Trobisch sofort erwiderte. Er nahm seine Rechte vom Steuer und klopfte Wärmland auf die Brust.

»Großartig«, rief er lachend. »Bremicker ist sich also ganz sicher? Dann besteht kein Zweifel. Er ist der Beste«, frohlockte er.

»Meines Wissens hat er sich mit seinen Analysen noch nie geirrt. Und du selbst hast mir doch auch gesagt, dass du ihm völlig vertraust, wenn er was untersucht«, erwiderte Wärmland.

»Allerdings«, bestätigte Trobisch. »Wenn du dich bei Stefans Blutgruppe nicht geirrt hast, ist jetzt alles gut.« Er lehnte sich entspannt zurück und hielt das Lenkrad nun deutlich lockerer als zu Beginn ihrer Fahrt nach Koblenz.

»Die Blutgruppe stimmt«, sagte Wärmland ruhig. Ihm war ein

riesiger Stein vom Herzen gefallen. Er schaute rüber zu Trobisch und spürte die Woge der Erleichterung wie ein sich fortsetzendes Kribbeln durch seinen Körper laufen. Es war ein unbeschreiblich gutes Gefühl. Noch nie im Leben war er so froh gewesen, außer vielleicht bei Stefans Geburt, denn ein kerngesundes Kind wurde nicht allen Eltern geschenkt.

»Ich muss meinen Jungen jetzt unbedingt sehen und ihn anfassen«, sagte Wärmland ernst. »Ich bin erst völlig ruhig, wenn ich ihn sehen und sprechen kann. Das brauch ich jetzt am dringendsten.«

»Kann ich gut verstehen«, sagte Trobisch. »Wenn ich das verdammte Arschloch kriege, das uns einen solchen Schrecken eingejagt hat, wird er seinen kleinen Scherz noch sehr bereuen, das kannst du mir glauben. Wer macht so etwas? Das Ganze ist doch insgesamt ziemlich professionell aufgezogen.«

Wärmland nickte.

»Wer es auch war, hat jedenfalls genau das erreicht, was seine Absicht war – dich ganz tief an deinem verletzlichsten Punkt zu treffen«, fuhr Trobisch fort.

»Das hat er tatsächlich geschafft«, bestätigte Wärmland. »Sich dafür sogar einen echten Finger zu besorgen, geht für einen Bluff allerdings ziemlich weit.«

»Ihm war vermutlich klar, dass er das nur mit einem echten Finger schaffen würde. Vielleicht ist er ja sogar so durchgeknallt, dass er dafür seinen eigenen geopfert hat.«

»Das kann ich mir eigentlich nicht so recht vorstellen«, meinte Wärmland zweifelnd. »Obwohl man bei einem echten Psychopathen kaum etwas ausschließen kann.«

Erneut befiel ihn Unbehagen. Er schaute zu Trobisch. »Du bist dir doch im Klaren darüber, was das bedeutet? Stefans Finger war es nicht, und wenn wir die Sache mit der Selbstverstümmelung mal beiseitelassen, kann das ja wohl nur eines bedeuten: Er muss für diese Aktion jemand anderem Gewalt angetan haben – jemandem, der jetzt mit einem Finger weniger rumlaufen muss.«

Für Wärmland taten sich plötzlich viele Fragen auf, die nicht mehr ausschließlich um Stefan kreisten. Trobisch ging es ebenso. Sie hatten die Tür zu einer Ermittlung geöffnet.

Als sie auf der B 9 auf Höhe der Shell-Tankstelle die Abfahrt Lützel fast erreicht hatten, läutete Wärmlands Handy erneut.

»Noch mal der Doc«, sagte Wärmland an Trobisch gewandt, als er die Nummer sah. »Haben Sie noch etwas für uns?«, fragte er den Anrufer. Dann sagte er dreimal »Okay« und schließlich: »Danke, dass Sie noch drangeblieben sind. Gute Nacht.«

»Was hat er rausgefunden?«, fragte Trobisch ungeduldig.

»Ein interessantes Detail«, antwortete Wärmland nachdenklich. »Er hatte sofort den Verdacht, aber er wollte sicher sein, ehe er es mir sagt. Das Gewebe des abgetrennten Fingers ist seit mindestens achtundvierzig Stunden nicht mehr durchblutet worden. Die Abtrennung muss post mortem erfolgt sein. Der Finger stammt also von einer Leiche.«

»Na, das wird ja immer besser«, meinte Trobisch. »Dann gibt es also irgendwo in der Region eine Leiche mit einem fehlenden Finger?«

»Das ist anzunehmen, und sie wird sich nicht lauthals beschweren«, entgegnete Wärmland.

»Aber es vergrößert ihre Chancen bei einem Zombie-Casting«, frotzelte Trobisch, doch Wärmland blieb ernst und ging nicht weiter darauf ein.

»Der Finger stammt nach Bremickers Meinung von einer jüngeren, erwachsenen männlichen Person«, berichtete er. »Er schätzt das Alter grob auf zwischen zwanzig und dreißig.«

»Vermutlich niemand, den man aus einem Grab herausgeholt hat«, meinte Trobisch. »Seit mindestens achtundvierzig Stunden tot, aber ohne Spuren der Verwesung – da ist man noch nicht unter der Erde oder im Feuer.«

Wärmland fröstelte. Die Erörterungen zum Thema Leichenteile hätten ihn nicht weiter berührt. Er hatte viele Jahre Erfahrung als Leiter der Mainzer Mordkommission und war auch nach seiner freiwilligen Übernahme des tiefer angesiedelten Postens in Mayen zusammen mit Trobisch immer wieder als Zweierspitze bei größeren Mordfällen im Einsatz. Gespräche wie dieses hatte er schon häufig geführt. Dass ihm jetzt ein kalter Schauer den Rücken hinunterlief, ging auf etwas anderes zurück. Ihm war gerade bewusst geworden, welchen Aufwand der Fingerzusteller betrieben hatte. Vom Auftreiben eines geeigneten Fingers bis hin zum risikobehafteten Job der Zustellung. Seine Mitarbeiter hatten laut Regine Naus telefonischem Zwischenbericht niemanden finden können, der den späten Postboten gesehen hatte. Das war insgesamt eine sehr professionelle Vorgehensweise. Sollte das jetzt tatsächlich alles gewesen sein?

Vor Kurzem erst war diese gewaltige Welle des Aufatmens und der Erleichterung durch ihn hindurchgeströmt. Dieses gute Gefühl begann nun wieder zu weichen. Etwas blockierte die begonnene positive Wahrnehmung. Wie ein unangekündigter epileptischer Anfall stürzte es auf ihn ein. Eben noch hatte er sich auf die anstehende Begegnung mit Stefan gefreut, jetzt waren diese Last und diese Enge in der Brust wieder da.

»Was ist mit dir?«, wollte Trobisch wissen, der seine Veränderung wahrgenommen hatte.

Wärmland antwortete nicht. Er dachte mit Schrecken, dass das bisher Geschehene zu planvoll und überdimensioniert für eine vorgetäuschte Attacke gegen ihn war. Die Botschaft des Täters – »Wollen sehen, was für ein guter Vater Wärmland sein kann!« –, diese im Satz steckende Aufforderung, zu zeigen, dass er ein guter Vater war, hatte eine noch nicht abgeschlossene zeitliche Dimension. Sie hatte die Zukunft als Thema. Sie besagte: Ich habe dein Kind, und jetzt will ich sehen, was für ein guter Vater du in dieser Situation sein kannst.

Wärmlands Herz fühlte sich krank an, Übelkeit übermannte ihn. Seine Herzrhythmusstörungen waren massiv.

»Was atmest du denn so schwer?«, fragte Trobisch besorgt. »Was ist los?«

Wärmland antwortete noch immer nicht, er atmete zunächst nur weiter, um Fassung bemüht.

»Was ist, wenn er sich meinen Jungen doch geholt hat?«, fragte er dann fast tonlos.

Trobisch war etwas überrumpelt von dieser Rückkehr zum schlimmstmöglichen Szenario. »Wie kommst du denn darauf? Wir wissen doch jetzt, dass es nicht Stefans Finger ist und dass er mit einem Freund im Kino ist, wo wir ihn gleich treffen werden.«

»Seine Botschaft«, sagte Wärmland. »Sie ist ernst gemeint. Er will mich als Vater herausfordern. Das war kein Scherz eines angesoffenen Chaoten, der überlegt hat, wie man mal eben einen verhassten Bullen erschrecken kann. Das geht viel tiefer.«

Trobisch war nach der Überquerung der Moselbrücke auf der linken Spur geblieben. Die führte sogleich auf die nächste Brücke, auf der sie über den tiefer liegenden Kreisverkehr fuhren. Sie hatten den grauen Gebäudeklotz des Polizeipräsidiums links liegen gelassen und waren noch ein kurzes Stück dem Friedrich-Ebert-Ring gefolgt, ehe Trobisch nun nach rechts in die Löhrstraße einbog. Im unmittelbaren Bereich des Odeon-Apollo-Kinos fand er keine Parkmöglichkeit, also fuhr er langsam weiter.

»Was meinst du mit ›tiefer‹?«

»Wenn es nur darum ginge, mich mit einem abgetrennten Finger zu erschrecken, würde doch der Satz ›Wollen sehen, was für ein guter Vater Wärmland sein kann‹ keinen rechten Sinn ergeben.«

Trobisch schüttelte leicht den Kopf. »Warum denn nicht? Er wollte dem Ganzen eine persönliche Note verleihen, nehme ich an, musste aber damit rechnen, dass du alle deine beruflichen Möglichkeiten ausschöpfst und bald hinter das kleine Geheimnis mit dem Schummelfinger kommst.«

Er setzte den Blinker. Nach einer Runde um den Block über die Roonstraße und die Bahnhofstraße fand sich in der Rizzastraße endlich ein Parkplatz. Von hier waren es noch zwei Minuten bis zum Kino.

Als der Wagen stand, löste Trobisch seinen Sicherheitsgurt und wandte sich Wärmland zu. »Natürlich hat er davon nicht wirklich viel, weil alles ohne seine Zeugenschaft abläuft. Aber dass es für einen gewaltigen Schreck reichen würde, das kann er sich vorstellen. Wer könnte das nicht? Das wird ihm genügt haben.«

»Aber das ist doch genau der Punkt. Auf diese Art kriegt er gar nichts mehr mit. Es sei denn, er wäre ein Kollege, der etwas näher an mir dran ist und weiterverfolgen kann, wie ich mit der Situation umgehe.«

»Das kannst du gleich wieder vergessen. Ich kann mir beim besten Willen nicht vorstellen, dass das die Inszenierung von einem aus der Truppe ist. Dazu müsste man dich schon als Feind betrachten. Aber, Jan, du hast keine Feinde in der Kollegenschaft, weder in Koblenz im Präsidium noch bei dir in Mayen. Wir beide wüssten davon, wenn dem so wäre.«

Wärmland schaute Trobisch eindringlich an. »Es ist seine Wortwahl. ›Wollen sehen, was für ein guter Vater Wärmland sein kann!‹? Mit diesem ›Wollen sehen‹ sagt er uns ganz deutlich, dass er *beobachten* will, wie ich reagiere. Und dass ich als Vater gefragt bin. Das macht nur Sinn, wenn sein Vorhaben über diese kleine, bescheuerte, bösartige Sache mit dem falschen Finger hinausgeht.«

Trobisch nickte, wenn auch nicht zustimmend, dann doch als Signal an seinen Freund, dass dessen Theorie überlegenswert war.

»Ich weiß, dass du Angst hast, es könnte mehr daran sein, aber bitte … Bedenke, wo wir hier sind. Du solltest dich nicht in dieses Gefühl stürzen, dass nur noch das Schlechteste möglich ist. In spätestens einer halben Stunde wirst du wahrscheinlich deinen Jungen in den Arm nehmen können, und der ganze Spuk hat ein Ende.«

Wärmland rang mit sich und seiner bedrohlich klingenden inneren Stimme. »Ich fühle mich nur so schlecht seit eben, als mir die Botschaft wieder in den Sinn kam. Ein bisschen ist es so, als hätte mir jemand ein Gerücht ins Ohr geflüstert, und obwohl die Beweise fehlen, weiß ich, dass es wahr ist. Mit Nicole war es ähnlich. Ich hab noch nicht konkret gewusst, was es war, aber die düstere Vorahnung war da, und meine Angst war berechtigt.«

Trobisch wollte sich noch nicht geschlagen geben. »Aber du hast doch mit den Eltern von Stefans Freund gesprochen? Wenn da irgendetwas Ungewöhnliches gelaufen oder Stefan nicht aufgetaucht wäre, hätten sie das doch gewusst und es dir gesagt. Sie haben Ursulas Version aber bestätigt. Stefan hat seinen Freund besucht, beide sind abends ins Kino, und anschließend übernachtet Stefan bei Julian. Das heißt, dass die beiden gleich aus dem Kino spazieren und sich wundern werden, dass der gefährlichste Sheriff westlich des Rheins vor ihnen steht – also du!«

Wärmland nickte leicht und fasste Trobisch an dessen rechte Schulter. »Okay. So wird es wohl sein. Danke, mein Lieber. Deine Argumentation ist absolut vernünftig. Wahrscheinlich hat mich das mit Nicole so angezählt, dass ich mit dieser Sache hier den Boden unter den Füßen verloren habe.«

»Ein gutes Bild. Für einen anderen verlassen zu werden gleicht im Leben eines ordentlichen Mannes einem Hauptbeben der Stärke acht Komma sieben. Da ist es kein Wunder, wenn die Reaktion auf eine weitere emotionale Prüfung intensiv ausfällt. Aber das kommt gleich alles wieder in Ordnung, wenn du Stefan auf dich zukommen siehst und er eine freche Bemerkung macht.«

»Das sollte er ausnutzen«, meinte Wärmland mit einem erzwungenen Lächeln. »Heute wäre ich wahrscheinlich erleichtert, wenn er mich mit ›Was machst du denn hier, alter Sack?‹ begrüßen würde.«

»Das kann ich mir allerdings nicht vorstellen. Weder diese Wortwahl noch deine Freude darüber. Aber lassen wir uns überraschen.«

Wärmland und Trobisch standen im Vorraum des Apollo-Kinos. Wärmland spürte diesen Druck in seinem Hals. Aber er versuchte verbissen, sich Trobischs Analyse anzuschließen. Es gelang ihm nur bedingt. Zu sehr fürchtete er eine Fortsetzung der emotionalen Achterbahnfahrt an diesem Abend. Er hatte das Gefühl, dass sie sich schon hinter dem Scheitelpunkt und in Abwärtsbewegung befanden, kurz bevor die Schwerkraft sie mit voller Kraft nach unten reißen würde.

Dieses Warten war die Hölle.

Bei vielen Gewaltverbrechen, mit denen er in seinem Berufsleben konfrontiert worden war, hatte Wärmland mit den Angehörigen gefühlt und manchmal ein Stück weit mitgelitten, auch wenn das nach allgemeiner Auffassung als nicht sehr professionelle Vorgehensweise galt. Aber welcher sensible Mensch konnte sich schon perfekt gegen das Leid abschirmen, dem man bei solchen Ermittlungen begegnete? Oft hatte er sich nach Gesprächen mit trauernden und geschockten Angehörigen unendlich dankbar gefühlt, dass ihm ein so entsetzlicher Kummer erspart blieb. Aber jetzt war er vielleicht doch noch an der Reihe.

Weil der Film Überlänge hatte, hatte die Vorstellung bereits um neunzehn Uhr fünfundvierzig begonnen. Um zweiundzwanzig Uhr fünfundvierzig sollte sie zu Ende sein. Blieben noch neunzehn endlose Minuten. Wie unerträglich Warten doch sein konnte. Wärmland musste an die zum Tode Verurteilten in amerikanischen Gefängnissen denken, die nach anwaltlichem Antrag oft noch bis zuletzt auf den Beschluss zur Nichtvollstreckung des Todesurteils hofften.

»Was kann ich noch tun, außer zu sagen, dass du es jeden Moment hinter dir hast?«, versuchte Trobisch, ihn zu beruhigen. »Er wird gleich da rauskommen, und dann ist alles gut. Sogar ohne dass du Stefans Mutter durch diese Qual mitgenommen hast. In ein paar Minuten fängt wieder euer normales Leben an.«

Wärmland schaute Trobisch an. »Danke für den Versuch«, sagte er heiser. »Aber in mir ist so eine eigenartige Leere, und ich habe ein ganz schlechtes Gefühl. Ich versuche mir die ganze Zeit einzureden, dass ich auf eine so böse Attacke nach der Trennung von Nicole einfach schlecht vorbereitet bin. Aber das hilft mir nicht.«

Trobisch nickte nur und sagte nichts mehr. Was er Positives hatte sagen können, hatte er schon gesagt. Sie mussten noch ein wenig Geduld haben und dann weitersehen.

Die Anzahl der sich im Kinovorraum aufhaltenden Gäste war sehr überschaubar, denn die Vorführungen der Filme mit normaler Lauflänge waren längst vorüber, und es folgte nur noch eine einzige Spätvorstellung. Das Bild änderte sich jedoch mit dem Ende des Films, den sich Stefan und sein Freund für diesen Abend ausgesucht hatten. Ein Strom von Kinobesuchern schwappte über die Treppe aus dem ersten Stock nach unten. Wärmland und Trobisch hatten sich an der Engstelle postiert, an der zuvor ein Kinomitarbeiter die Karten kontrolliert hatte. Der stand nun ebenfalls wieder hier und warf ihnen misstrauische Blicke zu. Trobisch sprach den Mann an und erklärte ihm, dass sie nur jemanden abholen wollten.

Wärmland wusste, dass sie Stefan und Julian an dieser Position keinesfalls verpassen konnten. Trotzdem quälte ihn eine diffuse Angst, dass selbst das irgendwie schiefgehen konnte, obwohl es nach objektiver Beurteilung der vorliegenden Gegebenheiten keinen Grund für diese Befürchtung gab. Allerdings war Wärmlands Fähigkeit zur Objektivität stark in Mitleidenschaft gezogen.

Endlich entdeckte er Julian auf den oberen Treppenstufen – begleitet von einem Jungen, der nicht Stefan war.

Wärmlands Herz geriet in Panik und begann zu rasen. Seine Atmung wurde schneller, und Schweißperlen traten auf seine Stirn. Nervös eilte er dem Jungen entgegen. Dann wurde ihm schwarz vor Augen, er ging in die Hocke und setzte sich auf die Stufen. Sein Bewusstsein und seine Sehfähigkeit kehrten zurück.

Sein »Hallo, Julian« sollte deutlich und kraftvoll ausfallen, es war aber eher so etwas wie ein heiseres Krächzen. Gleichzeitig empfand Wärmland ein leichtes Schwindelgefühl. »Wo ist Stefan?«, fragte er nun etwas lauter.

»Guten Abend, Herr Wärmland«, antwortete Stefans Freund erschrocken und musterte Wärmland irritiert. »Ich hab leider keine Ahnung, wo Stefan ist. Er hat sich heute Nachmittag überraschend abgemeldet und ist gegangen, obwohl wir ursprünglich zu dritt in den Film gehen wollten.«

»Was heißt denn ›abgemeldet‹? Was ist passiert?«, platzte Wärmland gehetzt heraus.

»Das weiß ich nicht. Er hat einen Anruf bekommen und wollte dann weg.«

»Hat er nicht gesagt, warum?«

»Er hat nur gesagt, es sei was Familiäres. Wir könnten ja demnächst noch mal zusammen ins Kino gehen, aber jetzt müsse er sofort weg.«

Wärmland war dabei, zu verzweifeln. »Was Familiäres? Wieso was Familiäres? Hat er sonst gar nichts weiter gesagt?« Er bellte die Fragen heraus wie ein heiserer Schäferhund.

»Nein, das war alles«, antwortete Julian. »Aber was ist denn los, Herr Wärmland? Ist etwas passiert?« Mit ängstlichem Blick betrachtete er den Vater seines Freundes, der kraftlos vor ihm auf den Stufen saß, während Trobisch und der andere Junge stumm und sorgenvoll neben den beiden standen. Wärmlands spürbare Not schien auf Julian übergesprungen zu sein.

»Ich weiß es nicht, Julian«, antwortete Wärmland wahrheitsgemäß. Er wollte den Jungen, der seinem Sohn ein wichtiger

Mensch war, nicht anlügen. Ihm war inzwischen auch bewusst geworden, wie er auf Stefans Freunde wirken musste. Er stand wieder auf und bemühte sich nun um etwas mehr Ruhe und Sachlichkeit. »Es ist so: Wir wissen nicht, wo Stefan ist. Und das macht uns alle etwas unruhig«, sagte er etwas gefasster. »Aber sicherlich ist er einfach nur bei irgendjemandem aus der Familie und hat es versäumt, uns Genaueres dazu mitzuteilen. Weißt du noch, wann er diesen Anruf bekommen hat?«

»Das war so gegen zwanzig nach vier. Nach dem Unterricht sind wir zu mir und haben Hausaufgaben gemacht. Dann haben wir noch eine Runde am PC gespielt und sind anschließend los in die Stadt. Als wir beim Brustolon am Bahnhofplatz ein Eis gegessen haben, kam der Anruf.«

Immerhin mal ein Zeuge, der sehr präzise die Ereignisse auflisten kann, dachte Wärmland und hoffte, dass er vielleicht doch noch mehr Details erfahren würde.

»Weißt du, wo er dann hin ist?«, fasste er nach. »Ich meine, in welche Richtung ist er denn gegangen?«

»In Richtung Markenbildchenweg. Wohin genau, kann ich leider nicht sagen. Er ist Richtung Rhein abgebogen, und wir haben ihn nicht mehr sehen können. An der Ecke hat er sich aber noch mal umgedreht und uns gewinkt.«

Wärmland nickte. »Okay, du siehst ihn ja dann morgen in der Schule. Wenn er dir von seinem Abend berichtet, kannst du ihm gern ganz beiläufig sagen, dass es bei unerwarteten Planänderungen total in ist, sich seinen nächsten Angehörigen – also Mom oder Dad – etwas früher mitzuteilen. Vor allem, wenn es was mit der Familie zu tun hat.«

»Ja, mach ich«, antwortete Julian etwas verdattert. Er wusste ganz offensichtlich nicht, was er von alldem halten sollte. Wärmland bemühte sich um einen halbwegs normalen Abschluss, obwohl ihm allmählich der Boden unter den Füßen wegbrach.

»Komm gut nach Hause und grüß deine Eltern von mir«, sagte er zu Julian und nickte dem anderen Burschen kurz zu. Er hatte ihn auch schon mal gesehen, aber an einen Namen konnte er sich nicht erinnern.

Die beiden jungen Männer verließen das Kino, und Wärmland

sah hilfesuchend zu Trobisch. Aber der war nun ebenfalls destabilisiert, wie sein ratloser Blick und die sorgenvoll gerunzelte Stirn erkennen ließen. Das Bild einer bald wieder heilen Welt, das er auf dem Weg hierher für Wärmland gezeichnet hatte, war soeben in tausend Teile zersprungen.

Das beinahe Schlimmste war doch noch eingetroffen: Sie wussten immer noch nicht, wo sich Stefan befand.

VIER

Wärmland focht einen heftigen inneren Kampf, bis er sich entschloss, Ursula anzurufen. Sie hatte auch nichts von Stefan gehört und wurde hysterisch, als er ihr offenbarte, dass ihr Sohn nicht wie geplant im Kino gewesen war. Wärmland konnte sie kaum beruhigen, es dauerte eine Weile, bis sie ihm wieder zuhörte und er ihr erzählen konnte, was Julian ihm bezüglich einer familiären Angelegenheit berichtet hatte.

Nach langen Minuten einigten sie sich schließlich darauf, alle Familienangehörigen anzurufen und nachzuforschen, ob Stefan irgendwo aufgetaucht war. Ursula sollte sich bei ihren Verwandten erkundigen, er würde seine Seite der Familie übernehmen. Irgendwo musste der Junge doch sein. Das war zumindest ihre Theorie – und ihre einzige Hoffnung.

Hatte es zunächst den Anschein gehabt, dass sich Ursulas Empörung und Zorn während des Gesprächs ein wenig verflüchtigten, so überraschte sie ihn zum Abschluss mit einem neuen Anfall von Aggression und schrie ihm ein »Finde ihn!« entgegen, ehe sie die Verbindung abbrach. Wärmland fühlte sich unbeschreiblich elend und entsetzlich müde. Ein Ende des Alptraums war nicht abzusehen.

Trobisch hatte darauf bestanden, weiter bei Wärmland zu bleiben. Sie saßen im Wagen, während sich Wärmland auf die Liste der ihm bekannten Familienmitglieder aus dem Clan der Wärmlands konzentrierte, die er nun anzurufen hatte. Sie war nicht besonders lang, aber angesichts der Umstände begann sie mit zwei heftigen Problemfällen: seiner Mutter und seinem Bruder. Wie sollte es ihm jetzt, eine halbe Stunde vor Mitternacht, gelingen, seine Mutter aus dem Schlaf zu reißen, ohne sie mit seiner Frage nach dem Verbleib von Stefan in die größte Verzweiflung zu stürzen? Er war im Grunde überzeugt, dass seine Mutter ihn inzwischen längst angerufen hätte, wenn Stefan wegen irgendeines Problems bei ihr aufgeschlagen wäre. Sein Herz schlug wieder den chaotischen Takt, der ihm vorletzte Nacht eine ungebremste Todesangst beschert hatte. Jetzt mischte sich diese bedrohliche Empfindung mit einem unguten Gefühl in der Magengegend. Er wollte seiner Mutter auf keinen Fall einen solchen Schock versetzen, dass sie ernsthaft zu Schaden kam. Sie war nicht die Jüngste und gesundheitlich weniger belastbar, als sie es selbst gern wahrhaben wollte. Aber wie konnte er sie anrufen, ohne sich zu erklären? Wenn er doch nur heimlich einen Blick in ihre Wohnung werfen könnte!

Da kam Wärmland der rettende Gedanke: Die beste Freundin und Vertraute seiner Mutter wohnte mit ihrem Mann auf der anderen Straßenseite gegenüber. Die beiden waren mit Anfang sechzig rund zwanzig Jahre jünger als seine Mutter und um diese Zeit unter Umständen sogar noch wach. Vor allem aber hatten Viviane, wie die aus Frankreich stammende Freundin hieß, und seine Mutter seit Jahren die Angewohnheit, jeden Abend vor dem Schlafen miteinander zu telefonieren und sich eine gute Nacht zu wünschen. Das war Wärmlands Chance, an Informationen zu kommen, ohne seine Mutter zu behelligen. Er war sicher, dass Viviane und ihr Mann für seine Notlage Verständnis haben würden. Erleichtert griff er zum Telefon.

Nach neunmaligem Klingeln hatte er Klaus Scheppner am Apparat, der das Telefon verständnisvoll an seine Frau weiterreichte, nachdem Wärmland sich für die späte Störung entschuldigt und ihm die Situation beschrieben hatte. Was Wärmland dann hörte, war allerdings nicht seine insgeheim erhoffte Wunschversion. Die Frauen hatten auch an diesem Abend miteinander telefoniert, aber Viviane war der absolut festen Überzeugung, dass nichts Ungewöhnliches vorlag, da Wärmlands Mutter ihr vom Besuch des Enkels oder im Falle eines überraschend eingetretenen Ereignisses unbedingt davon berichtet hätte. So entschuldigte er sich erneut für die ungebührliche Störung und bedankte sich überschwänglich für die Auskunft und Hilfe, die ihm zuteilgeworden war.

Er legte auf und schaute Trobisch an. »Das war eine der wenigen halbwegs wahrscheinlichen Varianten in meinen Augen … Stefan bei seiner Oma. Auch wenn ich keine Idee habe, was für eine Familienangelegenheit das sein sollte, die sie mit ihm oder er mit ihr zu klären hat.«

»Was sich dahinter verbirgt, wirst du vielleicht erst erfahren, wenn wir ihn gefunden haben. Darum ist es wichtig, systematisch vorzugehen und weiter die Liste abzutelefonieren. Wer ist der Nächste, deine Schwester oder dein Bruder?«

»Ich kann mir beim besten Willen nicht vorstellen, warum Jörg meinen Sohn angerufen haben sollte«, antwortete Wärmland skeptisch. »Stefan weiß, wie ich zu seinem Onkel stehe. Und warum sollte sich Jörg an seinen ihm unbekannten, minderjährigen Neffen wenden? Ist ja nicht so, als hätte der eine eigene Wohnung oder ein Einkommen, mit dem er einem arbeitslosen Alkoholiker unter die Arme greifen könnte. Die beiden sind sich nie im Leben begegnet, und Stefan hat auch nicht den Wunsch geäußert, seinen Onkel mal kennenzulernen. Das macht keinen Sinn.«

»Trotzdem dürfen wir ihn nicht auslassen. Wenn ich mich recht erinnere, hast du aber gar keine Kontaktdaten von ihm, oder?«

»Nein, aber meine Schwester, und die ruf ich jetzt an, denn die könnte noch eher in Frage kommen als sonst irgendjemand. Stefan und Ulli kennen und mögen sich, ihr würde er helfen wollen, wenn sie ihn anrufen und um etwas bitten würde. Ich hoffe sehr, sie ist diejenige, um die es geht, auch wenn ich keine Ahnung habe, was der Anlass gewesen sein könnte.«

Wärmland wählte die Nummer seiner Schwester und konnte Ulli auch sofort erreichen, doch sie versicherte ihm, dass Stefan in dieser Woche weder mit ihr gesprochen hatte noch sie mit ihm und dass er auch im Moment nicht bei ihr war. Umso entsetzter war sie, als Wärmland ihr eröffnete, dass ihr Neffe ohne irgendeinen Hinweis verschwunden war. Auf Wärmlands Frage, ob sie sich vorstellen könne, dass sein Junge durch irgendeinen Umstand bei ihrem Bruder Jörg gelandet war, schlug Ulli vor, Jörg sofort danach zu fragen. Dann wollte sie sich wieder melden. Wärmland war einverstanden, und sie beendeten ihr Gespräch.

Er schaute auf seine weitere Anrufliste. Die umfasste lediglich zwei noch lebende Onkel sowie seine Cousins und Cousinen. Der eine Onkel, ein Bruder seiner Mutter, lebte im Hunsrück und war ein schwieriger und zum Jähzorn neigender Charakter, mit dem er seit zwanzig Jahren keinen Kontakt mehr gehabt hatte. Er schien ihm der am wenigsten geeignete Kandidat für die »familiäre Angelegenheit« zu sein, die Stefan zu erledigen gehabt hatte. Der andere Onkel war ein Adoptivbruder seines Vaters und lebte in Düsseldorf. Zu ihm hatte Wärmland nur einen sehr sporadischen Kontakt, aber immerhin beruhte dieser auf einer gegenseitigen Sympathie. Er konnte sich jedoch nicht vorstellen, dass sich bei einer dieser entrückten Familien-Karteileichen etwas ereignet haben sollte, was ausschließlich zu Stefan gelangt war, ohne dass er selbst oder Ursula zuvor davon Kenntnis erlangt hätten. Bei seinen acht Cousins und Cousinen läge die Wahrscheinlichkeit aufgrund des geringeren Alters vielleicht einen Hauch höher, doch Stefan hatte nie unmittelbaren Kontakt zu ihnen gehabt, und Ursula hätte ihm sicher erzählt, wenn sich daran in letzter Zeit irgendetwas geändert hätte.

Wärmlands Handy läutete. So schnell hatte er nicht mit Ullis Rückruf gerechnet. Hastig nahm er das Gespräch an.

»Ich hatte Glück und hab ihn sofort erreicht. Jörg weiß aber von nichts.«

Es wäre ja auch zu schön gewesen, wenn sein Bruder jetzt endlich einmal zu etwas nutze gewesen wäre und Stefan bei sich gehabt hätte. Aber Jörg war eben nur für Enttäuschungen gut. Den Gedanken behielt Wärmland allerdings für sich, denn das war eine Interpretation, mit der Ulli überhaupt nicht einverstanden wäre.

»Danke, Ulli«, sagte er kurzatmig. »Ich halte dich auf dem Laufenden.«

Sie verabschiedeten sich.

»So ein verdammter Mist«, sagte Trobisch mit einem resignierten Kopfschütteln.

Am liebsten hätte Wärmland sich davor gedrückt, jetzt auch noch bei den entfernteren Familienangehörigen nachzufragen. Er versprach sich nicht viel davon, war er doch der Ansicht, dass besagte Familienangelegenheit nun wohl doch eher bei Ursulas Angehörigen zu finden wäre. Dass es spät war, machte die Sache nicht angenehmer. Aber Wärmland musste in Kauf nehmen, die Angerufenen aus dem Bett zu werfen. Er konnte die Suche unmöglich auf morgen verschieben. Mit der fortgesetzten Ungewissheit über Stefans Verbleib würde sein Herz weiterrasen und -stolpern, und er würde es nicht ertragen.

Wärmland biss also die Zähne zusammen und begann mit der unangenehmsten Aufgabe: sein Onkel im Hunsrück. Der meldete sich ziemlich verschlafen und raunzte, als er gewahr wurde, wer ihn so spät anrief, ein »Du bist wohl nicht ganz richtig, lass uns in Ruhe« in den Hörer. Dann legte er auf. Trotz formaler Schwächen hatte dieses Gespräch zumindest ein eindeutiges Ergebnis: Wärmland wusste nun mit absoluter Gewissheit, dass sich Stefan *nicht* bei diesem wertvollen Mitglied der erweiterten Familie aufhielt. Er war auch nicht bei Wärmlands anderem Onkel, der seinen Anruf nicht weniger verschlafen, aber doch weitaus freundlicher entgegennahm.

Von seinen acht Cousins und Cousinen erreichte Wärmland erstaunlicherweise sechs unmittelbar. Sie hatten nichts von Stefan gehört. Den beiden, die nicht zu Hause waren, hinterließ er eine Nachricht auf dem Anrufbeantworter und bat dringend um Rückruf.

Es war vier Minuten nach halb zwölf, als ihn Cousine Martina aus Himmelgeist bei Düsseldorf zurückrief. Sie war jedoch auch nicht der von Wärmland erhoffte himmlische Bote mit der erlösenden Nachricht, denn auch sie hatte nicht mit Stefan gesprochen. Zumindest konnte sie Wärmland aber die Handynummer ihres Bruders geben, sodass er schließlich auch noch mit dem letzten in Frage kommenden Verwandten reden konnte. Rolf hatte ebenfalls nichts von Stefan gehört, und so blieb alles beim Alten.

Inzwischen war es kurz vor Mitternacht.

Regine Nau rief an.

»Hallo, Chef, ich hatte gehofft, von Ihnen zu hören, wenn der Film zu Ende ist und Sie Stefan abgefangen haben. Das haben Sie doch, oder?«

Wärmland murmelte eine Entschuldigung und kämpfte dagegen an, dass ihm seine aufwallende Emotion die Tränen in die Augen trieb. »Stefan war nicht im Kino. Er hat seine Freunde heute Nachmittag verlassen, und wir wissen weiter nichts von ihm.«

»Oh Gott«, entgegnete Regine Nau bestürzt. »Wie kann das denn sein?«

Wärmland erklärte ihr das mit der angeblichen familiären Angelegenheit und erzählte von seinen vergeblichen Anrufen bei seinen Verwandten. »Jetzt gibt es nur noch die Möglichkeit, dass etwas auf der Familienseite seiner Mutter vorgefallen ist. Unsere letzte Chance auf eine halbwegs normale Erklärung.«

»Das tut mir so leid«, sagte Nau voller Mitgefühl. »Ich denke, einen Unfall können wir ebenfalls ausschließen. Ich habe alle Krankenhäuser im nördlichen Rheinland-Pfalz überprüft, ein junger Mann, dessen Beschreibung auf Ihren Sohn passen würde, ist in keines davon eingeliefert worden. Ich habe auch die Krankenhäuser in der Nordeifel in NRW und am Rhein bis runter nach Bonn in die Suche einbezogen. Nichts.«

»Danke, Regine, Sie müssen jetzt mal Feierabend machen. Sven und ich bleiben noch dran. Gute Nacht.«

»Kann ich nicht doch noch irgendwas tun?«, erhob sie Einspruch. »Es gibt bestimmt eine Möglichkeit, wie ich mich weiter nützlich machen kann.«

»Gehen Sie schlafen, Nauchen. Dann sind Sie morgen fit und können mich besser unterstützen. Das wird auch nötig sein, ich brauche jemanden um mich, der wache Sinne hat. Ich hab sie jetzt schon nicht mehr.«

»Okay, Chef«, sagte sie einsichtig. »Ich stelle mir den Wecker auf fünf, aber wenn früher was ist, dann melden Sie sich bitte. Ich will helfen, so gut ich kann.«

»Einverstanden«, entgegnete Wärmland müde und schloss das Gespräch mit einem herzlichen »Danke«.

»Du hast sie die Krankenhäuser abtelefonieren lassen?«, fragte Trobisch erstaunt. »Obwohl wir davon ausgingen, dass wir Stefan hier im Kino finden?«

»Sie hat es selbst vorgeschlagen«, erwiderte Wärmland etwas verlegen. »Sie meinte, wir hätten dann im Falle des Falles einen Zeitvorsprung, und sie hatte recht.« Er atmete schwer ein und wieder aus und wünschte sich, ruhiger zu werden. »Aber wie du weißt, hatte ich die ganze Zeit große Zweifel, dass wir ihn hier antreffen. Du hast mehr an die Kinolösung geglaubt als ich.«

Das Klingeln von Wärmlands Handy ließ ihn zusammenzucken. Ursula war dran. Sie war völlig aufgelöst und verzweifelt. Auch ihre Recherchen hatten nichts ergeben. Es hatte keinen Kontakt von Stefan zu irgendjemandem aus ihrer Familie gegeben. Es gelang Wärmland nicht, irgendwelche tröstenden oder besänftigenden Worte für seine geschiedene Frau zu finden. Es gab nichts, was ihm hoffnungsvoll oder aussichtsreich genug erschien, um es Ursula als mildernde Umstände anbieten zu können. Er war sich bewusst, dass Ursula in höchster Not war, wie immer, wenn eine Mutter nicht wusste, was aus ihrem Kind geworden war, doch er konnte dem nichts entgegensetzen.

Wärmland beendete das Gespräch mit dem Versprechen, dass er nicht eher ins Bett gehen würde, bis er Stefan gefunden habe. Das war für seine schluchzend und weinend aus dem Telefonat gehende Ex-Frau keine wirklich beruhigende Perspektive. Aber es war das Einzige, was Wärmland in diesem Augenblick einfiel.

»Ich übernehme den Wagen und setze dich zu Hause ab«, sagte Wärmland an Trobisch gewandt. »Es hat ja keinen Sinn, dass wir uns beide die Nacht um die Ohren schlagen.«

»Versuch es erst gar nicht. Ich will bereit sein, wenn etwas sein sollte. Wer weiß schon, wann du noch einen zweiten Kopf oder eine zweite Knarre brauchst?«

Wärmland schüttelte unwillig den Kopf. »Das ist lieb von dir, Sven. Danke«, entgegnete er. »Aber es wäre gut, morgen zumindest *einen* topfitten Chef-Ermittler mit Kompetenzen am Steuer zu haben.«

»Ich bin noch fit. Vergiss nicht, dass ich ein Nachtmensch bin, der um diese Zeit oft erst aus dem Haus geht. Bei manchen Mädels dauert das Werben zudem ziemlich lange, und dann ist es nicht selten bereits Morgen, wenn wir uns bei mir zu Hause auf meine Briefmarkensammlung stürzen.«

Wärmland schmunzelte gequält. »Der Wagen ist als nächtliches Hauptquartier jedenfalls nicht so das Wahre. Da ist es im Präsidium schon deutlich gemütlicher.«

»Wir fahren zu mir«, entschied Trobisch. »Meine Zugehfrau kommt erst übermorgen, und es sieht ein bisschen chaotisch aus. Aber mit so etwas kommst du als Eifeler Hirtenjunge ja ohne größere Probleme klar. Ich denke, angesichts der Umstände ist meine Wohnung jetzt eine bessere Basis.«

Wärmland fühlte sich entsetzlich müde. Es waren erst ein paar Stunden vergangen, seit sich die Sorge um Stefan wie eine sich schnell zuziehende Schlinge um seinen Hals gelegt hatte. Der bis dahin größte Kummer seines Lebens, die vor Jahren durchlebte Trennung von seiner Frau und seinem Sohn, war nichts im Vergleich zum aktuellen Geschehen. Der Bruch mit Ursula hatte sich langsam und schleichend entwickelt. Das hier war plötzlich gekommen, ohne jede Vorwarnung – und ohne seine Vorahnung. Von einem Moment auf den anderen hatte sich sein Leben dramatisch geändert.

Die Angst vor dem möglichen Verlust eines geliebten Menschen, angefangen bei seinen Eltern bis hin zu seinem eigenen Sohn, war für Wärmland bisher immer nur etwas Theoretisches gewesen, etwas, was grundsätzlich und allgemein zum Leben eines Menschen gehörte, aber nur den Stellenwert einer äußerst unwahrscheinlichen Realität besaß. Jetzt war diese ferne Theorie auf einmal Wirklichkeit. Die Existenz seines Sohnes stand auf dem Spiel. Damit war für ihn der Alptraum aller Eltern unbarmherzig wahr geworden. Er hatte so ein Gefühl von Fieber, und er fror.

Als sie auf dem Weg zu Trobischs Wohnung das Haus an der Ecke Roonstraße und Hohenzollernstraße passierten, in dem Stefan und seine Mutter wohnten, sah Wärmland Ursula in Gedanken weinend am Küchentisch sitzen. Er wischte das Bild weg. Die ganze Zeit über hämmerte eine einzige Frage in ihm: Wo bist du, Stefan?

Er wusste nicht, was er sich vorstellen sollte, und vielleicht war das auch besser so. Der Gedanke, dass seinem Jungen etwas zugestoßen sein könnte, war ihm unerträglich.

Trobischs Wohnung lag in der Mainzer Straße auf der Rheinuferseite. Seit dem vorigen Herbst residierte er in einem schicken Apartment mit einhundertfünf Quadratmetern und Balkon. Sein Hauptkommissarsgehalt hätte für den Erwerb nicht gereicht. Die finanziellen Verhältnisse in Trobischs Familie und eine Erbschaft hatten seine Möglichkeiten jedoch auf ein sehr entspanntes Niveau gehoben und ihm einen durchaus unbeschwert zu nennenden Lebensstil verschafft.

Wärmland ließ sich in der Wohnung spontan auf eins der Wohnzimmersofas fallen, während Trobisch in der Küche damit begann, ein Gulasch und Kartoffeln vom Vortag anzuwärmen und ein paar Salatblätter zuzubereiten.

Inzwischen war es kurz nach halb eins, und Wärmland grübelte darüber nach, warum Stefan wohl die Formulierung »familiäre Angelegenheit« verwendet hatte. Was konnte er damit gemeint haben? Um die eigene Verwandtschaft hatte es sich ja offenbar nicht gehandelt.

Als Trobisch mit einem Tablett und dem Essen hereinkam, gab Wärmland seine Frage an den Freund weiter. Der schüttelte den Kopf und hob die Schultern.

»Lass uns mal was essen«, meinte er dann beruhigend. »Vielleicht brauchen wir nur etwas zusätzlichen Stoff in den Adern und für den Kopf, damit wir besser denken können. Ich hab dir ein alkoholfreies Radler mitgebracht, okay?«

Wärmland nickte zustimmend.

Nach ein paar Minuten, in denen sie schwiegen und aßen und jeder der beiden seinen eigenen Gedanken nachhing, hielt Wärmland auf einmal inne, schluckte und schaute zu Trobisch.

»Und was, wenn er das mit dem Familiären nur im übertragenen Sinn gemeint hat? Also gar nicht im Hinblick auf Blutsverwandtschaft, sondern mit einem anderen Bezug?«

Trobisch schaute Wärmland überrascht an. »Was denn für ein übertragener Sinn?«

»Also dass ich darauf nicht schon früher gekommen bin …« Wärmland legte erregt den Löffel zur Seite. »Ich habe mich eben an mich selbst erinnert und an das, was war, als ich in Stefans Alter war.«

»Und dabei bist du auf *was* gestoßen?«, fragte Trobisch ungeduldig nach.

»Ich war verliebt, das erste Mal verliebt – und zwar sehr.«

»Und da siehst du eine Parallele zu Stefan?« Trobisch verstand offenbar noch nicht, worauf Wärmland hinauswollte.

»Könnte doch sein. Stell dir vor, er ist verliebt und Ulla und ich wissen gar nichts davon. Daraus kann sich doch alles Mögliche ergeben. Und wenn man das seinen Freunden gegenüber irgendwie ausdrücken will, ohne Details zu verraten, wäre der Begriff ›Familiäres‹ doch gar nicht so abwegig.«

Trobisch machte große Augen. »Willst du damit etwa andeuten, dass Stefan vielleicht Vater werden könnte? Denkst du wirklich, eine euch noch völlig unbekannte Freundin erwartet ein Kind von ihm?«

»Ach, das doch nicht.« Wärmland winkte ab. »Obwohl … auch das können wir nicht völlig ausschließen.«

Wärmland hatte eher gemeint, dass Stefan womöglich eine Ausrede gebraucht hatte, um den Kinoabend mit seinen Freunden ausfallen zu lassen und sich mit seiner Freundin zu treffen. Er war von Trobischs Interpretation aber nicht annähernd so schockiert, wie er es unter normalen Umständen vielleicht gewesen wäre. Ihm waren alle Versionen eines familiären Ereignisses recht, die Stefan nicht in unmittelbare Lebensgefahr brachten. Vielleicht befand er sich ja tatsächlich nur in einer schwierigen, aber beherrschbaren persönlichen Situation.

Je länger Wärmland über diese Idee nachdachte, desto mehr schien ihm eine schwangere Freundin nicht nur eine erträgliche Vision zu sein. Sie hatte das Potenzial, geradezu ein Wunschgedanke zu werden angesichts der düsteren Bilder, die ihn ansonsten quälten. Mit Anfang fünfzig Großvater zu werden wäre ein vergleichsweise erträgliches Szenario.

»Meinst du nicht, einer von euch beiden, also Ursula oder du, hätte etwas gemerkt, wenn sich eine solche Geschichte angebahnt hätte?«

»Das muss nicht sein«, widersprach Wärmland. »Ich hab meine erste Freundin damals auch für mich behalten, zumindest so etwa drei Wochen lang. Bis ich mir ganz sicher war, dass dieses Mädchen und ich zusammen waren. Meine Eltern haben überhaupt nichts gemerkt.«

»Na ja, um eine Schwangerschaft festzustellen braucht es aber doch einen etwas längeren Vorlauf, oder nicht?«, machte Trobisch geltend. »Da müssten sie schon ein paar Tage zusammen sein.«

»Schon möglich«, räumte Wärmland ein, »aber vielleicht geht

es ja auch gar nicht um ein Kind, sondern um irgendwelche anderen Probleme, die das Mädchen hat … mit den Eltern oder wegen einer ernsten Erkrankung, wer weiß.« Wärmland klammerte sich an diese Version, die ihm wie ein Rettungsring zugeflogen war. Trobisch hingegen konnte den nüchternen, sachlichen Ermittler nicht völlig ablegen.

»Also bei der guten Beziehung, die ihr beide habt, würde er dich bestimmt nicht so lange schmoren lassen. Ihr wart doch bisher immer ziemlich vertraut miteinander.«

»Schon, aber bei einer ersten Liebe können auch sehr vertrauenswürdige Eltern im Kommunikationsranking schnell mal nach hinten rücken«, erwiderte Wärmland, der sich gleichzeitig bewusst wurde, dass er eine solche Entwicklung sicher nicht leichtnehmen würde.

»Okay, aber wie geht es jetzt weiter?«, wollte Trobisch wissen.

»Ich muss Ursula fragen, ob sie nicht vielleicht doch irgendeinen kleinen Hinweis eingefangen hat, der darauf hinweisen könnte. Sie ist immerhin jeden Tag mit unserem Jungen zusammen. Vielleicht hat sie was an Stefans Verhalten bemerkt, es aber falsch interpretiert.«

Trobisch nickte zustimmend, und Wärmland wählte Ursulas Nummer. Dass es schon fünf nach eins war, konnte er jetzt nicht berücksichtigen. Sie würde ihm dankbar sein, wenn er die richtige Idee hatte. Allerdings hatte er nicht bedacht, dass Stefans Mutter seinen neuerlichen Anruf dahin gehend interpretieren könnte, dass er ihr nun die erlösende Nachricht von Stefans Auffinden überbringen würde. Als sie merkte, dass Wärmland ihr das nicht bieten konnte, war sie wieder völlig verstört und fing erneut an zu weinen.

Er sprach ruhig auf sie ein und sagte, dass es jetzt wichtig sei, sich mit einem Gedanken zu beschäftigen, der sie vielleicht weiterbringen konnte. »Wäre es möglich, dass Stefan sich verliebt hat und jetzt bei seiner Freundin ist, vielleicht wegen irgendeiner Konfliktsituation *ihre* Familie betreffend? Es könnte doch gut sein, dass das Mädchen irgendein Problem hat und er bei ihr ist, um sich um sie zu kümmern?«

Für eine halbe Minute, die Wärmland wie eine Stunde vorkam,

sagte Ursula nichts. Erst als Wärmland sie fragte, ob sie noch dran sei, antwortete sie.

»Er war in den letzten Wochen etwas verschlossener als sonst. Manchmal war es ihm nicht recht, wenn ich bei einem eingehenden Anruf dabei war. Dann hat er den Raum verlassen. Aber das gehört zur Pubertät und zum Erwachsenwerden dazu, daher habe ich dem keine große Bedeutung beigemessen.«

»Sicher«, stimmte Wärmland zu. »Aber könnte nicht vielleicht ein Mädchen dahinterstecken?«

»Genau diese Frage habe ich mir auch schon gestellt. Aber ich wollte ihn lieber nicht danach fragen. Ich dachte, er wird schon selbst damit rüberkommen, wenn er so weit ist. Glaubst du wirklich, sein Verschwinden könnte damit zusammenhängen?« Wärmland konnte Ursulas hoffnungsvollen Unterton nicht überhören. Ihr ging es wie ihm, sie klammerte sich an diesen vagen Rettungsanker.

»Es ist zumindest eine Möglichkeit, die wir nicht außer Acht lassen dürfen«, entgegnete er.

»Und wie finden wir heraus, ob es so ist?«, wollte Ursula wissen.

»Ich weiß es noch nicht. Hast du vielleicht einen Anhaltspunkt, um wen es sich handeln könnte? Womöglich ist es ja ein Mädchen, von dem er schon mal gesprochen hat, als sie nur befreundet waren.«

»Er hat mal ein Mädchen aus seiner Klasse erwähnt, mit dem er sich wohl gut verstanden hat. Ist aber schon etwas her, vielleicht zwei Monate.«

»Weißt du, wie sie heißt?«

»So ganz spontan, nein. Aber warte mal, es war etwas wie ›Anja‹ oder ›Lisa‹ oder so …«

Ursula machte eine Pause, und Wärmland schaute ungeduldig zu Trobisch, in dessen Gesicht ein zwischen Skepsis und Hoffnung angesiedelter Ausdruck lag.

»Doch, jetzt weiß ich es wieder. Alina. So hat sie geheißen, ich bin mir ziemlich sicher.« Ursula klang auf einmal ganz aufgeregt, so als habe sie gerade den richtigen Schlüssel gefunden, um eine verschlossene Tür zu öffnen.

»Und wie weiter? Hast du nicht auch ihren Familiennamen?«

»Den kenne ich nicht, tut mir leid. Den hat Stefan mir nicht genannt. Warum auch?« Sie begann wieder zu weinen.

Wärmland wartete schweigend, bis das Schluchzen abrupt abebbte und Ursula erschrocken die Luft anhielt.

»Du meinst doch nicht etwa, dass die beiden aus Liebeskummer eine Dummheit begangen haben, oder?«, fragte sie flüsternd und schlug damit eine neue, dramatischere Richtung ein. »Sag mir bitte, dass es nicht *das* ist!«

»Das ist es ganz bestimmt nicht. Es gibt noch eine Menge andere, absolut harmlose Möglichkeiten«, versuchte Wärmland, seine Ex-Frau zu beruhigen. »Sie könnten bei ihr zu Hause sein, weil ihre Eltern gerade nicht da sind. Und unser großer Sohn meint, dass er uns nicht mitteilen muss, wo er ist, weil wir ihn ja sicher bei Julian vermuten. Wir dürfen nicht gleich an das Schlimmste denken.«

Trobisch hob bestätigend den Daumen seiner rechten Hand.

»Okay, wenn du meinst.« Ursula beruhigte sich ein wenig. Wärmland spürte, wie dankbar sie für seine beruhigenden Argumente war.

Sie leidet noch mehr unter der Situation als ich, dachte er. Es wäre wohl auch eigenartig, wenn nicht. Sie ist schließlich Stefans Mutter.

»Ich mach mir jetzt mit Sven ein paar Gedanken«, sagte er. »Wir überlegen, wie wir damit weiterkommen. Ich melde mich bei dir, sobald es was Neues gibt, okay?«

»Okay«, erwiderte Ursula.

Dann hatte Wärmland noch einen Gedanken, der ihm eigentlich schon früher hätte kommen können.

»Warum war Stefan heute eigentlich ohne Kai unterwegs? Der ist doch als Stefans bester Freund sonst immer dabei.«

»Kai hat sich einen Virus eingefangen und bleibt erst mal daheim. Das hat jedenfalls Stefan gesagt.«

»Aber er ist doch nach wie vor Stefans bester Freund, oder?«, hakte Wärmland nach.

Ursula bejahte das.

»Gut, also, ich melde mich dann«, sagte Wärmland, und sie

beendeten das Gespräch. Er steckte das Handy nicht wieder ein, sondern behielt es in der Hand, als er sich Trobisch zuwandte. »Stefan hat vor einigen Wochen mal eine Alina erwähnt. Die Wahrscheinlichkeit, dass sie zusammen sind, ist nicht unbedingt groß, aber es könnte sein.«

»Das wäre ja wirklich ein Ding«, meinte Trobisch mit schiefem Mund, »aber zumindest ist es die beste denkbare Variante: Ein junges Liebespaar schottet sich von der Welt ab und wird fälschlicherweise als vermisst angesehen. In dem Fall heißt es wohl Geduld haben.«

Wärmland schüttelte den Kopf. »Vergiss den Finger nicht«, sagte er mahnend. »Oder hältst du es tatsächlich für möglich, dass der ganz zufällig ausgerechnet in dem Moment in meinem Briefkasten gelandet ist, in dem mein Sohn abtaucht?« Wärmland wünschte sich nichts sehnlicher, als dass die Idee mit der möglichen Freundin die Antwort auf all ihre Fragen war. Aber tief in ihm drin bohrte noch immer ein übler Schmerz, der ihn wie ein vielarmiger Krake gepackt hielt: quälende Ungewissheit. »Meine Sorge, dass wir hier noch auf etwas ganz anderes stoßen werden, ist nach wie vor da.«

»Was willst du jetzt tun?«, wollte Trobisch wissen.

»Ich muss herausfinden, ob es da tatsächlich ein Mädchen oder eine Freundin gibt, die Stefan für sich vereinnahmt hat.«

»Und wie?«

»Ich muss Kai fragen«, erwiderte Wärmland. »Wenn es jemand weiß, dann sicher er. Seinem besten Freund vertraut man sich in solchen sehr persönlichen Angelegenheiten doch am ehesten an. Ich hoffe jedenfalls sehr, dass Stefan das getan hat.«

Wärmland schaute in seinen Handyspeicher mit den Kontakten. »Da ist er«, sagte er und wählte Kais mobile Nummer.

Trobisch schürzte die Lippen in gespannter Erwartung.

Nach dem sechsten Klingeln wurde Wärmland noch unruhiger, als er es ohnehin schon war. Kais Informationen waren möglicherweise entscheidend, und die Vorstellung, die erhoffte Antwort erst am Morgen zu erhalten, war unerträglich. Sein Puls raste wieder. Doch niemand nahm Wärmlands Anruf an. Es war zum Verzweifeln.

Wärmland hinterließ eine Nachricht auf der Mailbox. Jetzt gab es nur noch eine Möglichkeit: auf dem Familienapparat anzurufen und möglicherweise alle zu wecken. Im Internet fand er den passenden Eintrag, und nach achtmaligem Klingeln meldete sich eine tiefe, verschlafene, männliche Stimme: Feuser senior, der Vater von Kai.

Wärmland entschuldigte sich für den nächtlichen Anruf und kam gleich zur Sache. Weil Stefan vermisst werde, müsse er unbedingt kurz mit Kai reden, um ihm einige Fragen zu stellen. Vater Feuser zeigte sich glücklicherweise sowohl verständnisvoll als auch kooperativ. Er wies zwar darauf hin, dass sein Sohn krank sei und Fieber habe und dass er ihn unter anderen Umständen in Ruhe gelassen hätte, aber in dieser ungewöhnlichen Situation sei sein Sohn als Stefans bester Freund natürlich eine ganz wichtige Bezugsperson.

Kai war sofort wach, als er hörte, wer ihn zu sprechen wünschte und warum.

»Stefans Mutter meint, es könnte sich um Alina handeln, ein Mädchen aus eurer Klasse.«

»Ja, mit der versteht sich Stefan tatsächlich ganz gut«, entgegnete Kai, was in Wärmlands Ohren zunächst äußerst vielversprechend klang. Dann ergänzte er: »Alina hat einen coolen Humor, aber die beiden haben nichts miteinander.«

»Und da bist du dir sicher?«, hakte Wärmland nach.

»Ziemlich sicher … nein, ganz sicher. Ich wüsste es. Sie ist einen Meter achtundachtzig groß, Raucherin und die beste Kugelstoßerin der Schule. Überhaupt nicht Stefans Typ, wenn Sie verstehen, was ich meine.«

»Ich glaube schon«, antwortete Wärmland niedergeschlagen. »Sonst gibt es dann wohl auch kein Mädchen? Ich meine, du wüsstest ja sicher davon, oder?«

»Ganz sicher. Wir haben keine Geheimnisse voreinander. Glaube ich zumindest. Von meiner Seite kann ich das jedenfalls behaupten. Stefan ist ein klasse Freund, mein bester Freund.«

Wärmland freute sich über dieses letzte Statement, doch gleichzeitig entglitt ihm nun auch der letzte Zipfel Hoffnung, dass es für Stefans Verschwinden eine relativ harmlose Erklärung gab.

Er entschuldigte sich noch einmal für den späten Anruf und dankte dem Jungen für die Auskunft. Kai bat darum, informiert zu werden, sobald Stefan auftauchte. Das sicherte ihm Wärmland zu und beendete das Gespräch.

Er hatte mit diesem Anruf nicht nur einen bösen Rückschlag erlitten. Er hatte jetzt auch den besten Freund seines Sohnes mit großem Kummer belastet. Würde der Junge nach dieser Hiobsbotschaft wieder in den Schlaf zurückfinden? Würde er selbst noch ein bisschen schlafen können, statt die ganze Nacht über bangend auszuharren?

»Das mit der Freundin können wir also vergessen«, sagte Wärmland. »Es war ein schöner Traum, aber es hat uns nur abgelenkt.«

Die mit dem abgetrennten Finger verbundene Drohung nahm auf einmal wieder düstere Gestalt an. Auch wenn es nicht Stefans Finger war, jemand hatte die Kaltschnäuzigkeit aufgebracht, einer Leiche diesen Finger abzutrennen, um ihn damit tief im Innersten zu erschüttern. Und damit die Ouvertüre zu einem noch weiter fortzusetzenden Stück geschaffen. Je mehr Wärmland das bewusst wurde, umso enger zog sich seine Brust zusammen, und auch seine Atmung wurde wieder hektischer.

Er hatte es doch von Anfang an geahnt, und dann hatte er sich auf diese vergleichsweise beschauliche Lösung mit einer Freundin eingelassen und wertvolle Zeit vertrödelt. Das erste Gefühl war meistens richtig, das hatte er bei seiner Arbeit als Polizist schon so oft festgestellt.

Wärmland schluckte. Sein Hals war trocken, und er nahm sein Glas vom Couchtisch und trank es aus.

»Der, der das mit dem Finger gemacht hat, ist einer, der mich hasst und mich quälen will.« Während er das sagte, schaute er Trobisch aus nass glänzenden Augen an. »Und das bedeutet, dass inzwischen alles passiert sein kann oder noch passieren wird.«

Wärmland liefen Tränen über die Wangen. Er sah Trobisch an, dass dieser wusste, was er mit »alles« meinte.

»Es tut mir so leid«, sagte Trobisch leise, »aber du bist damit nicht allein.«

Minutenlang saßen die beiden ohne ein weiteres Wort nebeneinander. Wärmland wurde innerlich von Verzweiflung und Trauer geschüttelt und suchte vergeblich nach einer Möglichkeit, diesem Zustand der Lähmung zu entfliehen.

Da sprang Trobisch auf einmal auf. »Wir brauchen die Handyortung, dass ich da nicht schon früher dran gedacht habe! Ist Stefans Handy entsprechend registriert?«

Wärmland nickte. »Du hast völlig recht! Wie konnte ich das nur vergessen? Das müsste uns voranbringen.«

Er hatte zusammengesunken dagesessen, aber jetzt straffte sich sein Rücken wieder, und er spürte einen kleinen Schub von Energie. Die Perspektive, mit einer Handyortung vielleicht Stefans derzeitigen Aufenthaltsort ermitteln zu können, belebte seinen erschöpften Körper und seine instabile Psyche. Endlich gab es etwas, womit er das innere Chaos aus Angst und Verzweiflung in Schach halten konnte.

»Nur gut, dass wir in diesem Fall keine richterliche Genehmigung brauchen, weil Stefan minderjährig und Gefahr im Verzug ist«, meinte Trobisch. »Da sind wir uns doch einig? Auch wenn wir noch nicht völlig ausschließen können, dass er sich bei irgendwelchen Bekannten oder einer Freundin aufhält, scheint mir das unter den gegebenen Umständen das gebotene Mittel zu sein.«

»Auf jeden Fall«, sagte Wärmland. »Lass uns das sofort in Gang setzen. Ich kann unmöglich länger untätig hier herumsitzen. Ich will, dass wir diese Chance nutzen und ihn aufspüren.«

Trobisch nickte. »Okay, dann rufe ich die Kollegen an.« Er nahm sein Handy und wählte eine Nummer im Präsidium.

Wärmland wandte sich um und goss sich etwas aus der Wasserkaraffe in sein Glas. Er trank es mit einem Zug aus und empfand Erleichterung darüber, dass ihnen noch ein weiteres Mittel eingefallen war, das sie weiterbringen konnte.

Trobisch sprach eine Weile mit einem Kollegen der Einsatzbereitschaft. Dann fuhren sie ins Koblenzer Präsidium.

Eine halbe Stunde nach Trobischs Anruf trafen auch die beiden Kolleginnen ein, die er als kommunikationstechnisches Fachteam angefordert hatte. In einem kleinen, technisch gut ausgestatteten Raum begrüßten sich die Polizisten ohne viele Worte, und Trobisch erklärte, worum es bei diesem Einsatz ging.

Das Prozedere mit den Handyortungen war für alle ein routinierter Vorgang, wie er nicht nur im Bereich der Vermisstensuche häufig eingesetzt wurde. Der Begriff »vermisst« hatte diesmal jedoch eine ganz andere Bedeutung für Wärmland. Sonst waren es immer fremde Menschen gewesen, die er und sein Team aufzuspüren hatten, und er konnte die Sache optimistisch angehen. Denn zum Glück ließen sich im Bundesdurchschnitt normalerweise etwa fünfzig Prozent der zur Bearbeitung kommenden Vermisstenfälle binnen einer Woche aufklären. Die Erfolgsquote erhöhte sich mit Ablauf von vier Wochen meist noch auf über achtzig Prozent. Aber diesmal waren das für ihn nur abstruse Statistiken, die ihn nicht trösten konnten.

Der abgetrennte kleine Finger, den man ihm geschickt hatte, war noch dazu ein ausgesprochen unüblicher und erschütternder Auftakt eines Vermisstenfalls. Die meisten Menschen verschwanden einfach, sie hinterließen gar nichts, was auf das Warum oder das Wie schließen ließe. Andere Vermisste dagegen hinterlegten schriftliche Nachrichten, in denen sie ihre für sie unerträgliche Situation schilderten oder sogar dazu aufforderten, nicht nach ihnen zu suchen. Das waren für die Angehörigen oft zutiefst verstörende Nachrichten. In solchen Fällen konnten die Zurückgebliebenen aber zumindest noch davon ausgehen, dass die vermisste Person am Leben war. Nicht wie in den traurigsten aller Fälle, in denen die Vermissten Opfer eines Mord- oder Totschlagdelikts geworden waren.

In Wärmlands ganz persönlichem Fall war das Thema Tod zumindest schon berührt worden. Der von einer Leiche abgetrennte Finger hatte möglicherweise eine symbolhafte Bedeutung und setzte ihn der quälenden Frage aus, ob sein Sohn überhaupt noch am Leben war. So war er unvermittelt von der ihm vertrauten Seite des Beobachters auf die andere Seite katapultiert worden, auf die Seite der Betroffenen, Suchenden, Verängstigten, Gequälten und Hoffenden. Hier gab es für ihn keine schützende Distanz mehr.

»Wie geht es dir?«, wollte Trobisch wissen, dem Wärmlands gedankliche Abwesenheit nicht entgangen war.

»Sorry«, entschuldigte sich Wärmland. »Ich bin schon wieder

abgedriftet. Es fällt mir trotz meiner Erfahrung nicht leicht, mich in meinem eigenen, schwersten Vermisstenfall zurechtzufinden.«

»Sicher wissen wir ja bald mehr«, wiegelte Trobisch ab. »Es kann sich immer noch etwas Harmloses ergeben. Wenn wir sein Smartphone lokalisieren und ihn finden, wird er sicher ziemlich entsetzt darüber sein, dass er euch in diese Lage gebracht hat.«

So gern Wärmland Trobischs tröstenden Worten geglaubt hätte, seine innere Stimme entließ ihn nicht aus seiner elenden, bedrückten Stimmung. Soeben kam ihm noch eine weitere Zahl in den Sinn: drei Prozent. Das war der Anteil der Menschen, die länger als ein Jahr vermisst blieben. Wie im Fall der Trierer Studentin Tanja Gräff, die man im Vorjahr tot am Rande der Stadt aufgefunden hatte, nur wenige Meter von einem Haus entfernt. Anscheinend war sie dort Jahre zuvor an einem gefährlichen Steilhang abgestürzt und erst jetzt zufällig bei Rodungsarbeiten an dieser Stelle gefunden worden. Er erinnerte sich zudem an einige Gesichter von zutiefst verzweifelten Eltern vermisster Kinder, die in der Vergangenheit auf ihn und seine Kompetenz gehofft hatten, manchmal vergeblich.

Daran darfst du nicht denken, ermahnte er sich selbst. Denk nicht an die schlechteste aller Möglichkeiten. Noch ist nichts klar. Noch können wir ihn finden. Dabei helfen aber keine finsteren Visionen. Selbst wenn er entführt worden sein sollte, stell ihn dir vor, wie er auf dich wartet und auf dich vertraut.

Das ist die Stimme, auf die du hören musst.

»Wir haben das Signal geortet«, hörte er eine der Kolleginnen sagen.

Wärmland und Trobisch traten neben sie und schauten gespannt auf den Bildschirm mit dem kleinen Blinklicht an einer Stelle im Kartenausschnitt.

»Von wo kommt das?«, fragte Wärmland.

»Von der A 1, von einem Rastplatz.«

»Das ist etwa einen Kilometer vor der Abfahrt Remscheid«, sagte Wärmland aufgeregt, als er sich auf der Karte orientiert hatte.

»Auf einem Rastplatz an der Autobahn einen Kilometer vor

Remscheid«, korrigierte eine der Kommissarinnen. »Vermutlich liegt es in einem Fahrzeug im Parkplatzbereich.«

»Was für ein Fahrzeug? Was soll denn das bedeuten?« Wärmlands Unruhe wuchs. Er konnte sich nicht vorstellen, wie und warum es seinen Sohn dorthin verschlagen haben sollte. Trobisch versuchte, ihn zu beruhigen.

»Es gibt dafür viele denkbare Erklärungen. Angefangen bei der Möglichkeit, dass ihm sein Handy vom Fahrer oder Mitfahrer eines Fahrzeugs gestohlen wurde – das scheint mir am wahrscheinlichsten –, oder er hat spontan Geld gebraucht und sein Gerät an jemanden verkauft, der gerade mit seinem Wagen dort ist.«

»Es wäre auch möglich, dass das Handy am Boden oder in einem Müllbehälter liegt«, warf die links vor dem Monitor sitzende Kollegin ein. »Das ist zwar nicht der Normalfall, aber man kann es nicht gänzlich ausschließen. Wir hatten das schon mal – also, die Ortung eines Smartphones im Abfall.«

Das hatte keine beruhigende Wirkung auf Wärmland.

»Was, wenn sich mein Junge tatsächlich in einem Fahrzeug auf diesem Parkplatz befindet? Unter welchen Umständen kann das denn der Fall sein?« Er wurde von einer Verzweiflungsattacke überwältigt, gerade so wie jemand, der nur eine einzige Chance hat, nach der Hand seines von einer reißenden Strömung erfassten Kindes zu greifen, und wenn das nicht gelang … »Mein Gott, wie konnte es nur so weit kommen?«, ächzte er.

»Ich werde bei den Kollegen in Köln einen SEK-Einsatz anfordern«, entschied Trobisch und spielte damit eine starke Karte. Wärmland atmete tief aus.

»Das ist eine gute Idee. Danke, mein Lieber«, presste er heraus und klopfte ihm mit einer Hand auf die Schulter. Ein SEK aus Köln konnte in einer halben Stunde in Remscheid sein und für Aufklärung sorgen.

Natürlich war es während dieser halben Stunde jederzeit möglich, dass das fragliche Fahrzeug seine Fahrt fortsetzte. In dem Fall hätte vieles dafürgesprochen, die Kollegen von der Dortmunder Polizei zu kontaktieren, die ebenfalls über SEK-Kräfte verfügten. Das Fahrzeug würde sozusagen auf die Einsatzkräfte zufahren.

Aber Trobisch kannte einen leitenden Kollegen in Köln sehr gut, was ihm als kleiner persönlicher Vorteil erschien und die Zusammenarbeit erleichtern konnte.

Während Trobisch telefonierte, entspannte sich Wärmland wieder ein wenig, denn der Einsatz des SEKs würde wichtige Erkenntnisse bringen und vielleicht sogar zur Auffindung seines Sohnes führen. Allerdings wäre ihm eine Bestätigung der Theorie vom geklauten Smartphone weitaus lieber. Es schien ihm die ungefährlichste und eigentlich auch die wahrscheinlichste Erklärung dafür zu sein, warum Stefan nicht mehr erreichbar war.

Wärmland hatte während seiner Schulzeit drei Jahre lang in Remscheid gelebt, ehe er nach dem Abitur dort fortgegangen war. Er hatte den Rastplatz oft passiert, ohne ihm irgendeine Bedeutung zuzuschreiben. Nur ein einziges Mal war er selbst auf diese Raststätte gefahren. Es musste rund siebzehn Jahre her sein. Er hatte dort auf einen schwedischen Reisebus gewartet, der aus dem südlichen Mittelschweden auf dem Weg nach Spanien gewesen war. Die Skandinavier flohen in ihren kalten, dunklen Wintern zahlreich in Richtung Spanien, und nicht wenige wählten den langen Weg über die Autobahnen. Die Standardstrecke in Deutschland war die A 1, die im Rheinland über Remscheid, Köln und Euskirchen bis in die Eifel reichte. Dort ging es auf der B 51 weiter bis zur A 60 bei Prüm und über Bitburg und Luxemburg nach Frankreich.

In jener Nacht hatte Wärmland aus dem Gepäckfach dieses speziellen Reisebusses eine Kinderwiege in Empfang genommen. Sie war in Schweden aus Kiefernholz gefertigt worden, nachdem Wärmland sie dort zusammen mit Ulla auf einer Schwedenreise bestellt hatte.

Im Land der roten Holzhäuser war es viel üblicher als im südlicheren Europa, dass Babys in einer Wiege lagen, und der Umstand, dass südlich des Siljansees ein Bruder Schreiner war und der andere ein Busunternehmen führte, hatte Wärmland, dessen aus Schweden stammender Name bei den beiden durchaus Vertrauen erweckt hatte, die Gelegenheit geboten, für seinen noch ungeborenen Sohn ein besonders schönes Exemplar speziell anfertigen zu lassen.

So hatte Wärmland gegen fünf Uhr morgens eine Wiege in seinen Wagen gepackt und war damit zu Ursula nach Hause gefahren. Und auf diesem Parkplatz sollte sich jetzt eigenartigerweise das Handy von Stefan befinden – oder gar er selbst.

Am liebsten hätte sich Wärmland persönlich auf den Weg gemacht, aber das wäre ein ausgesprochen fragwürdiges Vorgehen gewesen. Falls der Wagen in der Zwischenzeit weiterfuhr, hatte er allein keine Chance, und befanden sich mehrere Personen an Bord des Fahrzeugs, war er auch im Nachteil. Die schnellste und effektivste Vorgehensweise war nun mal der Einsatz des SEKs.

Als Trobisch sein Telefonat beendet hatte, nahm Wärmland den Faden wieder auf.

»Hoffentlich bleibt das Fahrzeug dort, bis die Kollegen vor Ort sind. Wenn es fährt, wird es schwerer, einigermaßen kontrolliert an die Insassen ranzukommen.«

»Es ist spät, und wenn es ein Lkw oder ein Transporter ist, ist er vielleicht nicht nur für eine Pinkelpause runtergefahren, sondern gleich für die ganze Nacht«, entgegnete Trobisch.

Wärmland nickte. »Ich wäre gern selbst dabei. Dieses Warten macht mich noch wahnsinnig.«

Sein Handy klingelte, und Wärmland zuckte zusammen. Hastig nahm er das Gespräch an. Als sich der Anrufer meldete, hellte sich sein Gesicht merklich auf.

»Mensch, Rainer, du alter Ganove, wo steckst du denn?«, platzte er heraus. Trobisch riss überrascht die Augen auf, und auch Wärmland wunderte sich insgeheim ein wenig über seine impulshafte Freude. Doch diese Stimme zu hören war für ihn wie ein zusätzlicher kleiner Lichtstrahl im düsteren Keller seiner momentanen Situation.

Der Anrufer war ein Kollege aus dem Polizeipräsidium Münster. Wärmland und er waren sich in den vergangenen Jahren einige Male bei verschiedenen Polizeiseminaren begegnet und hatten eine rechte Sympathie füreinander empfunden. Rainer Fessen war Wärmland als erfreulich unkomplizierter, offener und angenehmer Zeitgenosse in Erinnerung geblieben. Trotzdem hatten sie ihren Kontakt nicht über das Berufliche hinaus weiterentwickelt. Eigentlich schade, fand Wärmland. Umso mehr freute er sich nun darüber, Fessens Stimme zu hören. Natürlich gerade nicht ganz der geeignete Augenblick für ein Aufwärmen alter Erinnerungen. Aber Fessen hatte eine Überraschung parat, mit der Wärmland nicht rechnete.

»Ganz in der Nähe, wenn du mich so fragst. Ich habe vor ein paar Jahren aus privaten Gründen nach Köln gewechselt. Und wie es der Zufall – oder das Schicksal – will, bin ich jetzt sowohl von der dienstlichen Seite befähigt als auch von der privaten Seite willens, euch mit meinem SEK-Trupp zu unterstützen.«

Wärmland konnte es nicht fassen. Hätte man ihn auf den Kollegen Fessen angesprochen, hätte er wahrscheinlich vermutet, dass der in Münster weiter aufgestiegen war und längst nichts mehr selbst auf der Straße machte.

Als hätte Fessen Wärmlands Gedanken gehört, ergänzte er jetzt sinnigerweise: »Ich bin inzwischen als Polizeirat ein ziemlicher Stuhlhocker geworden, aber ab und zu verschaffe ich mir noch ein bisschen Bewegung im Außendienst. Es passt mir ganz gut, nach einer etwas trägen Woche mal vor die Tür zu kommen.«

Wärmland musste unwillkürlich lächeln. Er empfand Erleichterung darüber, dass der erfahrene Kollege mit in diesen Einsatz gehen würde. Obwohl Fessen noch kein Garant für ein erfolgreiches Ergebnis war, wusste Wärmland, dass der Kollege besonnen und vorsichtig vorgehen würde und als Einsatzleiter auch die übrigen Kollegen vom SEK-Team dazu anhalten würde.

Fessen berichtete, dass er und zwei weitere Kollegen vom Kölner Präsidium in einem neutralen Pkw dem Lieferwagen mit den Einsatzkräften des SEKs folgen würden. Wärmland wusste um die gute Ausbildung dieser Männer. Zweimal hatte er auf einem abgeschirmten Polizeigelände Übungen verfolgt. Dreimal war er selbst bei Hausstürmungen durch SEKs dabei gewesen. Wovon ihm ein Einsatz in einem Haus in der Eifel bei Bitburg, bei dem zwei Kollegen getötet worden waren, schmerzhaft in Erinnerung geblieben war. Dennoch blieb ein SEK-Einsatz das Beste, um eine kritische Situation mit eventueller Geiselnahme beherrschen und lösen zu können. Wäre er nur nicht so gefährlich.

Selbst in Anwesenheit eines ihm wohlwollend gesinnten, kompetenten Kollegen stellte dieser Einsatz ein grundsätzlich riskantes

Manöver dar. Niemand wusste, auf was oder wen das Team stoßen würde und ob es sich dabei womöglich um zu jeder Form von Gewalt bereite Verbrecher handelte.

»Lieber Kollege, versprich mir bitte nur eins«, bat Wärmland mit heiserer Stimme. »Geht da draußen so vorsichtig wie möglich vor. Wenn mein Junge in dem Wagen ist, müsst ihr nicht nur sehr schnell sein, sondern bitte auch besonders umsichtig, damit er nicht zu Schaden kommt.«

Wärmland hielt inne, weil er eigentlich wusste, dass er diesen Vortrag Fessen gegenüber nicht halten musste. Aber er konnte nicht anders.

»Tut mir leid. Ich weiß, dass du deinen Job beherrschst, aber ich musste es einfach noch mal sagen, weil ich mich hier ansonsten so hilflos fühle. Selbstverständlich geht ihr besonnen vor, aber bitte hab trotzdem ein Auge auf die Kollegen mit den Masken. Vielleicht kannst du vor dem Zugriff noch mal ein paar klärende Worte an sie richten, nur so zur Sicherheit.«

Fessen nahm ihm diese Ermahnung nicht übel. Vor einigen Jahren hatte er Wärmland mal erzählt, wie sein inzwischen dreiundzwanzigjähriger Sohn, der jüngste von insgesamt drei Söhnen, als Jugendlicher auf einer Klassenfahrt bei Bingen im Rhein schwimmend abgetrieben worden war. Das Schwimmen im Fluss war den jungen Leuten verboten worden, doch Fessens Sohn und ein Klassenkamerad hatten es trotzdem gewagt. Während der Klassenkamerad unweit des Zeltlagers wieder aus dem Wasser gestiegen war, hatte es sein Junge erst ein großes Stück flussabwärts zurück ans Ufer geschafft. Inzwischen war die Nachricht, dass er ertrunken sei, zu Fessen gelangt. Er hatte also eine wenn auch kurze Zeit mit der Überzeugung leben müssen, eines seiner Kinder verloren zu haben, und konnte sich jetzt wahrscheinlich am ehesten von allen in Wärmlands Situation versetzen und dessen Verlustängste nachempfinden.

»Als Vater dreier Söhne verstehe ich dich ziemlich gut«, sagte er denn auch. »Und ich verspreche, dass wir vorsichtig vorgehen werden. Meine Jungs wissen, dass es um das Kind eines Kollegen geht. In diesem Bewusstsein werden wir handeln. Verlass dich drauf.«

Wärmland dankte seinem Kollegen und wünschte viel Erfolg. Dann beendeten sie das Gespräch. Fessen würde sich melden, sobald es vor Ort weiterging.

»Jetzt wird es ernst«, sagte Wärmland in einer Mischung aus Furcht und Erleichterung zu Trobisch. Was war nur geschehen, dass sie Stefans Handy so weit von Koblenz entfernt geortet hatten? Es konnte keinesfalls sein, dass der Junge ausgerissen war. Dafür hatte es weder Anzeichen noch Gründe gegeben. Ulla und er hätten sicher irgendetwas wahrgenommen. Wärmland war sich außerdem sicher, dass ihr Junge um die Liebe seiner Eltern zu ihm wusste und auch seine Eltern liebte. Was hatte also sein normales Handeln ausschalten können? Das konnte doch nur eine Entführung erzwingen, in deren Verlauf man seine eigene Souveränität einbüßte.

Trobischs Idee mit der Ortung hatte Wärmland zwar ein klein wenig Auftrieb gegeben. Der SEK-Einsatz verursachte nun aber wieder ein Wechselbad der Gefühle. Die Aussicht, vielleicht in Kürze schon mit Stefan sprechen zu können, war ein nicht zu beschreibender, beglückender Gedanke, der aber von Wärmlands Angst überlagert wurde, bald auf eine ihm bisher noch erspart gebliebene, furchtbare Wahrheit gestoßen zu werden, nach der Stefan etwas Schlimmes geschehen war.

»Gott, lass das bitte gut gehen!«, schickte Wärmland ein Stoßgebet zum Himmel. Dabei wusste er nicht einmal, ob über Leben oder Tod seines Sohnes in diesem Augenblick nicht schon längst entschieden war. Was erwartete er also? Viele Menschen beteten angesichts einer nahenden Katastrophe. Und dann geschah doch das Schlimmste.

Daran darfst du nicht immer wieder denken, ermahnte sich Wärmland. Aber was konnte er in dieser Situation schon anderes tun? Er hatte nur eine Idee: Er musste sich einen glücklichen Ausgang vor Augen halten. Er beschloss, Stefan noch mehr gemeinsame Zeit anzubieten, wenn dieser endlich wieder daheim war. Das wollte er auf jeden Fall tun, sooft es möglich war, mit seinem Sohn zusammen sein. Sie würden viele schöne Erinnerungen schaffen, und das würde sie als Vater und Sohn einander noch näherbringen.

Sofort befiel Wärmland ein schlechtes Gewissen. Hatte er da bisher zu wenig getan? War er seiner Vaterrolle nicht gerecht geworden? Was hätte er besser machen können? Die Fragen surrten in Wärmlands Kopf herum wie ein Schwarm Bienen, die sich nicht auf den Flug in eine Richtung einigen konnten. Er fühlte, wie ihm der Schweiß ausbrach, ein weiteres, äußeres Symptom für seinen inneren Kampf.

Trotz seiner nüchternen Analyse hinsichtlich der Wirksamkeit dieses Vorgangs betete er nun doch noch einmal.

FÜNF

Die Raststätte Remscheid war nur noch wenige Kilometer entfernt. Polizeirat Rainer Fessen fragte sich, was sie dort wohl vorfinden würden, und dachte an Wärmland und dessen Kummer. Er hatte damals Glück gehabt mit seinem Jüngsten und hoffte, Wärmland bliebe erspart, was er empfunden hatte, als er für kurze Zeit davon ausgehen musste, dass sein Samuel im Rhein ertrunken war.

Fessen spürte wieder einen Hauch von dem Grauen, das ihn damals erreicht hatte. Es war das Schlimmste, was Eltern widerfahren konnte: zu erfahren, dass das eigene Kind zu Tode gekommen war. Er schüttelte den Gedanken ab und hoffte inständig, dass er Wärmland bald irgendetwas Positives melden konnte.

Wärmland stellte sich die Situation auf dem Parkplatz vor, der vielleicht dicht an dicht mit Fahrzeugen vollgestellt war. Was hätte er nur ohne die Handyortung gemacht? Unglaublich, welche technischen Möglichkeiten es inzwischen gab. Was für eine Steigerung der Optionen im Vergleich zur Zeit seines ganz frühen Polizeidienstes. Jetzt hatte es sich außerdem als weitsichtig erwiesen, dass er bei der Anschaffung von Stefans Handy darauf Wert gelegt hatte, dass sein Junge statt eines gebrauchten alten Modells ein neues Handy mit GNSS erhielt. Bei diesem Verfahren, dem »Global Navigation Satellite System«, ermittelte das Handy selbst seine Position und leitete das Ergebnis an das Mobilfunknetz weiter. Die Handys bedienten sich dazu der satellitengestützten Systeme zur Positionsbestimmung, zu denen etwa das allseits bekannte »Global Positioning System« GPS gehörte. Es gab auch noch Galileo, ein im Aufbau befindliches europäisches globales Satellitennavigations- und Zeitgebungssystem unter ziviler Kontrolle, und das in Russland entwickelte GLONASS.

Wärmland war zwar nicht gerade froh darüber, dass die Kolleginnen Stefans Handy so viele Kilometer weit weg von zu Hause geortet hatten, sie konnten aber von Glück sagen, dass es sich dabei um den Bereich der Raststätte Remscheid handelte, denn dieser Standort befand sich noch im Rheinland-Sektor. Zeitlich wäre es nach Stefans letzter Sichtung in der Nähe des Koblenzer Hauptbahnhofs durchaus möglich gewesen, stattdessen ein Signal von französischem, belgischem oder niederländischem Boden zu empfangen. Dann wäre alles ungleich schwerer geworden. Die grenzübergreifende polizeiliche Zusammenarbeit war gut, aber nicht schnell genug für deutsche Verfolger. Sie begünstigte Flüchtende. Mit der vorliegenden Situation bot sich ihnen dagegen eine gute Chance zur raschen Klärung. Jetzt kam es auf die Kollegen an und auf das, was sie vor Ort vorfanden.

Obwohl Wärmland wusste, dass die Einsatzkräfte bestens ausgebildete Beamte waren, die ihren Job quasi im Schlaf beherrschten, sah er jetzt wieder das Bedrohliche, das Unberechenbare vor sich: die möglicherweise dunklen Absichten und das Aggressions- und Waffenpotenzial der außerdem beteiligten Personen. Im schlimmsten Fall konnte es an Ort und Stelle zu einer Auseinandersetzung kommen. Dann war auch Stefans Leben in Gefahr. Wärmlands Angst nahm wieder zu und griff nach seinem Herzen.

Das Team fuhr von der Autobahn ab auf den Rastplatz. Das übertragene Signal kam, wie zuvor schon richtig vermutet, vom Parkplatzareal der Anlage, und zwar aus dem Lkw-Bereich, wo sich ein Fahrzeug an das andere reihte. Jetzt musste sich das Ortungssystem, das auf fünf Meter genau eine Angabe liefern konnte, im Detail bewähren. Bei der Gesamtlänge eines Lkws mit Anhänger von bis zu achtzehn Metern würde auf der Längsachse kaum ein Zweifel bestehen. Nur die maximale Breite von zwei Metern fünfundfünfzig könnte dazu führen, dass das Signal zwei nebeneinanderstehenden Fahrzeugen zugeordnet wurde.

Langsam fuhren sie näher heran. Das Signal kam von vorn rechts, es war noch zwanzig bis fünfundzwanzig Meter entfernt. Dort stand ein Lkw mit Anhänger und dänischem Kennzeichen. Die Parkfläche daneben war frei – demnach konnte es sich nur um dieses Fahrzeug handeln. Der weiße Transporter mit geschlossenem Kasten, der nichts von seiner aus sechs SEK-Beamten bestehenden Fracht erkennen ließ, und der dunkelblaue Passat-Kombi, in dem Fessen auf dem Beifahrerstz saß, passierten den Lkw und fuhren weiter, bis sie nach drei weiteren geparkten Sattelschleppern nach rechts abbiegen konnten. Fessen hatte entschieden, dass sie das Fahrzeug zunächst aus einiger Distanz in Augenschein nehmen wollten, um festzustellen, ob und wenn ja wie viele Personen sich an Bord befanden.

Der Transporter mit den SEK-Leuten blieb in einer Parkbucht mit Sicht auf das Führerhaus stehen, während das zweite Fahrzeug in einem Bogen hinter den verdächtigen Lkw fuhr und sich so platzierte, dass auch Fessen und seine Kollegen den Lkw beobachten konnten.

Als nach zehn Minuten keines der beiden Teams irgendeine Bewegung wahrgenommen hatte, begannen sie mit Phase zwei. Davon ausgehend, dass sich der Fahrer oder weitere Personen entweder in der hinteren Schlafkabine befanden oder den Lkw verlassen hatten, um zur Raststätte zu gehen, sollte nun der Zugriff erfolgen. Fessen erinnerte noch einmal alle daran, dass sich möglicherweise der sechzehnjährige Sohn eines Kollegen an Bord des Fahrzeuges befand und dass daher eine besonders große Behutsamkeit gefordert war. Dann gab er den Einsatzbefehl.

Der Transporter mit dem SEK-Team setzte sich in Bewegung und fuhr in einem Bogen um den Parkplatz von hinten an den Ziel-Lkw heran. Auf Höhe des betreffenden Lastwagens gab der Fahrer vor, in der freien Bucht vor dem Lkw einparken zu wollen. Ganz bewusst zog er aber seinen Lenker etwas zu weit nach rechts, sodass er mit seinem rechten hinteren Aufbau des Transporters die Front des Lkws berührte. Es war kein massiver Crash, gab aber eine deutlich spürbare Erschütterung. Der in Zivil gekleidete Fahrer des Transporters stieg aus und fing an, laut über das dumme Missgeschick, beim Einparken nicht aufgepasst zu haben, zu schimpfen.

Tatsächlich geschah das, worauf das Team gehofft hatte: Im Führerhaus des Lkw wurde ein Licht angeschaltet, und eine Gestalt bewegte sich aus dem Schlafbereich nach vorn in den Fahrerraum. Der Mann öffnete verschlafen seine Fahrertür, während der SEK-Beamte drei Meter entfernt noch immer schimpfte wie ein Rohrspatz und auch nicht damit aufhörte, als der Lkw-Fahrer sein

Fahrzeug verließ und näher kam. Da flog die hintere Doppeltür des Transporters auf, das SEK-Team stürmte ins Freie, und der Lkw-Fahrer hatte auf einmal die Waffe des sechsten, eben noch schimpfenden Beamten vor der Nase.

Mit vorgehaltenen Waffen drangen zwei der Beamten von beiden Seiten in die Fahrerkabine des Lkws ein, um sich zu vergewissern, dass sich dort keine weitere Person befand. Zwei andere rannten nach hinten, um die Ladefläche zu kontrollieren. Fessen und seine beiden Kollegen stiegen aus ihrem Wagen und kamen dazu. Mit nunmehr acht Beamten sicherten sie das Fahrzeug. Jetzt fehlte nur noch der Junge.

Wärmlands Handy klingelte. Er zuckte zusammen und erstarrte, als er Fessens Nummer sah. Was kam jetzt auf ihn zu?

»Dein Junge ist nicht auf dem Laster, tut mir sehr leid, Jan.«

Wärmlands Atem ging hastig, und sein Herz raste und stolperte. »Was ist denn los bei euch?«, presste er heiser hervor.

»Wir haben hier einen dänischen Lastwagenfahrer, der vor seiner Rückfahrt in die Heimat eine Schlafpause auf diesem Rastplatz eingelegt hat. Der digitale Fahrtenschreiber belegt diese Aussage. Wir haben den Wagen und die Ladefläche abgesucht. Da haben wir das Handy gefunden.«

»Nur das Handy?«, fragte Wärmland bebend. »Aber wie erklärt der Fahrer den Besitz dieses Handys, das doch meinem Sohn gehört?«

»Gar nicht. Er hatte das Handy genau genommen auch nicht in seinem Besitz. Es war hinten auf dem Anhänger. Für mich sieht es so aus, als ob jemand das Gerät von außen unter die Plane gesteckt und fallen gelassen hat. Ich glaube nicht, dass der Däne etwas mit der Sache zu tun hat. Ich will zwar keine voreiligen Schlüsse ziehen, es gibt ja auch schmalbrüstige Schwerstkriminelle, aber der hier hat so gar nichts von einem abgebrühten Verbrecher. Er ist nicht mal ein stabiler Trucker-Typ, wenn du verstehst, was ich meine, mehr so ein Softeis-Driver. Jedenfalls haben wir ihn mit unserer kleinen Aktion ziemlich eingeschüchtert. Der hat niemanden entführt und vermutlich auch keine langen Finger gemacht. Wenn der Däne deinem Stefan das Handy geklaut hätte, hätten wir es sicher nicht hinten auf dem Lkw gefunden, sondern vorn bei ihm im Wagen. Wahrscheinlicher scheint mir, dass er es unwissentlich aus Koblenz mitgenommen hat.«

»Aber was hat das Ganze denn jetzt zu bedeuten?«, fragte Wärmland mehr an sich selbst als an den Kollegen gerichtet.

»Der Däne hat gesagt, sein letzter Stopp sei Koblenz gewesen, wo er im südlichen Bereich der Stadt etwas auszuliefern hatte. Mit seinem Smörrebröd-Deutsch konnte er unsere Fragen recht ordentlich beantworten. Ich glaube, er hat von so etwas wie ›Oberweht‹ gesprochen. Von da sei er für eine zweite Lieferung durch die Stadt gefahren, und zwar bis zur Rhein-Mosel-Halle. Am Ende ist er so, wie er gekommen war, wieder zurück in Richtung Heimat gefahren. Über die B 9 und die A 48 auf die A 3.«

»Ja, das macht Sinn«, erwiderte Wärmland in einer seltsamen Mischung aus Enttäuschung und Erleichterung. »Das ist der direkteste Weg.«

»Ja, aber wie das von der innerörtlichen Streckenführung insgesamt zusammenpasst, könnt ihr besser beurteilen als ich.«

»Wenn er vom Oberwerth aus durch die Stadt gefahren ist, kann es schon Berührungspunkte zu meinem Sohn gegeben haben. Aber warum sein Handy auf diesem Laster gelandet ist, verstehe ich trotzdem nicht.«

»Tut mir leid, Jan, dazu habe ich leider auch keine Theorie. Aber sag mir doch bitte, wie wir mit unserem Herrn Buko hier weiter verfahren sollen?«

Wärmland wechselte einen Blick mit Trobisch. »Es steht eigentlich nur noch eine Frage im Raum …«, antwortete er.

»Ob dein Junge nicht vielleicht *vor* dem Zugriff auf dem Lastwagen war«, vermutete Fessen richtig. »Aber das können wir hier so nicht klären. Da muss die Kriminaltechnik ran.«

»Dann tut es mir leid für den Dänen und seinen Fahrplan«, meinte Wärmland. »Seine Pause wird wohl etwas länger ausfallen als gedacht.«

»Wir nehmen den Lkw mit, dann können die Kollegen ihn sich in Köln genauer vornehmen und schauen, ob sie vielleicht Spuren von deinem Jungen finden. Okay?«

»Ja, das ist gut«, bestätigte Wärmland. »Und lasst euch von dem

Mann bitte auch noch mal so genau wie möglich beschreiben, wann und wo er in Koblenz unterwegs war. Das ist wichtig, damit wir bei der Rekonstruktion der Ereignisse auch den zeitlichen Rahmen abstecken können. Irgendwo auf seinem Weg durch die Stadt muss dann ja entweder Stefan oder jemand anders das Handy auf dem Lkw platziert haben.«

Fessen sagte, er werde sich darum kümmern. »Es tut mir so leid, dass wir Stefan nicht gefunden haben«, meinte er dann bedauernd. »Ich fühle mit dir und hätte dir deinen Jungen so gern nach Hause gebracht!«

Wärmland stiegen Tränen in die Augen, und er entfernte sich ein paar Schritte von den Kolleginnen und Trobisch, obwohl der Raum für ein ausreichendes Absondern eigentlich viel zu klein war.

»Ich danke dir«, sagte er bewegt. »Ich bin froh, dass du mit dabei warst. In dieser Situation ... an einem so speziellen Tag ... Vor zwölf Stunden war alles noch ganz harmlos und ruhig, und jetzt ...« Wärmland musste schlucken, um nicht loszuheulen.

»Ja, wer hätte gedacht, dass sich dieser Tag so plötzlich in ungeahnte Höhen schraubt. Eigentlich hat alles ganz normal angefangen, doch dann wurde es eigenartig. Erst fehlte auf einmal ein Finger an einer Leiche, und nun sind wir sogar beim Thema vermisster Sohn angekommen ...«

»Wie meinst du das, es fehlte ein Finger?«

»Na ja, in Köln-Kalk ist gestern Nacht aus unerfindlichem Grund in ein Bestattungsunternehmen eingebrochen worden.« Fessen klang überrascht, dass Wärmland sich für diese Kölner Begebenheit interessierte. »Im Andachtsraum war ein junger Mann von Anfang zwanzig aufgebahrt, ein tödlicher Verkehrsunfall. Dem hat der Einbrecher mit einer Gartenschere einen kleinen Finger abgeschnitten und mitgenommen. Briefmarken sammeln scheint ihm als Hobby nicht mehr zu genügen.«

Wärmland ging auf den Scherz nicht ein. »Lass mich raten: War es vielleicht der kleine Finger der rechten Hand?«, fragte er aufgeregt.

»Wie kommst du darauf? Ich habe keine Ahnung, welcher Finger es ist. Die Details sind mir nicht bekannt. Du weißt ja, wie groß unsere Kölner Belegschaft ist, da ermitteln andere Kollegen. Aber wieso fragst du?«

Wärmland berichtete von seinem Briefkastenfund.

»Das wäre allerdings ein Ding, wenn unser Finger bei dir gelandet wäre.«

Fessen versprach, schnellstmöglich weitere Details in Erfahrung zu bringen. Wärmland würde Dr. Bremicker kontaktieren, damit der sich mit seinen Kölner Kollegen austauschen konnte. Er dankte Fessen noch einmal von Herzen und bat ihn, diesen Dank auch an das Team weiterzugeben. Dann beendeten sie das Gespräch.

SECHS

Wärmland erwachte, weil sich auf der nahen Mainzer Straße zwei Autos ein kurzes Hupkonzert lieferten. Er war eine Sekunde lang desorientiert, bis ihm wieder bewusst wurde, wo er sich befand.

Irgendwann in der Nacht musste er auf Trobischs Wohnzimmercouch eingeschlafen sein. Er hatte mit offenem Mund dagelegen, Mund und Rachen fühlten sich an, als seien sie mit Sandpapier ausgekleidet. Als er sich mühsam aufrichtete, fiel ihm alles wieder ein: Sein Sohn war nun ein Teil der Vermisstenstatistik. Wenn Stefan nicht inzwischen daheim oder bei Freunden aufgetaucht war, gehörte er zu den täglich polizeilich neu erfassten zweihundertfünfzig bis dreihundert Vermissten in Deutschland.

Zwar war die Anzahl der bundesweit nach Aufklärung wieder gelöschten Fälle ebenso hoch, manche hatten aber eben doch weiterhin Bestand, und für die Angehörigen begann die unerträgliche Zeit des Wartens – manchmal über Jahre oder gar für immer. War er dabei, einer von diesen Angehörigen zu werden?

Derzeit waren deutschlandweit etwa sechzehntausend Menschen als vermisst gemeldet. Wärmland kannte die Statistik, sie gehörte zu seinem Aufgabengebiet. Diese Zahl beinhaltete sowohl die »schnellen Fälle«, die innerhalb weniger Tage aufgeklärt werden konnten, als auch diejenigen, die seit bis zu dreißig Jahren offen waren.

Dass rund die Hälfte aller Vermissten Jugendliche oder Kinder waren, war ein entsetzlicher Fakt, vor dem er nicht die Augen verschließen konnte. Jetzt standen er und seine Ex-Frau an genau dem Punkt. Seit gestern waren sie selbst Eltern eines vermissten Kindes. Und wenn es ihm schon so schlecht ging, wie musste es dann erst um Stefans Mutter stehen? Er hatte sich zuvor nie gefragt, ob Ursula unter ungewöhnlich großen Belastungen womöglich zu Verzweiflungstaten neigte. Jetzt machte er sich deswegen Sorgen. Er wusste einfach nicht, wie sie mit der unter Umständen dauerhaften Ungewissheit umgehen würde.

Wärmland nahm sein Handy und wählte Ursulas Nummer. Sie ging sofort ran. Wärmland registrierte, dass sie sehr erschöpft klang, aber seinen Bericht über die Ereignisse der Nacht nahm sie sehr gefasst entgegen, ohne einen neuerlichen hysterischen Anfall oder ein Weinen.

»Ich werde jetzt ins Präsidium fahren«, sagte er mit belegter Stimme. »Da mach ich dann mit Trobisch und einer Sonderkommission weiter – bis wir ihn gefunden haben.«

»Ich bleibe heute daheim, damit jemand da ist, wenn er kommt«, sagte Ursula sehr leise, und Wärmland spürte wieder ihre tiefe Verunsicherung.

»Kommst du denn allein klar? Was ist mit deinen Eltern? Schauen die mal nach dir?«

»Die sind sehr aufgewühlt. Aber meine Mutter will heute vorbeikommen. Ich komme schon klar.«

Sie verabschiedeten sich, und Wärmland war erleichtert, dass sich Ursula unter den gegebenen Umständen nun doch recht tapfer hielt. Er stand auf und ging ins Bad, um sich etwas frisch zu machen und seine zerknitterte Kleidung zu richten. Trobisch hatte die Wohnung bereits verlassen, und so fuhr Wärmland anschließend mit dem Taxi ins Präsidium. Die von Trobisch aus Koblenzer Beamten zusammengestellte Sonderkommission traf sich um neun Uhr in einem der Besprechungsräume. Aus Mayen waren außerdem Regine Nau und Oberkommissar Reuter dazugestoßen.

Trobisch fasste zusammen, was bisher geschehen war. Die am Vorabend durchgeführte Befragung der Menschen und Bewohner im Umfeld von Wärmlands Mayener Wohnung hatte nichts erbracht. Nau und ihre Kollegen hatten keinen Zeugen ausfindig machen können, der das Einwerfen des fraglichen Umschlags in Wärmlands Briefkasten beobachtet hatte.

»Wo es doch sonst immer wieder mal diese älteren alleinstehenden Herrschaften gibt, die hinter den Gardinen sitzen und ihre Umwelt scharf im Auge behalten. Aber wenn man sie am dringendsten braucht, ist natürlich keiner von denen da«, ergänzte Regine Nau bedauernd.

Der kleine Finger, den Dr. Bremicker als von einer Leiche

abgetrennt identifiziert hatte, befand sich inzwischen auf dem Weg zu dessen rechtsmedizinischem Kollegen in Köln, wo die möglicherweise passende Leiche ohne Finger lag.

Trobisch berichtete vom Gespräch mit Stefans Freund Julian und dem Anruf bei Kai, der Wärmlands Theorie von der heimlichen Freundin widerlegt hatte. Dann kam er auf den SEK-Einsatz und auf den Fahrer des dänischen Lkws zu sprechen, der dem Kölner Kollegen Fessen detaillierte Angaben zu seiner Tour im Raum Koblenz gemacht hatte.

»Der dänische Fahrer mit dem Namen Svante Hendriksen hat ausgesagt, dass er über die A 3 und das Koblenzer Kreuz auf die B 9 gefahren und so gegen fünfzehn Uhr in die Stadt gelangt ist. Nach der Moselbrücke fuhr er über die westliche Stadtumgehung bis Koblenz-Süd, um zum Stadtteil Oberwerth zu gelangen. Er hat dort für Arbeiten an der Conlog Arena Material ausgeliefert. Das hat nach seinen Angaben bis etwa sechzehn Uhr vierzig gedauert. Danach ist er zurück in die Stadt gefahren, um auch noch an der Rhein-Mosel-Halle eine Palette abzuliefern. Diese dänische Firma ist im Heizungs- und Klimaanlagenbau tätig, und er hat entsprechende Bauteile an Bord gehabt.«

»Das dürfte wohl der interessante Teil seiner Fahrt gewesen sein«, warf einer der Koblenzer Hauptkommissare ein, »wenn wir davon ausgehen, dass er vom Oberwerth über die Mainzer Straße nordwärts zur Halle gefahren ist, was der wahrscheinlichste Weg ist.«

»Genau das hat er nach seiner Beschreibung auch getan, und es wird umso interessanter, weil er eine ganze Weile auf der Mainzer im Verkehr stecken geblieben ist.«

»Um die Uhrzeit nicht verwunderlich. Da ist ja ein ziemlicher Berufsverkehr«, bemerkte ein Oberkommissar.

»Gestern war es noch etwas mehr als das«, fuhr Trobisch fort. »Der Fahrer sprach von etwa zwanzig Minuten Standzeit. Es hatte wohl einen Auffahrunfall mit mehreren beteiligten Fahrzeugen gegeben, und auf der Spur in Richtung Stadtzentrum hat sich erst mal gar nichts mehr getan. Die Angaben müssen wir mit den Kollegen abklären, die sich darum gekümmert haben und vor Ort im Einsatz waren. Hendriksen hat ausgesagt, dass es erst weiterging, nachdem ein Wagen mit Blaulicht und Polizei auftauchte und den Verkehr regelte.«

»Hat er gesagt, wo er etwa gestanden hat?«, fragte ein anderer Beamter aus dem Soko-Team.

Trobisch nickte. »Diesbezüglich hat er angegeben, ziemlich genau im Knick einer leichten Linkskurve gestanden zu haben. Rechts, zum Rhein hin, habe er auf größere, zum Teil villenartige Wohnhäuser geblickt. Und beinahe direkt neben seinem Wagen sei ein Weg abgegangen, der zwischen den Häusern hindurch zu einem kleinen weißen Bauwerk mit so etwas wie einem Türmchen in der Mitte geführt habe.«

»Leichte Kurve und diese Beschreibung – das passt zum Kaiserin-Augusta-Denkmal«, sagte ein Hauptkommissar.

»Das denke ich auch«, stimmte Trobisch zu, der dieses Bauwerk ebenfalls sehr gut kannte, weil er beim Joggen regelmäßig daran vorbeikam.

»Die beschriebenen Abläufe ereigneten sich außerdem in einem Zeitfenster, das passen könnte«, meinte Wärmland, der sich bisher zurückgehalten hatte. »Endlich greift mal ein Puzzlestück ins andere, denn Stefan ist nach Aussage seines Freundes gegen sechzehn Uhr zwanzig von der Eisdiele Brustolon am Bahnhof aufgebrochen.«

Trobisch nickte. »Damit ergibt sich nach Stefans Verschwinden um circa sechzehn Uhr zwanzig und dem ab etwa siebzehn Uhr auf der Mainzer Straße im Stau stehenden dänischen Laster eine Zeitspanne von circa vierzig Minuten, die vergangen sind, bis Stefans Handy in Kontakt mit dem Laster gekommen sein kann.«

Wärmlands Gedanken rotierten. Was war passiert in dieser kurzen Zeit? Rund eine Dreiviertelstunde, in der sich das Leben seines Sohnes massiv gewandelt und in der sich das Leben so einiger Menschen verändert hatte. Was konnte zwischen Bahnhof und Mainzer Straße geschehen sein? Vierzig Minuten und sechshundert Meter Luftlinie, in denen sich etwas Mysteriöses ereignet hatte.

»Kollege Wärmland und ich sind der Überzeugung, dass Stefan sein Smartphone nicht selbst auf dem Lkw platziert hat«, fuhr Trobisch weiter fort. »Trotzdem muss geklärt werden, ob er nicht vielleicht doch für ein Stück des Weges auf dem Lkw war, möglicherweise unfreiwillig. Die Kriminaltechnik untersucht bereits seit dem frühen Morgen den Laster inklusive Hänger. Aber sie haben bisher keine Hinweise auf einen zeitweisen Aufenthalt von Wärmlands Jungen in dem Fahrzeug gefunden. DNA-Spuren werden noch analysiert.«

»Es deutete zuvor jedenfalls nichts auf eine Absicht, zu verschwinden, oder auf ein bewusstes Untertauchen hin.« Wärmland stockte. Warum war ihm der Gedanke nicht schon früher gekommen? Vielleicht war es ja genau das, ein Untertauchen, weil Stefan sich bedroht fühlte und sich verstecken wollte? Womöglich hatte es etwas mit diesen Schulhoferpressungen zu tun. Eventuell steckte mehr dahinter, als er bisher angenommen hatte. Konnte es in dem Fall für Stefan irgendeinen Sinn gemacht haben, sein Handy verschwinden zu lassen? Wärmland merkte, wie ihm wieder der Schweiß ausbrach. Er war verwirrt und fühlte sich sehr erschöpft, und das schon am Morgen. Er spürte die aufmerksamen Blicke der Kollegen auf sich und ergänzte: »Ich wollte nur zum Ausdruck bringen, dass es bei meiner geschiedenen Frau und mir nicht die geringste Wahrnehmung eines Konflikts gegeben hat, schon gar nicht mit uns Eltern. Wenn er irgendwelche Probleme hatte, muss es um etwas gegangen sein, was sich völlig unbemerkt von uns entwickelt hat.« Er verstummte und entschied, die Schulsache vorerst noch nicht zur Sprache zu bringen.

Trobisch übernahm wieder die Gesprächsführung. »Also gut, kreisen wir unsere Aufgaben etwas präziser ein. Ich denke, dass wir an folgende Punkte anknüpfen sollten: Köln – von dort kommt der falsche Finger. Die Kollegen vor Ort befassen sich damit, aber jemand von uns sollte sich ebenfalls darum kümmern und als Kontaktperson fungieren. Dann haben wir Mayen, wo die unbemerkte Zustellung stattgefunden hat. Vielleicht ist vor Ort doch noch etwas mehr zu finden als gar nichts. Wir müssen auch noch dem Ursprung der SMS nachgehen, die den Kollegen Wärmland über die Zustellung der ominösen Finger-Post informiert hat. Die Fachkollegen werden uns sagen können, woher das Signal kam. Ich habe allerdings meine Zweifel, dass der Täter das

Gerät noch auf Sendung hat und uns damit zu sich führt. Dann wäre er sehr dumm, wir hingegen hätten großes Glück. Wir werden sehen. Und schließlich Koblenz-Süd beziehungsweise das Gebiet zwischen Bahnhof und Mainzer Straße. Auch da müssen wir nach Zeugen fahnden. Es wäre doch sehr erstaunlich, wenn der Weg des Jungen und seine mutmaßliche Begegnung mit einer oder mehreren anderen Personen ganz ohne irgendeinen Zeugen abgelaufen wäre. Da müssen wir mit acht oder zehn Kollegen ran, um das gesamte Viertel abzudecken. So weit, so gut. Kommen wir zur zentralen Frage überhaupt.«

Trobisch schaute Wärmland an, dem natürlich klar war, worum es Trobisch ging – das war hier allen klar.

»Das Motiv«, sagte Wärmland betrübt. »Da mit dem abgetrennten Finger keine Lösegeldforderung eingegangen ist, vermuten wir wahrscheinlich alle das Gleiche, nämlich dass es sich beim Täter um jemanden aus meiner Vergangenheit handelt, privat oder beruflich, der sich für irgendetwas an mir rächen will. Wobei ich ein privates Motiv eigentlich ausschließen kann.«

Trobisch nickte zustimmend. »Es wäre nicht das erste Mal, dass ein Straftäter seine Festnahme oder die sich daraus ergebene Verurteilung einer bestimmten Person ankreidet. Oder hat noch jemand eine andere Idee?«, fragte er die Kollegen.

Wärmland schaute mit müden Augen in die Runde, doch niemand sagte etwas. Die Blicke, die seinem begegneten, drückten Mitgefühl und Bedauern aus, und auch ein paar besorgte Mienen waren darunter. Vor allem Regine Nau konnte ihre Sorge angesichts des Jammerbildes, das er sicherlich gerade abgab, nur schwer verbergen. Wegen der dunklen Ränder unter seinen Augen, die ihm heute Morgen in Trobischs Badezimmerspiegel entgegengeblickt hatten, war er selbst etwas erschrocken gewesen.

Trobisch wandte sich wieder Wärmland zu. »Fällt dir vielleicht sogar ganz spontan ein Name ein?«, fragte er.

Wärmland ließ seinen Blick noch einmal langsam durch den Raum schweifen, ohne jemanden oder etwas zu fixieren.

»Es gab da in all der Zeit natürlich einige, die in Frage kommen. So manchem hat die Aussicht auf fünfzehn oder zwanzig Jahre hinter Gittern überhaupt nicht gepasst.«

»Hat sich vielleicht jemand mit Hasstiraden und Beschimpfungen ganz besonders hervorgetan?«, hakte Trobisch nach.

»Ein paar haben entweder gleich bei der Verhaftung oder später in der U-Haft wüste Drohungen ausgestoßen. Einer hat sich auch im Gerichtssaal wenig wohlwollend geäußert, nachdem er das Strafmaß erfahren hatte. Das ist aber ja an sich nicht ungewöhnlich. Wir bringen die schweren Jungs für eine wirklich lange Zeit hinter Gitter. Das gefällt keinem.« Wärmland machte eine Pause und atmete tief durch. Er erschrak über die Kraftlosigkeit, die er dabei verspürte und die ihm in dieser Form völlig unbekannt war. »Insgesamt gab es insbesondere in meiner Mainzer Zeit vielleicht zwei oder drei, die wirklich übel waren und denen ich so eine Rachenummer durchaus zutrauen würde. Jeder von denen hat irgendwann deutlich zum Ausdruck gebracht, dass er es bei dem bloßen Absitzen seiner Haftstrafe nicht bewenden lassen will.«

»Dann gilt es herauszufinden, was aus diesen Stützen der Gesellschaft inzwischen geworden ist. Und denen, die sich schon wieder auf freiem Fuß befinden, sollten wir schleunigst auf den Zahn fühlen«, meinte Trobisch mit sehr ernstem Gesichtsausdruck.

»Warum auf die Entlassung warten? Ist es nicht ebenso möglich, dass ein noch Einsitzender jemanden beauftragt hat, das für ihn zu erledigen?«, wandte Regine Nau ein. »Je länger die Haftstrafe, desto größer der Wunsch nach Rache, und umso wahrscheinlicher ist es auch, dass der Straftäter nicht bis zur Entlassung warten will oder kann. Weil er dann zu alt ist beispielsweise.«

»Oder weil er krank ist und seine Entlassung vielleicht nicht mehr erlebt«, warf ein Oberkommissar aus Trobischs Team ein.

»Beides wäre möglich«, stimmte Wärmland etwas abwesend zu. Gerade war ihm etwas eingefallen, an das er schon seit ewigen Jahren nicht mehr gedacht hatte.

»Erinnerst du dich denn noch an die Namen der in Frage kommenden Typen?«, wollte Trobisch wissen. »Dann könnten wir loslegen und sie ausfindig machen.«

Wärmland schaute Trobisch an und nickte. »Der Erste, der mir einfällt, ist Ivan Schaupp.«

Wie zu erwarten gewesen war, zeichnete sich Entsetzen in den Gesichtern der Kollegen ab.

»Etwa *der* Ivan Schaupp, der vor zwei oder drei Monaten bei einem Krankentransport geflohen ist?«, platzte Regine Nau heraus.

Wärmland nickte. »Genau der.« Der Fall war durch die Medien gegangen. Schaupp hatte es geschafft, während seiner Verlegung in eine Klinik zu entkommen, und war seither unauffindbar. »Er ist ein ziemlich übler Bursche aus dem Drogenmilieu«, erklärte er. »Schaupp war damals verdächtig, mehrere Morde begangen zu haben. Zum Glück haben wir ihn dann für den letzten auch drangekriegt.«

»Aber es gab ja auch noch andere. Hast du noch einen Namen?«, hakte Trobisch hastig nach. Er musste bemerkt haben, welche Not Wärmland bei dem Gedanken litt, dass sich sein Sohn vielleicht in der Gewalt eines solchen Übeltäters befand.

»Einer hieß Schäfer oder Scheffer. Der hat damals vehement seine Unschuld beteuert und war ziemlich erbost über die lebenslängliche Haftstrafe, obwohl er einen Wachmann erschossen hatte bei einem Überfall, den er mit zwei anderen begangen hatte. Und dann war da noch Ewald Kalenborn, nein Kalenbach. Der hatte drei Strichjungen umgebracht. Ist der älteste Fall in meiner Sammlung. Aber ich erinnere mich noch gut an diesen hageren, bösen Mann. Er wirkte unscheinbar, doch in seinen Augen blitzte so ein gefährliches Licht. Weißt du, was ich meine?«

»Nein, das kenne ich aus meiner eigenen Sammlung nicht, aber es ist sicher sehr beunruhigend.«

»Oh ja, das ist es. ›Ihr kriegt euer Fett auch noch weg‹, hat er damals gesagt. Ich war zu der Zeit Oberkommissar und noch nicht lange bei der Mordkommission. Er wollte es mir und dem damaligen Leiter heimzahlen. Der Pawelcik ist aber schon lange in Pension. Ich müsste mal nachhören, ob bei ihm alles in Ordnung ist.«

»Also zumindest drei Typen, die in Frage kommen.« Trobisch hatte die Namen notiert und nickte. »Damit haben wir ein paar gute Ansatzpunkte. Wir müssen die Burschen nur noch ausfindig machen.«

»Was uns bei Schaupp eher schwerfallen dürfte«, gab Regine

Nau zu bedenken. Und genau das vergrößerte Wärmlands Kummer und Angst noch einmal erheblich.

Als die Aufgaben verteilt waren und die erste Besprechung der Soko beendet war, folgte Wärmland Trobisch in dessen Büro.

»Grübelst du noch über etwas Besonderes?«, fragte Trobisch, nachdem er Wärmland einen Moment gemustert hatte. »Du siehst aus, als ginge dir noch etwas Spezielles durch den Kopf. Haben wir bei der Besprechung eben etwas ausgelassen?«

Wärmland schaute zu Boden, holte tief Luft und atmete hörbar aus.

»Wenn du so auffällig atmest, ist es wohl etwas Ernstes.«

Wärmland blickte auf und erkannte, dass Trobisch sich durchaus nicht über ihn lustig machen wollte. Im Gegenteil.

»Es könnte eventuell noch einen weiteren Kandidaten geben, noch einen Verdächtigen«, gestand er.

»Aha. Aber dass du einen der bösen Burschen vergessen hast, wundert mich gar nicht«, meinte Trobisch. »Deren Karriere liegt ja zum Teil auch schon sehr viele Jahre zurück.«

»Na ja, das stimmt zwar, aber der, den ich meine, gehört gar nicht zu diesem erlesenen Kreis verurteilter Schwerverbrecher.« Wärmland machte eine Pause, schob seine Unterlippe vor und biss sich mit der unteren Zahnreihe auf die Oberlippe.

Trobisch machte ein seltsam erschrockenes Gesicht. Womöglich fragte er sich gerade, welcher ihm bisher nicht bekannte dunkle Fleck da auf der weißen Weste seines Freundes prangte und ihn jetzt irgendwie einzuholen drohte.

Wärmland ließ ihm keine Zeit für Grübeleien und offenbarte, worum es ging.

»In meiner Mainzer Zeit hatte ich mal eine kurze Affäre.« Er musterte Trobisch, um zu sehen, wie diese kurze Mitteilung auf ihn wirkte.

Trobisch schaute ihn nur unverwandt an, er wirkte weder besonders schockiert noch überrascht. Also fuhr Wärmland fort.

»Es war ganz der Klassiker: eine kleine Feier zur Pensionierung des Oberhäuptlings mit viel Heiterkeit, schweren Getränken und leichten Gedanken. Die Sekretärin eines der Direktoren und ich sind uns dabei nähergekommen.«

Wieder machte er eine Pause, doch Trobisch zeigte keine Gemütsregung.

»Ursulas Mutter war damals krank, und sie war bei ihren Eltern in Koblenz, um sich um sie zu kümmern. Sonst hätte sie mich sicher zu der Feier begleitet. So war ich allein dort und … Na ja, dir brauch ich ja nicht zu sagen, wie sich so etwas ergibt. Gute Laune, große Stimmung, ein kleiner Flirt, und schon ist es passiert.« Wärmland schaute zerknirscht. Die Sache war ihm nicht besonders angenehm, auch nicht gegenüber seinem in Sachen Frauen weit gereisten Freund und Kollegen.

»Da bin ich aber erleichtert, dass ich hier nicht der Einzige mit lustbetonten Schwächen bin«, bemerkte Trobisch ohne jede Häme. »Neben einem Mönch in Straßenkleidung wie dir kommt man sich ja schnell etwas schäbig vor. Nein, im Ernst, so etwas kommt vor und ist nur allzu menschlich, oder hat sich daraus mehr entwickelt?«

Wärmland zuckte mit den Schultern. »Wie man's nimmt. Drei Monate ging das mit uns. Ursula und ich hatten davor schon Schieflage und haben uns oft gestritten. Sie fand, ich würde zu wenig Ehrgeiz zeigen und meine Möglichkeiten nicht ausschöpfen. Da waren wir eine Zeit lang überhaupt nicht auf einer Wellenlänge. Ihre ständigen Nörgeleien haben mich total genervt.«

»Na, dann weiß ich nun also endlich, dass du auch nur ein normaler Mann bist … Und wie ging es weiter?«

»Ich bekam schließlich ein so schlechtes Gewissen, dass ich die Sache nicht mehr länger durchziehen konnte. Ich habe mich wieder eingekriegt und die Sache beendet. Ursula und ich haben das Kriegsbeil dann auch begraben und uns noch mal arrangiert.«

»Hat sie Probleme gemacht?«, wollte Trobisch wissen.

»Wer? Meine Kurzzeitgeliebte? Nein, sie nicht, aber ihr Ehemann.«

»Oh, das hört sich nicht gut an. Was ist passiert?«

»Astrid, so hieß die Betreffende, hat nach unserer Affäre die Scheidung von ihrem Ehemann eingereicht.«

»Und das ist dann auch dein Problem geworden?«, hakte Trobisch erstaunt nach. »Jetzt bin ich gespannt.«

Wärmland nickte. »Oh ja, und zwar ziemlich heftig. Der Mann

war so was von eifersüchtig und aggressiv. Ich wusste zuerst gar nicht, dass sie verheiratet war. Sie hatte nie einen Ring am Finger, aber das heißt ja nicht unbedingt was, und ich muss gestehen, dass ich mir die Frage überhaupt nicht gestellt habe. Jedenfalls hat sie mir irgendwann von ihrem Mann erzählt, der allem Anschein nach ein absoluter Kontrollfreak war. Sie hatte es wirklich nicht leicht. Und als sie sich nach unserem kleinen Zwischenspiel von ihm trennte und die Scheidung einreichte, hat er mich dafür verantwortlich gemacht.«

»Na ja, so ganz abwegig war das vermutlich nicht«, meinte Trobisch und klopfte Wärmland tröstend auf die Schulter. »Sicher ist ihre Sehnsucht nach Freiheit exponentiell gestiegen, nachdem sie durch dich erfahren hatte, wie nett und freundlich andere Männer sein können.«

»Jedenfalls war ich der Staatsfeind Nummer eins, nachdem er das von ihr und mir rausbekommen hatte. Er hat mich mehrmals angerufen, mich beschimpft und mir gedroht. Das war sehr unangenehm. Auch weil ich natürlich damit rechnen musste, dass Ursula auf diese Weise etwas von meiner Affäre erfährt.«

»Und wie hast du das in den Griff bekommen?«

»Ich hab ihm vorgetragen, wie die Sache für ihn ausgehen könnte, wenn er mich nicht in Ruhe lässt.«

»Ah, du hast also den bösen Bullen raushängen lassen – und das hat geholfen?«, erkundigte sich Trobisch etwas ungläubig.

»Scheint so, jedenfalls kamen danach keine Anrufe mehr. Aber bei unserem letzten Gespräch ist er ziemlich ausfallend geworden. Er hat gemeint, ich könne mich zwar gern hinter meinem Polizistenjob verstecken, aber das letzte Wort sei noch nicht gesprochen und man sehe sich immer zweimal im Leben. Ich würde schon noch sehen, was mich diese Schweinerei, seine Ehe ruiniert zu haben, kosten wird.«

»Klingt nach einer ernst zu nehmenden Drohung.«

»Kann man durchaus so verstehen«, stimmte Wärmland zu. »Aber in so einer Situation sagt man ja schnell mal was, ohne es in die Tat umsetzen zu wollen. Die Sache ist jetzt neunzehn Jahre vorbei. Da sollte man meinen, dass das sprichwörtliche Gras drübergewachsen ist.«

Trobisch blieb skeptisch. »Grundsätzlich ja, aber es gibt nicht nur Menschen wie dich und mich, die nicht lange nachtragend sind. Es gibt auch andere, in denen es lange gärt und brodelt, bis die ganze Suppe überläuft. Ich denke schon, dass wir ihn in die Liste der Anwärter aufnehmen sollten.«

»Ich habe das vor den Kollegen nicht erwähnt, weil es mir unangenehm ist, eine persönliche Verfehlung zum Mittelpunkt der Ermittlung zu machen. Und ich möchte eigentlich immer noch nicht, dass das bei der gesamten Belegschaft die Runde macht … aber wie soll das gehen?«

»Indem wir beide das ohne die Kollegen machen. Wir wissen ja so ungefähr, wie Ermitteln geht. Also bilden wir zwei ab sofort die Mikro-Soko ›Fremdkuscheln‹, okay?«

»Können wir die nicht auch anders nennen … ›Eifersucht‹ vielleicht? Das wäre mir lieber.«

»Daran soll es nicht scheitern«, antwortete Trobisch verständnisvoll und lächelte aufmunternd.

Wärmland war dankbar für Trobischs Unterstützung. Wie würde es ihm jetzt ohne einen guten Freund an seiner Seite gehen?

»Ich erinnere mich nicht gern an diese Zeit zurück«, sagte er müde. »Das war einfach zu viel Instabilität und Durcheinander damals – etwas, womit ich nicht gut leben kann, wie du weißt.«

Trobisch nickte nur und schwieg.

»Es gibt jetzt so viele Baustellen, die wir angehen müssen«, fuhr Wärmland fort. »Dabei haben wir nur leider keine Ahnung, was der vielversprechendste Ansatz ist.« Resignation schwang in seiner Stimme.

»Aber immerhin *haben* wir Baustellen. Es gibt insgesamt vier mögliche Tatverdächtige, die wir sonst oft erst mühsam ermitteln müssen. Das ist eine Größenordnung, die wir bewältigen können. Wenn nötig, stocke ich das Team weiter auf.«

Wärmland bedachte Trobisch mit einem dankbaren Blick. Sein Freund war wirklich bemüht, es ihm etwas leichter zu machen.

»Ich bin so müde, Sven, und das nach nur einem halben Tag. Dabei fängt die Arbeit doch gerade erst an. Die ganze Sache setzt mir zu sehr zu. Ich fühle mich total elend hier drin.« Er legte seine linke Hand auf seine Brust.

»Es ist im wahrsten Sinne des Wortes eine Herzenssache«, entgegnete Trobisch. »Dass deinem Sohn so etwas Beängstigendes widerfährt, ist allein schon schwer zu ertragen. Ich mache mir allerdings Sorgen, dass es sich auch gesundheitlich auswirkt. Du siehst nämlich wirklich übel aus, wenn ich das sagen darf.«

»So fühle ich mich auch. Der Schlafmangel macht mir wohl zusätzlich zu schaffen.«

»Umso mehr müssen wir an die Sache ganz strukturiert rangehen und Unnötiges vermeiden«, erwiderte Trobisch aufmunternd. »Hast du vielleicht noch Kontakt zu dieser Astrid?«

»Nein, nein, das war damals ein für alle Mal zu Ende. Sie hat nicht im selben Gebäude gearbeitet, und wir sind uns dadurch glücklicherweise auch nicht mehr ständig über den Weg gelaufen. Ein halbes Jahr danach hat sie ihre Stelle aufgegeben und ist nach Frankfurt gegangen. Sie hatte wohl jemanden kennengelernt. Du weißt ja, wie das ist – um ein paar Ecken erfährt man doch immer noch einiges über die Mitarbeiter und Ex-Mitarbeiter anderer Abteilungen.«

»Dennoch werden wir sie fragen müssen, ob sie etwas über das derzeitige Tun ihres charmanten Ex-Mannes weiß. Was diesen Burschen angeht, ist sie im Augenblick ja wohl unsere vielversprechendste Informationsquelle.«

Wärmlands Gesichtsausdruck verfinsterte sich, aber er musste Trobisch recht geben.

»Ich kann das mit dem Anrufen für dich übernehmen, wenn es dir unangenehm ist«, bot Trobisch an. »Überleg es dir.«

Wärmland war froh über das Angebot. Der Gedanke an eine Kontaktaufnahme mit seiner ehemaligen Affäre war irgendwie eigenartig und fühlte sich nicht gut an. Auch sein Gewissen meldete sich wieder, obwohl er ja nun wirklich schon viele Jahre von Ursula geschieden war.

In Ermangelung einer konkreten Aufgabe wollte Wärmland die Zeit bis zum nächsten Treffen der Soko für einen Besuch bei seiner Mutter nutzen. Das konnte er unmöglich länger aufschieben, nachdem sie ihn schon wieder seit Wochen darum bat, sich zu zeigen. Jetzt war er in der Stadt, und vom Präsidium war es ja auch nicht allzu weit bis in den Stadtteil Moselweiß.

Wärmlands Mutter bewohnte die erste Etage in einem unauffälligen Mietshaus in einer ruhigen Nebenstraße. Ausschlaggebend für ihre Wahl der Wohnung war der weitläufige, über zwei Hektar große Gartenbereich hinter dem Haus gewesen, der sich zu Füßen ihres Balkons erstreckte. Hier konnte man sitzen und meinen, man schaue in seinen eigenen Park. Jetzt aber waren alle Gedanken an Grün und Blühen weggefegt.

Schwer atmend schaffte Wärmland die Treppe zur ersten Etage. Auf der letzten Stufe wurde ihm schwarz vor Augen, und er griff nach dem Geländer und kniete sich hin. Was sollte das? Diese Treppe hatte er hunderte Male locker erklommen, ohne irgendwelche Ausfallerscheinungen zu zeigen. Der ungewohnte Schlafmangel schien umfangreichere Nebenwirkungen zu haben, als er bisher gedacht hatte.

Als er sich gerade wieder aufgerappelt hatte, öffnete seine Mutter die Wohnungstür. Gut, dass sie von meinem kleinen Aussetzer nichts mitbekommen hat, dachte Wärmland. Sie war wohl von Viviane informiert worden, denn sie drückte ihn an sich, und Wärmland sah ihre traurigen, rot geweinten Augen, nachdem sie sich wieder losgelassen hatten.

»Ach, Mutter, was soll ich sagen? Da will mich wohl jemand beunruhigen und in Sorge treiben.«

»Versuche bloß nicht, es irgendwie zu verharmlosen. Das ist eine furchtbar ernste Sache.« Sie schluchzte, und Tränen flossen. »Niemand kann sagen, wohin das noch führen wird«, fuhr sie fort. »Oder weißt du inzwischen schon mehr?«

»Nein, wir wissen noch nicht, wer uns das angetan hat. Wir nehmen gerade einige der von mir verhafteten Straftäter ins Visier, weil es wahrscheinlich erscheint, dass mich einer von ihnen damit quälen will.«

Wärmlands Mutter schluchzte noch heftiger. »Er wird uns unseren Jungen doch wohl wieder zurückgeben, wenn er das Spiel lange genug getrieben hat, oder?« Sie schnäuzte in ein Papiertaschentuch. »Er will doch sicher nur dich treffen und nicht Stefan?«

»Das denke ich auch«, pflichtete Wärmland seiner Mutter bei. »Sicher will er mich eine Weile schmoren lassen, bis ich völlig am Boden um Vergebung dafür bitte, dass ich so ein mieser Polizist bin, der andere Menschen hinter Gitter bringt.«

»Irgend so etwas wird es wohl sein.«

»Tröstlich ist, dass bei meinen früheren Verhaftungen keine ganz üblen Typen dabei waren, die Kindern etwas angetan haben«, log Wärmland, um es seiner Mutter etwas erträglicher zu machen. »Deshalb bin ich mir sicher, dass es ihm nur um einen kleinen Psycho-Krieg geht, mit dem er mich strafen will.«

»Wie geht es Ursula?«, fragte Wärmlands Mutter. »Sie ist bestimmt furchtbar verzweifelt. Wenn es um das einzige Kind geht ... das ist das Schlimmste, was einer Mutter passieren kann.«

»Ich habe heute Morgen mit ihr gesprochen. Gestern war sie außer sich, aber sie hat sich wieder etwas gefangen«, erwiderte Wärmland. »Sie ist ziemlich tapfer und verlässt sich darauf, dass wir gute Polizisten sind, die die Sache bald im Griff haben.«

»Ist das so? Hast du das Gefühl, dass ihr ihn finden könnt?« Sie schaute ihn prüfend an, so als wollte sie ein verdächtiges Zucken, das seine Unsicherheit verraten könnte, auf keinen Fall übersehen.

»Mutter, wir haben schon sehr, sehr viele knifflige Fälle gelöst und viele Burschen eingefangen, die Schlimmes getan hatten und sich trotzdem ziemlich sicher gefühlt haben. Es gibt immer irgendwelche Hinweise und erste Spuren, auch hier. Darauf können wir aufbauen und weiterkommen, nur ungeduldig dürfen wir nicht werden.«

Das war eine etwas beschönigende Version, mit der er sich bei seiner Mutter aber nicht verdächtig machte. Wärmland merkte, dass er ihren schlimmsten Kummer ein klein wenig gemildert hatte – zumindest für den Augenblick. So musste er sie nicht in völliger Verzweiflung zurücklassen.

»Bring uns unseren Jungen heil wieder zurück, mein Sohn, bitte«, sagte seine Mutter. Das versprach er und verabschiedete sich.

Als er aus dem Treppenhaus trat und wieder unten auf der Straße stand, kam Wärmland sich so unendlich einsam und kraftlos und ohnmächtig vor wie nie zuvor. Sein Herz fühlte sich an, als könnte es nicht mehr völlig frei schlagen. Und dann war da auf einmal dieser Gedanke: Wenn das schiefgeht, kann ich nicht mehr weiterleben.

Niedergeschlagen fuhr Wärmland zurück zum Präsidium. Der Gedanke an die kleine, erlesene Auswahl von üblen Gewalttätern und Mördern, mit denen sie es nun zu tun bekamen, und die Vorstellung, dass sich Stefan in der Hand eines dieser Männer befand, schnitt mehr und mehr in seine Seele.

SIEBEN

Mittags sprachen Wärmland und Trobisch über die Möglichkeit, dass Stefans Entführung vielleicht von jemandem gesehen worden war, ohne dass derjenige den Vorgang als solche gedeutet hatte. In Zeiten, in denen sich viele Menschen einfach raushielten aus den Abläufen und Lebensumständen ihrer Mitbürger, bestand die Gefahr, dass sich etwaige Augenzeugen gar nicht erst melden und ihnen ihre möglicherweise entscheidenden Wahrnehmungen damit vorenthalten würden. Das war eine von Wärmlands derzeit bedrückendsten Vorstellungen.

Natürlich bestand dieses Problem immer. Niemand konnte bei Ermittlungen je einschätzen, wie hoch die Dunkelziffer der Auskunftsverweigerer war. Doch es gab davon vermutlich nicht wenige, denn häufig kam es vor, dass Zeugen gefunden wurden, die von allein niemals auf die Idee gekommen wären, mit ihren vermeintlich harmlosen Beobachtungen etwas Wichtiges zu den Ermittlungen beitragen zu können.

Um die Voraussetzungen zur Erlangung solcher Informationen für die in Koblenz nach Zeugen suchenden Beamten zu verbessern, entschieden sie sich für eine Flugblattaktion und, im Fall, dass Stefan sich auch heute nicht meldete oder zu Hause auftauchte, einen entsprechenden Aufruf in den lokalen Medien.

Trobisch setzte sofort zwei seiner Leute darauf an, ein DIN-A4-Blatt zu gestalten, das dann in einer höheren Auflage im Haus gedruckt werden sollte. Anschließend konnten die Kollegen im Bereich zwischen Bahnhof, Roonstraße, Mainzer Straße und Bahnlinie zum Oberwerth die Flyer an Passanten und in die Briefkästen verteilen und gegebenenfalls Befragungen durchführen.

Trobisch kannte den Redakteur der Rhein-Zeitung, der auch für den Bereich Südstadt verantwortlich war. Er sollte ebenfalls ein Exemplar des Flyers für einen Auskunftsappell erhalten.

Trobisch und Wärmland waren sich bewusst, dass dieser Schritt nicht nur eine Chance war, sondern ihnen auch ein großes, möglicherweise überregionales Medieninteresse zutragen würde. Man würde sie intensiv bedrängen und fortlaufend nach weiteren Informationen verlangen.

Diese Aussicht war alles andere als erfreulich für die beiden. Aber in den sauren Apfel mussten sie beißen.

Die nachmittägliche Zwischenbesprechung mit den verschiedenen Teams fiel ausgesprochen kurz aus, jeder ging mit Hochdruck seiner Aufgabe nach, doch es gab nichts Neues zu vermelden. Bevor Wärmland sich danach müde und in elender Verfassung für den Rest des Tages von den Kollegen verabschiedete, gab er Trobisch noch zu verstehen, dass er den Anruf bei Astrid doch lieber selbst machen wollte. Er hatte das Gefühl, dass das angemessener war und sie vielleicht auch offener und auskunftswilliger reagieren würde als bei einem dienstlichen Anruf durch einen Kriminalkommissar.

Auf dem Weg nach Mayen konnte sich Wärmland durch das Kauen einer halben Tüte Colafläschchen in fahrtüchtigem Bewusstseinszustand halten, aber daheim sank er um kurz nach neunzehn Uhr erschöpft auf sein Bett, nachdem er seine Schuhe ausgezogen hatte, und fiel in einen unruhigen Halbschlaf, in dem er Szenarien phantasierte, in denen er verzweifelt nach Stefan suchte.

Er fand ihn nicht.

Um kurz nach zwei wurde Wärmland von Harndrang geweckt.

Er schaltete das Licht neben seinem Bett an, schwang seine Beine aus dem Bett und setzte sich auf. Als er ganz aufstand, wurde ihm wieder schwarz vor Augen, und er ließ sich schwankend in die Sitzposition zurückfallen. Er horchte auf sein Herz, aber nicht wegen der ihm inzwischen bekannten chaotischen Schlagfrequenz. Es war ganz ruhig, und trotzdem fühlte es sich überhaupt nicht gut an. Wärmland war ganz eigenartig zumute.

Langsam wiederholte er seinen Versuch, aufzustehen. Diesmal klappte es, und er konnte ins Bad. Wärmland hatte gehofft, dass der kleine Abstecher in den Nebenraum helfen würde, das Elendsgefühl in der Brust loszuwerden. Aber es blieb. So setzte er sich aufrecht in sein Bett und legte den Zeige- und Mittelfinger der rechten Hand an die Stelle am linken Handgelenk, wo man üblicherweise den Puls fühlte. Wärmland erschrak. Er fühlte nichts. Aber da musste doch etwas sein, sonst wäre er schon tot. Er nahm die beiden Finger fort, lehnte sich so entspannt wie möglich gegen das Kopfteil seines Bettes und wiederholte den Vorgang. Mit geschlossenen Augen versuchte er, sich ganz auf das Erfühlen seines Pulses zu konzentrieren. Und tatsächlich nahm er ein schwaches, leichtes Zittern wahr, das ganz anders war als der ihm bisher vertraute Pulsschlag. Früher hatte er immer eine deutliche Frequenz aus etwa siebzig gut voneinander abgrenzbaren Schlägen gespürt. Selbst nach dem Eintreten seiner Herzrhythmuserkrankung hatte er während der letzten Tage noch eine Abfolge einzelner Schläge ertasten können, auch wenn sie mal schnell hintereinander, mal mit einer Pause aufgetreten waren, aber jetzt … Er fühlte keinen einzigen dieser ehemals festen Schläge. Aus seinem Pulsschlag, ob schnell oder langsam im veränderten Rhythmus, war so etwas wie ein schwaches Summen geworden. Wärmland war irritiert, denn er hatte immer geglaubt, dass man nur leben konnte, wenn ein Herz spürbar schlug. Aber was war *das* jetzt? Eine neue Angstattacke überfiel ihn. Ging der Herztod am Ende gar nicht mit einem sich chaotisch aufregenden, überforderten Herzen einher, sondern schlief es in Wahrheit allmählich ein? Auch darauf war er nicht vorbereitet.

Wärmland rutschte langsam wieder in die Liegeposition. Er dachte an Stefan, und erneut hatte er die Befürchtung, dass er vielleicht nicht mehr in der Lage sein würde, etwas für seinen Jungen zu tun, weil sein Herz dabei war, einzuschlafen. Seine Angst wuchs, aber er entschied sich für die Strategie, stattdessen daran zu denken, seinem Jungen helfen zu wollen. Er durfte nicht schlappmachen. Er musste durchhalten und es irgendwie schaffen. Weil er es ihm schuldig war.

Von diesem Gedanken gezogen, lag Wärmland im Halbschlaf da und dachte an Stefan und ihre schönsten gemeinsamen Ausflüge und Unternehmungen. Nach einer Weile schlief er wieder ein.

Als eine Elster am nächsten Morgen im Baum vor dem Haus lauthals keckerte, erwachte er und fühlte erneut seinen Puls – doch er spürte nichts. Jetzt wusste Wärmland, was er tun musste.

Er stand auf und rasierte und duschte sich. Dann nahm er sein Smartphone und wählte Hans-Günters Nummer.

Dr. med. Hans-Günter Conrad war an diesem Sonntagmorgen wie üblich um halb sieben aufgestanden und hatte sich ein kleines Frühstück gemacht. Er freute sich schon auf den Nachmittag, wenn er mit dem Chor, dem er seit dreiundzwanzig Jahren angehörte, im Altenzentrum St. Johannes ein Konzert zum Kaffee geben würde. Er liebte diese kleine Abwechslung und steuerte geradewegs auf seinen kleinen Kawai-Flügel zu, wo er noch einmal »Mein kleiner grüner Kaktus« von den Comedian Harmonists anspielen wollte – eines der an diesem Nachmittag von seiner rund vierzigköpfigen Sangestruppe »Die Nettegallen« zum Vortrag vorgesehenen Lieder. Er kam jedoch nicht bis zu seinem Instrument, weil sein Festnetzanschluss läutete.

»Hallo, Hans-Günter«, hörte er seinen Chorbruder Jan Wärmland kurzatmig ins Telefon sagen. »Ich glaube, mein Herz ist nicht in Ordnung, also ich meine, noch anders als bisher.«

Conrad fragte nach den Symptomen, die Wärmland diesmal zu schaffen machten. Nachdem er etwas von »schwarz vor den Augen« und »kein fühlbarer Puls« gehört hatte, sagte er: »Ruf dir ein Taxi und komm sofort her.« Selbst begab er sich ebenfalls umgehend in seine am Sonntag eigentlich geschlossene Praxis.

In seinen einundvierzig Jahren als niedergelassener Kardiologe hatte Conrad sich sehr viel Vertrauen erworben, und sein Patientenstamm in Mayen und Umgebung war groß geblieben, obwohl das städtische Krankenhaus mit einer neuen kardiologischen Abteilung in den vergangenen Jahrzehnten punkten konnte. Dennoch hatte er sich vor einer Weile dazu entschlossen, am Ende des Jahres seine Praxis aufzugeben und sie in die Hände eines jüngeren Kollegen zu übergeben. Mit siebenundsechzig Jahren fühlte er sich endlich so weit ins Rentenalter versetzt, dass er sich vorstellen konnte, seine Arbeit als Kardiologe ruhen zu lassen.

Bereits vor einem Jahr hatte er damit begonnen, sich den einen oder anderen jungen Kollegen anzuschauen, um festzustellen, ob er unter ihnen einen Kandidaten mit einer Persönlichkeit fand, die ihn sowohl fachlich wie auch menschlich zu überzeugen vermochte. Er hatte sich Zeit gelassen, denn einen raschen Rückzug ohne gründliche Suche nach einem vertrauenswürdigen Kollegen für seine Patienten hatte er sich nicht vorstellen können. Vor zwei Monaten war er dann endlich jemandem begegnet, der seine Auswahlkriterien voll und ganz erfüllte. Nashia Rafsani, Tochter aus dem Iran stammender Eltern, hatte ihn, der zuvor immer von einem männlichen Nachfolger ausgegangen war, gleich bei der ersten Begegnung völlig für sich eingenommen. Das hatte nichts mit Conrads noch einmal aufflammendem Interesse am weiblichen Geschlecht zu tun. Zwar war er seit neun Jahren Witwer und durfte durchaus Zuneigung zu weiblichen Wesen entwickeln, zumal er, der zeitlebens ein Faible für den hellen, nordischeren Frauentyp gehabt hatte, auch optisch sehr von ihr angetan gewesen war. Als sie an dem verregneten Apriltag ihrer ersten Begegnung das Brückencafé in der Mayener Innenstadt betreten hatte, war sie ihm wie eine Prinzessin aus einem orientalischen Märchen erschienen. Nein, Nashia Rafsani hatte ihn sowohl durch ihre Schönheit als auch durch ihren Charme und ihre Klugheit von sich überzeugen können.

Als Wärmland wenige Minuten nach Conrad in der Praxis eintraf, sah dieser sofort, dass es um seinen Chorbruder gesundheitlich schlecht bestellt war. Allzu dunkle Ringe lagen unter Wärmlands Augen, und seine Gesichtshaut war aschfahl. Er bat ihn herein und machte das EKG-Gerät bereit.

In Dr. Conrads beruflicher Laufbahn hatte es immer wieder sehr ernste Momente gegeben, die bei ihm große Besorgnis ausgelöst hatten. Der Moment, in dem er Wärmlands EKG-Werte in den Händen hielt und aus allen inzwischen erhaltenen Informationen eine Gesamtdiagnose formte, reihte sich in diese Augenblicke nahtlos ein.

»Das sieht gar nicht gut aus, mein Lieber.«

ACHT

Sven Trobisch stand vor der Eingangstür des Hauses in Mayen-Süd, in dem Wärmlands Wohnung lag. In einer Hand hielt er zwei Papiertüten mit Croissants und verschiedenen Brötchen, mit der anderen drückte er auf den mit »J. Wärmland« beschrifteten Klingelknopf. Es war kurz nach acht, und Trobisch ging davon aus, dass sein Freund angesichts seines Erschöpfungszustandes wohl noch schlief, denn das Team traf sich erst wieder um zehn. Bis zum Polizeipräsidium waren es knapp vierzig Kilometer, und die schaffte man in einer guten halben Stunde, wenn man sich an die Geschwindigkeitsbeschränkungen hielt. Es war also damit zu rechnen, dass Wärmland erst in etwa einer Stunde aufbrechen würde.

Das fortgesetzt erfolglose Klingeln erwies sich für Trobisch dann allerdings als ebenso überraschend wie ernüchternd. Wo steckte sein müder Freund, wenn nicht hier in seiner eigenen Wohnung, wo er Ruhe hatte und etwas Schlaf nachholen konnte? War Stefan etwa aufgetaucht und Wärmland zu ihm gefahren? Nein, in dem Fall hätte sein Freund ihn sofort informiert, da war sich Trobisch sicher. Oder hatte sich vielleicht ganz spontan etwas mit Nicole ergeben? Man hörte ja gelegentlich, dass jemand, der oder die eine neue Beziehung der alten vorgezogen hatte, nach deren Scheitern reumütig zum Ex-Partner zurückkehrte. Aber wäre Wärmland in seinem gestrigen erbärmlichen Zustand noch nach Köln gefahren? Trobisch konnte sich das überhaupt nicht vorstellen. Und wenn die Französin hierher nach Mayen gekommen wäre, würden sich um diese Zeit doch beide in der Wohnung aufhalten müssen. Oder hatten sie sich etwa zu einem gemeinsamen Frühstück aufgemacht?

Trobisch blieb nichts anderes übrig, als sein Handy zu zücken und nachzufragen. Sein netter Überraschungsbesuch entwickelte sich aber leider zu einem kompletten Fehlschlag, denn Wärmland nahm das Gespräch nicht an. Er drückte noch einmal auf die Hausklingel und ging dann langsam zurück zu seinem alten roten

Porsche. Als er hinter dem Steuer saß, wählte er noch einmal Wärmlands Nummer. Diesmal meldete er sich.

»Hey, wo steckst du Langschläfer denn schon so früh? Ich hab alle Bewohner deiner Mietskaserne rausgeklingelt, aber du fehlst immer noch.«

Trobischs Blick verfinsterte sich, als er die gewünschte Auskunft erhielt.

»Bist du denn jetzt fertig?«, erkundigte er sich besorgt. »Soll ich dich abholen? – Okay, ich warte hier.«

Trobisch steckte sein Handy wieder weg. Ein sehr ernster Wärmland hatte gerade etwas von einem erneuten Besuch beim Kardiologen erzählt, und das an einem Sonntagmorgen. Das klang nicht gut. Vor seinem inneren Auge tauchten Bilder von einem erschöpften, schwer atmenden Wärmland auf, der womöglich ein noch ernsteres gesundheitliches Problem hatte als bisher angenommen.

Worum es dabei ging, erfuhr er, als sie sich schließlich an Wärmlands Küchentisch gegenübersaßen und gemeinsam frühstückten.

»Mensch, Jan, das ist ja 'ne schöne Scheiße!«, sagte Trobisch niedergeschlagen, nachdem Wärmland seinen kurzen Bericht beendet hatte. »Wie hat er die Sache genannt? Myxo... was?«, fragte er noch einmal nach.

»Verdacht auf Myokarditis – Herzmuskelentzündung«, antwortete Wärmland frustriert.

»Klingt echt nicht gut«, meinte Trobisch mit verkniffenem Gesicht. »Und das verursacht einen Ruhepuls von hundertfünfundachtzig? Das ist ja mehr als normalerweise nach einem längeren Sprint. Ich glaube, es gibt da diese Formel für den Höchstpuls, bei der man von zweihundertzwanzig das Lebensalter abzieht. Demzufolge dürfte deiner eigentlich nur bei etwa hundertsiebzig liegen, zumindest wenn du ein im Laufen etwas geübter Einundfünfzigjähriger wärest. Bei hundertfünfundachtzig dagegen ist es wirklich kein Wunder, dass du neuerdings so schnell k. o. bist.«

»Es hat nur ein Gutes«, meinte Wärmland ohne Begeisterung. »Es liegt nicht am Alter.«

Trobisch wollte mit einer provozierenden Aussage reagieren,

schluckte die Bemerkung allerdings wieder runter. Das war nicht Wärmlands übliche Frotzelei, es war bitterer Sarkasmus. Er musterte seinen Freund und bemerkte wieder dessen dunkle Ringe um die Augen und seinen erschöpften Blick.

»Und wie kommt man an so einen üblen Mist? Hatte dein Kardiologe auch dazu eine Meinung?«

Wärmland nickte. »Du erinnerst dich doch an meine Zahn-OP vor einigen Wochen – vereiterter Kiefer, Ausfräsen, volles Programm. Das würde gut passen, meinte Hans-Günter.«

»Ist nicht dein Ernst. So was geht aufs Herz? Und wie geht man damit um?«, hakte Trobisch nach.

Wärmland zögerte ein paar Sekunden, ehe er antwortete. »Es möglichst ruhig angehen lassen. Keine körperliche Anstrengung, kein Sport.«

»Oh«, sagte Trobisch etwas skeptisch. »Wie stellt er sich das denn vor bei einem, der jeden Tag Triathlon macht? Kaffee, Colafläschchen, Fernsehen … das wird hart für dich.«

»Ja, ich werde den Kaffee reduzieren müssen. Irgendein Opfer muss man schon bringen, wenn es ernst ist.«

»Aber ich darf noch«, sagte Trobisch und goss sich Kaffee ein, ehe er in sein Croissant biss, auf das er etwas Marmelade gestrichen hatte.

»Jetzt hab ich in meiner Medikamentensammlung also auch noch ein Antibiotikum.« Wärmland seufzte schwer.

»Insgesamt hört sich das schon ziemlich ernst an, was dein Herz inzwischen so alles macht beziehungsweise nicht macht.«

Wärmland legte seine linke Hand über sein Herz und atmete einmal tief ein.

Er wirkt so unendlich erschöpft, dachte Trobisch. Sein Kollege war ihm bisher als ein grundsätzlich sportlicher und relativ jung wirkender Mann im besten Alter erschienen. Aber der Wärmland, den er jetzt vor sich hatte, sah auf einmal viel älter aus und kratzte beinahe schon an einer frühen Vorstufe von so etwas wie »gebrochen«. Wenn die Suche nach dem Sohn seines Freundes ungünstig verlaufen oder gar in einer Katastrophe enden würde, könnte das mit Sicherheit zu Wärmlands psychischem und physischen Kollaps führen. So weit durfte es nicht kommen.

»Und wie geht es jetzt weiter?«, fragte er im entspanntesten Ton, zu dem er im Augenblick fähig war, um sich nicht anmerken zu lassen, dass er sich große Sorgen um Wärmlands Gesundheit machte.

»Ich werde mich wohl daran gewöhnen müssen, außer Colafläschchen auch noch einige andere kleine Dinge zu mir zu nehmen«, antwortete Wärmland mit einem müden Lächeln.

»Ich meinte, wie stellst du dir deinen weiteren Einsatz vor, wo du dich doch bremsen musst für dein Herz?«

»Im Präsidium wird ab sofort Fahrstuhl gefahren. Und dann stell ich mir noch einen der Sessel vom Besucherzimmer unseres Polizeipräsidenten ins Besprechungszimmer, damit ich es ausreichend bequem habe.«

Trobisch lächelte nicht. Er hatte das Gefühl, dass Wärmland die Sache etwas zu sehr auf die leichte Schulter nahm, und konnte dem nichts Amüsantes abgewinnen. »Du denkst doch nicht, dass du einfach so weitermachen kannst? Ich will dich nicht verlieren, und für deinen Jungen wäre das eine Katastrophe.«

»Ich halte mich bei allen körperlich fordernden Aktionen zurück. Aber Dabeisein und Mitdenken muss schon noch gehen. Allein in meiner Wohnung werde ich sonst wahnsinnig.«

»Was ich verstehen kann«, erwiderte Trobisch. »Aber du siehst wirklich aus wie aus dem Klo gezogen. Das ist schon die zweite problematische Herzdiagnose, und du bist ganz offensichtlich am Rand deiner Kräfte angelangt. Es würde mich nicht wundern, wenn du das gesundheitliche Risiko gerade ein bisschen herunterspielst. Das sähe dir jedenfalls ähnlich. Dabei würde dein Herzdoktor dich vermutlich auf der Stelle krankschreiben oder hat es sogar schon getan.«

Wärmlands Gesichtsausdruck sah Trobisch an, dass er ins Schwarze getroffen hatte. Er besaß die Kompetenz, Wärmland aus dem Fall herauszunehmen.

»Okay, offen und ehrlich, wie es sich für Freunde gehört: Ja, ich habe mich bewusst nicht krankschreiben lassen. Ich kann jetzt nicht ruhig im Kämmerlein sitzen und untätig darauf warten, dass ich wieder topfit bin. Nicht wenn gleichzeitig die Uhr für meinen Sohn abläuft, verstehst du das?«

»Dann lass es uns doch bitte so machen: Gönn dir noch eine kleine Pause, versuch noch mal zu schlafen, und heute Nachmittag steigst du wieder mit ein, entweder von hier aus oder in deinem K1. So, wie ich sie kenne, wird dir Regine Nau ganz gewiss zur Seite stehen. Du musst nicht jede Minute der Ermittlungen verfolgen, und den Weg nach Koblenz solltest du dir heute mal sparen, okay? Nimm das bitte als Kompromiss an. Denn wenn es dich komplett weghaut, tust du für dein Kind überhaupt nichts mehr, das ist mal sicher.«

Wärmland schenkte Trobisch ein schwaches Lächeln. »Du hast recht«, sagte er und klang selbst ein bisschen erleichtert. »So machen wir es.«

Als Trobisch sich verabschiedete, klopfte er Wärmland freundschaftlich auf die Schulter. »Wir sind ein Team, und wenn einer schwächelt, übernimmt der andere etwas mehr. Du würdest es andersherum genauso machen. Morgen geht es dir vielleicht schon wieder etwas besser.«

Sie umarmten sich, und Trobisch machte sich auf den Heimweg.

Nachdem sich Wärmland mit Regine Nau für fünfzehn Uhr in seiner Mayener Dienststelle verabredet hatte, stellte er seinen Wecker so, dass er vor der Abfahrt noch Zeit hatte, um mit Astrid zu telefonieren.

Als sein Wecker Alarm schlug, fühlte er sich allerdings noch immer sterbensmüde. Nur langsam glitt er zurück in die Realität dieses Sonntagnachmittags. Nach und nach wurde er sich wieder bewusst, was seine Pläne waren, und richtete sich auf. Der Anruf bei Astrid ließ sich nicht umgehen. Er fühlte sich beschissen, und seine Müdigkeit lähmte ihn, aber Astrid war ein wichtiger Baustein dieser Ermittlung.

Hans-Günter Conrad hatte Wärmland von Kaffee mit Koffein abgeraten. Er könne jetzt nichts gebrauchen, was seinen enorm erhöhten Puls zusätzlich anfeuerte. Wärmland hatte allerdings keinen koffeinfreien Kaffee da. Er entschied sich daher, einen ganz schwachen, frisch gemahlenen Bohnenkaffee aufzusetzen. Eine halbe Tasse plus viel Milch und etwas Zucker reichte ja schon für Wärmlands Lieblingsversion von Kaffee, der eigentlich gebräunte Milch war. Das konnte doch nicht gefährlich sein, und das Aroma allein würde ihm psychisch guttun.

Langsam schlürfte Wärmland seinen Kaffee und spürte in sich hinein, horchte auf sein Herz. Erleichtert stellte er fest, dass es auf den schwachen Koffeingehalt nicht zu reagieren schien. Das gab ihm ein klein wenig Hoffnung, die kommenden Tage irgendwie erfolgreich bestreiten zu können. Im Gespräch mit Trobisch hatte er bezüglich seiner Diagnose nämlich einen wesentlichen Punkt ausgelassen. »Du solltest deine Aktivitäten erst mal völlig auf null fahren und dich zur Überwachung auf eine kardiologische Station legen«, hatte Conrad gesagt. »Eine Herzmuskelentzündung ist eine absolut lebensbedrohliche Situation, in der schon jüngere und sportlichere Männer als du gestorben sind. Wenn du dir keine Ruhe gönnst, bringst du dich in Lebensgefahr. Nimm das bitte sehr ernst!«

Da Wärmland einen stationären Aufenthalt in der kardiologischen Abteilung des Mayener Krankenhauses aber kategorisch ausschloss, hatte Conrad ihm stattdessen das Versprechen abgerungen, sich einmal pro Tag bei ihm zu melden, und ihn schließlich widerwillig ziehen lassen. Jetzt galt es, einen Weg zu finden, ohne erhöhtes körperliches Risiko etwas zu den Ermittlungen beizutragen.

Als er den Becher Kaffee ausgetrunken hatte, fühlte sich Wärmland schon einen Hauch besser. Damit war der Moment gekommen, sich dem Telefonat mit Astrid zu stellen. Er hatte zeitlich nicht mehr viel Spielraum und wollte Regine Nau nicht warten lassen.

Wärmland brauchte nur zwölf Minuten, um über eine alte Bekannte an die Telefonnummer seiner früheren Affäre zu kommen. Die Internetsuche unter dem Namen ihres ersten Ehemannes war ergebnislos gewesen, denn wie sich herausstellte, hatte sie nach der Scheidung von Mr. Jähzorn wieder geheiratet und den Nachnamen ihres zweiten Ehemannes angenommen. So war aus Astrid Johnsen eine Astrid Seidel geworden.

Jetzt saß er mit dem Smartphone in der Hand noch einen Moment da und zögerte. Er fühlte sich nicht wohl in seiner Haut und konnte sich nicht vorstellen, dass seine ehemalige Gespielin über seine Fragen erfreut sein würde, aber er hatte keine Wahl. Zudem war ein Sonntag nicht gerade der idealste Zeitpunkt, um seine Verflossene daheim in ihrer Wohnung anzurufen. Er musste damit rechnen, dass ihr Mann ans Telefon ging, und der wäre über so einen Anruf womöglich noch weniger erfreut. Ein schlechterer Tag war kaum zu finden, aber er hatte keine Zeit zu verlieren, wollte er endlich einen Schritt weiterkommen. Dazu musste er nur diese verdammte Nummer wählen.

Als sie sich meldete, erkannte er sofort ihre Stimme.

»Hallo, Astrid, hier ist Jan Wärmland«, brachte er mit belegter Stimme hervor.

»Ach, Jan, das ist aber eine Überraschung, nach so vielen Jahren.« Sie klang nicht unbedingt hocherfreut, eher etwas verunsichert. Das wunderte Wärmland nicht, sie konnte sich ja kaum vorstellen, was der Anlass seines Anrufs war.

»Keine Sorge, ich will nicht da anknüpfen, wo wir vor neunzehn Jahren aufgehört haben. Ich muss mich nur dienstlich mit deinem ersten Ehemann beschäftigen. Du hast nach ihm noch mal geheiratet, wie ich gehört habe.«

»Ja, das stimmt. Und stell dir vor: Mein jetziger Mann ist tatsächlich etwas netter, als Georg es war.« Sie lachte ein wenig. »Wenn du verstehst, was ich meine.«

»Ja, ich glaube schon«, erwiderte Wärmland. »Er hatte wirklich einen schlimmen Zorn in sich. Weißt du, was aus ihm geworden ist?«

»Nein, tut mir leid. Ich weiß nichts Aktuelles über ihn, und das ist mir ehrlich gesagt auch lieb so.«

»Ja, sicher«, antwortete Wärmland enttäuscht. »Ich hatte mir schon gedacht, dass du keinen Wert darauf legst, regelmäßig von ihm über seine Befindlichkeit auf dem Laufenden gehalten zu werden. Aber ich hatte doch irgendwie darauf gehofft, dass ich durch dich etwas über ihn erfahren könnte.«

»Was hat er denn ausgefressen, dass ihr ihn jetzt sucht?«

Wärmland musste wohl mit der Wahrheit rausrücken.

»Du weißt ja, dass er mich damals dafür verantwortlich gemacht hat, dass du ihn verlassen hast, und zuletzt kamen noch diese üblen

Drohungen, von wegen, dass ich das noch mal bereuen würde.« Wärmland stockte einen Augenblick, bevor er es herausbrachte. »Mein Sohn Stefan ist vorgestern entführt worden. Da hab ich in meiner Vergangenheit gestöbert und mich erinnert, wer mich einmal gehasst und mir Schlimmes angedroht hat. Es ist vielleicht etwas gewagt, von einem konkreten Verdacht zu sprechen, aber ich muss der Frage nachgehen, ob vielleicht Georg dahinterstecken könnte.«

»Um Himmels willen, Jan, das ist ja furchtbar. Wie alt ist denn dein Sohn?«

Wärmland merkte, dass sie wirklich schockiert war.

»Stefan ist sechzehn.«

»Oh Gott. Das muss schrecklich für dich sein. Wir haben selbst keine Kinder. Ich hab vor vielen Jahren ein Mädchen kurz vor der Geburt verloren, und dann war es nichts mehr mit Kinderkriegen. Ich wünsche dir von ganzem Herzen, dass du deinen Jungen schnell zurückbekommst. Und du bist sicher, dass er entführt wurde?«

Wärmland bejahte. »Es kann nur so sein. Ich muss ihn schleunigst finden.«

»Ich hoffe sehr, dass er nicht bei Georg ist, aber eigentlich halte ich das für ausgeschlossen.«

»Warum?«, fragte Wärmland aufhorchend. »Wie kommst du zu dieser Vermutung?«

»Das Letzte, was ich vor etlichen Jahren von ihm gehört habe, war, dass er nach England gegangen ist. Ich bin zwar keine Fachfrau in Entführungsfragen, aber ich kann mir nicht vorstellen, dass er so etwas von dort aus macht.«

Jetzt war Wärmland ganz hellhörig. »Weißt du sicher, dass er nach England rüber ist, oder vermutest du es?«

»Ich bin einigermaßen sicher. Du kannst dir ja vorstellen, dass er nicht wirklich losgelassen hat nach unserer Scheidung. Ich wollte nichts mehr von ihm wissen, aber er hat mir zu jedem Geburtstag und zu Weihnachten eine Karte geschickt, so als wollte er Kontakt halten. Ich habe aber nie reagiert. Na ja, jedenfalls kam vor ein paar Jahren eine Karte aus England. Er habe dort neu angefangen, hat er geschrieben, und dass es seine letzte Karte an mich sein würde.«

Wärmland hatte mit allem Möglichen gerechnet, nur nicht mit einer solchen Geschichte.

»Das ist eine durchaus interessante Information«, konstatierte er mit Erleichterung, weil ihn der Gedanke an Stefan in den Händen dieses Mannes extrem belastet hatte. »Das würde Georg aus dem Kreis der Verdächtigen wohl doch wieder hinausbefördern. Weißt du noch, in welchem Jahr das war?«

»Oh ja, es war 2008. Da hat mein Mann seinen fünfzigsten Geburtstag gefeiert. Der war am 23. November, und Georgs Karte kam einen Monat später, zu Weihnachten.«

»Du weißt wohl nicht genauer, woher die Karte kam?«, wollte Wärmland wissen.

»Oh doch«, antwortete Astrid überraschend. »Sie kam von der englischen Südküste. Ich glaube, es war Portsmouth. Ich kann aber nachsehen, wenn du willst.«

»Nachsehen?«, fragte Wärmland irritiert.

»Na ja, Georgs Karten habe ich eigentlich immer weggeworfen. Nur diese eine nicht, weil sie mir gezeigt hat, dass Georg endlich weit weg war und ich nicht mehr ständig damit rechnen musste, dass er plötzlich vor meiner Tür steht. Als Beweisstück für seinen großen Abstand zu meinem Leben habe ich die Karte aufgehoben.«

»Natürlich«, meine Wärmland verständnisvoll. »Das kann ich gut nachvollziehen.«

Er fühlte noch immer einen Hauch von Erleichterung, nachdem er das Gespräch beendet hatte. Astrid hatte nachgesehen und Portsmouth als Absendeort bestätigt. Das wäre weit genug fort, um Herrn Johnsen als Entführer auszuschließen. Astrid hatte ihm noch einmal viel Erfolg für seine Suche gewünscht, und er hatte ihr zugesagt, sie zu informieren, wenn er diesen ungewöhnlich persönlichen Fall gelöst und seinen Jungen wiederbekommen hatte.

Sie würden die Angabe noch überprüfen müssen, aber aller Voraussicht nach konnte er einen der Verdächtigen von seiner Liste streichen. Einen Kandidaten, den er als möglichen Entführer für unberechenbar gehalten hatte. Dann wurde ihm allerdings bewusst, was für schwere Kaliber noch auf der Liste standen, und die Last seiner Ängste wuchs wieder zur alten Größe. Zumal die maßgebliche Realität schließlich unverändert war: Er wusste noch immer gar nichts über Stefans Verbleib. Er wusste nicht mal, ob sein Junge noch am Leben war.

Obwohl sich sein Herz gar nicht gut anfühlte, sagte Wärmland das Treffen mit Regine Nau nicht ab, sondern war um kurz nach drei in seinem Büro. Sie sprachen über die Flugblattaktion, und Wärmland fragte sie nach ihrer Intuition als Polizistin und Frau. Er wollte wissen, wie sie die Situation mit Stefans Verschwinden und dem abgetrennten Finger bewertete. Wärmland schätzte sie als eine sehr sensible, wache Beobachterin und gab einiges auf ihre Meinung, und Regine machte keinen Hehl daraus, dass sie die Sache sehr ernst nahm und weitere Aktionen des Entführers erwartete. Aber sie gab Wärmland auch zu verstehen, dass sie davon ausging, dass Stefan noch am Leben war.

Dann weihte Wärmland Regine Nau in seine Affäre mit Astrid und die Drohungen ihres früheren Ehemannes ein. Er hatte das zwar vor den Kollegen geheim halten wollen, fand es aber angemessen dafür, dass sie ihm immer zur Seite stand und ihm ein wichtiger Rückhalt in seiner Dienststelle geworden war. Sie zeigte sich in keiner Weise irritiert über diesen Ausrutscher in seiner Vergangenheit und freute sich mit ihm, dass dieser Kandidat anscheinend ausgeschieden war.

»Ich werde gleich mal eine Anfrage an die englischen Kollegen auf den Weg bringen. Sie und ich fühlen uns mit diesem Herrn sicher noch wohler, wenn uns sein Wohnsitz in Portsmouth bestätigt wurde.«

»Sie sind doch die Beste«, sagte Wärmland und lächelte.

Nach siebzig Minuten konzentrierter Arbeit fühlte er sich jedoch so ausgebrannt, dass er eine Pause machen wollte. Ihm wurde bewusst, dass er sich zu viel vorgenommen hatte. Seine Angst um Stefan ließ ihn nicht zur Ruhe kommen, und er wollte sein Möglichstes zu den Ermittlungen beitragen. Doch er konnte den Fall heute nicht mehr lösen, selbst wenn er absolut fit wäre. Abgesehen davon war das auch nicht im Sinne der Vereinbarung mit Trobisch. Also lud er Regine Nau zu einem Stück Kuchen im Brücken-Café ein. Sie schien zu merken, wie angeschlagen er war, und wollte ihn lieber sofort nach Hause schicken. Aber Wärmland setzte sich durch, wodurch er erst um kurz nach halb sechs wieder in seiner Wohnung war.

Wärmland überkam eine unendliche Sehnsucht nach einem normalen Leben ohne Mord und Totschlag und ohne Entführungen. Das war ein zu großes Leid. Eltern sollten nicht um ihre Kinder bangen müssen. Er selbst wollte das nicht mehr ertragen müssen, dieses Bangen, die Ungewissheit. Dann erinnerte er sich an Bilder des Krieges in Syrien – an das zerbombte und zerstörte Aleppo und mittendrin all die Kinder, die dort noch lebten oder die es schon zerrissen hatte. Die Welt konnte so furchtbar sein. Syrische Eltern mussten sich tagtäglich fragen: Wo ist mein Kind? Werde ich es wiedersehen? Lebt es überhaupt noch? Jetzt war Aleppo bis zu ihm gekommen – nur feiner angezogen und ohne zerbombte Häuser.

Wie sollte er so nur zur Ruhe kommen? Wie sollte er mit dieser entsetzlichen Müdigkeit, die ihn nicht mehr verließ, zurechtkommen und sich richtig auf die Ermittlungen konzentrieren? Wärmland fürchtete sich vor der Nacht, vor den erneuten Stunden des Wachliegens und den Grübeleien.

Er packte das chinesische Essen aus, das er sich auf dem Heimweg besorgt hatte, und stellte es auf den Wohnzimmertisch, nahm sich Messer und Gabel, schaltete den Fernseher an und setzte sich auf sein Sofa. Während des Essens wechselte er von einem Programm zum nächsten. Nichts konnte ihn für sich einnehmen, bis er zu einem Tauchfilm kam. Die Unterwasseraufnahmen im Pazifik trugen so viel Farbe, Leben und gleichzeitig Ruhe in sich, dass sich Wärmland schließlich flach auf das Sofa und den Kopf erhöht auf ein großes Kissen legte. So schaute er weiter, bis er schließlich wegdöste. Gegen halb zwei wachte er auf. Er verzichtete aufs Zähneputzen und schlurfte in sein Schlafzimmer, wo er sich mitsamt seiner Kleidung ins Bett legte. Um vier Uhr zweiunddreißig wurde er wieder wach und begann zu weinen, als er an Stefan dachte und daran, wo sein Junge jetzt wohl lag und schlief oder vielleicht ebenfalls keine Ruhe fand.

NEUN

Am Montagmorgen nahm Wärmland, wie er Trobisch angekündigt hatte, den Fahrstuhl in die erste Etage des Koblenzer Polizeipräsidiums, wo sich der Einsatzraum ihrer Soko befand. Als sich die Fahrstuhltür öffnete, sah er Trobisch an der Tür zum nächsten Flur stehen.

»Du hast dir also tatsächlich vom Kollegen am Empfang mitteilen lassen, dass ich im Anmarsch bin«, begrüßte er ihn mit einem kleinen Lächeln.

»Ich hatte leider Zweifel, ob du dich daran erinnern würdest, den Fahrstuhl zu nehmen. Ich dachte, guck lieber mal, vielleicht braucht der Kollege ja jemanden, der ihm die Treppe raufhilft.«

»Keine Sorge, mein Kurzzeitgedächtnis funktioniert dann am besten, wenn ich Schiss vor einer unbeherrschbaren Situation habe, und dazu gehört auch eine schlechte Performance auf der Präsidiumstreppe.«

»Gut so«, gab Trobisch zurück. »Und wie war dein Sonntag noch?«

»Erst ein nettes Telefonat mit meiner Ehemaligen und dann ein wenig Arbeit mit Regine Nau. Zum Abschluss war ich auf Tauchexpedition im Pazifik und hab innerlich tatsächlich mal etwas abschalten können. Ich hab's nicht geglaubt, aber es hat wirklich funktioniert, ich bin unter Wasser eingeschlafen.«

»Dann werden wir dich wohl bald an die Wasserschutzpolizei abgeben müssen. Die suchen immer frische Leute, die besondere Talente am und im Wasser haben.«

Sie gingen gemeinsam zum Teamraum. »Was ist bei deinem Gespräch mit Astrid rausgekommen?«, wollte Trobisch noch wissen, bevor sie hineingingen.

»Sie hatte eine schöne Überraschung für mich«, antwortete Wärmland mit erleichtertem Unterton.

»Du hast seit damals eine Tochter mit ihr, und sie wollte es dir schon lange gesagt haben, aber es hat sich irgendwie nicht ergeben«, sprudelte es spontan aus Trobisch heraus.

»Er ist wohl schon vor Jahren nach England ausgewandert«, sagte Wärmland trocken. »Sie hat seine letzte Karte sogar aufgehoben, weil sie so froh war, dass sie ein Zeugnis seiner Distanz zu ihr erhalten hatte. Damit ist aus Grusel-Georg ein Horror-George in *good old England* geworden.«

»Ein bisschen Strafe für den Brexit muss sein«, meinte Trobisch schelmisch und öffnete die Tür.

Entgegen seinem ursprünglichen Vorhaben hatte es Wärmland am Abend zuvor versäumt, Trobisch noch einmal anzurufen und nach irgendeiner Wahrnehmung der Kollegen während der sonntäglichen Flugblattaktion zu fragen. Trobisch hätte ihn allerdings selbst angerufen, wenn da etwas Bemerkenswertes gewesen wäre. Jetzt erfuhr Wärmland, dass es durch die Sonntagsaktion noch zu keinen neuen Erkenntnissen gekommen war.

Die Kollegen hatten, so gut es ihnen bisher möglich gewesen war, die Aufenthaltsorte der von Wärmland als verdächtig eingestuften Kriminellen ermittelt – mit Ausnahme des flüchtigen Ivan Schaupp, der ja untergetaucht war.

Bei Gerd Scheffler, an dessen Namen sich Wärmland nur noch vage erinnert hatte, stellte sich heraus, dass er nach der Verbüßung seiner achtzehn Haftjahre für den Mord an einem Wachmann vor etwa einem halben Jahr aus der Justizvollzugsanstalt Diez entlassen worden war. Inzwischen war er in Leverkusen gemeldet.

Der dreifache Mörder Ewald Kalenbach saß noch immer in der JVA Bruchsal. Seine lebenslängliche Haftstrafe hatte er nach zwanzig Jahren eigentlich abgesessen, doch offenbar hatte es Gründe gegeben, ihn doch nicht auf freien Fuß zu setzen.

Wärmland freute sich darüber, dass so noch ein zweiter Verdächtiger aus der kleinen Gruppe der Verdächtigen ausgeschieden war, noch dazu ein so gefährlicher Mann, aber dann fiel ihm wieder ein, was Teil des Kollegengesprächs zum Thema »Motiv und Ausführung der Entführung« gewesen war: Es gab auch die Möglichkeit, dass jemand im Auftrag gehandelt hatte, während der, der das eigentliche Motiv besaß, weiterhin einsaß. Damit war Kalenbach nur bedingt aus dem Rennen.

Noch immer stand die Frage im Raum, warum nur Stefans

Handy gefunden worden war, ohne dass es irgendeine weitere Spur von dem Jungen selbst gab.

Trobisch schloss ganz in Wärmlands Sinn noch einmal aus, dass Stefan mit einer solchen Aktion selbst eine falsche Spur gelegt hatte, um von sich und seinem wahren Aufenthaltsort abzulenken.

An dieser Stelle erwähnte Wärmland nun doch die Bedrohung eines Mitschülers am Görres-Gymnasium seines Sohnes und den dabei erfolgten kleinen Raub. Aber sowohl das Team als auch Trobisch waren der Meinung, dass diese Schulgeschichte eher nicht das Potenzial für ein bewusstes Ablenkungsmanöver mit anschließendem Abtauchen hatte, zumal die Schulleitung der Sache ja bereits nachgegangen war. Damit blieb als wahrscheinlichste Version die Annahme, dass der oder die Entführer mit diesem Handykniff Zeit gewinnen und von sich ablenken wollten. Was ja auch ganz gut gelungen war, wie Trobisch zerknirscht eingestehen musste.

Die Besprechung wurde um zwanzig vor elf unterbrochen, als von unten jemand anrief und mitteilte, ein Paketzusteller habe ein Paket für Hauptkommissar Wärmland abgegeben.

Die Ermittlungsroutine hatte Wärmlands Ängste ein wenig mildern können, doch nun kehrten sie mit aller Macht zurück. War das die längst überfällige neue Kontaktaufnahme des Entführers? Was befand sich in diesem Paket?

Wärmland konnte nicht selbst nachsehen, er bat Trobisch mit einem leichten Kopfnicken, das für ihn zu übernehmen, und schickte Stoßgebete zum Himmel, dass es bitte kein Körperteil sein möge.

Er wurde erhört: Das Paket enthielt einen Schuh. Wärmland erkannte den Sneaker sofort, auch weil Stefan die Originalschnürsenkel gegen knallrote ausgetauscht hatte. Es steckte außerdem noch seine Socke im Schuh.

Er will, dass ich über die DNA verifizieren kann, dass er Stefan hat, dachte Wärmland. Der Finger war nur der Auftakt. Jetzt fängt der Mistkerl an, Dinge zu schicken, die wirklich meinem Sohn gehören.

Es schnürte ihm beinahe den Hals zu, und er spürte wieder sein krankes Herz. Er vergewisserte sich noch einmal, dass er die neuen Medikamente alle genommen hatte. Er musste sich weiter auf den Beinen halten und durfte auf keinen Fall ausfallen.

Obwohl das Ergebnis der DNA-Analyse erst am Dienstag vorliegen würde, wusste Wärmland: Der Schuh stammte von Stefan. Die Absenderadresse dagegen war ein Fake. Ein groß und deutlich auf einen Aufkleber gedrucktes »Frank Schmitz«, darunter winzig klein und kaum lesbar: »c/o Charles Lindbergh«, dann wieder groß und deutlich lesbar: »Im Sonnenstück 24, 53894 Mechernich«.

Die offensichtliche Anspielung auf einen der spektakulärsten Entführungsfälle des 20. Jahrhunderts war ein böser zusätzlicher Hieb gegen Wärmland. Die Familie des berühmten ersten Transatlantikfliegers Charles Lindbergh hatte ihren kleinen entführten Sohn damals nicht lebend zurückbekommen.

Trotzdem brachte sie dieses Paket einen Schritt weiter. Anhand des Poststempels ließ sich nun ein erster geografischer Hinweis ausmachen: Es stellte sich heraus, dass das Paket am Samstag in einer Postfiliale in der Bossardstraße in Bad Neuenahr-Ahrweiler aufgegeben worden war.

Wärmland widerstand dem Impuls, selbst dorthin zu fahren, und entschied sich, dies zwei Kollegen aus dem Team zu überlassen. Regine Nau würde zusammen mit einem Kollegen vor Ort nachforschen.

Bisher hatten sie keinerlei Anhaltspunkte, was das Äußere des Täters anging. Sie nahmen an, dass es sich um einen Mann handelte. Aber wie der aussah, war völlig offen. Damit hatten die beiden nach Bad Neuenahr Entsandten keine Beschreibung des Täters, auf die sie die Person, die das Paket entgegengenommen hatte, ansprechen konnten – eine undankbare Situation für die Ermittler. Mit etwas Glück ergab die Befragung aber eine solche äußere Beschreibung, womöglich könnten sie sogar ein Phantombild anfertigen lassen. Telefonisch war vorab geklärt worden, dass die am Samstag mit der Annahme von Postsachen befasste Person diese Tätigkeit auch heute ausübte. Vielleicht erinnerte sich diese Dame ja an jemanden.

Leider war bis zum Ende der Mittagspause noch keine Meldung eingegangen von irgendwelchen Augenzeugen, die sich aufgrund des Aufrufs in der Rhein-Zeitung oder durch die verteilten Flyer an etwas erinnert fühlten, was mit Stefans Verschwinden in Zusammenhang stehen könnte. Enttäuschung machte sich breit.

Aber dann kamen Nau und ihr Kollege aus Bad Neuenahr-Ahrweiler zurück. Die junge Frau, die sie in der Postfiliale befragt hatten, war tatsächlich aufmerksam genug gewesen, um sich an den Mann zu erinnern, der am Samstag das Paket mit Stefans Schuh aufgegeben hatte. Der winzige Absenderzusatz »c/o Charles Lindbergh« war auch ihr aufgefallen. Allerdings kannte sie den Entführungsfall in der Familie des Mannes, der 1927 als erster Alleinflieger den Atlantik von New York nach Paris in einem Nonstopflug überquert hatte, nicht. Sie hatte lediglich wahrgenommen, dass der Zusatz »c/o« bei der Absenderangabe zur Anwendung kam, und den Postkunden gefragt, ob er zur Untermiete wohnte oder nur zu Besuch in ihrem schönen Städtchen war. Ein bisschen Small Talk, mehr nicht.

»Hat sich die Frau zum Aussehen des Betreffenden geäußert?«, fasste Wärmland sofort nach.

»Sie hat ihn als mittelgroß beschrieben, so um die eins achtzig«, gab Nau zur Antwort. »Das Alter sei schwer einzuschätzen, meinte sie, aber eher über fünfzig, vielleicht sogar sechzig. Er hatte einen Vollbart und trug einen Hut.«

»Und eine Brille«, ergänzte der Kollege, der Nau begleitet hatte.

»Dann sollten wir uns Fotos unserer auf freiem Fuß befindlichen Verdächtigen besorgen und sie der Frau vorlegen. Vielleicht erkennt sie einen davon«, sagte Trobisch mit wenig Euphorie in der Stimme. Auch Wärmland setzte nicht wirklich auf einen großen Erkenntnisgewinn, wenn er an die schon ein paar Tage alten Porträts von Scheffler, Schaupp und Kalenbach dachte, die nicht im Entferntesten einen bärtigen, älteren Herrn vermuten ließen, aber sie durften nichts auslassen.

Trobisch setzte für den kommenden Vormittag eine kleine Presseinformationsveranstaltung an. Der Fall hatte inzwischen viel Aufmerksamkeit erfahren, und immer wieder erreichten sie Anfragen von Pressevertretern. Niemand im Haus war glücklich damit, dass die Aktion mit den Flugblättern und dem Zeugenaufruf in der Rhein-Zeitung nur für Medienauflauf sorgte, aber keine Informationen zur Sache selbst brachte. Auch Wärmland hatte große Hoffnungen in diese Vorgehensweise gesetzt, aber die Rückmeldungen aus der Koblenzer Bevölkerung blieben aus.

Zutiefst frustriert fuhr Wärmland am Abend nach Mayen zurück. Nachdem er Regine Nau abgesetzt hatte und wieder in seiner Wohnung war, wurde ihm bewusst, dass er sich noch nicht wie versprochen bei Dr. Conrad gemeldet hatte. Den Gedanken vor Augen, dass dieser ihn aus Sorge zu einer weiteren Untersuchung ins Krankenhaus schicken könnte, griff er sogleich zum Telefon. Er konnte die Vorstellung nicht ertragen, ein weiteres Mal darum feilschen zu müssen, am eigenen Fall dranbleiben zu dürfen. Er durfte sich durch seine Gesundheit nicht ans Krankenbett fesseln lassen. Das war völlig inakzeptabel. Er musste flexibel bleiben, um jederzeit angemessen reagieren zu können.

Wärmland versicherte Conrad, dass sich sein Zustand nicht verändert oder gar verschlechtert habe. Er sei nach wie vor schnell erschöpft, gehe aber weiter jeder körperlichen Anstrengung aus dem Weg. Conrad war besorgt, dass Wärmland sich nicht völlig aus der Arbeit herauslösen wollte, konnte Wärmlands Motive aber verstehen. Mit einem großen Dank für dieses Verständnis verabschiedete sich Wärmland schließlich von seinem Chorbruder.

Kaum dass er aufgelegt hatte, rief Astrid aus Frankfurt an. Als Wärmland die Vorwahl erkannte, stand er sofort wieder unter höchster Anspannung.

»Es tut mir sehr leid, Jan, aber ich glaube, ich habe eine schlechte Nachricht«, sagte sie leicht gehetzt.

»Was ist denn los?«, erkundigte sich Wärmland erschrocken. »Ist was passiert?«

»Nicht direkt« war ihre uneindeutige Antwort. »Ich habe nur heute Abend etwas erfahren, was wichtig sein könnte.«

»Was denn?«, fragte er ungeduldig nach.

»Ich habe meinem Mann von deinem Anruf und dem Grund dafür erzählt. Und dass du natürlich sehr erleichtert warst, als du gehört hast, dass mein Ex nach England ausgewandert ist. Damit schien das Kapitel ›Georg‹ endgültig begraben, was gut war.«

In Wärmland formte sich eine böse Ahnung.

»Mein Mann hat dann ein bisschen rumgedruckst und mir erzählt, dass das doch nicht die letzte Karte von Georg gewesen war. Vorigen Dezember ist noch einmal eine gekommen, aber mein Mann wollte mich nicht beunruhigen. Also hat er sie weggeworfen, ohne sie mir zu zeigen.«

»Und was war das für eine Karte?«

»Er sagte, dass Georg sich zurückgemeldet hat. Er ist wieder nach Deutschland zurückgekehrt.«

»Wie bitte?« Wärmland war fassungslos. »Weißt du, von wo er die Karte verschickt hat?«

»Mein Mann sagt, es habe nur ganz allgemein ›Grüße aus dem Rheinland‹ draufgestanden.«

ZEHN

Als Wärmland am nächsten Morgen aufwachte, fühlte er sich so erschöpft und elend, dass er Trobisch anrief und ihm mitteilte, er brauche noch etwas Zeit und werde bis zum Mittag in Mayen bleiben. Aber dann kam es doch anders. Gegen zehn meldete sich eine ältere Frau im Präsidium, nachdem sie in ihrem Briefkasten den Flyer gefunden hatte, und gab an, Beobachtungen gemacht zu haben, die vielleicht mit dem Fall in Verbindung stünden. Sie hatte das Wochenende bei ihrem Sohn verbracht und daher nicht früher nachgesehen. Da sie etwas gehbehindert sei und nur kurze Ausflüge in ihrer unmittelbaren Umgebung unternehme, könne sie leider nicht zur Polizei kommen. Das traue sie sich nicht zu. Trobisch kündigte den Rückruf eines Kollegen an und informierte Wärmland. Der wiederum nahm umgehend Kontakt zu der Frau auf. Seine Frage, ob sie denn Besuch von der Polizei empfangen würde, bejahte sie.

Also machte er sich auf den Weg in die Koblenzer Südstadt. Die alte Dame wohnte genau gegenüber seiner alten Kindheitskirche St. Josef, und ihn durchströmten wieder die vertrauten Gefühle, die ihm immer in diesem Teil der Stadt begegneten. Hier war er als kleiner Knirps eingeschult worden und hatte als Messdiener der Pfarrei St. Josef seine erste verantwortungsvolle Aufgabe übernommen. Als Wärmland die vertrauten Hausansichten und Straßenzüge sah, beschlich ihn diese Wehmut, die einen ergriff, wenn man sich an frühe und unbeschwerte Teile seiner Biografie erinnerte. Aber heute hatte er nicht nur das Gefühl, ein seit seiner Kindheit vertrautes Terrain zu betreten, er spürte auch den Schatten auf dieser Erinnerung. Ausgerechnet in diesem so nostalgisch und beschützt wirkenden Stadtteil musste seinem Sohn etwas zugestoßen sein.

Etwas von Wärmlands verbliebenem Vertrauen ins Leben war jetzt zerstört. Obwohl er in seiner Laufbahn als Mordermittler mit vielen furchtbaren Schicksalen konfrontiert worden war, hatte er sich einen grundsätzlichen Optimismus stets erhalten können.

Doch der war ihm angesichts des Verschwindens seines Sohnes nun weggebrochen.

Leider hatte die alte Dame, die in einer Parterrewohnung am St.-Josef-Platz auf der Südostseite der Kirche wohnte und sich als Bärbel Schumacher vorstellte, nur die Optik einer Miss Marple, nicht jedoch deren Charme. Fragte sich, wie gut ihre Auffassungsgabe war. Wärmland versuchte, seine Erwartungen etwas zu dämpfen.

Dass die alte Dame nicht sogleich auf den entscheidenden Punkt zu sprechen kam, war ihm ein vertrauter Vorgang bei Zeugenerzählungen. In diesem speziellen Fall quälte es ihn allerdings sehr. Zunächst bot ihm die Dreiundachtzigjährige einen Kräutertee an, den Wärmland aus Höflichkeit annahm. Es mache ihr auch keine zusätzliche Arbeit, versicherte sie. Sie habe ihn ja schon kurz vor seiner Ankunft aufgegossen. Sie nahm das versenkte Sieb aus der gläsernen Kanne und goss Wärmland ein paar Tropfen in ein filigranes Tässchen, dessen bescheidenes Volumen einem beleibten Wasserfloh kaum Bewegungsraum geboten hätte.

Nach einigen von Wärmland nicht angeregten Erläuterungen zum Leben allgemein und zum Leben in der Koblenzer Südstadt begann Frau Schumacher dann doch noch mit ihrer Schilderung. Sie habe am fraglichen Freitagnachmittag wie üblich eine kleine Rollatorrunde um die Kirche gemacht, erzählte sie. Dabei sei sie wie üblich dem älteren Herrn aus der Südallee begegnet, der als Gemeindemitglied und Freund der Kirche ebenfalls mindestens zweimal am Tag mit seinem Rauhaardackel einen Gang um das Gotteshaus machte. Ansonsten sei es aber ein völlig ruhiger Nachmittag gewesen mit ganz normalen vertrauten Abläufen und der üblichen Menge von Menschen auf der Straße. Auch ein paar Kinder seien draußen unterwegs gewesen, deren Gesichter ihr vertraut waren, deren Namen sie aber nicht kannte. Sie könne Namen nicht mehr gut behalten, selbst wenn man sie ihr erst kürzlich genannt hatte.

Wärmland rutschte auf dem ihm angebotenen Stuhl unruhig hin und her, während sie noch ein Schlückchen Tee zu sich nahm. Er sagte jedoch nichts, denn er wusste, dass es bei sensiblen älteren

Menschen problematisch sein konnte, sie zu unterbrechen oder zu größerer Eile anzutreiben, weil sie dann gelegentlich aus dem Konzept kamen.

Sie fuhr fort mit der Beschreibung ihrer Kirchenumrundung. Sie hatte ihr Haus verlassen und die Straße überquert, um einen Blick auf den Aushang mit den Kirchenneuigkeiten und Veranstaltungsankündigungen zu werfen. Sie erhielt zwar auch den Pfarrbrief, aber sie hatte es sich trotzdem zur Gewohnheit gemacht, in den Kasten mit den Mitteilungen zu schauen. Als sie festgestellt hatte, dass dort nichts mitgeteilt wurde, was ihr nicht schon bekannt war, hatte sie ihren Weg nach Süden in Richtung der Schenkendorfschule fortgesetzt.

An dieser Stelle hielt sie inne und ermahnte Wärmland völlig unpassend, er solle doch jetzt auch mal etwas von dem Tee zu sich nehmen.

»Es ist so spannend, Ihnen zuzuhören, da hab ich das ganz vergessen«, entschuldigte sich Wärmland und ermunterte sie, sich durch sein Trinkverhalten nicht von den Gedanken an ihren Ausflug am Freitag abbringen zu lassen.

Wärmlands Zeugin nickte und fuhr fort. Sie habe dann die Seitentür auf der Ostseite passiert, die tagsüber für Kirchenbesucher offen war. Als sie schon daran vorbeigegangen war, habe sie das ihr so vertraute leichte Quietschen gehört, das entstand, wenn jemand die Tür öffnete. Da habe sie sich umgewandt, in der Erwartung, jemanden zu sehen, den sie kannte, denn tagsüber hatte die St.-Josef-Kirche bis auf die eine oder andere ältere Dame aus der Gemeinde normalerweise kaum Besucher. Aber dann habe ein ihr völlig fremder Mann in der Tür gestanden.

Wärmlands Atem ging schnell, und seine Herzschlagfrequenz erhöhte sich über das als bedrohlich eingestufte Ausmaß hinaus, denn jetzt kam es darauf an.

»Und der Mann war nicht allein«, sagte sie mit großen, aufblitzenden Augen.

»Ja?«, erwiderte Wärmland in größter Unruhe. Jetzt musste doch endlich das folgen, was die nette alte Dame zu ihrem Anruf bei der Polizei veranlasst hatte.

Unglücklicherweise griff die Zeugin wieder zu ihrem Tässchen, so als müsste sie sich vor dem Moment der Offenbarung noch eine kleine Stärkung zukommen lassen. Wärmland war längst der Schweiß ausgebrochen. Er hätte sie jetzt schütteln mögen, um sie zur schnelleren Fortsetzung ihrer Geschichte zu bewegen, womit er aber vermutlich das Gegenteil bewirkt hätte.

»Dieser Mann hatte also die Tür geöffnet. Und er hatte noch einen anderen, viel jüngeren Mann bei sich.«

Wärmland stockte fast der Atem. Das war der Moment, den er erhofft und auch gefürchtet hatte. Da wurde ihm schwarz vor Augen, und er lehnte sich im Sessel zurück. Ihm war klar, dass sich sein Herzschlag in dieser Situation in einem Grenzbereich befand, und er hatte Angst. Wegen der Geschichte, die er gerade gehört hatte, und wegen seines Zustands, der ihn aus dem Fall hinauskatapultieren konnte.

»Geht es Ihnen nicht gut?«, fragte Bärbel Schumacher mit ernstem Gesicht. Wärmland sah aufgrund seiner körperlichen und psychischen Belastungen für ein einigermaßen erfahrenes Auge ja auch sehr schlecht aus.

»Es geht schon, danke«, erwiderte Wärmland und riss die Augen weit auf, so als müsste er das ausgebliebene Licht nachträglich einsammeln. »Erzählen Sie bitte weiter. Das ist jetzt ganz wichtig«, bat er.

»Ja, also … er hat den Jungen mit dem rechten Arm umfangen und gehalten. Das hat ein bisschen so ausgesehen, wie wenn man einen Betrunkenen stützt, weil der sich selbst nicht mehr auf den Beinen halten kann. Wissen Sie, was ich meine?«

Wärmland nickte und spürte, wie Tränen in ihm hochstiegen, aber die letzte Gewissheit hatte er noch immer nicht. Er wusste nicht, ob dieser junge Mann sein Stefan gewesen war.

»Haben Sie das Gesicht des Jüngeren sehen können? Würden Sie es wiedererkennen?«, fragte er bebend und nahm ein Foto von Stefan aus einer Innentasche seines Jacketts. Er hielt es der alten Dame hin. Sie nahm das Foto in eine Hand und musterte es in Ruhe. Wärmlands Blick haftete an ihren Augen, damit ihm nicht entging, was sich in ihrem Gesicht an erkennbarer Reaktion abspielte.

»Das könnte er gewesen sein, aber ganz sicher bin ich mir nicht.

Er hatte so eine Kappe auf, mit so einem langen Schirm vorn, wissen Sie?«

Wärmland schluckte, weil er nichts von einer Kappe wusste. Stefan trug nach seiner Kenntnis keine Kappen, jedenfalls nicht, wenn er bei ihm war. Seine Hoffnung war damit erschüttert. Konnte es sein, dass die Zeugin etwas beobachtet hatte, was gar nichts mit der Entführung zu tun hatte?

»Er trug jedenfalls einen schönen mittelblauen Pulli, so einen mit einer Kapuze hintendran. Der hatte zwei weiße Streifen, und eine große Zahl stand in Weiß und Schwarz auf der Brust.«

Wärmland erstarrte für einen Moment, ehe Erleichterung ihn durchströmte und ihm die Tränen kamen. *Jetzt* war es gewiss, dass sie Stefan gesehen hatte, seinen Stefan. Genau so hatte der Sweater mit Kapuze ausgesehen, den er an dem fraglichen Nachmittag nach Auskunft seiner Mutter getragen hatte. Er war mit diesem neuen Lieblingsoberteil, das Ursula ihm erst zwei Wochen zuvor gekauft hatte, unterwegs gewesen.

»Geht es Ihnen auch wirklich gut?«, fragte Bärbel Schumacher besorgt.

Wärmland beteuerte, dass grundsätzlich alles in Ordnung mit ihm sei und sie sich nicht sorgen müsse. »Erzählen Sie bitte weiter, was passierte dann?«

»Ich bin etwas erschrocken in dem Moment«, gestand die alte Dame, »weil ich spontan dachte: Wie kommt es, dass ein betrunkener Junge aus unserer Kirche geführt werden muss?« Sie unterbrach ihre Erzählung für einen weiteren Schluck Tee. »Der Mann hat mich dann bemerkt, wie ich so dagestanden und geschaut habe.«

»Wie hat er reagiert?«, fragte Wärmland, während er seine Tränen mit einem Papiertaschentuch wegwischte.

»Er hat sich wohl selbst auch gedacht, dass das ein bisschen eigenartig aussieht, und rief mir zu, dass seinem Sohn schlecht geworden sei und dass er ihn nach Hause bringen müsse. ›Er verträgt die neuen Medikamente anscheinend doch nicht so gut‹, hat er gerufen.«

Dieser verdammte Mistkerl, dachte Wärmland. Er muss Stefan irgendwas gegeben haben, um ihn außer Gefecht zu setzen.

»Armer Junge, hab ich da gedacht und hab ›Gute Besserung‹ gewünscht. Dann bin ich weitergegangen. Nach ein paar Metern hab ich mich aber noch mal umgedreht. Da habe ich grade noch sehen können, wie die Beine des jungen Mannes in der Seitentür eines Transporters verschwunden sind, als ihn sein Vater ins Wageninnere bugsiert hat.«

»Es war ein Transporter?«, hakte Wärmland sofort nach. »Kein normaler Pkw?«

»Nein, das war so ein geschlossener Kastenwagen, ganz weiß. Ich kenne solche Autos, weil mein jüngster Sohn viele Jahre lang einen fuhr. Vorn drei Sitze und hinten nur ein großer Raum zum Transportieren. Das hat mich gewundert, dass dieser Mann seinen Jungen nicht auf den Beifahrersitz gesetzt, sondern ihn hinten in den Laderaum gebracht hat. Das ist doch sehr ungewöhnlich.«

»Oh ja, das ist wirklich nicht normal«, pflichtete Wärmland ihr bei. »Und Sie sind ganz sicher?«, hakte er noch mal nach.

»Das habe ich genauso gesehen.«

Wärmland nickte.

»Als er wieder rausgekommen ist aus der Schiebetür, ist er zur Fahrertür auf der anderen Seite und hat gesehen, dass ich zuschaue, da hat er gerufen, dass er hinten im Wagen Decken hat und dass er jetzt wohl doch erst mal zum Krankenhaus muss, weil er sich Sorgen macht.«

»Ist Ihnen sonst noch irgendetwas aufgefallen? Wie hat der Mann ausgesehen?«

»Der Vater hatte einen schwarzen Hut auf. Er trug einen Vollbart und hatte eine Sonnenbrille auf der Nase.«

Die Bezeichnung »der Vater« gefiel Wärmland überhaupt nicht, aber die Beschreibung passte zum Paketabsender in Bad Neuenahr. Wärmland fühlte so etwas wie Erleichterung, obwohl sich sein Herz nicht gut anfühlte.

»Haben Sie vielleicht das Nummernschild gesehen?«, fragte er vorsichtig und sehr skeptisch.

»Dä Waren hätt 'ne kölsche Nummer jehabt«, kam es spontan von der alten Dame. Sie habe das sofort registriert, denn eigentlich sei sie ein kölsches Mädchen, das erst durch die Heirat mit einem Koblenzer aus ihrer angestammten Heimat entführt worden sei, und bei fremden Autos gehöre bei ihr ein Blick auf die Kennzeichen immer dazu.

Wärmland fand das einen sehr guten Ansatz und lobte sie für ihre Aufmerksamkeit. Dann hatte er aber doch noch eine weitere Frage.

»Hatte der Mann vielleicht einen Akzent oder Dialekt, als er gesprochen hat? Oder ein Nuscheln oder irgendetwas anderes Auffälliges?«

»Das war ganz normales Hochdeutsch, tut mir leid«, sagte Bärbel Schumacher bedauernd. »Ich könnte nicht sagen, woher der Mann stammt.«

»Sie haben mir trotzdem sehr weitergeholfen«, entgegnete Wärmland und dankte ihr überschwänglich dafür, dass sie sich sofort bei der Polizei gemeldet hatte.

Sie freute sich sehr über die Anerkennung und bot Wärmland noch einen Tee an. Der lehnte jedoch dankend ab, mit dem Hinweis, ganz rasch ins Polizeipräsidium zurückkehren zu müssen. Er verabschiedete sich und ließ ihr für alle Fälle sein Kärtchen da.

Mit schnellem Atem stand Wärmland draußen vor dem Haus und schaute zum zweiundneunzig Meter hohen Kirchturm empor. Als er damals als Erstklässler hier vorbeigekommen war, war das für ihn das größte Gebäude der Welt gewesen, hoch bis zum Himmel und zum lieben Gott. Natürlich hatte man den Turm so hoch bauen müssen. Wie sonst hätte der Pastor zur Einholung von Rat und Hilfe Gott erreichen können? Wenn jemand mit ausreichender Kompetenz oben auf ihn gewartet hätte, wäre Wärmland jetzt ebenfalls dort hinaufgestiegen, um sich Rat und Hilfe zu holen. Aber das war heute nicht mehr möglich. Selbst die Priester gelangten nicht mehr über Kirchturmspitzen unmittelbar zu Gott. Die Welt ist eben schlechter geworden, als sie es für einen Siebenjährigen einmal gewesen war, dachte Wärmland traurig.

Spinn hier nicht rum, ermahnte er sich sodann und ging zurück zu seinem Wagen. Er war schließlich nicht vergebens in sein altes Viertel gekommen. Zwei Puzzlestücke waren dazugekommen: Stefan war wie angenommen von einem Mann entführt worden, und der Entführer hatte ein Fahrzeug aus Köln verwendet. Das war ein echter Fortschritt, und Trobisch und die Kollegen sahen das auch so, als er ihnen im Präsidium von seinem Rendezvous mit der alten Dame berichtete.

Aber der Tag ging zu Ende, ohne dass sie etwas über den Verbleib von Scheffler, Johnsen und Schaupp erfahren hatten. Und als sich Wärmland nach dem Heimkommen erschöpft auf seine Couch fallen ließ, ging ihm lange Zeit die Frage nicht aus dem Kopf, welcher der drei – beziehungsweise mit Astrids Ex-Mann nun wieder vier – Männer sich in der Gestalt des Bärtigen mit Hut gezeigt hatte.

Über diesen Gedanken musste er eingeschlafen sein, denn um kurz nach neun weckte ihn sein Handy. Etwas benommen nahm er das Gerät in die Hand. Sein schläfriger Bewusstseinszustand wechselte in aufgewühlte Aufmerksamkeit, als er auf das Display sah. Es war *ihre* Nummer.

»Nicole«, raunte er etwas rau und unsicher ins Telefon. »Ist etwas passiert?«

»Nein, keinö Sorgö, ääs isst nichts gescheön. Isch wolltö disch nur noch einmal kurz sprechön und disch um Versseihung bittön.«

Wärmland sammelte sich, so gut es ging, aber er war ganz durcheinander und wusste nicht recht, wie er ihren Anruf deuten und was er sagen sollte.

»Du musst dich nicht entschuldigen, Nicole. Das Leben ist nun mal so. Es ist immer irgendwie in Bewegung, und Veränderungen gehören dazu.«

»Das isst lieb, dass du das sagsst, aber isch ättö dir früörr sagön müssen, was los isst. Du bisst särr sensiböl und ast schon ssu langgö in Unsischerait gelebt.«

Sie hat recht, dachte Wärmland, aber was er sagte, klang anders. »Es ist alles in Ordnung. Es war ein schönes Experiment und wert, es versucht zu haben. Ich hatte eine wunderbare Zeit mit dir …« Er kam ins Stocken und rang um die Beibehaltung einer souveränen Stimmlage, doch das misslang ihm.

Stattdessen sprach sie weiter, gefasster als er. »Isch wolltö dir nischd wehtuun. Abör die kleinö Karrierö-Egoistin in mir aat misch aangetriebön, die Chancö in Pari ssu nutzön. Und Charles ist ier ein wischtigör Maan.«

»Du musst dich nicht rechtfertigen«, sagte Wärmland brüchig, obwohl er genau das wollte – dass sie aussprach, was sie dazu veranlasst hatte, ihre Beziehung zu beenden.

»Äss warön ssu vielö Faktorön. Du weißt, dass isch in meinör Eimaat arbeitön wolltö und nischd für immör in Deutschölaant bleibön wolltö, und diesö Chancö mit das Professuur an därr Sorbonne isst einö einmaligö Gelegönait, mit därr sisch mir ein Traum erfüllt. Isch abbö gedaachd, isch könntö beidös mieinandör verbindön – uns in Deutschlaand und meinö Karriärö ier in Pari. Abbär dann abbö isch gemärkd, dass meinö fronzösischö Seitö doch stärkör ist. Dassu hat Georges charmantö Art beigetragön, abbär das war nurr das Ssünglain ann där Waagö. Dier abbö isch nischds vorrssuwärfön, liebär Jan. Du bisst ein gutö Maan, ganss lieb und auffmärksaam, abber mainö Liebbö war nischd stark genuug fürr unss. Das tut miar ssehr leid.«

Wärmland schluckte und wischte sich eine Träne von der Wange. Was konnte er jetzt noch sagen? Hilflos spürte er in sich nach etwas Besonderem, mit dem er ihr Bekenntnis angemessen erwidern konnte. Ihm fiel nichts ein, abgesehen von einem wenig überraschenden, auffällig normalen Abschiedswunsch. »Ich wünsche dir und Charles alles Gute, eine schöne Zukunft und dass ihr bekommt, was ihr euch wünscht … vielleicht Familie, was auch immer. Habt es gut und viel Glück.«

Ihre Antwort überraschte ihn. »Charles und isch sind kein rischtigös Paar. Er isst ein aufmerksamör Chef unserör Fakültät, und wirr aben eine schönö Affärö. Mehr isst es nischd. Und waahrscheinlisch wird es auch sso bleibön – maal seön. Abbör isch fühlö misch wohl in meinör Stadt und genießö die Arbeit mit die Etudiens, die Schülörr. Und main Vatär freutö sisch, dass isch nur ein Stundö entfernt von ihm bin.«

»Dann gilt mein guter Wunsch umso mehr dir, *chère* Nicole. Viel Erfolg als *professeur* und ganz viel Glück für alles. Ich muss jetzt mal dringend wohin, sonst muss ich meine Blase notoperieren.«

»Du bist ein schlächtör Lügnör, Monsieur Wärmland, aber ein wunderbarör Keröl. Hab du auch einö gutö Lebön, *bonne nuit, cher* Jan.«

Dann war das Gespräch beendet und der abendliche Spuk aus der Vergangenheit vorbei. Sie hatte seine Schwäche bemerkt, was er auf keinen Fall gewollt hatte. Aber spielte das noch eine Rolle? Nein, das tat es nicht, und es sollte auch nicht dazu führen, dass er noch einmal in diese Richtung grübelte, denn bei diesem Thema war alles gesagt und getan. Nicht so hingegen beim Thema Stefan. Darauf musste seine volle Konzentration liegen, weil *das* das Wichtigste in seinem Leben war.

Dennoch hörte Wärmland in seinem Kopf noch immer den Klang ihrer Stimme, die er so liebte. Er fühlte noch die verbliebene Zuneigung für ihn und spürte die Liebe, die er auch jetzt noch für diese Frau empfand. Die nächste Träne wischte er nicht mehr weg. Sie hatte eine Daseinsberechtigung, er trauerte. Er trauerte sehr um zwei geliebte Menschen.

ELF

Wärmland hatte nach dem Paket mit Stefans Schuh versucht, auf weitere Zusendungen dieser Art gefasst zu sein. Der Finger hatte ihn wirklich erschüttert, und auch der Schuh hatte ihm Angst gemacht. Aber der Inhalt des am Mittwochmorgen eingehenden kleinen Pakets schnürte ihm die Kehle zusammen: Das weiße T-Shirt war im Brust- und Bauchbereich voller Blutflecke. Sie leiteten es von Koblenz sofort weiter zu Dr. Bremicker. Wärmland konnte das normale weiße T-Shirt in Größe S nicht eindeutig Stefan zuordnen, da es im Gegensatz zum Schuh und zum Kapuzenpulli, den die alte Dame beschrieben hatte, keinerlei charakteristische Merkmale aufwies.

Die Blutgruppe stimmte überein, wie sich bald danach herausstellte, und die DNA-Analyse würde am folgenden Morgen endgültige Klarheit bringen. Für Wärmland stand aber jetzt schon fest, dass es Stefans T-Shirt war. Was Wärmland, Trobisch und das ganze Team dagegen sehr irritierte, war die der Sendung beigelegte Lösegeldforderung.

Sie waren alle davon ausgegangen, dass der abgeschnittene Finger, der tatsächlich von der Leiche in Köln stammte, wie Bremicker inzwischen zweifelsfrei festgestellt hatte, ein böser, makabrer Akt von Psychoterror gegen Wärmland gewesen war – und dass es sich bei dem Schuh um eine Fortsetzung dieses Terrors handelte. Eine Lösegeldforderung hatten weder Wärmland noch seine Kollegen auf dem Zettel gehabt.

Doch jetzt war er da, der Bekennerbrief – und die Forderung nach hunderttausend Euro Lösegeld samt einer Ankündigung, dass weitere Anweisungen bezüglich der Abwicklung folgen würden. Zudem unterschied sich die heutige Sendung äußerlich deutlich von dem Paket mit Stefans Schuh. Sowohl der fiktive Absender als auch Wärmlands Name mit der Koblenzer Präsidiumsadresse waren mit einer Schreibmaschine geschrieben worden und nicht mit einem PC-Drucker. Es fehlte auch der Absender-Zusatz »c/o Charles Lindbergh«.

Wie mussten sie das jetzt einschätzen? Das Team diskutierte die Wahrscheinlichkeit der Authentizität, und die Meinungen gingen auseinander, ob es derselbe Täter war, der den Druck auf Wärmland noch einmal erhöhen wollte, oder ob dieses Paket mit einem Fake-Shirt einem Trittbrettfahrer zugeschrieben werden musste, der den Fall in den Medien verfolgte. Letzteres war eher unwahrscheinlich, da Wärmlands Name nirgends genannt worden war, doch mit einer guten Recherche konnte ein Außenstehender diese Angabe ermittelt haben. Erst die DNA-Analyse würde das sicher klären.

Diese Sendung war jedenfalls nicht wieder in Bad Neuenahr aufgegeben worden, sondern in Rheinbach. Ein Kollege machte sich zu einer Befragung in der dortigen Poststelle auf.

Trobisch versuchte, Wärmland zu beruhigen, indem er prognostizierte, dass auch in diesem Fall das blutige T-Shirt nur ein bösartiger Bluff war, mit dem der Entführer auf perfide Art noch größeren Schrecken verbreiten wollte. Wärmland schwankte zwischen dieser Hoffnung und der entsetzlichen Furcht, dass nun alles noch schlimmer werden würde, weil sie gerade den echten, blutigen Auftakt eines sich anschließenden Horrorszenarios erlebten. Er war wie gelähmt von dieser neuen Entwicklung, fühlte sich eingesperrt in einen Käfig aus Sorge, in dem er nur abwarten konnte, ohne selbst etwas Sinnvolles zu tun. Dann fasste er einen Entschluss. Er ließ sich mit dem Leiter der Justizvollzugsanstalt Diez verbinden, in der Gerd Scheffler seine Haftstrafe verbüßt hatte. An seinem gemeldeten Wohnort Leverkusen war dieser zuletzt kaum noch gesehen worden. Zwei Kollegen aus Trobischs Team hatten sich vor Ort umgehört und unwissende Nachbarn vorgefunden. In dem kleinen Hochhaus in einem Brennpunktbezirk mit überwiegend sozial Schwachen nahm niemand so genau Notiz von dem, was andere taten. Es war ein eher anonymer Ort und geeignet für Menschen, die auf nachbarschaftliche Beziehungen keinen besonderen Wert legten. Wärmland hoffte, in der JVA vielleicht etwas mehr über Scheffler in Erfahrung bringen zu können. Immerhin hatte dieser achtzehn Jahre seines Lebens dort verbracht. Womöglich bekam er dort Informationen, die auf Schefflers Psyche oder seine vielleicht noch bestehende Gefährlichkeit hinwiesen. Es war nur so eine Idee, aber sie gab Wärmland das Gefühl, etwas tun zu können.

Dr. Hammerschmitt zeigte sich kooperativ und versprach Wärmland, ihn innerhalb der nächsten Stunde zurückzurufen, nachdem er mit einigen Justizvollzugsbeamten gesprochen hatte, die Scheffler besser gekannt hatten. Tatsächlich verging kaum mehr als eine halbe Stunde bis zu Hammerschmitts Rückruf. Er hatte gute Nachrichten für Wärmland. Es gab einen Häftling, mit dem Gerd Scheffler in näherem Kontakt gestanden hatte. Dieser Mann war bereit, mit Wärmland zu sprechen. Hammerschmitt hatte keine Einwände, dass er sofort vorbeikam, und Wärmland kündigte an, um dreizehn Uhr dreißig dort zu sein.

In seinem Leben als Polizist hatte Wärmland schon einige Justizvollzugsanstalten gesehen. Auch in Diez war er während seiner Mainzer Zeit diverse Male gewesen. Von Koblenz bis zur Kleinstadt an der Lahn bei Limburg waren es kaum mehr als fünfzig Kilometer, die überwiegend über die A 48 und die A 3 führten und in rund vierzig Minuten zu schaffen waren.

Als Wärmland gerade die Anstaltspforte erreicht hatte, rief Trobisch an.

»In Rheinbach hat man sich auch an einen Typen mit Bart und Hut erinnern können«, berichtete er. »Ich denke, es ist immer noch derselbe Kerl am Werk, trotz der Abweichungen und der späten Lösegeldforderung.«

Wärmland dankte Trobisch für die Information. Dann erhielt er Einlass in die Justizvollzugsanstalt.

Klaus Huntleben war der einzige Häftling, der näheren Kontakt zu Gerd Scheffler gehabt hatte. So war dieser Mann, der für schwere räuberische Erpressung und schwere Körperverletzung eine lange Haftstrafe abzubüßen hatte, Wärmlands einzige Möglichkeit, mehr über den ehemaligen Mithäftling Scheffler zu erfahren.

Wärmland stattete zunächst dem Anstaltsleiter einen Besuch ab. Er hatte nicht vor, viel Zeit mit diesem Dr. Hammerschmitt zu verbringen, einem Juristen, der die JVA vor zwölf Jahren übernommen hatte.

Als man Wärmland zu Hammerschmitts Büro gebracht hatte und er dessen Arbeitszimmer betrat, fiel ihm sogleich ein hagerer Mann mit Vollglatze auf, der sich bei Wärmlands Eintreten nicht im Geringsten rührte oder aufsah. Der kleine, untersetzte Hammerschmitt dagegen manövrierte um seinen Schreibtisch herum und streckte ihm seine Rechte entgegen. Dann wies er auf den Dürren und stellte ihn als Markus Möhring vor, einen der beiden in der JVA tätigen Oberlehrer.

Möhring erhob sich. »Dann also wie besprochen«, sagte er, nickte dem Anstaltsleiter kurz zu und verschwand durch die Tür. Wärmlands sorgenvolle Unruhe verfinsterte sich um eine weitere Nuance angesichts dieses mit einer unangenehmen Ausstrahlung ausgestatteten Individuums.

Nach den üblichen Höflichkeitsfloskeln kam Hammerschmitt auf das Wesentliche zu sprechen.

»Mit Huntleben haben Sie Glück, das ist ein ganz umgänglicher Mann. Wenn wir bei der Resozialisierung mit allen unseren Insassen solche Fortschritte zu verzeichnen hätten, wäre die Welt ein ganzes Stück besser.«

»Gut zu hören«, erwiderte Wärmland und dachte an den Zustand der Welt und daran, wie sich eine komplett resozialisierte JVA statistisch in der Weltbilanz auswirken würde. »Sie meinen also, dass Herr Huntleben auskunftswillig ist?«

»So hat er sich jedenfalls geäußert«, bestätigte Hammerschmitt. »Wie gesagt, er ist ganz angenehm und kommunikativ. Aber das war er zu Beginn seiner Zeit hier bei uns ganz und gar nicht. Da war er eher einer der aggressiveren Insassen.«

»Aha«, meinte Wärmland erstaunt. »Haben Sie eine Erklärung für diesen Wandel?«

Hammerschmitt nickte. »Ob Sie es glauben oder nicht, er hat zum Glauben gefunden. Die Kirche hatte einen erheblichen Einfluss auf ihn. Wir hatten damals einige Jahre einen jungen Geistlichen bei uns, der sehr progressive Ansichten vertrat und einen ganz anderen Zugang zu den Sträflingen hatte als seine Vorgänger. Der hat sehr viel Positives bewirkt.«

»Höre ich da heraus, dass Sie ihn nicht mehr hier haben?«, fragte Wärmland nach.

»Er wurde wieder abberufen und ist jetzt in den USA. Ich glaube, seine Methoden haben den alten Konservativen zwar etwas schwer im Magen gelegen, irgendwie haben sie dann aber wohl sein großes Potenzial erkannt – in Zeiten, da es immer weniger aktive Christen und Gläubige gibt. Jedenfalls hat er uns ein paar gute Impulse ins Haus gebracht, von denen wir jetzt noch ein wenig zehren können. Eine seiner Erfolgsgeschichten ist der geläuterte Häftling Huntleben. Denn nachdem der zum Glauben gefunden hatte, besserte sich sein soziales Verhalten enorm. So etwas kommt hier drinnen in diesem Maß nicht sehr oft vor, aber bei ihm war es die Lösung aller Probleme.«

Wärmland freute sich über die so überaus günstige Sozialprognose dieses Häftlings, den er im Begriff war kennenzulernen. Obwohl er die Vorstellung, vor einem weiterführenden Gespräch womöglich vor einem kleinen Zellenaltar zunächst einmal ein gemeinsames Gebet sprechen zu müssen, nicht unbedingt anziehend fand. Andererseits hatte Wärmland in den vergangenen Tagen des Öfteren Gebete gesprochen. Und Huntleben konnte wichtig sein und ihm über Scheffler Auskunft geben. Dafür würde er eventuell sogar eine Auffrischung seiner Taufe im Zellenwaschbecken in Kauf nehmen.

Wärmland dankte dem Direktor und verabschiedete sich. Ein Vollzugsbeamter wartete bereits auf ihn, um ihn in den Zellentrakt zu bringen, der Huntlebens Zuhause war. Auf dem Weg dorthin dachte Wärmland noch einmal an diesen Lehrer Möhring und fragte sich, wie ein so abweisend und unkommunikativ wirkender Typ dieser speziellen Klientel wohl gerecht werden konnte. Aber vielleicht fehlte ihm nur die Phantasie, zu erkennen, dass es eben genau diese Art von Lehrer war, die schweren Jungs zu einer Fortbildung oder gar einem höheren Bildungsabschluss verhelfen konnte.

Tür um Tür musste auf ihrem Weg durch die Gänge von dem Beamten aufgeschlossen und wieder sorgfältig verschlossen werden. Was erwartete ihn hinter der letzten? Anscheinend keine Version eines abweisenden, bösen Mannes, sondern ein netter Herr mit guten Manieren und Auskunftsfreude. Wärmland konnte sich das nicht so richtig vorstellen. Dennoch empfand er das Vordringen in diese Welt, in der rund sechshundert Kriminelle und Schwerstkriminelle, darunter viele Mörder, lebten, nicht als zunehmende Trennung von einer guten, äußeren Welt. Erstaunt stellte er fest, dass seine Last leichter zu werden schien und er beinahe so etwas wie Leichtigkeit verspürte, als würden ihn die Mauern und Gitter von dem Bösen, das er gerade draußen erlebte, ausgerechnet hier, im Herzen der Heimat so vieler böser Männer, abschotten. Wahrscheinlich bin ich gerade dabei, verrückt zu werden, dachte Wärmland. Es war jedenfalls ein ganz eigenartiges Gefühl.

Der Beamte blieb vor der Tür eines Raumes stehen, der als Begegnungs- und Sprechraum genutzt wurde.

»Er ist schon drin«, sagte er und öffnete die Tür. »Ich hole Sie dann in einer halben Stunde wieder ab. Viel Erfolg.«

Wärmland betrat erwartungsvoll den Raum.

Der Mann, der am in der Raummitte stehenden Tisch auf einem Stuhl saß, entsprach nicht dem Typ, den er erwartet hatte. Das Foto, das er zuvor von Huntleben gesehen hatte, war aktuell, es zeigte ihn mit weißen Haaren, doch die jungenhaften Gesichtszüge unter dem vollen Haar ließen ihn anders rüberkommen, als Wärmland es sich vorgestellt hatte. Dieser Mann wirkte trotz seiner neunundfünfzig Jahre noch recht jung, und sein Lächeln hatte etwas Schelmisches. Der ist das Gegenstück zu diesem Pädagogen von vorhin, dachte Wärmland überrascht.

»Kommen Sie doch herein, Herr Hauptkommissar«, sagte der Häftling freundlich und erhob sich, um Wärmland die Hand zu geben. »Ich hätte Sie ja lieber bei mir im Ostflügel empfangen. Da hätte ich auch einen Tee vorbereiten lassen. Mögen Sie auch Tee? Ich bevorzuge einen einfachen Bio-Darjeeling aus Burma … äh, Verzeihung, Myanmar. So viel Zeit muss sein.«

Also nicht nur optisch ein Schelm, dachte Wärmland und fühlte sich von diesem kleinen Unfug irgendwie angesteckt.

»Hätten Sie vielleicht auch einen Bio-Bancha aus Ceylon gehabt?«, erwiderte Wärmland. »Verzeihung, aus Sri Lanka. Dort gibt es einen Hang am Plongpang-Peak im Landesinnern, da pflücken sie die Blätter nur morgens nach einem leichten nächtlichen Regen – bei siebenundzwanzig Grad. Das ist genau meine Sorte.«

Huntleben lächelte. »Ich gebe mich geschlagen, Herr Hauptkommissar. Aber nett, dass Sie auf den kleinen Spaß eines alten Knastbruders eingegangen sind. Wir müssen nur leider ohne Tee auskommen.«

»Das ist völlig in Ordnung. Ich habe eh nicht viel Zeit, Herr Huntleben«, kam Wärmland zur Sache, während er sich auf den Stuhl auf der anderen Tischseite setzte.

»Ich habe von Ihrem Problem gehört. Es muss furchtbar für Sie sein.«

»Ist mein Sohn in Gefahr?«, fragte Wärmland ohne Umschweife.

»Tut mir leid, Herr Hauptkommissar, aber ich werde Ihnen Ihre Sorge wohl nicht nehmen können. Gerd Scheffler war ein sehr verschlossener Mann, der sich kaum auf Gespräche mit Mitgefangenen eingelassen hat. Ich weiß nicht, warum er bei mir manchmal eine Ausnahme gemacht hat. Vielleicht hat er gespürt, dass ich ihm mit meiner kleinen fürsorglichen Ader helfen wollte, so gut es irgendwie ging. Ich habe bei ihm einen großen Kummer wahrgenommen.«

»Wie kommen Sie zu dieser Auffassung?«

»Nun, ich habe ihn ja zumindest ein klein wenig kennengelernt. Er hat aber, was hier drin ziemlich selten ist, überhaupt nicht über seine Vergangenheit gesprochen. Das war schon sehr auffällig. Ich bin erst vor vier Jahren hier eingefahren und habe schließlich von anderen gehört, dass er eine lebenslange Haftstrafe abzusitzen hatte. Also wusste ich, dass es in seiner Vergangenheit einen Mord gegeben haben muss. Er selbst hat aber nichts von diesen Dingen erzählt. Zu keiner Zeit.«

»Er hat nichts über seine Vorgeschichte erzählt? Nichts von dem missglückten Überfall mit dem erschossenen Wachmann? Das ist wirklich erstaunlich.«

»Sein früheres Leben war ihm entweder nicht mehr wichtig, oder es war zu schmerzhaft für ihn, und er hat es ausgeblendet. Was wohl im Grunde ganz gesund ist, denn es zählt doch nur noch das Jetzt, nicht die Vergangenheit. Manchmal braucht man natürlich professionelle Hilfe, wenn man sich von altem Ballast nicht befreien kann und der einem den Weg blockiert. Aber Gerd hat nichts durchblicken lassen. Er hat auch nicht unseren Geistlichen oder den Anstaltspsychologen konsultiert. Er schien überhaupt keine Hilfe annehmen zu wollen.«

»Es soll ja Menschen geben, die gar nicht erst versuchen, ihre psychische Last zu verringern, um sich damit eine Art Buße aufzuerlegen«, meinte Wärmland.

Huntleben nickte. »Möglich, dass das der Grund war. Letztlich kann ich bei Gerd kaum etwas völlig ausschließen. Dazu bin ich dann doch nicht nah genug an seinen inneren Kern herangekommen. Ich habe es wirklich versucht und dabei auch das Thema Schuld und Sühne angesprochen. Aber er hat sich nicht wirklich darauf eingelassen, sondern ist mir ausgewichen. Fast so, als würde er befürchten, auf etwas zu stoßen, was er nicht ertragen könnte. Er ist mir insgesamt ein Rätsel geblieben.«

Wärmland zog skeptisch die Augenbrauen hoch. »Dann kann ich wohl auf die Frage, ob Sie ihm eine solche Entführung zutrauen, keine eindeutige Antwort erwarten?«

»Es tut mir leid. Dem Gefühl nach würde ich ihn nicht als bösartigen Menschen bezeichnen. Ich habe ihn hier drinnen gemocht. Aber welches Potenzial in ihm schlummerte, das in Freiheit möglicherweise wieder zum Ausbruch gekommen ist, da wage ich keine Vermutung anzustellen. Man spürt es, wenn jemand mit seiner düsteren Vergangenheit abgeschlossen hat. Das war bei Scheffler meiner Auffassung nach nicht der Fall. Wie sein wahrer innerer Zustand war, hat sich hier niemandem gezeigt. Das finde ich leider etwas beunruhigend.«

Wärmland nickte. »Dann weiß ich leider immer noch nicht, ob Ihr verschwiegener Ex-Kumpel als Gesellschaft für meinen Sohn ein Schreckgespenst oder mein Wunschkandidat wäre. Immerhin haben Sie ja nicht das Bild eines rachsüchtigen, gewaltorientierten Mannes gezeichnet, der darauf lauert, jemandem etwas anzutun.« Er schaute Huntleben unmittelbar in die Augen und erwartete eine Reaktion.

Huntleben zögerte, aber er hielt Wärmlands Blick stand. »Nein, das passt meines Erachtens nicht zu Scheffler. Es sei denn, irgendetwas oder -jemand hätte einen grundsätzlichen Sinneswandel bei ihm ausgelöst und etwas freigelegt, was er uns hier drinnen nicht gezeigt hat.«

»Dann ist es vielleicht doch ein anderer, der meinen Jungen hat«, sagte Wärmland. Alles blieb weiter ungewiss.

Huntleben bemerkte Wärmlands sorgenvolles Grübeln.

»Ich wünsche Ihnen alles Gute in dieser Sache, Herr Hauptkommissar. Wenn ich mir vorstelle, meine dreiundzwanzigjährige Tochter befände sich unfreiwillig in den Händen eines fremden, unberechenbaren Mannes, dann fühlt sich das ziemlich schlecht an, um es milde auszudrücken. Ich drücke Ihnen die Daumen, dass Sie Ihren Jungen wohlbehalten zurückbekommen.«

Wärmland dankte dem Häftling für das Gespräch, und beide Männer erhoben sich.

»Eines muss ich Ihnen noch sagen«, setzte Huntleben noch einmal an, als sie sich die Hand reichten.

Wärmland erwartete spontan nichts Gutes. Er hatte recht damit.

»Eine kleine Unart hatte Gerd hier drinnen schon: eine jähzornige Ader, die hin und wieder zum Vorschein kam. Es lagen immer größere Zeitabstände dazwischen, aber unter ungünstigen Umständen platzte ihm manchmal der Kragen, und dann ließ er Dampf ab.«

»Ist er in solchen Momenten auch auf Menschen losgegangen?«, wollte Wärmland wissen.

»Einmal hat er einen anderen Häftling so fest gestoßen, dass der eine starke Schulterprellung davontrug. Aber das ist schon ein paar Jahren her. Sonst hat er meist nur gegen eine Wand oder eine Tür geschlagen, wenn er hochgegangen ist. Einmal hat er ein Regalbrett zertrümmert, als ihm in der Holzwerkstatt etwas misslungen war.«

»Es wäre mir lieber gewesen, wenn es diese Info nicht noch als Sahnehäubchen obendrauf gegeben hätte, Herr Huntleben.«

»Kann ich verstehen, aber dann wäre das Bild nicht komplett gewesen. Sie als Kripobeamter können sich zudem vorstellen, dass es hier drinnen noch viel üblere Burschen gibt.«

Huntleben wünschte Wärmland noch einmal viel Glück für das Finden seines Sohnes, und Wärmland dankte für das Gespräch. Dann folgte er dem Justizbeamten hinaus aus der Welt der Gitter und Schlösser und zurück ins Büro des Anstaltsleiters.

Direktor Hammerschmitt erkundigte sich bei der Verabschiedung, ob der Besuch Wärmland nützlich gewesen sei. Wärmland erläuterte kurz seine Eindrücke, dann verließ er die JVA. Beim Anblick seines Dienstwagens wurde ihm bewusst, dass er das Gefühl der Erleichterung, das ihm in der Haftanstalt gekommen war, wieder eingebüßt hatte.

Die A 3 war ziemlich voll an diesem Nachmittag. Das Elefantenrennen der dicken Lastwagen war voll im Gange. Wärmland war in Gedanken jedoch ganz woanders, irgendwo im Rheinland, in der Eifel zwischen Koblenz und Aachen, Trier und Bonn, irgendwo und nirgends zugleich, denn er wusste nicht, wo der Entführer seinen Jungen gefangen hielt. Seinen Stefan, der gerade für etwas büßte, was er selbst nicht zu verantworten hatte. Wärmland schlug mit der rechten Hand auf das Lenkrad seines Dienstwagens. Dieser verdammte Mistkerl.

»Wenn du ihm was antust, zieh ich dir die Haut ab«, schrie er aufbrausend und laut hinaus. Hier hörte es niemand, niemand störte sich daran. Aber ihm verschaffte es zumindest ein paar Gramm Erleichterung.

Als Wärmland sah, wie ein Lkw-Fahrer seinen Truck unvermittelt nach links zog, um zu überholen, und die auf der linken Spur fahrenden Pkw zu abruptem Bremsen zwang, war er dann aber mit seiner Aufmerksamkeit sogleich wieder ganz beim Verkehr auf der Autobahn. Wärmland hatte Mühe, ein Auffahren zu verhindern, weil er dem Wagen vor ihm unangemessen dicht gefolgt war.

»Verdammter Idiot«, fluchte er an die Adresse des Lkw-Fahrers gerichtet, der sich langsam an seinem Vordermann vorbeischob. Schließlich scherte er wieder nach rechts ein und gab die linke Spur für die schnelleren Pkw frei.

Aber Wärmland hatte sich zu früh gefreut: Der vor ihm fahrende Pkw hatte nicht konsequent genug beschleunigt. So war eine Lücke entstanden, und der Lkw zog wieder unvermittelt nach links. Der Fahrer des vor Wärmland fahrenden Wagens bremste panisch, und Wärmland spürte, wie sich sein ohnehin viel zu schneller Puls und sein steigender Blutdruck zu einer neuen Zorneswelle auswuchsen, die für sein Herzleiden sicher nicht günstig war. Ihm durfte jetzt nicht schwarz vor Augen werden.

Er nahm Verbindung zur Zentrale auf und gab das mit dem rücksichtslosen Lkw-Fahrer Erlebte an die Kollegen der Autobahnpolizei durch. Teil eins der »Versorgung« des Verkehrsrowdys würde er selbst vornehmen.

Wärmland nahm die mobile Blinkleuchte und setzte sie mit seiner linken Hand auf das Fahrzeugdach. Nachdem er den fraglichen Lkw überholt hatte, setzte er sich vor ihn und gab dem Fahrer Zeichen, ihm auf den nächsten Parkplatz zu folgen. Der deutete Wärmlands Bemühungen richtig und hielt schließlich hinter dem Dienst-Passat.

Wärmlands Empörung war noch nicht verflogen. Dass er sich in dieser Situation als gehetzter Vater und Ermittler, um Schlimmeres zu verhindern, noch um einen im Straßenverkehr gefährliche Manöver fahrenden Lkw-Fahrer kümmern musste, passte ihm überhaupt nicht. Spontan kam es zwischen ihm und dem Fahrer zu einem intensiven verbalen Austausch. Als die Kollegen von der Autobahnpolizei nach elf Minuten dazukamen, fuhr Wärmland weiter, und der Fahrer erstattete Anzeige. Die gründete auf zwei zuvor von Wärmland an ihn gerichtete Sätze: »Wie schaffen Sie zwei so anspruchsvolle Berufe gleichzeitig – Berufskraftfahrer und Arschloch? Oder machen Sie Letzteres nur so nebenbei?« Davon, dass die Kollegen von der Autobahnpolizei sich ein Lachen nicht verkneifen konnten, stand später nichts im Protokoll.

Die Lkw-Episode hatte in Wärmland ein Fass zum Überlaufen gebracht. Angst und Wut hatten sich zu einer schwierigen Mischung verbunden.

»Wo bist du, mein Junge?«, murmelte Wärmland während der Rückfahrt immer wieder. Doch er erhielt keine Antwort. Da war keine innere Stimme, die ihm etwas zuflüsterte. Es blieb still, und Wärmland fühlte sich unendlich einsam.

Er sah sie vor sich, die nun anstehende Situation im Präsidium. Seine Kollegen, die ihn in einer Mischung aus Zweifeln und aufgesetztem Optimismus mehr oder minder scheue Blicke zuwarfen. Aber er wollte sich dem jetzt nicht aussetzen. Er musste irgendwie Luft und Abstand um sich haben, draußen sein. Also fuhr er am Dernbacher Dreieck zwar noch von der A 3 auf die A 48 in Richtung Koblenz, wechselte dann aber unten im Rheintal nicht auf die B 9 in Richtung Stadt, sondern blieb auf der 48. Er folgte einer unsichtbaren Spur, wollte in Bewegung bleiben und einfach irgendwann irgendwo aussteigen, vielleicht ein paar Schritte gehen und atmen, tief durchatmen. Es sollte nur weit genug entfernt von allem sein – falls es überhaupt möglich war, einen solchen Ort zu erreichen.

Völlig sinnlos kreierte sein Kopf irgendwelche Bilder von Orten und Häusern, in denen ein sechzehnjähriger Junge gefangen gehalten werden konnte. Das war zu nichts nutze, und Wärmland drückte aufs Gaspedal, als könnte er den Bildern davonfahren. Er wusste natürlich, dass das nicht ging. Also versuchte er, seine Gedanken wieder in geordnete Bahnen zu lenken und sich daran zu erinnern, was Stefan und er zuletzt unternommen hatten. Wo waren sie gemeinsam auf Tour gewesen? Welche Filme hatten sie angeschaut? Wo waren sie gewandert, und in welchem Maar waren sie geschwommen? Er dachte an die Momente, als sie gemeinsam gelacht oder ein Essen genossen hatten. Es war das Beste, was er tun konnte, um sich Stefan lebendig und voller Lebensfreude vorzustellen und daraus Hoffnung zu schöpfen, dass alles wieder so sein würde, wie es sein sollte, wenn er ihn erst gefunden und befreit hatte.

Dennoch schleppten auch die schönen Bilder einen Ballast mit sich, der aus der immer gleichen Frage bestand: Waren diese Erinnerungen die letzten ihrer Art, denen in der Zukunft vielleicht keine neuen mehr folgen würden?

Wärmland raste den Eifelanstieg hinauf, der beinahe geradeaus bis zum kleinen Kegel des Karmelenberges führte, wo die Autobahn eine Linkskurve beschrieb, um vor Ochtendung nicht wieder in das Tal der Nette hinabzumüssen. Hier nahm Wärmland seine Umgebung wieder bewusster wahr – dieses vertraute Land, das seine Heimat war. Die weite und wellige Landschaft mit der Senke zwischen Polch und Münstermaifeld, die sich noch bis vor wenigen Wochen als intensiv gelbgrünes Patchwork aus Raps, Wiesen und Getreidefeldern gezeigt hatte. Wie jedes Jahr war die gelbgrüne Flut auch über die nördlichere Pellenz bis zu den hoch aufragenden Vulkanen Hochsimmer und Hochstein geschwappt. Im Frühsommer, der über dem spröden vulkanischen Untergrund eine so schöne Decke ausbreitete, hatte Wärmland noch seine ganze eigene Lebenskraft gespürt.

Jetzt konnte er der vertrauten und geliebten Landschaft nicht mehr dieses Wohlgefühl abgewinnen, das den meisten Menschen beim Anblick ihrer Heimat beschert wurde. Obwohl auch heute am weiten Blick nach Süden, hinüber in Richtung Mosel, und nordwärts über das sich zu den hohen Eifelbergen erstreckende Land kein Makel war. Das Licht war klar und zeichnete alles deutlich ab. Der dunkel bewaldete Kegel des Hochsimmers stand wie immer erhaben an Ort und Stelle, wie um das Land zu seinen Füßen zu bewachen. Aber die Szenerie hatte diesmal nicht die Ausstrahlungskraft, die Wärmland sonst verspürte und die ihm eine gewisse Ruhe und Zuversicht vermittelte. Es war etwas Wesentliches verloren gegangen, jetzt, da sein Junge weg war, mit dem er in den Jahren zuvor so oft hier umhergestreift war, unten im Tal der Nette, im Tal der Nitz oder noch tiefer im Gebirge, hin zur Hohen Acht, oder nordöstlich hinter dem grünen Gipfelkranz der Hügel, hinter dem sich auch der Laacher See versteckte. Jetzt kam er sich auf eigenem Boden verloren vor. Wie jene Menschen, in deren Wohnungen und Häuser eingebrochen wurde. Sie waren manchmal ein Leben lang erschüttert von diesem Eindringen in ihre unmittelbare Lebenswelt – die eigenen vier Wände, die ihnen immer wie eine sichere Burg erschienen waren. Deshalb konnte er jetzt auch nicht auf den Aussichtsturm des Hochsimmers. Der Gedanke war ihm kurz in den Sinn gekommen, aber er hatte ihn gleich wieder verworfen.

Er musste weiter weg, irgendwohin, wo er keine Landschaft vor sich sah, in der sein Auge vergeblich nach seinem Jungen forschen würde. Hier, in der unmittelbaren Nähe zu Koblenz, konnten beinahe jeder Fleck, jedes kleine Haus und erst recht größere Ansiedlungen der Ort sein, an dem sein Junge gefangen gehalten wurde. Er musste weiter, um eine Umgebung zu finden, in der er aus diesem Szenario aussteigen konnte. Aber vielleicht gab es in diesen Tagen überhaupt keinen Ort dieser Art … vielleicht nicht in der ganzen Eifel … nirgends.

Also fuhr Wärmland weiter, folgte dem Höhenzug an der Abfahrt Mayen vorbei und hinunter zur Brücke über den Elzbach. Dann wieder hinauf auf die Anhöhen um Kaisersesch, wo man inzwischen auch schon etwas zu viele Windkrafttürme aufgestellt hatte. Dass weiter südlich im benachbarten Hunsrück noch mehr von diesen Dingern zu finden waren, tröstete ihn heute noch viel weniger als sonst. Was spielte es auch für eine Rolle?

Er passierte das kleine Städtchen mit dem klangvollen Namen Kaisersesch, aus dem sein Vater stammte. Ruhelos trieb es ihn weiter, am Höchstberg vorbei, der die höchste Erhebung des Kreises Cochem war und den auch zwei Windräder schmückten. Dann lag fast bis an die Autobahn heranreichend der Jungfernweiher von Ulmen rechts der Strecke. Würde er doch jetzt explodieren, dachte Wärmland, wie vor hundertachtzehntausend Jahren. Dann wäre das hässliche Spiel sofort beendet. Die Geologen hatten die nächste Eruption jedoch nicht für sofort angekündigt, nur für die Zukunft, aber das verlässlich. Darauf konnte Wärmland nicht warten. Also weiter, hin zu einem Punkt, den er selbst noch nicht kannte.

Die 48 führte nun hinunter ins schöne Ueßbachtal und danach wieder hinauf in Richtung Dreieck Vulkaneifel, das gleich neben Steiningen angelegt worden war, dem Dorf, das für seine österlichen Pferdesegnungen bekannt war. Wärmland war mit Stefan mal dort gewesen, an einem Apriltag, an dem sich die Teilnehmer die Freude über die besondere Begegnung und den Anlass auch durch Regen nicht hatten nehmen lassen. Das alles schien ihm nun unendlich weit entfernt zu sein.

Wärmland lenkte seinen Wagen nun nach rechts auf den nach Norden führenden Zipfel der A 1. Dieses Autobahn-Teilstück führte an Daun und Darscheid vorbei bis etwa auf Höhe von Kelberg und Gerolstein und wartete dort weiter auf Anschluss mit dem südlichen Zipfel der A1 auf der NRW-Seite. Immer noch klaffte eine rund dreißig Kilometer breite Lücke zwischen den beiden Enden. Wärmland fuhr am Ende der Ausbaustrecke über die Abfahrt auf die B410 und dann nach Westen in Richtung Dreis. Hier hatte er früher einmal mit Stefan den Paraglidern zugesehen, die sich an der steil aus dem Dreiser Maar erhebenden Südkante des Kraters den Aufwinden aussetzten wie waghalsige Gaukler der Lüfte. Das war inzwischen verboten, und die Luftgaukler, die teilweise aus einem Umkreis bis Düsseldorf gekommen waren, hatten sich einen anderen Platz für ihre Leidenschaft suchen müssen.

Weiter ging es nach Dockweiler, dem Dorf, in dem seine Großmutter väterlicherseits im Jahre 1900 das Licht der Welt erblickt hatte. Leider war sie schon neunundvierzig Jahre später in Kaisersesch an einer Lungenentzündung gestorben. Verwandte gab es hier inzwischen nicht mehr, nur einen in der Region sehr bekannten Bäcker namens Utters. Aber das kümmerte Wärmland jetzt nicht. Die Welt lag hinter einer grauen Scheibe, und er hatte den direkten Zugang zu ihr verloren. Vielleicht gab es heute gar kein Halten mehr oder vielleicht erst in Luxemburg oder Belgien oder am Ärmelkanal.

Nachdem er die Bahngleise gleich hinter dem Ort überquert hatte, zog er das Lenkrad spontan nach links und fuhr in Richtung Hinterweiler. Auf einmal wusste Wärmland, wohin es ihn zog: Ganz weit hinauf, auf einen der höchsten Eifeler Gipfel. Der war jetzt fast schon zum Greifen nah.

In Hinterweiler bog er nach links ab und folgte der Kreisstraße 35 in östliche Richtung, bis er nach etwa einem Kilometer ihren höchsten Punkt erreichte. Dort lag rechts ein Parkplatz, auf dem Wärmland seinen Wagen abstellte.

Er schritt zügig aus, nachdem er seine Jacke geschlossen hatte. Ein kräftiger Wind wehte über die Kuppen. Hier befand sich Wärmland schon in rund sechshundertfünfzig Meter Höhe. Der Gipfel des Ernstberges reckte sich noch weitere neunundvierzig Meter empor.

Wärmland folgte dem Waldweg in südwestlicher Richtung. Links im Unterholz sah er immer wieder große Basaltbrocken, die wie grob gefertigte Riesenmurmeln im Wald herumlagen, weil sie dereinst vom Gipfel des nun schlummernden Vulkans heruntergerollt waren. Wärmland schenkte ihnen keine Aufmerksamkeit. Als er an die Weggabelung kam, folgte er dem linken Zweig, der langsam weiter anstieg. Nach rund zweihundert Metern erreichte er die Linkskurve, an der die Bäume eine Lücke für einen weiten Blick über die Eifel ließen. Unter den Fichten stand eine Bank. Dort sank Wärmland nach einem Blick in die Ferne in sich zusammen.

Er wusste nicht, was er sich erhofft hatte, warum es ihn hierhergezogen hatte. Er wusste eigentlich gar nicht, warum überhaupt irgendetwas war, wie es war. Er war nur noch eine menschliche Hülle, angefüllt mit großer Verzweiflung.

Ein paar Minuten verharrte er in seiner Düsternis und entfernt vom Rest der Welt. Dann änderte sich sein Zustand. Ein neuer Impuls durchfuhr seinen Körper wie eine Flamme, die sich schnell und heftig an ausgelaufenem Benzin entzündet: Wut.

Wärmland sprang auf und brüllte, wie er noch nie im Leben gebrüllt hatte. Zunächst war es nur ein barbarischer Laut, mit dem früher einmal Wikinger auf ihre Feinde losgegangen sein mochten. Dann formte Wärmland doch noch bewusst ein Wort und schrie auch das hinaus in Richtung Himmel. Es war ein zorniges, lang gezogenes »Neiiiin«, das klang, als wollte er die Stadtmauer von Bad Münstereifel damit zum Einsturz bringen.

Der Ausbruch dauerte nur wenige Sekunden, dann sank er wieder auf die Bank. Doch diesmal hielt er den Kopf nicht gesenkt, sondern aufrecht. Er blickte zum Himmel und raunte ein »Warum?«.

Der Wind hatte zugenommen. Die am Horizont aufgezogenen dunklen Wolken hatten es nun sehr eilig, ihren Bestimmungsort zu erreichen. Als die unzuverlässigen und launischen Gesellen des Windes, die sie nun mal waren, ließen sie schon jetzt einen Teil ihrer Fracht unter sich fallen, um noch schneller reisen zu können.

Wärmland betrachtete die fernen Regenschleier und das langsam schwindende Licht, während die Wolken sich auch über seinem Kopf stärker zusammenschoben. Überall das Gleiche, dachte er. Eben noch sonnenbeschienene Weiden und Wälder, jetzt wird alles innerhalb von Minuten grau, so als würde das Leben aus dem Land weichen. Es würde nicht mehr lange dauern, bis es auch hier regnete.

»Reicht es nicht, *mich* für irgendetwas zu bestrafen, *mich* allein?«, klagte Wärmland. »Musste mein Kind unbedingt mitleiden? Wäre nicht auch eine Einzelhaft möglich gewesen? Etwas ganz Individuelles, eine schlimme Krankheit, ein Unfall, etwas *nur* für mich?« Wärmland rief lauter: »Musste mein Kind da mit reingezogen werden?«

Erste Regentropfen trafen sein Gesicht, aber er ignorierte sie. Was konnte ihm schon Schlimmes widerfahren? Dass er nass wurde? Warum eigentlich nicht, warum nicht völlig durchnässt werden, vielleicht auch unterkühlen, eine Erkältung kriegen oder eine Lungenentzündung. Daran waren zwei seiner Großeltern gestorben. Warum also nicht auch er? So könnte er seinem Jungen, den irgendein böser Dämon in Menschengestalt vielleicht schon vorausgeschickt hatte, folgen, dorthin, wo sich die Gestorbenen trafen.

Der Regen nahm zu. Wärmland stand auf und trat nach vorn vor die Fichten. Seine dünne Windjacke hatte dem Regen nicht viel entgegenzusetzen. Er stand ein paar Minuten lang unbeweglich da. Dann hob er die Arme. »Töte mich!«, brüllte er laut gen Himmel. »Oder bring mich endlich zu meinem Jungen!«

Nichts geschah, außer dass Wärmland schließlich seine Arme senkte. Das war kein Gewitter, aus dem er auf Blitze hätte hoffen können. Das waren nur einfache Regenwolken ohne tödliche Fracht im Gepäck.

Auf einmal spürte er wieder seine unendliche Erschöpfung. Nichts war mehr übrig von der biblischen, mit Gott streitenden Version seiner selbst. Er spürte wieder das Bewusstsein für das normale, tatsächliche Jetzt, fühlte seine physische und geistige Existenz.

Ein Schauer lief durch seinen Körper. Der Wind hatte zwar etwas nachgelassen, aber er war völlig durchnässt, fröstelte und fühlte sich klein und schwach.

Die kleine Regenfront war weitergezogen und gab den Luftraum über der Vulkaneifel allmählich wieder frei. Die Wolken lichteten sich zusehends. Wärmland sah erste Sonnenstrahlen über die Gebiete am Horizont huschen, so als suchte jemand mit Suchscheinwerfern nach verloren gegangenen Eifelwanderern. Sie wurden zunehmend breiter, die ausgeleuchteten Fluren weiteten sich, und schließlich leuchteten wieder ganze Höhenzüge und Senken in der Sonne. Das Lichtspiel näherte sich dem Ernstberg als einzelne, unruhige Lichtbündel, dann war der Himmel auf einmal wieder frei, und auch Wärmland selbst stand in den Sonnenstrahlen. Sie blieben auf ihm und wärmten ihn, als wollten sie wiedergutmachen, was ihm der Regen zuvor rücksichtslos zugefügt hatte.

Wärmland breitete die Arme aus, um so viel Fläche wie möglich in die Sonne zu bringen. Er musste blinzeln, weil das Licht so intensiv war. Aber das nahm er gern in Kauf. Hauptsache, es wurde wieder warm. Er spürte eine Dankbarkeit in sich, die er nicht zuordnen konnte – aber es war ein Gefühl von Dankbarkeit. Licht und Wärme fügten etwas in ihm zusammen. Die Lebenskraft kehrte in seinen Körper zurück, nachdem er sich für einige Minuten vollkommen verloren hatte. Wärmland konnte sich zum ersten Mal vorstellen, wie es vielleicht sein mochte, in eine tiefe Depression zu verfallen, die nur noch den Tod als erträglichen Ausweg anbot. Wie furchtbar das doch war.

Er musste leben. Wer könnte besser als er weiter nach einer Spur seines Jungen suchen? Er hatte die verdammte Pflicht, durchzuhalten und nicht nachzulassen. Das erwartete Stefan von ihm, und er durfte ihn nicht enttäuschen und im Stich lassen. Sein Sohn war das Opfer, *ihm* ging es schlecht. Als Vater in Freiheit hatte er nicht zu zaudern oder gar aufzugeben.

Aber die Erschöpfung blieb, trotz seiner wieder erstarkenden Psyche. Mit geschlossenen Augen hielt Wärmland sein Gesicht für ein paar Minuten der Sonne zugewandt. Dann sagte er leise, aber fest und entschlossen: »Ich finde dich, mein Junge, ich finde dich, und alles wird gut. Das verspreche ich dir. Hab noch Geduld und halte aus, ich bin wieder auf dem Weg zu dir.«

Er gab sich einen Ruck und stand auf. Wenig später startete er seinen Wagen und fuhr über Waldkönigen, Neunkirchen und

Daun zur A 1 bei Darscheid. Nachdem er hinter Kaisersesch war und wieder einen freien Blick bis zu den fernen Hunsrückhöhen hatte, sah er etwa über dem Moseltal einen kräftigen Regenbogen unter den dunklen Wolken, die vor Kurzem noch über ihn hinweggezogen waren. Natürlich war es nur ein einfaches physikalisches Phänomen aus Licht und Wasserteilchen. Aber Wärmland nahm es als das Zeichen, auf das er gewartet hatte.

Als Wärmland am Nachmittag sein Büro in Mayen betrat und Regine Nau umgehend zu ihm kam, bemerkte er sogleich ihre innere Ungeduld.

»Was ist denn los?«, wollte er wissen. »Es scheint eine Neuigkeit zu geben.«

»So ist es«, gab sie unumwunden zurück. »Und vielleicht können Sie meine kleine Freude auch verstehen, wenn Sie erfahren, auf was ich gestoßen bin.«

»Jetzt machen Sie es aber spannend, Nauchen.« Vor einigen Monaten war Wärmland diese veränderte Namensgebung zum ersten Mal entfleucht, die Regine Nau sofort als einen vertrauliche Zuneigung zum Ausdruck bringenden Begriff akzeptiert hatte.

»Es geht um Ihren ganz speziellen Liebling, der doch nach Auskunft Ihrer Bekannten wieder nach Deutschland zurückgekehrt ist.«

Wärmland nickte. »Damit hat dieser nette Mann mit dem Charme eines Tyrannosaurus Rex sicher vielen Engländern eine Freude gemacht.«

»Da werden Sie vermutlich recht haben. Leider hat er es mir aber auch ein bisschen schwer gemacht, ihn wiederzufinden.«

»Ist der Typ etwa untergetaucht?«, fragte Wärmland mit einer Portion Enttäuschung.

»Nein, das nicht. Aber er hat sich sozusagen vorübergehend unsichtbar gemacht.«

Wärmlands Spannung wuchs. »Na, jetzt spannen Sie mich aber echt auf die Folter, liebe Kollegin. Sagen Sie mir bitte schnell, auf was Sie gestoßen sind. Sonst muss ich Ihnen die Anordnung eines Zwangsgeldes androhen.«

Regine Nau lächelte über seinen kleinen Scherz und erklärte: »Herr Johnsen hatte doch einen Gruß aus dem Rheinland geschickt. Daraufhin habe ich gemäß den historischen Fakten, nach denen das sogenannte Rheinland auf dem Territorium der Bundesländer Rheinland-Pfalz und Nordrhein-Westfalen liegt, alle Johnsens dieser Region ermittelt, aber keiner von denen ist ein aus England zurückgekehrter Mann im passenden Alter. Da ist gar kein Johnsen dabei, der jemals in England gelebt hat.«

»Wie kann denn das sein?«, fragte Wärmland erregt. »Ich bin fest davon ausgegangen, dass dieser Kartengruß aus dem Rheinland authentisch ist.«

»Das dachte ich auch«, fuhr Nau fort. »Und dann sind mir zwei Alternativen eingefallen.«

»Jetzt klingt es schon besser.«

»Punkt eins war die Eventualität, dass sich der Gruß aus dem Rheinland nicht auf Johnsens Rückkehr ins Rheinland bezog, sondern er einfach nur zu Besuch war und bei der Gelegenheit die Karte geschrieben hat.«

»Astrids Mann scheint es aber so interpretiert zu haben, dass es ein Gruß aus seiner neuen Heimat war«, gab Wärmland noch einmal zu bedenken.

»Deshalb Punkt zwei.« Regine Nau machte bei diesen Worten große Augen, als würde sie einen magischen Moment beschwören wollen. »Ich habe mich einmal in die Lage des in ein Englisch sprechendes Land auswandernden Mr. Johnsen versetzt. Das führte dazu, dass ich eine Möglichkeit sah, mich durch eine winzig kleine Änderung noch besser in meiner neuen Heimat zu assimilieren.«

»Sie fangen wieder an, mich zu foltern«, gab Wärmland zu bedenken.

»Also ganz schnell: Ich dachte, dass der liebe Georg Johnsen vielleicht aus einem E ein O hat machen lassen und dadurch zu einem Mr. Johnson geworden ist.«

»Der Name Johnson ist in England doch aber so etwas wie der Name Schmitz oder der Müller bei uns. Ich hätte es ja gerade deshalb nicht gemacht, um noch ein klein wenig individueller zu sein.«

»Sie, Chef, hätten natürlich größte Individualität an den Tag gelegt. Aber ich hatte genau mit diesem Ansatz recht. Denn bei meiner erneuten Suche habe ich einen ganz genau auf unser Profil passenden Johnson gefunden.«

»Wow, das ist ja super, Nauchen. Sie sind die Beste!« Wärmland lächelte sogar bei seinem Lob.

»Leider wird Ihnen Teil zwei des Ergebnisses nicht besonders gefallen«, ergänzte sie bedauernd.

»Er wohnt gegenüber von meiner Mutter?«

»Nein, er ist in Bonn gelandet.«

»Ach, Mist«, rutschte es Wärmland spontan raus. Ausgerechnet in die von ihm so geschätzte Stadt musste diese missratene Ausgabe eines Mannes übersiedeln? »Das ist wirklich keine schöne Nachricht. Warum ausgerechnet Bonn? Er hat doch früher in Mainz gelebt wie ich und meine Familie auch.«

»Seine Mutter hat ihm in Bonn-Dottendorf ein Haus vererbt, als sie voriges Jahr gestorben ist. Anscheinend hat ihn dieses Erbe in die Heimat zurückgelockt. Man weiß ja, dass etliche Deutsche aus dem Ausland wieder zurückkommen, weil es nicht so gut gelaufen ist mit dem Auswandern.«

»Oh ja. Eine Erbschaft kann so manchen Menschen zu einer Neuorientierung bewegen«, pflichtete Wärmland ihr bei. »In dem Fall wäre es mir allerdings lieber gewesen, er hätte sich nördlich von Sibirien neu orientiert.«

»Ich hätte ihn wirklich lieber woanders gefunden. Tut mir leid, Chef.«

Wärmland nickte wohlwollend. »Sie haben gute Arbeit geleistet. Wir wissen jetzt von einem möglichen Tatverdächtigen mehr. Und den werde ich mir nun genauer vorknöpfen müssen. Wir beide fahren gleich morgen nach Bonn und hören uns dort um.«

Regine Nau hatte nichts dagegen einzuwenden. Sie trat den Rückzug an und überließ ihren Chef seinem Grübeln.

Wärmland hatte den Kreis der möglichen Racheengel auf vier Personen eingegrenzt. Einer davon, Schaupp, war untergetaucht. Scheffler, der offiziell in Leverkusen von Hartz IV lebte, war seit der angesetzten Observierung des Wohnhauses dort nicht mehr aufgetaucht, Kalenbach saß nach wie vor ein, und einer, den er zeitweise schon von der Liste gestrichen hatte, war eben wieder auferstanden. Ihm wurde bewusst, dass sich noch niemand um Kalenbach gekümmert hatte, weil der gut verwahrt in der JVA Bruchsal einsaß. Wärmland glaubte nicht recht an die Idee, dass jemand in seinem Auftrag zum Entführer geworden sein könnte, aber er wollte die Sache nicht völlig aus den Augen verlieren und entschied sich für einen Anruf in der JVA, um etwas mehr über Kalenbachs aktuelle Situation und Befindlichkeit zu erfahren. Man konnte nie wissen. Wie im richtigen Leben ergaben sich manchmal unerwartet interessante Erkenntnisse. Bei diesem Anruf konnte er sich gleich noch nach Ivan Schaupp erkundigen, der bis zu seiner Flucht ebenfalls in Bruchsal eingesessen hatte.

Während in Bruchsal das Telefon läutete, sah Wärmland den nach den Plänen eines Baumeisters mit dem freundlichen Namen Heinrich Hübsch errichteten Gebäudekomplex der Justizvollzugsanstalt vor sich. Der schon 1848 als »Männerzuchthaus« fertiggestellte Bau erinnerte mit seinen mächtigen, von Zinnen gekrönten Außenmauern an eine Festung, nur dass es sich nicht wie bei klassischen Festungen um ein Bollwerk gegen Feinde von außen handelte, sondern die Architektur ganz der Einbehaltung von Feinden im Innern gewidmet war.

Wärmland wurde mit der leitenden Regierungsdirektorin Dr. Helga Schaller verbunden, die die JVA leitete. Er erklärte ihr sein Anliegen und erkundigte sich zunächst nach dem flüchtigen Schaupp. Dessen Drohungen hatte Wärmland damals durchaus nicht auf die leichte Schulter genommen. Der Hass des Verbrechers war bei Schaupps Verhaftung deutlich zutage getreten und hatte ihn sehr erschüttert. Immer wieder hatte er in den vergangenen Jahren an Schaupp denken müssen, der zu einer lebenslangen Haftstrafe verurteilt worden war. Aber was bedeutete das in einem Land wie Deutschland, wo die Annahme einer Resozialisierungsfähigkeit auch bei Schwerverbrechern ein bestimmender Faktor war? Die meisten Lebenslänglichen hatten im Durchschnitt eine zwanzigjährige Haftzeit bis zur Entlassung zu verbüßen. Manche Mörder kamen jedoch nach psychologischer

Begutachtung und der sich daraus ergebenden sozialen Prognose schon nach fünfzehn Jahren frei.

Für Wärmland wäre Schaupp mit Sicherheit ein Kandidat für eine unbegrenzte Verlängerung gewesen, hätte er nicht vor einigen Monaten nach nur elf Jahren die Gelegenheit zur Flucht ergriffen. Seine Gefühlskälte und Brutalität hatten ein entsetzliches Ausmaß gezeigt. So hatte er sein letztes Opfer, einen Widersacher im Drogenmilieu, damals nicht einfach erschossen, obwohl er immer eine Schusswaffe bei sich trug. Er hatte dem Mann zunächst ein Messer in den Hals gerammt und den noch Lebenden dann skalpiert. Damit war Schaupp für Wärmland ein würdiger Nachfolger für Hans-Georg Neumann, den mit inzwischen über fünfzig Haftjahren bisher am längsten einsitzenden Lebenslänglichen der Bundesrepublik. Ein ungewöhnlicher Fall in der deutschen Justizgeschichte, aber die Gutachter hatten bis zuletzt keinerlei positive Entwicklungen diagnostizieren können, die für eine Haftentlassung erforderlich gewesen wären.

Was die Direktorin nun berichtete, bestätigte Wärmlands Meinung. »Schaupp ist leider nie in irgendeiner Weise resozialisiert worden in diesen elf Jahren, und weitere elf Jahre werden das auch nicht vollbringen. Er ist einfach ein durch und durch verdorbener Charakter, wie es sie leider immer wieder mal gibt. Daran können Sie weder mit Streicheleinheiten noch mit einem Schweißbrenner etwas ändern.«

Genau so etwas hatte Wärmland befürchtet, wobei er den letztgenannten Therapieansatz in diesem speziellen Fall durchaus befürworten würde.

»Sie haben also Sorge, Schaupp könnte Ihren Sohn in seiner Gewalt haben?«, fragte Schaller nach.

»Ja, und der Gedanke macht mir sehr zu schaffen«, erwiderte Wärmland. »Angesichts seiner Biografie wird Sie das ja nicht verwundern.«

»Gewiss nicht«, sagte Schaller voller Bedauern. »Ich fürchte jedoch, meine Mitarbeiter im Haus werden Ihnen nur wenig Erbauliches berichten können. Sie können gleich mit dem Sozialpädagogen Peter Halmich sprechen. Vom Anstaltspersonal kennt er den Schaupp am besten. Ich hoffe, dass Sie das etwas weiterbringt.«

Wärmland dankte der Anstaltsleiterin und wurde mit Halmich verbunden. Der begann ohne Umschweife, vom Gefangenen Schaupp zu erzählen. Es war die Geschichte eines unbeirrbar bösen Menschen, der auch während seiner Haftzeit immer wieder seine Brutalität gezeigt hatte.

»Wir hatten ihn gerade mal zwei Wochen hier, als er einem Mitgefangenen die Nase gebrochen hat. Er hat den Kopf des Mannes, der beim Essen neben ihm saß, mit voller Wucht nach unten auf den Teller gestoßen. Wir haben dann erfahren, dass der Verletzte Schaupp wohl eher so im Spaß gefragt hatte, ob er aus der Gegend vor oder hinter dem Ural stamme. Wegen seines Vornamens Ivan. Jedenfalls waren die Mithäftlinge danach schon mal ein wenig vorgewarnt. Ein halbes Jahr später hat er einem Mitgefangenen beim Schachspielen einen Arm ausgekugelt und gebrochen, und das nur, weil ihn der andere ins Schach gesetzt hatte.«

»Was für ein mieser Typ«, murmelte Wärmland, den seine Sorge um Stefan mehr und mehr zu martern begann.

»Er wurde immer wieder gewalttätig und hat Mitgefangene schikaniert. Wir haben natürlich versucht, ihn mit allen uns zur Verfügung stehenden Mitteln von solchen Aktionen abzuhalten, aber nach einer trügerischen Ruhephase hat er dann doch wieder sein wahres Gesicht gezeigt. Bei seiner nächsten Attacke ist ein Mithäftling fast gestorben.«

Wärmland hatte eigentlich schon genug gehört. Die folgende Information machte es noch einmal schlimmer für ihn.

»Schaupp war drei Jahre bei uns, als er einem jüngeren Gefangenen in unserer Schreinerei ein schlankes Vierkantholz in den Anus gestoßen hat. Sie ahnen sicher, weswegen.«

Wärmland konnte es sich denken.

»Es war ein Racheakt, weil sich der junge Mann geweigert hatte, Schaupp sexuell gefällig zu sein. Das hat den Betreffenden fast das Leben gekostet.«

»Das klingt ganz besonders übel«, meinte Wärmland entsetzt.

»Ja, Schaupp hatte ihm schwere innere Verletzungen zugefügt, und die nachfolgende Infektion hätte ihm beinahe den Rest gegeben. Es sah nicht gut aus damals. Aber Reue war für Schaupp natürlich ein Fremdwort. Dass so jemand wieder auf freiem Fuß ist, ist wirklich ein bedenklicher Zustand.«

»Und noch dazu durch eine Flucht wie in einem alten Gangsterfilm«, bestätigte Wärmland zerknirscht.

»Ich hoffe, die finden diesen Mistkerl bald wieder und Sie Ihren Sohn. Ich drücke Ihnen die Daumen.«

»Ich habe noch ein Anliegen – das wird Sie erstaunen. Es geht um Ewald Kalenbach.«

»Oh, noch ein interessanter Insasse. Da haben Sie sich ja einen erlesenen Club zusammengestellt.«

»Insgesamt sind es vier, aber nur zwei davon sind oder waren bei Ihnen zu Gast. Können Sie mir zu Kalenbach auch etwas sagen?«, fragte Wärmland nach.

»Ich wundere mich, dass Sie nach ihm fragen, wo er doch hier drinnen gut verwahrt wird. Er kann wohl nicht der Entführer sein«, gab Halmich zur Antwort.

»Er persönlich nicht, aber es gab hier bei uns die kleine Theorie, es könnte sich um eine Auftragsarbeit handeln.«

»Das wäre natürlich möglich«, stimmte Halmich zu. »Ich kenne auch Kalenbach ganz gut, und der ist körperlich inzwischen nicht mehr so wirklich gut beieinander. Selbst wenn er draußen wäre, würde er mit Anfang siebzig wahrscheinlich Hilfe brauchen für so eine Entführung. Dazu würde er wahrscheinlich seinen Neffen ansprechen.«

»Wieso seinen Neffen?«, hakte Wärmland nach.

»Gunnar Kalenbach ist der einzige Besucher, den Kalenbach hat. Jeden Monat einmal. Sonst ist noch nie jemand gekommen. Bis auf die fünf Jahre, in denen er selbst einsaß.«

»Ach, was Sie nicht sagen«, meinte Wärmland überrascht. »Wofür hat er denn gesessen?«

»Verbreitung kinderpornografischen Materials.«

»Was für eine nette Familie«, sagte Wärmland sarkastisch. »Da passen die beiden ja wirklich gut zusammen.«

»Kann man so sagen«, meinte Halmich.

»Und wie wirkt der alte Kalenbach auf Sie?«

»In einer gerafften Kurzversion: Er ist ein verbitterter böser alter Mann.«

Wärmland musste schlucken. »Trauen Sie ihm böse, alte Rachegedanken zu?«

»Dem trau ich alles zu. Deshalb ist er noch immer bei uns und nicht in Freiheit, was ja nach über zwanzig Jahren normal wäre. Aber der Kalenbach wurde bei jeder Haftprüfung als tickende Zeitbombe eingeschätzt. Da sind sich alle Psychologen einig.«

»Würden Sie sich den als Auftraggeber einer Racheentführung vorstellen können?«, stellte Wärmland die entscheidende Frage.

»Das muss ich leider mit einem klaren Ja beantworten«, sagte Halmich mit einem bedauernden Unterton. »Ich könnte mir sogar vorstellen, dass er was mit dem Kennedy-Attentat zu tun hat.«

»Oh, tatsächlich?«

»War nur ein Scherz, aber ich traue Kalenbach viel Böses zu.«

»Puh, das ist gar nicht gut«, erwiderte Wärmland. »Darf ich noch fragen, wann Sie diesen netten jungen Mann zuletzt gesehen haben, den Neffen?«

»›Junger Mann‹ trifft es nicht wirklich«, widersprach Halmich. »Das ist so ein etwas ungepflegter Mittfünfziger mit Bart, der älteste Sohn von Ewald Kalenbachs älterem Bruder Fritz. Er war zuletzt vor etwa fünf Wochen hier. Was ungewöhnlich ist, denn sonst kam der immer ganz regelmäßig an jedem zweiten Dienstag im Monat. Ich kann mich nicht erinnern, dass das mal anders war.«

»Und gestern hat er gefehlt?«

»So ist es«, erwiderte Halmich.

Wärmland fand, dass die Waagschale mit den Entführern darin gerade schwerer geworden war. Aus dem nur theoretisch möglichen Entführer Erwin Kalenbach war in Wärmlands Augen gerade ein praktisch äußerst realer möglicher Entführer in Person des Neffen Gunnar Kalenbach geworden. Eine schlimme Offenbarung, die Wärmlands Gefühl von Last und Angst weiter erhöhte.

»Ich weiß, was Sie jetzt denken«, fuhr Halmich fort. »Genau das dachte ich auch gerade.«

»Haben Sie vielleicht die Kontaktdaten des Herrn Neffen? Wir werden herausfinden müssen, womit er sich gerade so dringend beschäftigt, dass er seinen Onkel nicht besuchen konnte.«

»Die haben wir, weil er offiziell als Bezugsperson für seinen Onkel geführt wird.«

Wärmland spürte eine kleine Erleichterung. Er notierte die Angaben und beeilte sich, das Gespräch zu beenden. Dann besprach er sich mit Trobisch, der umgehend zwei Kollegen zur Mannheimer Wohnadresse von Gunnar Kalenbach entsandte.

Am nächsten Morgen war der Neffe des Häftlings Kalenbach jedoch noch immer nicht ausfindig gemacht worden. Die Kollegen hatten Gunnar Kalenbach nicht nur nicht angetroffen, er war in der Nacht auch nicht nach Hause gekommen, und eine Befragung von Nachbarn hatte ergeben, dass er in letzter Zeit nicht gesehen wurde.

ZWÖLF

Wärmland saß auf dem Beifahrersitz des Dienstwagens, der von Regine Nau gesteuert wurde, und blickte aus dem Seitenfenster. Der Tag hatte mit einem ungewöhnlich warmen Morgen begonnen, und die regionalen Radiosender hatten einen sehr schwülen Tag angekündigt. Am schönsten wäre es bei diesen Temperaturen, von Mayen kommend einfach weiter geradeaus auf den Laacher See zuzuhalten, anstatt nun von der B 253 auf die A 61 in Richtung Norden aufzufahren. An Wochentagen war das wilde Ostufer des Sees mit seinem verlockenden Naturbadeufer oft still und verlassen und nicht so frequentiert wie an den meist überlaufenen Wochenenden. Hätte ich jetzt doch nur Stefan bei mir im Wagen, dachte Wärmland, dann könnten wir uns einen entspannten Nachmittag an meinem Lieblingssee machen. Der Tagtraum verflog, als Regine Nau den Wagen in die Rechtskurve der Autobahnauffahrt lenkte.

Würden tausend zusätzlich angezündete Kerzen in der Basilika Maria Laach helfen, endlich einen entscheidenden Durchbruch bei der Suche nach meinem Sohn zu erringen?, grübelte Wärmland. Aber das waren wohl eher die Techniken älterer Damen, die eine andere Art von Glauben hatten. Er würde so nicht vorgehen. Wärmland zwang sich, sich wieder mehr auf das vor ihnen Liegende zu konzentrieren. In der Ferne lockte Bonn mit seinem Charme aus hübschem, totem Gründerzeit-Gemäuer und Zehntausenden sehr lebendigen Studenten dazwischen. Von dort wanderten Wärmlands Gedanken in den ihm noch überwiegend unbekannten Stadtteil Dottendorf, in dem er nun auf den so sehr ersehnten Fortschritt seiner Ermittlungen hoffte.

Vielleicht stand er bald wieder Georg Johnson gegenüber, wie Astrids Ex-Mann sich inzwischen nannte, neunzehn Jahre nach ihrer unerfreulichen Mainzer Begegnung. Vielleicht war der der Schlüssel zur Lösung des Falles. Würde Wärmland Stefan in Bonn finden?

Die Autobahn senkte sich langsam ins obere Brohltal hinab.

Der Blick gen Westen, wo der Turm der Burg Olbrück markant einen Vulkankegel krönte, war einer von Wärmlands Lieblings-Eifelblicken. Vulkankuppen überragten ein Patchwork aus Feldern, Wiesen und Wäldern mit dazwischengestreuten kleinen Orten. Dieses Bild ließ einen glauben, dass hier Menschen in Harmonie in einer Natur- und Kulturlandschaft lebten. Heute machte es ihn schwermütig, denn das gerade hier so oft empfundene Harmoniegefühl stand im krassen Gegensatz zu seiner aktuellen Lebenswirklichkeit. So schmerzte ihn das Bild einer scheinbar heilen Welt. Er starrte nach vorn.

»Ist das nicht wieder schön?«, sagte Regine Nau, die nach einem kurzen Blick zur Burg Olbrück das Lenkrad mit beiden Händen festhielt und sich wieder auf den durchaus üppig zu nennenden Verkehr konzentrierte. Gerade verschwand die Sonne hinter der Vorderkante einer aufziehenden Wolkenbank, und das Licht verminderte sich spürbar.

Regine Nau wusste, wie freudig bewusst Wärmland Fan seiner Heimat war. Wenn sie gemeinsam im Land unterwegs waren, machte er sie immer wieder auf die schönen Ausblicke aufmerksam.

»Ach, das hätten Sie jetzt sehen sollen, Chef«, sagte sie, kurz bevor sie die Brücke überquert hatten. »In den schwarzen Wolken, die sich gerade aus Westen hinter die Burg wälzen, hat ein Blitz gezuckt. Das wäre ein tolles Bild geworden für Ihre Eifelsammlung.«

Sie bemühte sich redlich, Wärmland etwas abzulenken und aufzumuntern, und sie wusste auch, dass Wärmland im vorigen Sommer mit dem Fotografieren begonnen hatte, um seine Eifel mit noch wacheren und aufmerksameren Augen zu erleben. Der war ganz in seine Gedankenwelt versunken und schaute nun etwas desorientiert auf.

»Ich war gerade beim Thema Foto«, klärte Regine Nau ihn auf. »Ich habe einen Blitz hinter der Burg Olbrück gesehen. Hat toll ausgesehen. Das wäre ein Motiv nach Ihrem Geschmack gewesen, für Ihre Fotosammlung über die Eifel.«

»Ach ja«, antwortete Wärmland, um Anschluss an das aktuelle, reale Geschehen bemüht. »Schade, das hätte ich auch gern gesehen. Einen Blitz habe ich noch nie fotografiert. Das ist nicht so einfach … nur ein ganz kurzer Wimpernschlag, den man nicht kommen sieht. Aber wenn ich den Spaß an der Knipserei bis ins Alter behalte, will ich so ein Motiv auch irgendwann mal schaffen.«

»Nach dem zu urteilen, was Sie mir an Bildern gezeigt haben, haben Sie schon eine ganz schöne Sammlung an tollen Aufnahmen zusammenbekommen«, erwiderte Regine Nau mit einem wohlwollenden Lächeln. »Vermutlich schießen Sie inzwischen schon besser mit einer Kamera als mit Ihrer Dienstwaffe.«

»Die ist jedenfalls objektiver, die Waffe«, gab Wärmland zurück. »Da kann man eindeutig beurteilen, ob es ein guter Schuss war oder nicht. Das geht nicht nach Geschmack und Farbe und Licht – einfach Löcher an der richtigen Stelle, das Soll ist erfüllt. Beim letzten Schießen waren die Löcher alle genau dort, wo sie hinsollten. Sie waren dabei, also wissen Sie, dass ich mit der Pistole objektiv besser bin als mit der Kamera.«

»So gesehen haben Sie wohl recht, aber das ist mir eine zu nüchterne Betrachtung. Ich wollte Ihnen ja nur ein Kompliment machen für Ihre Bilder.«

Wärmland schaute rüber zu Nau und schenkte ihr ein winziges Lächeln. »Danke, Sie bemühen sich wirklich, mich ein wenig aufzuheitern«, sagte er. »Da haben Sie einen sehr undankbaren Job gewählt. Aber danke für den Versuch.«

Eben noch hatte sich Wärmland ganz niedergeschlagen und depressiv gefühlt, jetzt ließ er etwas los und knüpfte doch noch weiter an dieses harmlose Gesprächsthema an, weil er gerade das Gefühl hatte, dass es ihm guttat, eine Zeit lang aus dem Grübeln um seinen Sohn herauszukommen.

»Wenn es bei mir also vielleicht die Fotografie als Altersleidenschaft wird, was würden Sie gern machen, wenn Sie die Polizeijahre hinter sich haben?«

Regine Nau verzog erstaunt das Gesicht.

»Das ist doch noch sehr lange hin, Chef. Daran habe ich wirklich noch nicht gedacht. Die nächsten gut dreißig Jahre bin ich ja überwiegend im Hauptberuf beschäftigt, gern auch damit, nette ältere Vorgesetzte durch die Gegend zu chauffieren.«

»Nett und älter?«, fragte Wärmland nach. »Ist das alles? Habe ich nicht mehr zu bieten?«

Nau war sichtlich froh, dass er sich auf dieses kleine Wortspiel einließ. »Na ja, in Ihrem Fall könnte ich mich vielleicht noch auf ›sehr netter und sehr kompetenter reiferer Vorgesetzter‹ einlassen.«

»Na, immerhin«, konstatierte Wärmland. »Das ist doch schon was. Es gibt sicher Vorgesetzte, die schlechter abschneiden. Das kann ich für den Moment so gelten lassen. Aber vielleicht kann ich mir mit der Zeit eine noch bessere Beurteilung verdienen.«

»Sie sind schon ganz okay so«, beruhigte sie Wärmland lächelnd.

Als sie die Ahrtalbrücke erreichten, hatte sich die Gewitterfront über sie hinweg bis zum Rhein ausgedehnt, und Blitze zuckten im heftigen Regen.

»Tolle Voraussetzungen für unseren kleinen Bonn-Abstecher«, grollte Wärmland. »Mr. Johnson will uns wohl den Spaß an unserem Hausbesuch verderben.«

»Vielleicht ist der ganze Spuk wieder vorbei, bis wir dort sind«, erwiderte Nau, die sich der Skepsis ihres Chefs nicht anschließen wollte. »Ich habe schon Gewitter erlebt, da hat es ein paar Tropfen geregnet, einmal geblitzt und gedonnert, und dann war es wieder vorbei.«

»Das muss in Legoland gewesen sein, mit den beengten Platzverhältnissen dort«, lästerte Wärmland. Doch dann erinnerte er sich an das Prümer Land und den Erinnerungsstein am Rand eines Feldweges nahe dem kleinen Dorf Heckhuscheid. Dort hatte es, wie man ihm mal erzählt hatte, eines Tages nur eine einzige, ungewöhnlich gelb gefärbte Wolke unter der ansonsten unauffälligen, normalen Bewölkung gegeben. Dann war ein Blitz aus dieser Wolke niedergegangen und hatte eine Gruppe von sechs niederländischen Wanderern getroffen. Drei waren verletzt, drei getötet worden. Damit musste Wärmland einräumen, dass die Gewitterwetter-Vision seiner jungen Kollegin durchaus realistisch war.

Der Verkehr stockte, anscheinend gab es ein Problem vor der Abfahrt Poppelsdorf. Wärmland wies Regine Nau spontan an, die Ausfahrt Lengsdorf direkt vor ihnen zu nehmen. Da er hier ganz gute Ortskenntnisse besaß, scheute er den etwas umständlicheren Weg über die kleineren Straßen der Stadtteile Lengsdorf, Endenich und Poppelsdorf nicht.

Regine Nau wusste natürlich, dass ihr Chef Bonn sehr mochte und ein besonderes Faible für den Stadtteil Poppelsdorf hatte. »Wann waren Sie denn zuletzt hier, Chef?«, erkundigte sie sich unbekümmert. »So als Hobby-Bonner.«

»Ich war mit Nicole hier, so vor etwa zwei Monaten, an einem besonders warmen Tag Ende April.« Wärmland erinnerte sich sehr gut an diesen Ausflug mit Nicole. Es war der letzte seiner Art vor der »Veränderung« gewesen.

»Lassen Sie mich raten – Botanischer Garten?«

Wärmland lächelte ein wenig gequält und nickte kurz.

»Wie kommt denn eigentlich Ihre Freundin damit klar – mit Stefans Verschwinden?«, hakte Regine Nau nach und traf damit unbewusst einen Nerv. Außer Trobisch hatte er bislang niemandem davon erzählt, dass Nicole und er nicht mehr zusammen waren. Natürlich war ihm bewusst, dass das kein Dauerzustand sein konnte. Auch diese Katze musste irgendwann aus dem Sack. Aber bisher hatte er noch nicht darüber sprechen können. Zu bald darauf war Stefans Entführung über ihn hereingebrochen und hatte alles andere unwichtig erscheinen lassen.

Was sollte er jetzt also erwidern? Regine Nau war eine ihm sehr vertraute und stets um ihn besorgte Mitarbeiterin, die er überaus schätzte. Sie konnte weit mehr als nur Dienst nach Vorschrift. Sie besaß eine sehr sensible, aufmerksame Art, mit den Dingen und mit Menschen umzugehen. Damit war sie außerhalb der Familie eine der ersten Anwärterinnen auf die Wahrheit. Wärmland entschied sich zunächst für eine Kurzversion.

»Ich hätte es Ihnen schon sagen sollen«, meinte er etwas zerknirscht, »aber ich wollte es wohl noch nicht so richtig wahrhaben. Nicole und ich sind nicht mehr zusammen.«

Er warf Nau einen kurzen Blick zu. Sie starrte mit großen Augen zurück und war für einen Moment fassungslos.

»Aber … aber wie kann das denn sein?«, brachte sie brüchig hervor.

Wärmland erkannte an ihrem Blick, dass ihr in diesem Moment

bewusst wurde, dass die Sache mit Stefan nicht sein einziger großer Kummer war. Ihm steckte auch noch die Trennung von seiner geliebten Freundin in den Knochen.

»Wenn Sie mal darüber reden möchten, Chef, können wir das gern tun. Es tut mir so unendlich leid, dass Sie das auch noch verkraften müssen, als ob Stefans Verschwinden nicht schlimm genug wäre.«

»Danke für das Angebot, Nauchen. Ich komme gern darauf zurück, wenn ich Stefan wiederhabe.«

Wärmland versuchte, seine Gedanken auf die bevorstehende Begegnung mit Johnson zu lenken. Er stellte sich vor, dass es wahrscheinlich zu einer Neuauflage der alten Konfrontation kommen würde. Wärmland konnte sich nicht vorstellen, dass sich der einst aufbrausend-rachsüchtige Johnsen in einen kuscheligen Menschenfreund mit englischem Akzent verwandelt hatte. Wissen konnte er es aber nicht, wie so vieles andere. Johnson wohnte seit etwa acht Monaten in Bonn. Sie wussten nicht, wie es ihm in England ergangen war und was ihn dazu veranlasst hatte, seinem neuen Heimatland wieder den Rücken zu kehren. Er hätte das von seiner Mutter geerbte Haus ja auch über einen Makler verkaufen und in England bleiben können, anstatt sich durch seine Rückkehr in den erlesenen Kreis der Verdächtigen einzureihen.

Sie folgten der Sebastianstraße und fuhren immer weiter geradeaus, bis sie über die Graf-Stauffenberg- und Eduard-Otto-Straße auf die große Hausdorffstraße stießen, die als eine der Hauptadern des Bonner Straßennetzes nach Süden durch den Stadtteil Kessenich bis Dottendorf führte. Als sie die Pützstraße querten, zeigte das Navi noch neunhundert Meter an. Nach der Tankstelle auf der linken Seite machte die Hausdorffstraße eine leichte Rechtskurve, um dann am Hindenburgplatz wieder nach links zu schwenken. Hier verlangte das Navi ein Linksabbiegen in die Urstadtstraße. Die nächste nach rechts abgehende Straße war ihr Ziel – die Kessenicher Straße.

Allmählich wurde es ernst. Regine Nau ließ den Passat langsam durch die schmale Straße rollen. Nach einem Blick in den Rückspiegel hielt sie schließlich an. Sie konnten es sehen.

Das gesuchte Haus war ein unauffälliges Gebäude in einer ganzen Reihe aneinandergebauter Häuser auf der linken Straßenseite. Es war eines der älteren Bauten mit einem Erdgeschoss, einem ersten Stock und einem Dachgeschoss darüber. Die Fassade war in einem altrosa Farbton gestrichen. Was Wärmland allerdings auffiel, war der Umstand, dass er in der Straße bisher kein anderes Haus gesehen hatte, das Fensterläden besaß. Diese hier waren in einem hellen Grau gehalten. Das wirkte nicht unsympathisch, was Wärmland angesichts des erwarteten Bewohners etwas irritierte. Doch dann vermutete er, dass die Gesamtgestaltung wahrscheinlich auf die ehemalige Besitzerin zurückzuführen war, also auf Johnsons Mutter.

Ein Wagen näherte sich von hinten, und Nau fuhr weiter. Sie passierten das Haus und fuhren noch rund einhundertfünfzig Meter, bis es eine Parkmöglichkeit gab.

»Haben Sie in der Straße, die eben rechts abging, den REWE-Markt gesehen?«, wollte Wärmland wissen.

Regine Nau nickte. »Da kriegen wir bestimmt an einer Bäckertheke einen Happen als kleine Energiespende«, meinte sie vorausschauend. »Ich jedenfalls könnte eine Kleinigkeit vertragen.«

»Erst die Arbeit, dann die Kalorien«, mahnte Wärmland scheinbar ernst, obwohl er trotz seiner Anspannung auch einen Anflug von Appetit empfand. Aber er sah in dem Markt nicht nur eine potenzielle Nahrungsquelle. Er schien ihm auch geeignet zu sein, um ein paar Vorabinformationen über seinen neuen Lieblings-Engländer einzuholen.

Wärmland stieg aus dem Wagen, als ihm wieder schwarz vor Augen wurde. Er fasste nach dem Türgriff und ging in die Hocke, was sich als kleine Übergangslösung, um den Systemausfall vorüberziehen zu lassen, bewährt hatte. Die ungewöhnliche Wärme dieses Tages war eine zusätzliche Belastung für sein Herz, das ohnehin zu sehr angeschlagen war. Aber darauf konnte er sich jetzt nicht weiter konzentrieren. Es musste weitergehen.

Nau war sofort zu ihm gestürmt und hatte besorgt nach seinem Befinden gefragt. Sie war wirklich lieb. Wärmland wusste, dass er sie mit der Floskel »Alles in Ordnung, geht schon wieder«

nicht völlig überzeugen konnte. Es war ja auch nicht der erste Aussetzer dieser Art gewesen. Nur wusste Nau nichts von seinen Herzrhythmusstörungen, geschweige denn von der Herzmuskelentzündung. So erhob sie auch keine Einwände, als er sich wieder aufrichtete und abwinkte.

Sie machten sich auf zum REWE-Markt in der Pleimestraße.

»Wie wäre es, wenn Sie mir eine Rosinenschnecke oder ein Stück Streuselkuchen mitbringen?«, schlug Wärmland vor. »Dann kann ich mal bei einem netten Bonner Kollegen durchklingeln, der uns in seinem Heimrevier gegebenenfalls helfen könnte, wenn es irgendwo hakt.«

So verschwand Nau im Inneren des Supermarkts, und Wärmland schlenderte langsam weiter in Richtung Hausdorffstraße.

Während der Ermittlungen zu den Morden des »Indianers«, der vor einigen Jahren in einem großen Waldgebiet bei Mayen und in Bonn Jagd auf ein einige prominente Bonner Jäger gemacht hatte, war Wärmland in Kontakt mit einem Hauptkommissar Werner vom Bonner Polizeipräsidium gekommen. Der Kollege war ihm auf Bonner Boden behilflich gewesen, und sie hatten nach Abschluss des Falles auch noch einige Male miteinander telefoniert. Aber dann hatten sie sich wieder aus den Augen verloren. Werner war in Wärmlands Erinnerung ein angenehmer Mensch, und jetzt, da er ihn nach so langer Pause noch einmal ansprechen wollte, tat es ihm leid, dass er nichts dafür getan hatte, den Kontakt am Leben zu halten.

Als Werner nun auf Wärmlands Anrufversuch reagierte und nur Sekunden später zurückrief, schlug Wärmland die gleiche freundliche Begrüßung entgegen wie damals.

»Hallo, Herr Kollege, was verschafft mir die Ehre Ihres Anrufs? Lassen Sie mich raten, die reizende Eifel ist Ihnen wohl etwas zu klein geworden, und Sie suchen mal wieder den Austausch mit einem Großstadtprofi wie mir.«

»Das ist eine sehr treffende Beschreibung, lieber Kollege. Schön, dass ich Sie erreiche. Ich bin in Bonn und würde gern ein wenig dienstlich plaudern.«

»Hat es was mit Ihrem Sohn zu tun? Ich habe bereits gehört, was passiert ist, und kenne keinen Kollegen, dem die Entführung

Ihres Sohnes nicht sehr nahegegangen ist. Wissen Sie schon etwas mehr? Oder hat diese bedrückende Geschichte vielleicht sogar einen Bonner Ableger?«

»So ist es. Da sich ziemlich bald herausgestellt hat, dass die Tat in erster Linie gegen mich gerichtet ist, überprüfen wir nun all jene Schwerverbrecher, die mir ihre Verhaftungen persönlich nachtragen. Sie kennen das ja. Außerdem gibt es noch jemanden aus meinem früheren privaten Umfeld, dem ein Racheakt gegen mich zuzutrauen wäre. Der ist nach vielen Jahren in England erst vor Kurzem in unser schönes Land zurückgekehrt, und jetzt dürfen Sie raten, wo er sich niedergelassen hat.«

»Na ja, wenn Sie *so* fragen, schätze ich mal, dass Bonn ein ganz heißer Kandidat für die Lösungsantwort ist.«

»Bingo, lieber Kollege. Meine Kollegin hat herausgefunden, dass er das Häuschen seiner Mutter geerbt hat, und zwar in Bonn-Dottendorf.«

»Ach was.« Werner war nun anscheinend doch etwas überrascht. »So ganz nah und mitten unter uns? Da hat er ja richtig Glück gehabt mit seinem Erbe im ruhigen, gemütlichen Dottendorf. Eine nette Wohngegend in Bonn.«

»In der Kessenicher Straße, um genau zu sein.«

»Die kenne ich, das ist eine ruhige Seitenstraße parallel zur Hausdorffstraße, nahe dem Quirinusplatz. Kennen Sie den Endhaltepunkt der Straßenbahnlinien 61 und 62?«

»Nein, so weit bin ich noch nie im Bonner Süden gewesen. Das ist Neuland für mich. Meine Kollegin und ich sind hier gerade an einem REWE in der Pleimestraße. Das Viertel wirkt fast ein bisschen dörflich auf mich, wenig Business und Wolkenkratzer.«

»Ich weiß«, sagte Werner. »Viele ein- bis zweistöckige Häuser mit einer gesunden Bevölkerungszusammensetzung im Segment Mittelschicht. Mit vielen freistehenden Einfamilienhäusern und der einen oder anderen Villa unter dem Venusberghang bekommt der Bezirk in der Bonner Wertung ein hohes Wohnqualitäts-Rating. Ihre Zielstraße, die Kessenicher, hat so einen Mix aus vielen älteren Eingesessenen und ein paar jungen zugezogenen Familien mit Kindern.«

»Dann gehörte die Mutter unseres Kandidaten vermutlich zu Ersterem. Über ihn weiß ich leider noch gar nichts Aktuelles«, sagte Wärmland bedauernd.

»Ich könnte mal nachsehen, ob er uns in seiner Zeit auf meinem Heimspielfeld schon irgendwie aufgefallen ist«, bot Werner an.

»Ja, danke, das wäre uns eine große Hilfe. Wir werden uns hier in seiner Umgebung ein wenig umhören. Vielleicht stolpern wir ja über irgendetwas Ungewöhnliches. Sie wissen schon, irgendwas, was uns eine bessere Handhabe verschafft.«

»Ja, ja, der lange Weg bis vor die Tür eines Staatsanwalts, der Ihnen eine Hausdurchsuchung genehmigt.«

»Darf ich mich noch mal bei Ihnen melden, falls wir auf etwas stoßen?«, fragte Wärmland nach. »Sie können sich sicher vorstellen, dass ich auf glühenden Kohlen sitze, seit mein Junge weg ist. Trotzdem muss ich mich natürlich an die Regeln halten. Sie kennen die Bonner Verhältnisse und haben vielleicht einen Rat für mich, wenn sich etwas Konkretes ergibt.«

»Was auch immer ich tun kann in der Sache, ich helfe Ihnen gern weiter. Um wen dreht es sich?«

»Der Mann heißt Georg Johnson, er lebt seit Dezember oder schon etwas länger wieder in Deutschland. Er hatte in England seinen Namen den dortigen Schreibweisen angepasst und aus Herrn Johnsen mit E einen Mr. Johnson mit O gemacht. Wir haben leider nicht mal ein Foto von dem Mann«, gestand Wärmland. »Ohne wird es allerdings schwer, in der Nachbarschaft Auskünfte zu bekommen.«

»Haben Sie denn nichts mehr aus der Zeit seiner Verurteilung? Als Krimineller hatte er doch eine Akte?«

»Nein, leider nicht«, entgegnete Wärmland. »Johnson hat es als einziger bisher unbescholtener Bürger in meine Hitliste geschafft. Er ist nach meiner Erfahrung ein aufbrausender, hasserfüllter Mensch, der mit einer persönlichen Niederlage nicht umgehen kann. Aber es hat vor seinem Umzug nach England nie eine Festnahme gegeben.«

»Persönliche Feinde können aber durchaus genauso bösartig wie professionelle Straftäter sein – wenn nicht gar schlimmer. Ich drücke Ihnen jedenfalls beide Daumen, dass Sie Ihren Jungen bald wiederfinden. Sie bekommen ein Foto für Ihre Ermittlung, ich kümmere mich sofort darum. Als Rückkehrer aus dem Ausland müsste er von der Stadt neue Papiere bekommen haben, als er sein Dottendorfer Domizil bezog und Bonner wurde. Wie wäre es, wenn ich Ihnen zwei Fotos rüberbringen lasse, eines für Sie und eines für Ihre Kollegin? Ich würde ja gern selbst kommen, aber ich gebe gleich so eine hausinterne Unterrichtsstunde für junge Kollegen. Die kann ich nicht mehr abblasen.«

Wärmland dankte Werner sehr für das spontane Hilfsangebot und verabschiedete sich. Er empfand eine gewisse Erleichterung darüber, in Werner erneut einen verlässlichen Mitstreiter zu haben, der vielleicht auch noch in anderen Zusammenhängen helfen konnte.

Er ging zurück zum Supermarkt und erzählte Regine Nau von seinem Gespräch.

»Und er wollte gar nicht wissen, wie die private Drohung zustande gekommen ist?«

»Nein, er hat es dabei bewenden lassen.«

»Er scheint ein guter Kollege zu sein.«

»Das ist er«, bestätigte Wärmland. »Ich bin sehr froh, dass wir ihn im Hintergrund haben.«

Eine halbe Stunde später nahm Wärmland am in der Nähe gelegenen Hindenburgplatz zwei Fotos aus den Händen eines Polizeibeamten entgegen, der mit einem neutralen Fahrzeug vorbeigekommen war. Offenbar hatte ihn Werner angewiesen, kein Aufsehen zu erregen, falls Johnson tatsächlich etwas zu verbergen hatte und auf Polizeifahrzeuge in seinem Umfeld womöglich mit größerer Aufmerksamkeit reagierte.

»Das war vielleicht etwas übervorsichtig«, meinte Wärmland zu Nau. »Aber schaden tut es auf keinen Fall.«

Erkundigungen in der Öffentlichkeit zu einem Verdächtigen einzuziehen, der sich noch in Freiheit befand und sein gewohntes Leben führte, war eine heikle Angelegenheit, insbesondere in dessen unmittelbarem Lebensumfeld. Man durfte gegenüber den Befragten keine konkreten Angaben machen oder gar Schuldvermutungen oder Tatvorwürfe äußern. Die Gefahr war groß, dass der Verdächtige von den Befragten darüber in Kenntnis gesetzt wurde, dass sich jemand nach ihm erkundigt hatte. Was eine massive Gefährdung der Ermittlung herbeiführen könnte, also genau das Gegenteil vom Ziel einer Befragung.

Sie mussten daher sehr sensibel und behutsam vorgehen und das Ganze möglichst harmlos aussehen lassen. Wärmland und Nau waren sich dessen bewusst, und Wärmland entschied, dass sie sich trennen sollten. Ein Auftreten als Ermittlerduo würde dem Ganzen nur noch mehr unerwünschte Aufmerksamkeit zukommen lassen.

Nau fiel die Befragung im REWE-Markt zu. Der wurde ihr von Wärmland überlassen, weil sie meinte, durch einen früheren Aushilfsjob bei einem REWE-Händler kleine interne Vorkenntnisse zu haben. Das schien ein nicht allzu markanter Vorteil zu sein, aber vielleicht ergab sich daraus ein kleiner Pluspunkt. Außerdem sollte sie in der Kessenicher Straße weitere Geschäfte ansteuern. Wärmland würde sich indes in der weiteren Umgebung umschauen. In Richtung Kessenich hatten sie bei der Vorbeifahrt ein richtiges kleines Geschäftszentrum und eine Tankstelle gesehen, die aufzusuchen sich lohnen könnte.

Eine Stunde lang wollten sie sich so in Johnsons Umgebung ein erstes Bild verschaffen, um vielleicht auf etwas zu stoßen, was sie weiterbringen konnte.

Wärmland steuerte zunächst einmal die Tankstelle auf der Ostseite der Hausdorffstraße an. Dann ging er in das große Fitnesscenter gegenüber dem Lidl-Markt und abschließend in den Lidl selbst. Er schaffte es noch bis zur Pützstraße. Vor dem Geldautomaten im Vorraum der Raiffeisenbank wurde ihm wieder schwarz vor Augen. Als er dort kurz in der Hocke verweilte, kam eine besorgte Angestellte aus der Bank und erkundigte sich nach seinem Befinden. Nachdem er sie beruhigen und sich wieder erheben konnte, brach er seine Exkursion ab und ging zurück in Richtung Lidl-Markt. Er war schon beinahe daran vorbei, da besann er sich und ging noch kurz in die Buchhandlung Jost, wo er sich nach einem Taschenbuch der englischen Autorin Rosamunde Pilcher umschaute, die in Wärmlands Mutter einen großen Fan hatte. Da er sich dann aber eingestehen musste, dass er gar nicht wusste, welche der vielen Titel dieser Autorin sie bereits hatte, brach er seinen Besuch ohne einen Kauf wieder ab.

Nachdem Wärmland und Nau sich wiedergetroffen und in der ruhigen, oberen Etage des Café Voigt je ein Stück Kuchen und einen Kaffee vor sich stehen hatten, begannen sie mit dem Austausch ihrer Ergebnisse. Wärmland hatte leider nichts über Johnson in Erfahrung bringen können, Regine Nau dagegen berichtete, dass diverse Personen, mit denen sie gesprochen hatte, Johnson wiedererkannt hatten.

»Wenn wir statt auf Details zunächst mal auf das große Ganze schauen, dann stellt sich doch vor allem eine Frage: Gab es etwas, was auf eine Abweichung eines normalen, üblichen Lebensmusters hindeutet?«, begann Wärmland.

»Dazu passt eine der Beobachtungen«, meinte Nau gut gestimmt. »Es hat den Anschein, dass dieser Johnson für einen allein stehenden Single ziemlich viel einkauft.«

»Vielleicht kriegt er ja oft Besuch«, gab Wärmland zu bedenken. »Wir wissen noch nicht viel über das, was er grundsätzlich alles treibt.«

»Das stimmt«, erwiderte Nau. »Aber wenn man Freunde bewirtet, hat man doch nicht immer gleich ein gesamtes Menü, sondern auch mal nur ein paar Kräcker oder Salzstangen oder Popcorn da.«

Wärmland nickte. »Und weiter?«

»Also, die Marktleiterin hat offenbar ein sehr gutes Personengedächtnis und sitzt auch immer wieder mal an der Kasse, daher konnte sie beobachten, dass sich bei Johnson in letzter Zeit etwas Grundlegendes verändert hat.«

»Was meinte sie denn damit?«

»Es sind nicht nur die ganz normalen Dinge des täglichen Gebrauchs, deren Konsum sich deutlich gesteigert hat.«

»Sondern?«

»In seinen Einkäufen waren in letzter Zeit wohl ein paar Dinge, die nicht zu den alltäglichen Dingen im Leben eines Mannes gehören.«

»Ach«, sagte Wärmland verdutzt und fing an zu überlegen.

»Na ja, es gibt doch so ganz spezielle Artikel, die nur für Frauen wichtig sind«, druckste sie herum.

»Ist er vielleicht nach einer uns noch nicht bekannten Geschlechtsumwandlung zur Frau geworden?«, erkundigte sich Wärmland mit einer Portion Skepsis.

»Daran kann ich nicht so recht glauben«, widersprach Regine Nau schmunzelnd. »Dass ein Mann in dem Fall einen Fundus an Frauensachen bei sich hat, mag sein. Aber dass er regelmäßig Binden und Tampons kauft – also, das eher nicht.«

»Da muss ich wohl zustimmen«, gab Wärmland enttäuscht zu. »Und es ist auch nichts, was zu Stefan passen würde. Vielleicht sind wir ja auf der falschen Spur. Wenn Sie erfahren hätten, dass er seit einer Woche besonders viel Jugendlichennahrung wie Chips oder Chicken-Wings gekauft hat, also Naturkost für Spätpubertäre … aber so passt es ja gar nicht.«

»Das muss aber nicht unbedingt was heißen. Die Verkäuferin hat schließlich gesagt, dass er in letzter Zeit auch deutlich mehr Essen kauft als zuvor. Wie ein Mann, der plötzlich Familie hat.«

»Das ist allerdings etwas eigenartig, oder?«, meinte Wärmland. »Womöglich hat er ja eine Komplizin.«

»Vielleicht sollten wir noch ein paar zusätzliche Eindrücke sammeln.«

»Wir sollten versuchen, auch noch seine soziale Umgebung anzuzapfen. Obwohl ich es hasse, so herumzuschnüffeln, wenn man jemandem noch keine konkrete Schuld zuweisen kann. Aber ohne das werden wir nicht weiterkommen.«

Nau nickte zustimmend. Sie beendeten den Kriegsrat und machten sich auf den Rückweg zum unmittelbaren Wohnumfeld Johnsons.

Nach einer knappen Stunde war das Misstrauen in ihre Zielperson noch einmal gewachsen. Johnson hatte sich seinen Nachbarn gegenüber verschlossen und wortkarg gezeigt. Niemand konnte von einem netten Wort berichten, das er oder sie mit Mr. England ausgetauscht hatte. »Verstockt« und »eigenbrötlerisch« waren Vokabeln, die man mit ihm in Verbindung brachte.

Eine ältere Dame aus einem schräg gegenüberliegenden Haus hatte ganz besonderes Missfallen geäußert. Sie behauptete, Johnson habe irgendein düsteres Geheimnis. Die Mutter habe sie ja akzeptiert, obwohl auch sie eine etwas von der Normalität abweichende Person gewesen sei. Frau Johnsen hatte wohl in früheren Jahren eine Zeit lang in Indien gelebt und irgendeinem exotischen Glauben angehangen. Nichts, was nach Dottendorf gepasst hätte jedenfalls. Auch sie habe ein eher zurückgezogenes Leben geführt und sei den Nachbarn aus dem Weg gegangen. Ihr Sohn habe dem Ganzen allerdings eine besondere Qualität verliehen, indem er mit einer Mischung aus mürrischem Gehabe und Schweigsamkeit den Anschein erweckt habe, sein Leben verbergen zu wollen.

»Also irgendwie ein Heimlichtuer«, meinte Wärmland. »Das allein ist nicht sehr aussagekräftig. Eine undefinierte Beschreibung, die aus Antipathie erwächst, man kennt das ja. Was hilft uns das?«

Regine Nau zuckte mit den Schultern. »Das mit den Frauensachen lässt mir jedenfalls keine Ruhe«, betonte sie noch einmal. »Das ist doch nicht normal.«

»Es ist wirklich etwas sonderbar«, bestätigte Wärmland. »Zumal niemand irgendetwas davon bemerkt haben will, dass er des Öfteren Frauenbesuch hatte. Aber dafür kriegen wir von keinem Richter oder Staatsanwalt einen Durchsuchungsbeschluss.«

»Was sagt Ihnen Ihr Gefühl, Chef? Denken Sie, dass dieser Mann Ihren Sohn in seinem Haus festhält?«, wollte Regine Nau von ihm wissen.

Wärmland schaute sie mit großen Augen an. »Wenn Sie mich so direkt fragen, muss ich leider auch ganz direkt Nein sagen. Aber ich weiß nicht, ob ich der Richtige bin, um das zu beurteilen. Wie gern hätte ich einen inneren Sensor, der mich durch alle Mauern hindurch die Nähe meines Sohnes spüren lässt. Doch so etwas gibt es wohl nicht. Jetzt jedenfalls ist da kein leises, inneres Vibrieren oder leichtes Herzbeben – nichts.«

»Dann haben wir nichts in der Hand, womit wir weiterkommen könnten«, resümierte Nau, die einen enttäuschten Tonfall nicht verbergen konnte.

»Nein, nichts, was einer Spur ähnelt«, bestätigte Wärmland niedergeschlagen.

»Es tut mir leid«, meinte Nau, und es kam von Herzen. Sie schien sich eine konkrete Spur ebenso sehr gewünscht zu haben wie Wärmland.

»Schon gut, Sie können ja nichts dafür.«

Den größten Teil der Strecke nach Mayen fuhren sie schweigend und hingen ihren Gedanken nach. Wärmland sprach insgeheim mit Stefan, ermahnte ihn, durchzuhalten, und beteuerte, dass er unablässig dranbleiben werde, dass Stefan die Hoffnung nicht aufgeben solle und er ihn sehr lieb habe. Kurz vor der Abfahrt Mendig konnte er sich nicht mehr zusammenreißen. Er schluchzte völlig unkontrolliert los und erschreckte Nau damit zutiefst. Mit großen Augen sah sie zu ihm herüber. Sie hatte sich jedoch gleich wieder im Griff und tröstete ihn, der nun weinte wie ein Kind, so gut es ihr eben möglich war.

»Wir werden ihn finden«, sagte sie mit fester Stimme, und es klang, als glaubte sie wirklich daran. Doch Wärmland wusste, tief in sich drin spürte auch sie Zweifel.

Um sein Herz zu schonen, das mit argem Unwohlsein um Entlastung bettelte, hatte Wärmland seinen Arbeitstag nach einer längeren Telefonkonferenz mit Trobisch – der Kalenbach-Neffe war noch immer nicht nach Hause zurückgekehrt, und auch die Anweisungen zur Lösegeldübergabe ließen weiter auf sich warten – früher als gewöhnlich beendet. Zu Hause stellte er sich gerade lust- und appetitlos der Frage, ob er sich eine Tiefkühlpizza Funghi oder Mista machen sollte, als Werner anrief, der wissen wollte, wie Wärmland in Dottendorf vorangekommen war. Er zeigte sich betroffen von der Erkenntnis, dass Wärmland quasi mit leeren Händen nach Hause gefahren war.

»So ungern ich Halunken in unserer Stadt haben mag – in Ihrem Fall hätte es mich gefreut, wenn sich eine konkrete Spur ergeben hätte, die Sie zu Ihrem Jungen führt.«

»Es ist das alte Spiel, Herr Kollege. Immer wieder zeigen sich vielversprechende Ansätze oder Ideen, aber dann löst sich alles in nichts auf, und man fängt wieder von vorn an.«

»Und es gibt wirklich keine Hinweise darauf, dass er ihren Sohn als unfreiwilligen Gast bei sich versteckt? Keine Nachbarn, die etwas gesehen haben – wirklich gar nichts?« Werner klang erschüttert ob dieser Perspektivlosigkeit.

»Niemand will etwas gesehen haben. Aber Johnson legt es wohl auch darauf an, dass man nicht viel von ihm mitbekommt. Meine Mitarbeiterin findet allerdings suspekt, dass er offenbar immer wieder bestimmte Artikel erwirbt, die nur Frauen benötigen.«

»Das ist ja eigenartig«, sagte Werner überrascht. »Der Singlemann, der er zu sein scheint, und dann das. Haben Sie eine Interpretation dazu?«

»Man könnte auf die Idee kommen, der Kerl sei nach einer Geschlechtsumwandlung in England wieder heimgekehrt. Ist vielleicht was Psychologisches, dann auch die passenden Hygieneartikel zu kaufen, selbst wenn man sie nicht wirklich benötigt. Allerdings hatte der so, wie ich ihn damals erlebt habe, niemals das Gefühl, im Körper einer Frau zu stecken. Das scheidet meiner Meinung nach aus. Er bleibt also ein Mann, der regelmäßig Binden und Tampons kauft und den Kontakt zu seiner Umgebung meidet.«

»Das ist noch nicht strafbar«, meinte Werner. »Aber es gefällt mir nicht. Wo hat er denn Ihrer Meinung nach überwiegend eingekauft?«

»In einem REWE-Markt in der Pleimestraße. Die Marktleiterin mit dem Namen Karasowa konnte sich ganz gut an ihn erinnern. Die kannte auch seine Essgewohnheiten.«

»Essgewohnheiten«, hakte Werner nach. »Versucht er, die feine englische Küche nachzukochen?«

»Das wohl nicht«, wehrte Wärmland ab. »Anscheinend viel asiatisches Zeug, so mit Reis und Gemüse und entsprechendem Würzzeug.«

»Und das ist nicht zufällig genau die Linie Ihres Sohnes?«, wollte Werner wissen.

»Hin und wieder, aber nicht als Dauerfutter. Da ist Stefan eher wechselhaft wie seine Mutter – Pizza, Paella, indisches Curryhuhn und so weiter.«

»Schade, ich hatte Ihnen den Ermittlungsdurchbruch gewünscht, aber danach sieht es im Augenblick gar nicht aus.«

»Nein, leider nicht«, musste Wärmland eingestehen. »Damit treten wir wieder mal auf der Stelle. Das dürfte nicht sein, uns läuft förmlich die Zeit davon.«

»Ich hoffe, dass es nicht so ist. Wenn ich Ihnen noch in irgendeiner Sache helfen kann, melden Sie sich bitte.«

Wärmland dankte Werner, und sie beendeten das Gespräch. Dann rief er bei Dr. Conrad an und log ihm, wie schon an den vergangenen beiden Abenden, vor, es gehe ihm den Umständen entsprechend wirklich sehr gut, ehe er die Pizza Pizza sein ließ und erschöpft auf scin Bett fiel. Eine Weile lag er mit geschlossenen Augen da und spürte dem Rasen seines Herzens nach. Er zwang sich, alle Gedanken möglichst auszublenden, bis er schließlich in einen unruhigen Schlaf fiel.

Als am nächsten Morgen das Telefon klingelte, war Wärmland sehr überrascht, bereits nach so kurzer Zeit wieder den Bonner Kollegen am Apparat zu haben.

Werner kam ohne lange Vorrede zur Sache. »Wir gehen rein!«, sagte er knapp.

Wärmland konnte das nicht sofort zuordnen. »Wo rein?«

»Wir besuchen Ihren Freund Mr. Johnson. Ich wollte es Ihnen sagen, falls Sie dabei sein wollen – nur so für alle Fälle.«

Jetzt verstand Wärmland.

»Sie haben einen Durchsuchungsbeschluss? Was hat meinem Lieblings-Engländer denn Ihre besondere Aufmerksamkeit eingebracht?«, wollte er wissen.

»Das haben Sie zu verantworten«, erwiderte Werner. »Ihre scheinbar nicht weiterführende kleine Ermittlung hat mir zu denken gegeben, und schließlich ist mir ein Licht aufgegangen.«

»Ach ja? Im Hinblick auf was genau?«

»Hygieneartikel und asiatisches Essen. Sie werden sofort verstehen, wenn ich Ihnen sage, dass wir hier den Fall zweier junger vermisster indonesischer Touristinnen haben. Vor fünf Wochen sind sie von der Bildfläche verschwunden. Wir vermuteten Menschenhandel und Prostitution. Es gab allerdings keinerlei Anhaltspunkte, wer dahinterstecken könnte, bis Sie uns besucht haben.«

»Die Einkäufe von Johnson waren für die beiden Indonesierinnen«, stellte Wärmland fest.

»Genau. Das vermuten wir zumindest. Zu meiner Schande muss ich gestehen, dass ich erst zehn Minuten nach unserem Gespräch eins und eins zusammengezählt hatte. Jetzt sind wir so weit, dass wir dem Herrn mal auf den Zahn fühlen können. Der Staatsanwalt hat sich erweichen lassen.«

»Ich drücke Ihnen die Daumen. Vielleicht kommen zumindest Sie dadurch etwas weiter, auch wenn er dann wohl nichts mit meinem Sohn zu tun hat.«

»Wer weiß? Ich dachte, ich sage Ihnen trotzdem Bescheid und lade Sie ein, falls Sie noch einen kleinen Rest Hoffnung haben, dass Ihr Junge ebenfalls bei Johnsen sein könnte.«

»Wann beginnt denn Ihre Party?«, wollte Wärmland wissen.

»Heute Mittag um zwölf. Ganz dem Western-Klassiker verpflichtet.«

»Ich komme«, sagte Wärmland kurz entschlossen. Johnsen hatte ihn so lange und intensiv beschäftigt, dass er dem spontanen Impuls nicht widerstehen konnte. So viele Jahre hatte er nur gehofft, nie wieder etwas von diesem aggressiven Mann zu hören. Aber vielleicht war es an der Zeit, die alte Bekanntschaft aufzufrischen. Nicht zuletzt, weil Wärmland noch ein winziges Fünkchen Hoffnung in sich hatte, dass Stefan vielleicht doch in diesem Haus zu finden war.

DREIZEHN

Es war ein eigenartiger Sommer bisher – ohne eine nennenswerte längere Schönwetterperiode. Stattdessen wechselten sich wie in einem zu warmen April die Regenfronten und Sonnenphasen ab, immer wieder durchsetzt von Gewitterzellen. Als Wärmland in Mayen gestartet war, hatte es für einen Moment nach Besserung ausgesehen, aber nun lagen wieder schwere Wolken auf der Eifel. Das Wetter blieb seinem Motto treu und sandte neue Regenlasten aus Frankreich und Belgien herüber.

Wärmlands Lieblingsausblick von der Brohlbrücke der A 61 nach Westen zur Burg Olbrück bekam so zumindest eine spannende neue, geradezu bedrohlich mystische Ausstrahlung. Es schien, als wollte eine schwarzblaue Wolkenwalze die immerhin bis sechshundert Meter hohen Gipfel unter sich begraben und alles einebnen, was sich ihr in den Weg stellte.

Bevor Wärmland den Bausenberg erreichte, sah er im letzten Moment der freien Sicht gen Westen einen Blitz zur Erde hinabzucken. Wie konnte es sein, dass dieser Film jetzt noch einmal ablief? Den Blitz hatte dort doch auch schon seine Kollegin Nau gesehen, gerade erst bei ihrer gemeinsamen Fahrt nach Bonn. Wie war es möglich, dass sich zweimal hintereinander ein solches Phänomen an derselben Stelle zeigte? Oder hatte er sich das gerade eben nur auf Basis seiner Erinnerung eingebildet? Vielleicht fange ich auch an durchzudrehen, dachte Wärmland. Und dann empfand er es als besonders bitter, dass er allein unterwegs war und sich ihm ungewollt solch starke Bilder aufdrängten, wie er sie doch sonst so gerne mit Stefan teilte auf ihren gemeinsamen Wanderungen und Fahrten.

Er schüttelte das ab und sah jetzt in Gedanken schon die Situation vor sich, da sie an Johnsons Tür klopfen würden, sah Johnson selbst, und stellte sich den Moment vor, in dem dieser ihn wiedererkennen würde. Es würde gewiss ein unangenehmer Augenblick sein, nichts, worauf er sich freuen konnte. Aber er wollte es gern in Kauf nehmen, weil er noch immer eine winzige

Chance sah, dass der Ex seiner Ex-Affäre seinen Jungen bei sich hatte. Vielleicht war das Einkaufen von sehr frauentypischen Artikeln ja nur ein Ablenkungsmanöver, welcher Art auch immer. Vielleicht hatte er ja einkalkuliert, dass man in seinem unmittelbaren Lebensumfeld Erkundigungen über ihn einziehen würde, und Artikel, die auf häufig wiederkehrende Damenbesuche hinwiesen, beförderten eher nicht den Verdacht, dass er als Alleinlebender einen jungen Mann gefangen hielt. Das hielt Wärmlands Hoffnung am Leben, dass er vielleicht doch kurz davorstand, seinen Jungen zu finden. Werners Theorie wog allerdings schwerer, die Einkäufe passten zu einer Entführung der beiden asiatischen Frauen. Aber manchmal war die sich am Ende zeigende Lösung eben doch nicht die zuvor als am wahrscheinlichsten angenommene.

Wärmland fuhr über die A 555 in die Stadt hinunter, nahm die Ausfahrt Poppelsdorf und folgte der Reuterstraße bis zur Hausdorffstraße. Diesmal wusste er genau, wie er zur Kessenicher Straße zu fahren hatte. Allerdings wollte er nicht unmittelbar zum Haus von Johnson, sondern sich zuvor mit Hauptkommissar Werner treffen. Der hatte ihm eine Nachricht geschickt, dass er im Café Voigt auf ihn wartete.

Die beiden Männer begrüßten sich herzlich

»Sie glauben also tatsächlich, dass er die beiden Asiatinnen kassiert hat?«, fragte Wärmland, als er sich setzte.

»Sowohl ich als auch die Kollegen waren von dieser Überlegung sehr angetan – und nicht nur wir, sonst hätten wir den Gerichtsbeschluss zur Hausdurchsuchung nicht erhalten.«

»Es freut mich, dass ich mich etwas nützlich machen konnte«, erwiderte Wärmland mit einem verhaltenen Lächeln. Er wünschte sich nur, dass ihm die Bonner Kollegen Gleiches mit Gleichem vergelten und ihm voller Dankbarkeit den Entführer von Stefan in die Arme treiben würden. Aber noch stand ja das Ergebnis des Hausbesuchs bei Johnson aus.

»Meine Kollegen sagen, ich hätte ein gutes Gespür für anstehende Ereignisse. Und ich sage Ihnen, ich glaube, dass wir bei diesem Herrn etwas finden werden. Das könnten im schlechtesten Fall natürlich auch ein paar illegal gehaltene Krokodile sein, die er mit Damenbinden in Asiasoße füttert. Aber vielleicht ist es auch mehr.«

Wärmland konnte sich ein Schmunzeln nicht verkneifen. »Dann droht ihm allerdings nur eine Geldstrafe wegen nicht artgerechter Tierhaltung. Für eine Abschiebung nach Nordkorea wird es wohl leider nicht reichen.«

Werner stutzte. »Sie scheinen wirklich nicht sehr angetan zu sein von unserem Freund, dass sie ihn gleich komplett loswerden wollen.«

Wärmland zuckte mit den Schultern. »Vielleicht haben Sie ja gleich selbst das Vergnügen. Er war jedenfalls mal ein äußerst unangenehmer Mensch, Typ Amokläufer wegen Nichtigkeiten.«

»Na, das ist genau das, was ich mir gern als Kontrastprogramm gönne. Meine Frau ist viel zu lieb zu mir. Da atme ich regelrecht auf, wenn mir mal ein Arschloch begegnet. Das gibt insgesamt eine genau passende Mischung.«

»Sie werden Ihre Überdosis Liebreiz von daheim vermutlich bald mit einer erfrischenden Portion Soziopathenverhalten dämpfen können.«

»Ich kann es kaum erwarten«, antwortete Werner in einer Art, als hätte man ihm den Genuss eines besonderen Rotweinjahrgangs in Aussicht gestellt.

Zwei Stunden später stand Wärmland in größerer Gesellschaft vor Johnsons Haus. Außer Werner waren noch drei weitere Kommissare mit von der Partie, darunter eine Hauptkommissarin, deren Attraktivität Wärmland unter anderen Umständen sicher deutlicher wahrgenommen hätte. So war er ganz bei der eigentlichen Sache, und die begann damit, dass der jüngste der Beamten die Klingel betätigte. Nach zwanzig Sekunden drückte der junge Kollege noch einmal auf den Klingelknopf. Weitere zwanzig Sekunden geschah nichts. Die Kollegen tauschten schon beunruhigte Blicke aus, als von drinnen ein Geräusch zu hören war.

Die massive, dunkelgrün gestrichene Holztür wurde einen Spalt weit geöffnet.

»Sind Sie Herr Johnson, ehemals Johnsen?«, sprach Werner die entscheidende Frage aus.

»Wer will das wissen?«, fragte der Mann hinter der Tür in einem gereizten Tonfall.

»Die Polizei Bonn, Herr Johnson. Wir haben einen Hausdurchsuchungsbeschluss.«

An dieser Stelle schlug Johnson kommentarlos die Tür zu. Das Team war zwar ein wenig überrascht über diese kleine Abweichung vom Idealfahrplan, aber nicht unvorbereitet.

Werner hämmerte noch einmal etwas deutlicher gegen die Tür. »Machen Sie sofort auf, Herr Johnson! Wir haben das richterlich eingeräumte Recht, Ihr Haus zu betreten und zu durchsuchen. Wenn Sie nicht sofort öffnen, werden wir uns mit Gewalt Zutritt verschaffen.«

Nichts geschah. Werners Geduld war damit aufgebraucht, und er nickte dem Kollegen mit dem kleinen, handlichen Rammbock zu. Der holte ein klein wenig aus und traf die Tür knapp unterhalb des Türknopfes. Das Holz war massiv, doch das Schloss nicht geeignet, diesem Stoß standzuhalten. Das Holz um die Halterung herum splitterte, und die Tür war offen. Jetzt stand das Team jedoch vor der Frage, mit welcher Art von Gegenwehr sie nun wohl zu rechnen haben würden, denn nach Johnsons Flucht ins Hausinnere mussten sie nun mit vorgehaltener Waffe Raum um Raum betreten und sichern, stets darauf gefasst, dass der Hauseigentümer irgendwo auf sie lauerte, womöglich bewaffnet.

Werner hatte nur noch ein Mittel, die Sache einigermaßen risikofrei abzuhandeln.

»Herr Johnson, dies ist eine legitime Hausdurchsuchung und kein Überfall«, rief er laut und vernehmlich ins Haus hinein. »Wir fordern Sie auf, umgehend Ihren Widerstand aufzugeben und sich kooperativ zu verhalten. Sie machen es nur noch schlimmer, wenn Sie uns nicht unterstützen.«

Es gab weder eine Antwort noch ein Geräusch, das auf eine Reaktion des Mannes schließen ließ.

»Also dann doch die harte Tour«, meinte Werner missgestimmt und warf Wärmland einen Blick zu.

Der zuckte mit den Achseln. »Zumindest hat er Ihnen bisher seine unangenehm ausfallende Art erspart. Das hat was für sich, glauben Sie mir.«

Wärmlands Antwort schien Werner nicht unbedingt aufzuheitern, und sie ersparte ihnen auch nicht den nun folgenden Ablauf. Zunächst bewegten sie sich, einander gegenseitig sichernd, im Erdgeschoss von Raum zu Raum. Johnson hatte das Haus anscheinend nicht verlassen. Die Hintertür war geschlossen, aber nicht abgeschlossen, doch der Garten dahinter war übersichtlich und bot kein Versteck. Er wurde nach hinten von einer Mauer und seitlich durch einen hohen Zaun begrenzt. Hier vermuteten die Polizisten keinen Fluchtweg.

Einer von Werners Kollegen blieb mit gezogener Waffe unten im Hausflur stehen, während die beiden anderen die Treppe hinaufstiegen. Das Haus hatte noch ein Vollstockwerk und ein Dachgeschoss. Einen weiteren Ausgang gab es nicht, aber einen Keller. Wärmland fragte sich, was Johnson damit bezweckte, sich vor der schon im Haus befindlichen Polizei zu verstecken. Es war doch nur eine Frage der Zeit, bis sie auf ihn stoßen würden. Was hätte er dann gewonnen außer etwas Zeit? Er hatte auf diese Frage nur eine Antwort: Johnson hatte etwas zu verbergen und war gerade dabei, Spuren zu verwischen. Das war in der Regel der Grund, warum sich jemand bei einer Hausdurchsuchung nicht sofort dem normalen Ablauf ergab. Wärmland hatte das schon öfter erlebt, und nun bot Johnson dieses Szenario ebenfalls an. Damit stieg die Spannung in den Maximalbereich. Es ging nun nicht mehr nur um die Wiederauffindung des Hauseigentümers, sondern auch um das durch sein Handeln bestätigte Geheimnis desselben. Was würden sie in diesem Haus finden? Zwei verängstigte Asiatinnen? Oder vielleicht gar seinen Jungen?

Werner nickte Wärmland zu. »Wollen wir mal runter in den Weinkeller und uns einen guten Schluck aussuchen?« Er klang angespannt, war aber immer noch locker genug für einen kleinen Scherz.

»Ich glaube nicht, dass er meinen provenzalischen Lieblingstropfen eingelagert hat. Dem traue ich höchstens ein paar mittelprächtige Jahrgänge englischen Weinessigs zu«, antwortete Wärmland, der noch viel angespannter war als Werner, verkniffen.

»Dann gehen wir der Sache doch mal auf den Grund«, sagte

Werner und öffnete die Kellertür. Das Betätigen des Lichtschalters brachte nur ein schwaches Aufleuchten weiter unten zustande.

Sie warteten einen Augenblick, bis sich ihre Augen an das schummerige Licht im Kellerabgang gewöhnt hatten. Dann stiegen sie mit vorgehaltenen Waffen hinab. Werner ging voran. Es war seine Untersuchung, auch wenn Wärmland ein gewaltiges Motiv hatte, hier zu sein und hinter Johnsons Fassade zu schauen.

Die alte Holztreppe endete in einem kleinen Vorraum, von dem zwei Korridore abgingen. Wieder eine Hürde mehr, diese Zweiteilung. Sie mussten sich trennen. Es gab keine Spuren am Boden, die darauf hingedeutet hätten, welchen Gang Johnson genommen hatte. Wärmland und Werner verständigten sich darauf, dass Wärmland an der Biegung stehen blieb und Werner allein in den südlichen Gang hineinging.

Wärmland horchte angespannt in die unheimliche Stille des Kellers. Ihm war nicht wohl zumute, aber Werner ging es offenbar nicht besser. Er setzte langsam einen Fuß vor den anderen und bewegte sich äußerst vorsichtig in den nur etwa fünf Meter tiefen Gang hinein, zu dessen beiden Seiten durch Holzlatten abgetrennte Bereiche abgingen, die anscheinend mit allerlei Sperrmüll gefüllt waren.

»Nicht schießen«, klang es auf einmal dumpf aus dem linken Verschlag, in dem Johnson kauernd auf seine Auffindung gewartet hatte.

»Kommen Sie mit erhobenen Händen raus, Herr Johnson«, forderte Werner ihn auf. »Ich will Ihre Hände sehen.«

»Ist ja gut, ist ja gut«, gab sich Johnson gefällig. »Ich komme und hab die Hände oben, wie Sie es wollen.« Er richtete sich auf und kam hinter einem Stapel alter Umzugskartons zum Vorschein.

»Und lassen Sie die Hände oben«, warnte ihn Werner. »Sie hätten sich und uns diesen Ausflug in dieses dunkle Loch wirklich ersparen können.«

Johnson trat aus dem Verschlag in den Gang. Als er Wärmland in wenigen Metern Entfernung erblickte, flackerte sein Blick wie von einem bösen, inneren Feuer.

»Was macht denn der hier?«, zischte er wie ein Schlange, der man auf den Schwanz getreten hatte. »Der gehört doch nach Mainz, wenn ich mich nicht irre. Oder geben Sie hier Nachhilfekurse für mittelmäßige Bullen aus Rheinland-Pfalz?«

»Halten Sie Ihr Mundwerk im Zaum, Mr. Johnson, sonst leg ich Sie erst mal an die Kette. Was sollte diese unnötige Flucht? Sagen Sie mir das lieber mal«, verlangte Werner mit Schärfe in der Stimme.

»Ich war so erschrocken und dachte, dass Sie vielleicht welche von drüben sind«, presste Johnson hervor, seinen hasserfüllten Blick nicht von Wärmland lassend.

»Von drüben? Meinen Sie damit etwa England?«, fragte Werner nach.

»Natürlich England. Es ist nicht immer alles so gut gelaufen in meiner Zeit dort, ich hatte Ärger mit ein paar Kredithaien, zu denen ich dummerweise gegangen war. Ich konnte den geliehenen Betrag nicht zurückzahlen und bin etwas überstürzt hierher zurückgekommen, nachdem meine Mutter mir das Haus überlassen hatte.«

Schöne Geschichte, dachte Wärmland. Sehr plausibel und nachvollziehbar – so könnte es gewesen sein. Unsaubere Geldgeschäfte, das passte zu einem wie Johnson. Irgendwie kam ihm die Antwort aber so aufgesagt vor, so sauber und ordentlich rezitiert, als wäre es eine Passage aus einem Lied, das Johnson schon ein paarmal mitgesungen hatte.

»Und Sie haben geglaubt, dass wir als Geldeintreiber von drüben in lupenreinem Deutsch um Einlass ersuchen, indem wir uns als deutsche Polizei ausgeben?«

»Hätte doch sein können«, murrte Johnson. »Profis sind zu allem fähig. Die drüben könnten ja vielleicht auch Connections hierher haben und deutsches Personal einstellen, um ihre Forderungen einzutreiben. Ich hatte einen Mordsschiss.«

Er übertreibt eindeutig, dachte Wärmland, er lügt. »Was ist noch hier unten im Keller?«, fragte er aus einem Impuls heraus und sah, wie Johnson bei der Frage zuckte. Ins Schwarze getroffen, dachte Wärmland.

»Sie haben hier doch sicher gar nichts zu sagen«, raunzte Johnson ihn an und wandte sich mit bösem Blick an Werner. »Ihr Praktikant will Ihnen wohl die Sache aus der Hand nehmen.«

Wenn er angenommen hatte, so die beiden Polizisten gegeneinander aufbringen zu können, so hatte er sich natürlich geirrt.

»Wie wäre es, wenn Sie meinem lieben Kollegen einfach antworten würden, Mister Johnson, oder haben Sie etwas zu verbergen?«

»Unsinn, ich habe nichts zu verbergen. Ich bin auch bereit, ohne jede Gegenwehr mit Ihnen nach oben oder auf das Revier zu kommen, wenn Sie sonst noch Fragen haben«, beeilte sich Johnson zu erwidern und machte Anstalten, nach oben zu gehen.

»Aber warum denn so eilig?«, widersprach Werner. »Wo wir schon mal da sind, könnten Sie uns doch vielleicht eine kleine Führung durch das Haus anbieten.« Er hielt Johnson den Durchsuchungsbeschluss vor die Nase.

Oben an der Kellertür erschien einer der anderen Beamten. »Wir sind durch«, rief er hinunter. »Das Haus ist sauber, also mal abgesehen von der einen oder anderen Staublage und dem Chaos auf dem Dachboden.«

»Wir sind hier unten dem Eigentümer begegnet«, gab Werner süffisant zurück. »Er erwägt noch eine kleine Führung durch die von uns bisher nicht eingesehenen unteren Räumlichkeiten. Wir kommen hoch, sobald wir so weit sind.«

Mit einem gemurmelten »Okay« verschwand der Beamte von der Kellertür.

»Was ist hier noch zu finden, hier in dem längeren Gang?«, wollte Wärmland wissen.

»Ach, nur alter Kram, was man im Keller halt so rumstehen hat«, erwiderte Johnson mit einer deutlichen Prise Nervosität.

»Na, dann werfen wir doch mal einen Blick darauf«, nahm Werner den Faden auf. »Mein Kollege und ich sind große Flohmarktfans und stehen total auf Altes und Vergessenes aus alten Kellern. Gehen Sie voran!«

Johnson zögerte einen Augenblick, ehe er sich in Bewegung setzte. Wärmland und Werner steckten ihre Waffen nicht weg, denn die Situation war nicht völlig geklärt.

Sie folgten Johnson in den Gang, in dem eine schwach leuchtende Glühbirne von der Decke hing. Auch hier lag jeweils ein Verschlag zu beiden Seiten des Ganges, gefüllt mit ähnlich wertvollem Material wie zuvor schon von Wärmland gesehen. Dieser Gang war jedoch ein ganzes Stück länger als der vorherige, was wohl damit zu tun haben musste, dass das Haus etwas tiefer als breit war. Am Ende des Ganges stand ein Holzregal, in dessen Fächern ein wildes Durcheinander von Kartons und Aktenordnern untergebracht war. Das mutete angesichts der sonstigen Ausstattungsmerkmale des Kellers etwas befremdlich an. Es passte nicht so recht ins Ambiente.

Werner zückte eine kleine Stabtaschenlampe, die ein erstaunlich helles Licht produzierte, und inspizierte das Regal.

Bei genauerem Hinsehen erwiesen sich sowohl die Aktenordner als auch die Kartons als leer.

»Mr. Johnson, ist das hier ihr Büro?«, wollte Werner wissen. »Dann sind Sie bestimmt noch in der frühen Gründungsphase – so ganz ohne Inhalte.« Sein Zynismus ätzte Löcher in den Boden.

»Meine beruflichen Aktivitäten gehen Sie überhaupt nichts an«, gab Johnson zurück. »Und wenn Scheiße drin wäre, wäre das auch okay.«

»Sie hätten besser Scheiße reingetan. Dann würden wir vielleicht etwas mehr Abstand halten. Was sicherlich ganz in Ihrem Sinne wäre.«

»Was soll das jetzt heißen?«

Werner leuchtete mit seinem Miniaturscheinwerfer auf den Boden. »Ich meine, dass Sie hinter diesem Regal etwas verbergen, Herr Johnson. Und was könnte das wohl sein?« Sein Ton wurde eisig.

»Ich verberge nichts, gar nichts«, widersprach Johnson.

Wärmland hatte auch gesehen, was Werner gesehen hatte: Schleifspuren, die durch das Wegziehen des Regals von der Wand und durch das Wiederdranschieben entstanden sein mussten.

Wärmland und Werner hatten ihre Waffen bisher nach unten, in Richtung Boden gesenkt, gehalten. Jetzt hob Werner sie neben sein Gesicht, die Mündung zur Decke, damit Johnson noch einmal deutlicher bewusst wurde, dass sie nicht zum Kaffeetrinken in den Keller gegangen waren.

»Entfernen Sie das Regal von der Wand.«

»Dazu habe ich keinen Grund«, grunzte Johnson aggressiv, aber auch nervöser als zuvor.

»Unser Hausdurchsuchungsbeschluss betrifft alles in Ihrem Haus und auf Ihrem Grundstück, und wenn Sie jetzt nicht mitspielen, legt Ihnen mein Kollege Handschellen an, und dann sehen wir weiter.«

Wärmland und Werner waren nicht so ganz gefasst auf das, was nun kam: Johnson preschte plötzlich zwischen ihnen hindurch und hastete zur Treppe.

Die beiden Kollegen blieben ruhig und auch etwas belustigt stehen und lauschten, bis sie das Poltern, Stöhnen und die Schimpftirade Johnsons hörten.

»Na also – geht doch«, kommentierte Werner den Vorgang, zu dessen Abrundung ein Kollege von oben den Kopf durch die Kellertür steckte und rief: »Wir haben ihn. Wart ihr etwa nicht nett zu ihm?«

»Wir haben uns redlich bemüht«, rief Werner zurück. »Aber er hat weiter gefremdelt, und irgendwie haben wir nicht den richtigen Zugang zueinander gefunden.« Er schaute Wärmland an. »Lassen Sie uns *jetzt* den richtigen Zugang finden.«

Wärmland packte die linke Seite des etwa einen Meter breiten Regals und hob sie an. Sie war nicht schwer, und er konnte das Regal ohne Weiteres nach vorn und rechts schwenken. Eine Stahltür kam dahinter zum Vorschein. Wärmlands Puls, der ohnehin weit über dem normalen Alltagsmodus gearbeitet hatte, kletterte noch weiter nach oben. Da war dieses eigenartige Gefühl der Unsicherheit, das sich direkt vor der Entdeckung der Wahrheit einstellte: Was würden sie hinter der Tür vorfinden? Vor welcher Wahrheit standen sie?

Wärmland betätigte ohne Erfolg die Türklinke. »So ein Mist«, fluchte er ungeduldig. »Wir müssen sie wohl noch mal zurückholen, unsere englische Kellerassel.«

»Vielleicht brauchen wir das nicht«, meinte Werner. »Womöglich ist der Schlüssel ganz nah, irgendwo hier bei der Tür. Der mag es doch sicher bequem und wird kaum riskieren, den Schlüssel außerhalb vom Haus zu verlieren.

Wärmland nickte und begann, die leeren Aktenordner zu bewegen. In der obersten Regalreihe fand er nichts, auch nicht in zwei leeren Kartons.

Verärgert schlug er mit der Faust gegen die Tür.

Wärmland erstarrte, als er von drinnen einen gedämpften Ruf vernahm. Stefan, war sein erster Gedanke. Er hämmerte noch einmal gegen die Tür, doch die in ihm aufkeimende Hoffnung zerplatzte im Bruchteil einer Sekunde, als Werner und er eine lautere Erwiderung hörten – es waren zwei Stimmen. Obwohl die massive Tür anscheinend schallgedämpft war, konnte man doch erkennen, dass es sich um zwei weibliche Stimmen handelte.

Werner hatte recht, dachte Wärmland. Sie waren auf die beiden vermissten Frauen gestoßen. Er konnte sich am Erfolg des Kollegen jedoch nicht in vollem Umfang freuen. Die Woge der Enttäuschung übermannte ihn dafür umso mehr. Er konnte sich nicht beherrschen und schlug heftig mit der Faust gegen das Regal. Ein Karton und einige Ordner fielen zu Boden. In dem Karton, dessen Deckel verrutscht war, lag ein schwarzer länglicher Gegenstand. Ein Gerät mit einem Ende, das Stromschläge austeilte. Beiden Männern war klar, was das bedeutete.

Höchstwahrscheinlich hatte Johnson diesen Elektroschocker mitgenommen, wenn er den Bereich hinter der Stahltür betrat. Entweder als Drohung oder für den tatsächlichen Einsatz gegen seine Gefangenen.

Und noch etwas war auf den Kellerboden gefallen: In der Verriegelung des einen Ordners, der beim Sturz aus dem Regal aufgeklappt war, hing ein Schlüsselring mit einem Schlüssel.

Bingo!

Werner bückte sich und nahm den Schlüssel an sich, dann steckte er ihn ins Schloss. Er zog vorsichtig am Knauf, bis die Tür einen schmalen Spalt weit offen war.

»German police«, rief er laut durch den Türspalt. *»We are here to help you. Do you understand me?«*

»Yes söa, wi antastänt!«, antwortete eine Stimme in gebrochenem Englisch.

Werner trat einen halben Schritt zurück und zog die Tür weiter auf.

Zwei asiatisch aussehende junge Frauen standen ein paar Meter entfernt ängstlich aneinandergedrängt im Raum und hielten sich an den Händen.

»*Don't be afraid*«, sagte Werner beschwichtigend. »*You're safe now. The man who kidnapped you is in our custody.*«

Die beiden jungen Frauen fielen sich in die Arme und schluchzten drauflos, als ihnen bewusst wurde, dass sie kurz davor standen, wieder in ein normales Leben zurückzukehren.

Werners Kollegin kam nach unten, um die beiden körperlich anscheinend unversehrten Frauen aus dem Keller ins Freie und zu einem der Dienstwagen zu begleiten. Wärmland und Werner gingen unterdessen nach oben und stellten sich vor Johnson, der, von den beiden männlichen Kollegen bewacht, in der Küche auf einem Stuhl saß.

Werner bedachte Johnson mit einem Blick, mit dem man an windstillen Tagen ein Lagerfeuer entzünden könnte. »Sie sind festgenommen wegen des Verdachts der Entführung, der Freiheitsberaubung und des Missbrauchs zweier Frauen. Kollege Gossow, bringen Sie den Mann in den Wagen, damit seine Opfer ihn nicht noch einmal sehen müssen, wenn sie jetzt nach oben kommen.«

Handschellen hatte Johnson schon um. Das hinderte ihn aber nicht daran, seinen Mund zu öffnen, um zu protestieren. Doch Wärmland reagierte schnell.

»Halt bloß dein dummes Maul«, zischte er zu seiner eigenen und zu Werners Überraschung, »sonst stopf ich es mit meiner Waffe. Die kann nicht nur prima Löcher schießen, sondern fast noch besser Zähne ausschlagen.«

Johnson schnappte nach Luft, gab aber noch nicht auf. »Wegen der Bemerkung werde ich Sie anzeigen, verlassen Sie sich darauf«, drohte er empört.

»Hat hier irgendjemand den Hauptkommissar Wärmland etwas sagen hören?«, wollte Werner von seinen beiden Kollegen wissen.

»Gesagt? Was denn?«, fragte der eine.

»Er hat doch gar nichts gesagt«, ergänzte der andere.

Werner nickte den Kollegen zu, und sie nahmen Johnson mit nach draußen, um ihn in ihr Fahrzeug zu verfrachten.

Es war nun Zeit für Wärmland, sich zu verabschieden. Er drückte Werners Hand ganz fest und bedankte sich.

»Danke, dass Sie mit dabei waren«, entgegnete Werner. »Ich kann mir vorstellen, dass es eine große Enttäuschung für Sie war, dass wir Ihren Jungen nicht da unten gefunden haben. Ich wünsche Ihnen von ganzem Herzen, dass Ihr Tag noch kommt. Geben Sie die Hoffnung nicht auf. Sicher wartet Ihr Junge tapfer auf Sie.«

»Danke. Ich heiße übrigens Jan.«

»Hartmut«, erwiderte Werner und umarmte Wärmland zu dessen Überraschung.

Als Wärmland das Haus verließ und auf die Straße trat, kreisten seine Gedanken hartnäckig um einen bestimmten Punkt: Die beiden jungen Frauen waren vor gut fünf Wochen entführt worden und immer noch in relativ guter körperlicher und geistiger Verfassung. Die Schwere des Traumas, das sie sicherlich erlitten hatten, konnte Wärmland nicht ermessen, aber sie lebten noch, und Stefan war erst vor einer Woche entführt worden – warum sollte sein Junge also nicht ebenfalls noch leben? Vielleicht war er deshalb Zeuge dieser Befreiung geworden, um zu erkennen, dass Hoffnung nicht vergebens war. Hartmut hatte recht: Stefan wartete irgendwo auf ihn, und er durfte nicht aufhören, nach ihm zu suchen.

»Keine Sorge, mein Lieber. Ich bleibe dran, bis ich dich gefunden habe«, murmelte er. Dann ging er zu seinem Wagen, den er auf dem großen Lidl-Parkplatz beim Café Voigt abgestellt hatte. Er setzte sich hinein und blieb eine Weile reglos sitzen, während er spürte, wie sein Herz stolperte und wie krank er war. Er fühlte sich ausgebrannt, und zwar im wörtlichen Sinn, so als habe er nur eine wunde Höhle an der Stelle, wo sein Herz sein sollte.

Konnte er nicht doch noch irgendwie an etwas Positives denken, in einer Zeit, in der er durch die Hölle ging? Aber wie sollte ihm so etwas gelingen? Einfach mal einen längeren Moment nicht auf die mögliche Katastrophe vor Augen schauen, den entsetzlichen Kummer einfach mal nicht fühlen? Gab es nicht irgendeine Umgebung, in der ihm zur Abwechslung mal eine schöne Wahrnehmung gelingen konnte?

Der Botanische Garten kam Wärmland in den Sinn. Dort hatte er schon öfter Zeit und Raum zum Abschalten und Entspannen gefunden, allerdings unter ganz anderen Umständen. Wenn er bei früheren Aufenthalten in Bonn dorthin gefahren war – meist nach einem Besuch in der Rechtsmedizin –, hatte es sich um Mordfälle gehandelt, die nichts mit seinem eigenen, privaten Leben zu tun gehabt hatten. Es hatte immer eine gewisse Distanz gegeben. An etwas anderes als den Vermisstenfall seines Sohnes denken zu können war inzwischen kaum noch irgendwo möglich. Zu sehr bohrte sich das Gefühl von Verlust durch Körper und Seele. Aber Wärmland glaubte, dass ein neuer Versuch zumindest geeignet sein könnte, seine Akkus ein klein wenig aufzuladen, gerade weil ihm das zuletzt kaum gelungen war.

Er wollte also versuchen, im Botanischen Garten ein klein wenig Ruhe und Frieden zu finden.

Er fand einen Parkplatz am Beginn der Nußallee, die an der Nordostseite des Gartens von der Meckenheimer Allee abging.

Als er vor dem Eingang zum Gartengelände stand, erinnerte er sich an den letzten gemeinsamen Besuch mit Stefan. An einem eher trüben Tag vor etwa einem Jahr hatten sie hier die blühenden Rhododendron-Büsche bewundert.

Wärmland schlenderte am ersten der künstlich angelegten Teiche vorbei, der völlig in Stein gefasst war und in dem unzählige kleine Fische ahnungslos ihrem feuchten Fischleben frönten. Ohne irgendeinen Gedanken an einen abendlichen Graureiher, der die ruhige Zeit nach Gartenschließung für seine Zwecke nutzen könnte.

Auf sämtlichen Bänken saßen Menschen, mal eine Studentin mit Buch oder Laptop, mal ein paar ältere Damen, die in ein Gespräch vertieft waren. Keine der anwesenden Personen schien eine große psychische Last mit sich herumzutragen.

Wärmland bog nach links ab, um in den Gartenteil hinter dem Poppelsdorfer Schloss zu gelangen. Auf dem Weg zwischen dem kleinen Wäldchen mit dem Mammutbaum und dem Blütenpflanzenareal, in dessen Mitte sich das kreisrunde Becken mit kleineren Wasserpflanzen befand, ging er in Richtung des großen Weihers, der sich im Süden des Parks erstreckte und mit seinem östlichen Zipfel bis zum Beginn der Poppelsdorfer Allee reichte.

Die Fontäne in der Teichmitte blies das Wasser rund zehn Meter in die Höhe. Der östliche Wind trieb die feinen Wassertröpfchen vor sich her bis zum Ufer. Wärmland blieb unschlüssig stehen. Was hatte er gehofft, hier zu finden? Linderung? Erlösung durch einen Engel, der wie von Geisterhand neben ihm auftauchte, um ihm zu sagen, dass der Spuk nun ein Ende habe und sein Sohn in Koblenz auf ihn wartete?

Wärmland ging kopfschüttelnd weiter. Galt es schon als therapeutischer Erfolg, wenn man plötzlich auf blöde Gedanken kam und von Erlösung und Befreiung phantasierte? Ihm fiel der kleine Eidechsenhügel auf der anderen Seite des Blütenpflanzenareals ein. Bei diesem Wetter würden die Minidrachen sicher draußen auf den Felsblöcken oder zumindest im Schatten der Vorsprünge liegen. Er wandte sich nach links, um dem Teichufer ein Stück zu folgen, bevor er bald wieder nach links abbiegen musste. Als er noch einmal nach rechts zur Fontäne schaute, sah er, dass eine Frau vom Südufer des Teichs zu ihm herüberwinkte. Sie hatte wohl auf einer der beiden Bänke gesessen, die dort wunderbar beschattet den schönsten Ausblick im ganzen Garten boten: über die spiegelnde Wasserfläche hinweg auf das im Hintergrund liegende Schloss. Er stutzte und schaute sich um, um festzustellen, ob da noch jemand war, dem ihr Winken gelten konnte – das schien aber nicht der Fall zu sein. Zunächst etwas zögerlich ging er um den Teich herum auf sie zu.

Er erkannte sie nicht sofort, denn Ariane Aldenhoven trug nicht nur eine große Sonnenbrille, sondern auch kurze Haare. Sie hatte lange Haare gehabt, als sie sich zweimal in verschiedenen Jahren begegnet waren. Kennengelernt hatte er sie bei einem schweren Verkehrsunfall, bei dem sie sich als Krankenschwester und er als Polizist um ein auf der Straße liegendes Opfer gekümmert hatten.

Auch bei ihrer zweiten Begegnung vor vier Jahren hatte sie ihr braunes Haar offen und lang getragen. Jetzt hatte sie eine Kurzhaarfrisur, die ihr eine sportlich-junge Ausstrahlung verlieh.

Sie begrüßte ihn mit Küsschen rechts und links und strahlte

Wärmland ganz erfreut an. Dieses Lächeln, das Wärmland eine wohltuende Wärme spüren ließ, währte jedoch nicht lange. Sie sah ihm in die Augen und erkannte, dass etwas ganz und gar nicht in Ordnung mit ihm war. Schon sein Aussehen war ja ein deutliches Signal für alle, die ihn in einem normalen Lebensabschnitt kannten, dass Wärmland gerade eine große Krise durchlitt. Das eingefallene Gesicht und die ungewöhnlich tief in den Augenhöhlen liegenden Augen mit den dunklen Ringen, die durch seinen blassen Teint noch mehr hervorgerufen wurden, waren ein unübersehbarer Hinweis, natürlich vor allem für eine Frau, die beruflich tagtäglich vielen kranken Menschen begegnete.

»Jan, was ist passiert?«, fragte sie sofort. »Sie sehen sehr mitgenommen aus.«

»Total beschissen«, hätte sie auch sagen können, dachte Wärmland. Er hätte es als Kompliment durchgehen lassen.

»Mein Sohn ist entführt worden. Stefan ist fort!«

»Um Gottes willen, was sagen Sie da?« Mit vor Schreck weit aufgerissenen Augen starrte sie ihn an. »So etwas Schlimmes müssen Sie aushalten? Jetzt verstehe ich, warum Sie so krank aussehen. Sie müssen ja furchtbar leiden.«

Wärmland fühlte sich von ihren Worten sehr berührt. Es tat ihm gut, dass jemand so mit ihm sprach. Alle, die ihn kannten und ihm nahestanden, hatten in den Tagen seit Stefans Verschwinden versucht, etwas Tröstliches oder Nettes zu sagen, aber es hatte ihn kaum einmal tiefer erreicht, sondern war wie an einem zu harten Panzer aus Verzweiflung abgeprallt. Ariane aber hatte irgendwo dazwischen eine winzige Lücke entdeckt und war bis in sein Inneres vorgedrungen, nur mit diesen wenigen Worten.

Wärmland konnte sich einiger Tränen nicht erwehren, aber er kämpfte dagegen an, weil er dieser Frau gegenüber keine solche Schwäche offenbaren wollte.

»Lassen Sie Ihren Schmerz nur zu, lieber Jan«, sagte sie verständnisvoll. »Das ist völlig in Ordnung. Sie sollten es rauslassen, damit der Kummer Sie nicht erdrücken kann. Ihr Sohn braucht doch einen Vater, der ihn noch suchen und finden kann, nicht wahr?«

Sie brachte es genau auf den Punkt.

Wärmland nickte. »Sie haben recht. Damit habe ich mich bis jetzt auch immer wieder ein Stück aus dem Sumpf gezogen, aber da wir bisher mit unseren Ermittlungen nicht entscheidend vorangekommen sind, bin ich manchmal der Verzweiflung sehr nahe. Die Ungewissheit ist so entsetzlich … nicht zu wissen, wo er ist und wie es ihm geht …« Er unterbrach sich für einen Moment. »Und nicht zu wissen, ob er noch lebt«, ergänzte er dann mit schmerzvoll verzogenem Gesicht.

»Ich darf gar nicht daran denken, wie es wäre, wenn mir das mit einem meiner Mädchen passieren würde«, sagte Ariane leise und in sich gekehrt. »Es ist ganz furchtbar, aber ich würde auch bis zuletzt daran festhalten, dass ich mein Kind wiederbekommen werde. Das tun Sie doch sicher auch? Sie müssen das tun, allein schon, weil Ihr Sohn sich das wünscht.« Sie hatte ihre Stimme leicht gehoben, um dem Gesagten Nachdruck zu verleihen

Als Wärmland tapfer nickte, bat sie ihn, ihr zu erzählen, was er erzählen wollte, und so fasste er die Ereignisse der vergangenen Tage seit der Entdeckung des Fingers für sie zusammen. Sie schüttelte immer wieder den Kopf, weil es so unglaublich war, was sie zu hören bekam.

Schließlich nahm sie seine Hände in ihre und schaute ihm fest in die Augen. »Sie dürfen nicht aufhören, daran zu glauben, dass Sie Stefan wiederkriegen! Versprechen Sie mir das bitte.«

Wärmland fühlte sich ein wenig wie ein kleiner Junge, dem seine Mutter ein Versprechen abringen wollte. Geh niemals hinaus auf das Eis, denn es trägt dein Gewicht vielleicht nicht. Wenn du einbrichst, verlieren wir uns, ich verliere dich … und du verlierst Stefan –

»Jan?«

Wärmland zuckte etwas zusammen, weil er einen kurzen Augenblick abgedriftet war. »Entschuldigung«, sagte er. »Ich bin immer müde, und meine Gedanken springen von einer Sache zur nächsten. Sie haben recht, ich verspreche es Ihnen, und ich danke Ihnen. Sie haben mir in einem wichtigen Moment sehr weitergeholfen.«

»Ach, das war gar nichts«, wehrte sie ab. »Wir sind Eltern und sollten uns gegenseitig beistehen.«

Wärmland fiel auf, dass es bis jetzt nur um ihn gegangen war. Als er sie nach ihren Töchtern fragte, antwortete sie mit einem knappen »Denen geht es zum Glück sehr gut, keine Sorge«, dann musste sie sich verabschieden, weil sie noch mit ihrer Mutter verabredet war, die aber ihr Handy nie in Betrieb hatte. So konnte sie keine Verspätungsmeldung durchgeben.

Sie umarmte Wärmland herzlich, gab ihm ihr Kärtchen und forderte ihn auf, sich zu melden, wenn er jemanden zum Reden brauchte. Dann war sie weg. Er saß allein auf der Bank mit dem wunderschönen Blick auf das Schloss.

Sie ist eine ganz Liebe, dachte Wärmland und erinnerte sich an ihre letzten Begegnungen. Er hatte auch damals schon wahrgenommen, dass sie ein sehr mitfühlender Mensch war, dem die Familie sehr viel bedeutete. Er nahm sich vor, sie spätestens bei seinem nächsten emotionalen Einbruch anzurufen. Sie hatte so etwas Heilendes an sich, etwas, was sich gut anfühlte.

Irgendwann stand er auf und schlenderte langsam zu seinem Wagen. Dabei stellte er erstaunt fest, dass ihm der Besuch im Botanischen Garten durch die unverhoffte Begegnung mit Ariane Aldenhoven tatsächlich etwas Erleichterung und Trost verschafft hatte.

Wärmland entschied sich, statt nach Hause nach Koblenz ins Präsidium zu fahren. Sven Trobisch war am Morgen mit einem Kollegen nach Bruchsal aufgebrochen, um persönlich mit Kalenbach zu sprechen und herauszufinden, was es mit dessen Neffen Gunnar auf sich hatte, der seit vorgestern Abend einfach nicht aufzutreiben war. Es war wie verhext, dass sie in diesem Fall gleich drei Männer nicht finden konnten. Schaupp war entkommen, sein Untertauchen hatte niemanden verwundert. Aber dass Scheffler nicht mehr in seiner Wohnung auftauchte und dann auch noch der Neffe des mehrfachen Mörders Kalenbach von der Bildfläche verschwand, legte ihnen bei der Suche nach Stefan immer wieder zusätzliche Steine in den Weg. Riesenbrocken, um genau zu sein.

Für die rund zweihundert Kilometer bis Bruchsal musste man rund zwei Stunden Fahrtzeit einkalkulieren. Vor Ort kamen etwa eine bis eineinhalb Stunden Aufenthalt hinzu. Inzwischen war es zehn vor drei, und da Trobisch um neun losgefahren war, konnte Wärmland davon ausgehen, dass er ihn in Koblenz antreffen würde. Bevor er losfuhr, wollte er aber noch bei Ursula anrufen.

Auch heute war seine Ex-Frau wieder sehr gefasst und erkundigte sich nach dem Stand der Ermittlungen. Inzwischen hatten sie durch ihre regelmäßigen Telefonate fast schon so etwas wie eine kleine Routine entwickelt. Wärmland erzählte ihr von dem Erfolg des Tages und betonte, dass, nachdem die beiden jungen Frauen ihre wochenlange Geiselhaft gut überstanden hatten, auch Stefan eine womöglich noch größere Chance hatte, unbeschadet aus der ganzen Sache hervorzugehen. Ursula nahm diese Perspektive positiv zur Kenntnis, und sie verabschiedeten sich. Dann fuhr Wärmland nach Koblenz.

Im Präsidium erfuhr er von Trobisch, dass durch dessen Besuch in der JVA der Verbleib von Gunnar Kalenbach aufgeklärt werden konnte. Der alte Kalenbach hatte zunächst nichts zur Sache sagen wollen. Als Trobisch ihm jedoch vor Augen führte, wie sehr er sich um eine Verschlechterung des Lebens von Neffe Gunnar bemühen würde, wenn er nichts über dessen Verbleib erführe, rückte er mit der Sprache raus. Dabei stellte sich heraus, dass der jüngere Kalenbach mit einer Frau am Gardasee unterwegs war. Trobisch hatte daraufhin nicht nur mit Gunnar Kalenbach per Handy telefoniert, sondern auch mit der Dame an seiner Seite, einer alten Schulfreundin, die anscheinend ein Herz für therapiebedürftige Kinderpornokonsumenten hatte.

Damit war der alte Kalenbach als Strippenzieher einer Entführung in der Hierarchie der Verdächtigen weit zurückgefallen, denn er hatte ja laut JVA-Leitung keine weiteren sozialen Kontakte nach draußen, auch nicht über Telefon oder Internet.

Wärmland war ehrlich froh, dass er seinen Sohn nicht länger in den Händen des Handlangers eines von ihm inhaftierten Mehrfachmörders halbwüchsiger junger Männer vermuten musste.

Nach einem kurzen Abstecher zu seiner Mutter, die unter Einfluss der Stabilisierung ihrer Ex-Schwiegertochter inzwischen ebenfalls etwas gefasster wirkte, kehrte er schließlich nach Mayen zurück.

Zu Hause schaltete Wärmland den Fernseher ein, ein Politmagazin, das sich, wie es in diesen Tagen häufig vorkam, mit Flüchtlingsfragen und dem neuen amerikanischen Präsidenten Trump und dessen politischem Gebaren beschäftigte. Ihm waren diese Fragen inzwischen weit entrückt. »Zu viele Menschen« war nicht sein Thema. Ein fehlender Mensch umso mehr. Er schaltete auf einen Dokumentarfilm um, der sich mit der Bedeutung der Wälder für die Erde beschäftigte. Das würde auch Stefan interessieren, dachte er und fühlte wieder den Schmerz, der ihn seit jenem Abend begleitete. Sein Telefon läutete.

»Ariane, guten Abend, Jan. Ich hoffe, ich störe Sie nicht«, hörte er sie sagen.

»Nein, nein, ich schau nur ein bisschen fern, nichts von Bedeutung und sicher auch in der Mediathek zu finden. Das ist ja eine schöne Überraschung.« Wärmland freute sich sehr.

»Ich habe Ihre Nummer noch im Verzeichnis gefunden und dachte, ruf doch einfach mal an. Gibt es schon etwas Neues?«

Wärmland verneinte.

Wieder fand sie gute Worte, um seine Hoffnung zu stärken.

Diesmal war Wärmland etwas wacher und fragte sie danach, wie sich ihr Leben so entwickelt hatte. Völlig überraschend erfuhr er nun von ihr, dass ihr Mann, der sie und die Töchter vorübergehend verlassen hatte und dann wieder zurückgekehrt war, vor etwas mehr als einem Jahr bei einem Verkehrsunfall ums Leben gekommen war. Wärmland konnte nun noch mehr ihr Verständnis für seine Situation nachvollziehen, und er fühlte sich ihr noch verbundener. Doch dieser Schicksalsschlag war nicht die einzige Änderung in ihrem Leben. Sie war mit ihrer jüngeren Tochter nach deren Abi von Koblenz in die Nähe ihrer Mutter, nach Bonn, gezogen. Dort hatte das Mädchen einen Studienplatz in Physik erhalten. Bonn passte geografisch gleichzeitig auch noch etwas besser zum Studienstandort der älteren Tochter, die an der RWTH in Aachen ein Elektrotechnik-Studium absolvierte.

Wärmland war dann nicht überrascht, als sie ihn nach seinen sonstigen Lebensumständen und seinem Beziehungsstatus fragte. Sie hörte aufmerksam zu, und ab und zu hakte sie nach. Er fühlte sich wohl damit, ihr von diesem jüngsten Teil seiner Biografie erzählen zu können. Wieder spendete sie ihm tröstende, aufbauende Worte.

Als sie das Gespräch beendeten, hatte Wärmland nach Wochen der immer größer werdenden Qual zum ersten Mal wieder das Gefühl, möglicherweise etwas dazugewonnen zu haben: eine Freundschaft mit einer Frau, ganz frei von Beziehungskram. Einfach eine ehrliche, mitfühlende Freundschaft im besten Sinne.

An diesem Abend ging Wärmland mit einem besseren Gefühl ins Bett als an den Abenden zuvor.

VIERZEHN

Jörg Wärmland war stinksauer. Der Scheißkerl hatte ihn abgezockt und hinters Licht geführt. Von wegen »netter Kumpel«. Wie konnte es nur sein, dass er nicht schon früher misstrauisch geworden war? Er hätte doch irgendwann mal wahrnehmen müssen, dass er ein Mittel zum Zweck war, dass er ausgehorcht wurde. Hatte er in den nordschwedischen Wäldern vielleicht seine Menschenkenntnis eingebüßt, dass er diesem Arschloch auf den Leim gegangen war?

Jörg hatte sich den klapprigen alten Polo eines Freundes ausgeliehen. Für einen in Köln lebenden Hartz-IV-Empfänger wie ihn hatte ein eigenes Auto nicht die höchste Priorität. Im Großraum Köln kam er mit öffentlichen Verkehrsmitteln überallhin, und er hatte in den beiden Jahren, seit er wieder in Deutschland war, einige Kölner kennengelernt, denen es wirtschaftlich viel besser ging als ihm und die dennoch auf einen eigenen Wagen verzichteten. Man konnte in dieser Stadt wirklich sehr gut ohne auskommen. Die Kosten für den Unterhalt waren ohnehin viel zu hoch und das Parken blanker Horror. Nein, einen eigenen Wagen vermisste er nicht. In Lappland war das ganz anders gewesen. Da benötigte man ein Auto, weil man aus den verstreuten Dörfern sonst kaum in die nächstgrößere Stadt gelangen konnte. Man fuhr dort für größere Einkäufe nicht selten hundertzwanzig Kilometer weit.

Als Jörg den Kleinwagen über die Kalenborner Höhe hinunter ins Ahrtal lenkte und in der Ferne die dunklen, waldbedeckten Kuppen des Eifeler Ahrgebirges sah, musste er unwillkürlich an seine frühere skandinavische Heimat denken. In Lappland hatte es außer Wald und Wasser nicht viel gegeben, aber er hatte dort wichtige Jahre verbracht, die ein unauslöschlicher Teil seines Lebens geworden waren – im Guten wie im Schlechten.

Er war angespannt ob der vor ihm liegenden Aufgabe. Ob er seinen Neffen an der betreffenden Stelle überhaupt finden würde, war mehr als fraglich, aber als würde sie benötigt, erwachte in ihm wieder die Erinnerung an die Begegnung mit dem Braunbären.

Damals war er an einem Spätsommertag in den lappländischen Bergen nahe Klimpfjäll unterwegs gewesen. Das kleine Dorf gehörte zur Gemeinde Vilhelmina, die südlich des Polarkreises lag. Östlich des Ortes hatte er seinen alten Volvo am Straßenrand abgestellt und war einem kaum sichtbaren Pfad in die Wildnis gefolgt. Nach etwas mehr als einer Stunde war er in den Büschen am Südhang eines rund tausenddreihundert Meter hohen Berges auf einen Bären gestoßen. Normalerweise war es nicht möglich, nah an diese Tiere heranzukommen, weil sie Menschen schon auf große Entfernung witterten und hörten. Selbst der in Schweden berühmte Natur- und Wildniskenner Edvin Nilsson hatte nur von einer einzigen unmittelbaren Begegnung mit einem Bären berichtet. So war es schon ungewöhnlich genug, dass kurz nach seiner Ankunft in Nordschweden vor ihm, dem ausgewanderten Deutschen aus dem Rheinland, ein Bär die Straße überquert hatte. Der war allerdings noch um die einhundertfünfzig Meter entfernt gewesen, und er hatte sicher in seinem Wagen gesessen. Jörg hatte wirklich nicht damit gerechnet, dass ihm das noch mal passieren würde – und dann sogar um ein Vielfaches intensiver. Nur noch ein Weidenbusch hatte ihn am Tag seiner Wanderung von dem rund zweihundertfünfzig Kilogramm schweren Raubtier getrennt. Er hatte sich furchtbar erschrocken, und auch der Bär wirkte überrascht, was erstaunlich war, wandte seinen Kopf in Jörgs Richtung und sog die Luft ein.

Im Angesicht der Gefahr hatte Jörg begonnen, die deutsche Nationalhymne zu singen – laut und deutlich. Nicht, dass er eine besonders nationale Gesinnung gehabt hätte, es war einfach das erste Lied gewesen, das ihm eingefallen war. Als der Bär nach Beendigung des Liedes immer noch unschlüssig stehen geblieben war, hatte Jörg begonnen, laut mit ihm zu sprechen.

»Pass mal auf, Bär, ich bin hier der Mensch. Das bedeutet, dass du jetzt schön brav kehrtmachst und dich trollst. Es ist genug Platz im Wald für uns beide, und du bist besser im Laufen als ich. Also such dir jetzt ganz hurtig eine bessere Stelle.«

Der Bär schien jedes Wort verstanden zu haben, er hatte eine fast vollständige Kehrtwende gemacht und war im Dickicht verschwunden.

Jörgs mulmiges Gefühl hatte ihn nicht sofort verlassen, obwohl vom Bären nichts mehr zu sehen war. Er wusste, dass Braunbären so schnell laufen konnten wie ein galoppierendes Pferd. Selbst wenn er sich rasch in die entgegengesetzte Richtung aufgemacht hätte, hätte ihn der Bär im Falle eines Gesinnungswandels und des aufkommenden Wunsches, über die Standortfrage neu zu verhandeln, schnell wieder einholen können. Schwitzend hatte er eine Weile abgewartet und schließlich den Rückzug angetreten, wobei er immer wieder mal einen Blick über die Schulter zurückgeworfen hatte. Erst an der ein gutes Stück höher gelegenen Baumgrenze hatte er sich wieder etwas sicherer gefühlt und seine Schritte westwärts über den Höhenrücken in Richtung der Straße gelenkt, von der er aufgebrochen war.

Diese Bärenbegegnung war sein letztes aufregendes Blind Date gewesen. Womöglich bis heute. Er hatte nämlich die Absicht, sich schon sehr bald ganz bewusst an ein Raubtier der anderen Art Bär anzuschleichen, ohne dass es etwas davon merkte. Dieser andere »Bär« würde ihn zum Glück nicht wittern können, obwohl er inzwischen stark transpirierte. Die Sonne heizte den schwarzen Polo gnadenlos auf, und Jörgs Nervosität tat ihr Übriges. Sein Deo schien ihm den Dienst zu versagen, wohl weil es mit dieser schwierigen Angstschweißmischung nicht zurechtkam.

Andererseits war das doch gar keine Angst, die er empfand. Oder wusste sein Unterbewusstsein mehr als sein bewusstes Selbst? Für Angst war es noch viel zu früh, er hatte schließlich einem echten Bären Paroli geboten. Typen wie er hatten keine Angst vor der Begegnung mit einem alten Bekannten. Es sei denn natürlich, er war ihm nicht wirklich bekannt und hatte eine Seite an sich, die zum Fürchten war …

Alles Quatsch, dachte Jörg aufbegehrend. Ich bin der Bärenmann, und er ist nur ein Ex-Sträfling mit blöden Tattoos auf den Unterarmen.

Von der Umgehungsstraße oberhalb von Altenahr schaute Jörg nach links auf die sich mächtig erhebenden Höhen, in die sich der kleine Fluss, die Ahr, hartnäckig eingegraben hatte. Es war ein tiefes, wunderbares Tal entstanden, in dem sich sogar südliche Reben wohlfühlten, in Steillagen, die einst als schroffe, scheinbar unfruchtbare Hänge in den Himmel gewachsen waren. Wären wir doch nur schon so weit, mit einem guten Roten auf die gelungene Mission anzustoßen, dachte Jörg. Aber bis dahin war es noch ein ziemliches Stück unbekannten Weges, vielleicht sogar ein gefährlicher Weg. Im schlimmsten Fall konnte es sein letzter sein.

Wie das Leben doch manchmal so spielte. Was vor ihm lag, zählte sicher zu den ungewöhnlicheren Umständen, unter denen sich ein Onkel und ein Neffe zum ersten Mal begegnen konnten. Aber vielleicht freute er sich ja zu früh. Möglicherweise trog ihn sein Instinkt, und dieser Mistkerl und der Junge waren gar nicht in dem alten Lokschuppen, den sein »Kumpel« mal erwähnt hatte, als er von seinem Faible für alte Loks erzählte. Wenn er mit dieser verlassenen Bahnanlage falschlag, war es durchaus möglich, dass er den Sohn seines jüngeren Bruders Jan nie kennenlernen würde.

Eines der goldenen rheinischen Grundgesetze des Lebens, das kölsche »Ett kütt, wie ett kütt«, fiel ihm ein. Wie konnte man sich nur so gleichmütig geben, wenn es auf Leben und Tod ging? Vor allem das nachfolgende »Ett hätt no immer joot jejange« brachte ihn auf. Man konnte kaum behaupten, dass nicht jeden Tag aufs Neue Hunderte, Tausende Menschen ihre Gesundheit, ihre Hoffnung oder gar ihr Leben verloren. Von denen würde sich wohl kaum einer zustimmend einem »Es ist noch immer gut gegangen« anschließen. Doch in seinem tiefsten Inneren bewunderte Jörg diese äußerst positive Grundhaltung, die einem vorzeitigen Pessimismus Paroli bot. Kurz vor dem Erreichen seines erklärten Ziels für heute hoffte er, dass genau dieses »joot jejange« auch für ihn gelten würde. Ein Zurück war jedenfalls ausgeschlossen.

Siedend heiß fiel ihm ein, dass er einen Teil seines kleinen Schlachtplanes auszuführen vergessen hatte: Er hatte seinen Bruder anrufen wollen, um ihm – erst relativ spät, damit dieser ihn nicht hinderte – mitzuteilen, wo er steckte und was er vorhatte, sodass Jan noch eine Chance hatte, als verstärkende Kavallerie und Reserve dazuzukommen.

Bis dahin sollte ihm sein Bruder allerdings nicht in die Quere kommen. Er allein wollte die Souveränität über die Befreiungsaktion behalten. Nur wäre es natürlich besser, er stünde für den

Fall, dass doch etwas schiefging, nicht ganz allein da. Er musste mit einigen unvorhergesehenen Ereignissen rechnen, falls die gewünschten Akteure denn überhaupt auf der von ihm erhofften Spielfläche anwesend waren.

Er konnte überhaupt nicht einschätzen, welches Aggressionspotenzial dieser Typ, den er in seiner Stammkneipe in Köln kennengelernt hatte, bei einem Aufeinandertreffen vielleicht entwickelte. Stefans Entführer könnte eine düstere, böse Seite offenbaren, die über das bisherige Format noch hinausging. Es konnte alles Mögliche geschehen.

Jörg hoffte inständig, dass ihn seine Intuition nicht trog und er es schaffen konnte, das Heldenstück »Jörg Wärmland rettet seinen Neffen« aufzuführen. Er brauchte diesen Erfolg, es wäre nicht auszuhalten, wenn er nicht in der Lage wäre, seinen Teil dazu beizutragen, dass Stefan gerettet wurde.

Angespannt schaute er auf die Uhr. Er hatte schon zu lange mit seinem Anruf gewartet. Jan wäre es jetzt kaum noch möglich, rechtzeitig in Kreuzberg zu sein. Damit hatte sein Masterplan einen ersten, nicht ganz unerheblichen Schwachpunkt. Zumal er außer Acht gelassen hatte, dass er seinen Bruder vielleicht nicht auf Anhieb erreichen würde. Im ungünstigen Fall würde er also ohne irgendwelche Hilfstruppen im Rücken allein dastehen. Was für ein törichter Fehler.

Er fuhr rechts ran und wählte die Handynummer, die Ulli ihm nach seiner Rückkehr nach Deutschland gegeben, die er aber noch nie benutzt hatte. Es läutete einige Male, und das Gespräch wurde angenommen.

Auf einen Anruf seines von ihm verachteten großen Bruders war Jan natürlich nicht gefasst gewesen. Seine Laune war sofort im Keller. »Was willst *du* denn? Ich habe gerade keine Zeit für die Betreuung unliebsamer Geschwister, wenn du verstehst, was ich meine«, polterte er unwirsch.

»Du solltest dich etwas beruhigen und mir einfach zuhören«, entgegnete Jörg. »Ich bin gerade auf dem Weg zu einem großen aufgelassenen Lokschuppen in Kreuzberg an der Ahr. Ich glaube, dass Stefan dort ist, aber ich habe keine Gewissheit.«

Für einen Moment blieb es still in der Leitung. »Was heißt

›bin auf dem Weg‹?«, bellte Wärmland gleich darauf zornig. »Du willst mir doch wohl hoffentlich nicht zu verstehen geben, dass du schon fast da bist, um einen Alleingang ohne mich und meine Leute hinzulegen.«

»Na ja, das ist im Grunde genau die Version, an die ich dachte«, antwortete Jörg lapidar.

Wie zu erwarten war, rastete sein Bruder aus. »Wie bitte? Bist du inzwischen völlig bescheuert? Wie kannst du nur an so was denken?«

»Warum nicht? Ich bin in Lappland oft allein auf der Jagd gewesen.«

»Das ist keine verdammte Elchjagd, mein lieber Bruder«, konterte Wärmland zynisch und böse. »Es geht um meinen Sohn, der sich in den Händen eines gefährlichen Verbrechers befindet. Wenn *der* auch dort ist, wird sich das als kein verdammtes Spiel, sondern echte, üble Realität herausstellen.«

»Ist ja gut, kleiner Bruder«, knurrte Jörg uneinsichtig. »Wenn ich den lieben Herrn Scheffler gleich wiedersehe, werde ich ihm sagen, was für eine schlechte Meinung du von ihm hast. Das wird ihn sicher sehr betrüben. Außerdem schlage ich vor, dass du dich schleunigst in einen fahrbaren Untersatz wirfst und dich auf den Weg machst. Gib die Bahnhofstraße in Altenahr-Kreuzberg in dein Navi ein und beeil dich. Dann kannst du hinter mir aufräumen, falls ich in dem Lokschuppen etwas in Unordnung bringen sollte.« Er drückte auf das rote Hörersymbol und beendete das Gespräch.

Nach brüderlichen Maßregelungen stand ihm nicht der Sinn. Ein sich ausweitender Streit in der Manier ihrer früheren Auseinandersetzungen wäre in dieser Situation niemandem von Nutzen, höchstens dem Entführer.

Wärmlands Atem ging schnell, als würde er joggen. Er war außer sich vor Empörung. Wie war sein Bruder nur auf die idiotische Idee gekommen, die Sache im Alleingang durchzuziehen? Und woher wusste Jörg, dass es sich beim Entführer um Scheffler handelte? Wieso kannte er diesen Namen? Der wusste doch gar nicht, auf was er sich da einließ! Ob Schaupp oder Scheffler, beide hatten ein hohes Gewaltpotenzial und waren überführte und verurteilte Mörder. Sie hatten in der harten Umwelt einer Justizvollzugsanstalt gelebt, in einem sozialen Biotop voller unterschwelliger, unterdrückter Gewalt und Kriminalität, zusammen mit einer Menge anderer brutaler Mörder. Und solchen Typen fühlte sich sein verblödeter Bruder gewachsen? Wärmland bekam eine gewaltige Angst. Das konnte so furchtbar schiefgehen. Wut und Verzweiflung mischten sich darunter, was Wärmland in einen hektischen Stresszustand versetzte und zu neuerlichen Herzrhythmusstörungen und Kurzatmigkeit führte.

Er legte das Telefon gar nicht erst aus der Hand, sondern rief sofort Regine Nau an.

»Bringen Sie Reuter und Nowak mit«, sagte er, nachdem er ihr mit knappen Worten genaue Anweisungen gegeben hatte. »Wir treffen uns unten am Wagen, mit den Schusswesten.«

Wärmland konnte sich ziemlich genau vorstellen, was in Jörgs Kopf vorging. Sicher hatte sich dieser verdammte Idiot erst so spät gemeldet, weil er verhindern wollte, dass er vor ihm ins Geschehen eingriff. So konnte er sich als Retter hervortun und den Helden spielen. Dieser Dummkopf könnte alles vermasseln, das Leben von Stefan geriet durch das eigenmächtige Handeln seines bescheuerten Bruders womöglich erst recht in Gefahr. Konnte der nicht einmal im Leben etwas richtig machen?

Bis nach Kreuzberg waren es zweiunddreißig Kilometer, für die laut Regine Nau eine Dreiviertelstunde zu veranschlagen war – hauptsächlich ging es über die A 61. Wärmland überließ Oberkommissar Reuter das Steuer. Während der Fahrt schwieg er und grübelte und spürte sein außer Kontrolle geratenes Herz.

Es war nicht zu fassen. Nach all den endlos langen Tagen des Hoffens und Bangens sollte das Schicksal seines Sohnes jetzt auf einmal in den Händen seines Bruders, *dieses* Bruders, liegen. Gerade ihm hatte er noch nie etwas Großes oder Gutes zugetraut. Es war zum Verzweifeln. So oft hatte er sich in den vergangenen Tagen ohnmächtig und handlungsunfähig gefühlt, und jetzt lähmte ausgerechnet sein unnützer Alkoholikerbruder ein zielgerichtetes Handeln und Eingreifen. Was musste er noch aushalten? Nahm das denn gar kein Ende mehr?

Was, wenn Jörg alles vermasselte, alles in eine unglückliche, tragische Richtung verschob? Er durfte sich ein solches Szenario gar nicht vorstellen, es war unerträglich. Ein Amateur jagte einen gefährlichen Profi, der bewiesen hatte, dass er zu einem Mord fähig war.

Was sollte Stefans Entführer davon abhalten, im Moment der Zuspitzung und Eskalation noch einmal zu töten? Und wer würde dann das Opfer sein? Sein Junge vielleicht oder Stefan *und* Jörg? Wärmland musste der Möglichkeit ins Gesicht sehen, dass er heute eventuell zwei Familienmitglieder verlieren würde. Der Verlust von Jörg wäre für ihn persönlich durchaus zu verkraften, aber nicht der von Stefan. Oh Gott, nur das nicht, nicht der kleine, blonde Bengel mit den Lockenhaaren, der sein Sohn vor wenigen Jahren noch gewesen war und von dem er im Büro ein Foto auf dem Schreibtisch stehen hatte, das in jenen glücklichen Tagen in Mainz aufgenommen worden war, als die Familie noch vereint gewesen war. Wie weit das doch inzwischen zurücklag. Wärmland fühlte sich so unendlich müde und wünschte sich nichts sehnlicher, als sich irgendwo hinzulegen und zu schlafen, bis dieser Alptraum ein Ende hatte und er mit den netten, freundlichen Worten »Herr Wärmland, wachen Sie auf! Sie haben nur schlecht geträumt, aber alles ist gut« geweckt wurde. Man würde ihm erklären, dass es nichts Schlimmes oder Bedrohliches gab – auch keine Entführung. Sein Sohn sei daheim bei seiner Mutter, und er werde zum Kaffee erwartet.

Jörg Wärmland bog vor dem letzten kleinen Tunnel nach rechts von der B 257 ab und überquerte den beschrankten Bahnüberweg in Kreuzberg. Jetzt musste er nach links in die Bahnhofstraße einbiegen.

Er dachte an den Mann, der ihn vor einigen Wochen in seiner Kölner Kneipe »Em Pitterstüffje« angesprochen hatte. Seit fast einem Jahr war die Kneipe Jörgs liebster Ort und gefragter Treffpunkt für ihn und andere Fußballfreunde, die überwiegend Anhänger der Kölner Geißböcke waren.

Als er vor etwa viereinhalb Jahren nach Köln gekommen war, weil er sich in der Nähe seiner Schwester Ulrike aufhalten wollte, war Jörg beileibe kein Fußballfan gewesen. Vor seinen Jahren in

Skandinavien hatte er ein Faible für Basketball gehabt. Im hohen Norden war er dann allerdings auf Eishockey umgeschwenkt und hatte aufmerksam die Spiele der schwedischen Liga verfolgt, ganz so, wie es ein ordentlicher Schwede zu tun pflegte. Gelegentlich war er mit einigen Kumpels aus Vilhelmina zu Spielen gefahren, nach Östersund oder noch weiter, zu »MODO Hockey« nach Örnsköldsvik an der Ostküste, die 2007 sogar Landesmeister geworden waren. Das waren gern genutzte Anlässe, um einmal aus den scheinbar endlosen nordschwedischen Wäldern rauszukommen und etwas anderes zu sehen als immer nur Fichten, Berge und Seen. In Örnsköldsvik gab es immerhin die Ostsee und viele Geschäfte. Ein bisschen auch das Feeling einer noch etwas größeren Welt. Ganz so, wie es in Küstenstädten mit ihren Häfen und dem Warenaustausch üblich war.

Nach zwei Tagen in der »großen« Stadt, die gerade mal ein Dreißigstel der Einwohnerzahl Kölns ihr Eigen nannte, war es dann aber auch wieder genug gewesen, und er hatte sich erneut in sein Bergdorf, nach Klimpfjäll, zurückgezogen.

Der Mann hatte am Tresen neben ihm gesessen und ihm ein Kölsch spendiert. Erst hatten sie sich über das Spiel der Geißböcke unterhalten, die an jenem Nachmittag einen 2:1-Sieg errungen hatten. Bald war das Gespräch persönlicher geworden, doch Jörg hatte sich nichts dabei gedacht. Es war schließlich normal, dass man auch mal nach dem Leben und der Familie seines Gegenübers fragte oder wie derjenige aufgewachsen war.

Bereitwillig hatte er von sich und den Geschwistern, dem engen Verhältnis zur Schwester und den andauernden Schwierigkeiten mit seinem jüngeren Bruder erzählt. Von seinen eigenen Unzulänglichkeiten und den Ereignissen, die ihn damals dazu bewogen hatten, fern von Deutschland eine Möglichkeit für einen Neubeginn zu suchen, die er in der Einsamkeit Lapplands dann auch tatsächlich gefunden hatte.

Klimpfjäll lag am Übergang zwischen dem hügeligen Tiefland und dem bis weit über die Baumgrenze reichenden Hochgebirge. Über verschiedene Stationen in Schweden, vom tiefen Süden bei Helsingborg über Jönköping am Vätternsee und Mora am Siljansee, hatte ihn sein Weg über die Jahre immer weiter nach Norden, bis beinahe an den Polarkreis geführt, weg von den Dämonen in der Heimat, die keine Heimat mehr hatte sein können. Erst im hohen Norden, wo man in langen Winternächten den mystischen Tanz der Nordlichter erleben konnte, hatte er schließlich ein neues Zuhause gefunden und Ruhe, endlich wieder Ruhe und das Gefühl, nicht irgendwie von sich selbst gehetzt auf der Flucht zu sein. Dort, in der endlosen Weite der Wälder, hatte er wieder zu sich gefunden und endlich wieder leben können, weil er der richtigen Frau begegnet war. Bis er sie durch einen tragischen Unfall wieder verloren hatte und ihm nur noch der Alkohol geblieben war.

Die Bahnhofstraße begrenzte das Bahngelände nach Westen hin. Auf der Ostseite erstreckte sich der Campingplatz Viktoria-Station, der unmittelbar am Ufer der Ahr lag. Dazwischen verlief die noch aktiv betriebene Bahnstrecke von Sinzig nach Ahrbrück. Der weitaus größte Teil des Bahngeländes schlief jedoch in einem tiefen Dornröschenschlaf einer ungewissen Zukunft entgegen. Verlassen und verwildert unter Büschen und Bäumen, die seit der Stilllegung vor Jahrzehnten vermutlich niemand mehr entfernt hatte, waren die Gebäude dem Verfall überlassen. Ein Verein hatte sich eine Zeit lang um eine Reanimation des Geländes und einen Neubeginn für den alten Lokschuppen bemüht, das hatte Jörg von seinem neuen, falschen Kumpel und Saufkumpan erfahren, aber der riesige Kasten war unterdessen so baufällig geworden, dass die Bahn das den Eisenbahnfreunden überlassene Terrain schließlich wieder unter die eigenen Fittiche genommen und eine Abrissgenehmigung erwirkt hatte. Aber noch stand die ganze Anlage, und Jörg verspürte wenig Lust, sich durch den grünen Dschungel hindurchzukämpfen, den er bei der Vorbeifahrt links wahrnahm. Auch der zwei Meter hohe Maschendrahtzaun wirkte nicht wie eine Einladung zum Betreten des Geländes.

Er folgte der Straße bis zum Ende. Es gab nirgends einen Parkplatz für Fremdfahrzeuge, nur Zufahrten zu Häusern, die im letzten Abschnitt der Straße nur noch auf der rechten Hangseite lagen. Dann ging der asphaltierte Weg in einen Waldweg über, der für den normalen Verkehr gesperrt war. Jörg fluchte und wendete mühsam den Wagen. Es hatte zuvor nur eine einzige kleine Bucht auf der Zaunseite gesehen, gegenüber den letzten Wohnhäusern, die etwas erhöht über der Straße standen. Dorthin fuhr er zurück und stellte den Polo ab.

Allmählich beschlichen ihn Zweifel, ob es tatsächlich die beste Idee gewesen war, ganz allein und ohne Hilfe an diese Sache heranzugehen. Die professionelle Hilfe seines Bruders und die Möglichkeiten des Polizeiapparates hätten es leichter gemacht, viel leichter. Aber die Gründe für seine Idee, es als Einzelkämpfer zu versuchen, hatten nach wie vor Bestand: Sein Bruder, der Mayener Bulle, hätte eine irgendwie geartete Mitarbeit in dieser möglicherweise entscheidenden Phase gar nicht erst in Erwägung gezogen. Niemals hätte er ihn zu Stefans Befreiung mitgenommen. Er wäre nur der Hinweisgeber gewesen, der den wahrscheinlichen Aufenthaltsort des Täters in einem billigen Telefonat der Polizei angezeigt hätte. Und als Höhepunkt seiner Mitwirkung wäre er von seinem Bruder wahrscheinlich noch mit einem freundlichen »Danke übrigens für die Information« abgespeist worden.

Das war nicht die Rolle, in der sich Jörg Wärmland sah, diesmal nicht.

Er wollte Maßgebliches beitragen zu dieser Geschichte, in die er unfreiwillig mit hineingezogen worden war. Dass er dem mutmaßlichen Täter freimütig und unbedarft Auskünfte über die Familie und seinen Bruder gegeben hatte, machte ihn für die dann in Gang gekommenen Ereignisse mitverantwortlich. Folglich konnte nur sein eigenes, erfolgreiches Handeln etwas von der dadurch entstandenen Mitschuld tilgen.

Ja, das musste er sich wohl eingestehen: Erst durch seine Informationen hatte es überhaupt zu der Entführung kommen können. Er musste es jetzt schaffen, das wieder in Ordnung zu bringen. Nicht zuletzt, um dem seit Ewigkeiten auf ihm liegenden Fluch, der minderwertige Bruder, der Familienversager zu sein, endlich den Nährboden zu entziehen. Auch das war ein starkes Motiv.

Als er den Wagen verlassen hatte, schaute er sich um, ob ihn jemand beobachtete. Dann sah er durch den Zaun in das Wäldchen aus kleinen Bäumen, die den durch die Blätter nur unvollständig erkennbaren Bau umstanden. Das wirkte irgendwie unheimlich. Jörg Wärmland hatte kein gutes Gefühl bei dem Anblick, als würde er sich anschicken, sich an einen großen, schlafenden

Riesen anzuschleichen – an einen, der womöglich einen leichten Schlaf hatte. Er fragte sich, ob dieses Bahngelände wohl ein Schicksalsort für ihn und seinen Neffen werden würde. Könnte hier und heute nicht vielleicht sogar ein Mensch verletzt werden oder gar zu Tode kommen? Auf was musste er sich einstellen bei seinem unbekannten Bekannten, einem ehemaligen Knastbruder und Mörder, der jetzt auch noch zum Entführer geworden war? Wie gut, dass diese Information über Gerds »Zusatzqualifikation« per Umweg über Ursula und Ulli auch zu ihm gelangt war. Er hätte das Puzzle sonst womöglich gar nicht zusammengebracht. Aber so war er vorgewarnt.

Ein aufgelassener Lokschuppen und das Schicksal von drei Menschen. Jörg musste unwillkürlich an viel ältere Schicksale in diesem Tal denken, die mit der Bahn verknüpft waren, wie zum Beispiel bei der Flutkatastrophe von 1910, die zweiundfünfzig Menschen das Leben gekostet hatte. Nach wochenlangem Regen hatte sich eine durch den gesättigten Boden, andauernden Starkregen und heftigste Gewitter hervorgerufene Flutwelle durch verschiedene Nebentäler ins Haupttal der Ahr hinuntergewälzt. Da sich die Ahrtalbahn zu dieser Zeit im Bau befunden hatte, gab es damals entlang der Ahr große Areale mit Baumaterial sowie Zeltunterkünfte für bis zu zweitausend Arbeiter und deren Familien. Durch das Baumaterial war alles besonders schlimm geworden. Es wurde in den Fluten mitgerissen und verkeilte sich an den Engstellen unter Brücken. Nachdem sich das Wasser dort zunächst gestaut hatte, kam es zum Brechen dieser Dämme und Brücken, was eine noch höhere und noch verheerendere Flutwelle zur Folge hatte. Die Mischung aus Wasser und Balken und Trümmerteilen riss eine vernichtende Schneise durch das Ahrtal. Das war im Sommermonat Juni geschehen. Auch jetzt war es wieder Juni.

Zuvor hatte eine Sintflut im Jahre 1804 mit dreiundsechzig Toten noch mehr Opfer gefordert. Angesichts der Not und der für damalige Verhältnisse gigantischen Zerstörung hatte Napoleon höchstselbst mit dreißigtausend Franc aus eigener Tasche Hilfe geleistet.

Beinahe erwartungsvoll schaute Jörg zum Himmel, aber Wind und Wetter gaben sich ganz freundlich und unverdächtig. Bis jetzt war dies ein harmloser Sommertag mit ein paar leichten Schleierwolken und einer Temperatur von sechsundzwanzig Grad.

Vergiss endlich Napoleon und die Geschichte, rügte sich Jörg im Stillen. Die Gegenwart ist dein Thema. Du musst dich auf den nächsten Schritt konzentrieren.

Bisher hatte er nur Schritt eins, die »Anreise«, geschafft, und das war der leichteste. Jetzt wurde es Zeit, sich dem ernsteren Abschnitt »Sondierung der Lage« zu widmen, bevor sein Bruder auftauchte. Das bedeutete, dass er auf das Bahngelände gelangen musste, ohne von seinem Kölner »Kumpel« bemerkt zu werden. Zwar schien der Maschendrahtzaun lückenlos, aber wenn Gerd diese verlockend baufällige Location als Basis für seine Entführung gewählt hatte, musste *er* ja auch irgendwie hineingekommen sein. Jörg hoffte inständig, dass er den sicherlich unauffälligen Zugang – womöglich ein nicht fest verschlossenes Tor oder ein Loch im Zaun – finden und nicht gezwungen sein würde, über den Zaun zu klettern. Ihm war gar nicht nach Klettersport zumute.

Von seiner Position, fast schon am südlichen Ende der Bahnhofstraße, schlenderte er langsam die Straße entlang, zurück in Richtung Ort, auf der Suche nach einer Möglichkeit, mit wenig Anstrengung auf das Gelände zu gelangen. Er fühlte sich ganz komisch bei dem Gedanken, vielleicht nur noch wenige Meter von seinem Neffen entfernt zu sein – und von diesem abgebrühten Typen, der sich sein Vertrauen erschlichen hatte. Er begutachtete prüfend die Rückseite des Ziegelsteinbaus. Es gab nirgends ein Fenster, aber auch keine Türen oder Tore. Die mussten alle auf der anderen Seite sein, auf der dem Bahngelände zugewandten Eingangsfront. Dorthin musste er gelangen.

Eine Bewegung im Augenwinkel ließ Jörg zur Seite blicken. Aus Richtung Ortsmitte näherte sich ein anscheinend älterer Herr, der an einer Leine einen kleinen Hund mit sich führte.

Auch das noch, dachte er. Muss der Köter denn ausgerechnet jetzt an die Luft? Das ist gar nicht gut. Er hatte genug damit zu tun, einen Zugang zu diesem abgewrackten Bahngelände zu finden, und jetzt trampelte ihm auch noch ein womöglich neugieriger Rentner in den Film, der sich vielleicht fragte, was er als Ortsfremder da wohl trieb.

Als hätte der Mann seine Gedanken gehört, wechselte er mit seinem Hund auf die Straßenseite, auf der Jörg langsam voranschritt. Welcher mies gelaunte Gott des Bahnwesens schickt mir denn jetzt noch diesen Senior in die Quere?, grollte er. Reicht es nicht, fortlaufend für Verspätungen zu sorgen?

Den alten Mann konnte er nun wirklich gar nicht gebrauchen, aber es war nicht mehr zu ändern. Wenn er jetzt umdrehte und zum Wagen zurückging, würde es ihn sicher noch misstrauischer machen. Er musste sich etwas einfallen lassen. Die beiden kamen näher, und der junge Dackel zerrte in Vorfreude auf die Begegnung mit einem neuen Schnupperereignis an der Leine.

»Guten Tag«, sagte der Mann, den Jörg auf Ende siebzig schätzte. »Interessieren Sie sich auch für den alten Lokschuppen?«

Jörg erwiderte den Gruß so höflich wie möglich und bejahte die Frage, während er sich gleichzeitig bückte, um den Hund zu streicheln, der sich vor Freude über die Begegnung und die freundliche Zuwendung kaum bremsen konnte.

»Ja, ja, wir haben hier immer wieder mal Eisenbahnfreunde, die nach dem alten Kasten schauen«, entgegnete der Mann. »Schade, dass der Verein das Gelände nicht halten konnte. Die Bahn hat es sich wieder zurückgeholt, um es abreißen zu lassen. Es ist eine Schande.«

»Nein, wirklich?« Jörg versuchte, mit einer wohlwollenden Einlassung zum Thema zu punkten. »Abreißen, so ein Kulturdenkmal, das über hundert Jahre alt ist? Das ist aber nicht richtig.«

Er bereute seinen Einstieg in die Materie jedoch sofort wieder und wünschte sich, er hätte die Klappe gehalten, denn jetzt fühlte sich der Alte erst recht zu einem umfangreichen Vortrag zur Geschichte der Anlage berufen, beginnend mit der Korrektur, dass das Bahnbetriebsgelände erst 1918 entstanden sei und die hundert Jahre noch nicht voll habe. Dann ging es schrittweise durch die Jahrzehnte bis zur Initiative der Bahnfreunde, die dem Erhalt der Anlage hatte dienen sollen. »Aber jetzt erwarten wir nur noch den Abriss, leider«, schloss er seufzend.

Jörg überlegte fieberhaft, wie er schnellstmöglich aus dieser Nummer herauskommen konnte, ohne Verdacht zu erregen und unfreundlich zu wirken.

Der alte Mann kam ihm zuvor, indem er auf die Uhr schaute und meinte, er habe leider keine Zeit mehr. Er müsse wieder nach Hause, um seiner Frau bei der Zubereitung einer kleinen Mahlzeit behilflich zu sein und bei den Tabletten, die sie selbst nicht mehr richtig handhaben könne.

»Entweder sie vergisst sie, oder sie nimmt zu viele oder die falschen. Da muss ich ein Auge drauf haben, auch darauf, dass sie vorher etwas isst und danach ausreichend trinkt. Zu schade, ich hätte Ihnen gern noch mehr erzählt, auch über unseren netten Ort und das wunderbare Ahrtal.«

Jörg bekundete artig sein Bedauern, auch darüber, dass man das alles hier einfach vernichten wollte. Er endete mit einer verbalen Attacke gegen die entrückten Bürokraten, die ja keine Ahnung hätten von den Dingen vor Ort. Dann hatte er eine Idee.

»Schade nur, dass alles eingezäunt ist«, sagte er mit nachdrücklich traurigem Unterton. »Die Vorderseite gibt sicher noch ein schönes Fotomotiv ab. Wenn es der Öffentlichkeit doch nur noch zugänglich wäre. Ich könnte ein paar Fotos für meine Freunde machen, die würden das auch gern mal sehen.«

»Ja, ja«, meinte der Alte verständnisvoll. »Das ist schade.« Nach kurzer Pause ergänzte er: »Wissen Sie, es ist zwar offiziell verboten, aber es gab mal eine Stelle im Zaun, durch die man auf das Gelände gelangen konnte. Ich weiß nicht, ob sie jetzt noch da ist. Echte Bahnfreunde lassen sich von so einer Rarität aber ja nicht fernhalten. Die müssen natürlich Fotos haben von so einer Anlage, vor allem, weil das Ganze vielleicht bald verschwunden ist. Wenn Sie hier zurückgehen und dann auf der Westseite in das Wäldchen hinein, müsste da irgendwo das Loch im Zaun sein. So hat es mir jedenfalls einer meiner Enkel beschrieben. Manche junge Burschen sind ja immer noch recht unternehmungslustig im Freien und kommen auch mal ein paar Minuten ohne Computer aus.«

Jörg pflichtete ihm eifrig bei und bedankte sich für den Tipp.

»Na, dann hoffen wir mal, dass die das in der Zwischenzeit nicht geflickt haben«, erwiderte der Mann freundlich, ehe er sich endgültig verabschiedete.

FÜNFZEHN

Wärmland hielt Reuter an, schneller zu fahren. Sie hatten die Autobahn erreicht, und wie es auf der langen Steigung in Richtung Abfahrt Wehr typisch war, schoben sich auf der rechten Seite viele Lkws bergan. Dieser Abschnitt galt als Problemstrecke mit einer deutlich erhöhten Zahl an Auffahrunfällen. Reuter wusste das ebenso gut wie Wärmland und fuhr mit äußerst wachem Bewusstsein. Das war sicherlich auch den jüngsten Umständen ihrer Ermittlung geschuldet: Eventuell war dies der Tag, an dem der Fall ein Ende fand und an dem sich zeigte, ob der Chef sein Kind lebend zurückerhielt. Dessen waren sich alle Fahrzeuginsassen bewusst.

Wärmlands innere Unruhe und seine Ungeduld waren an einem Höhepunkt angelangt. Noch zu weit entfernt von ihm und jedweder Einwirkmöglichkeit spielte sich gerade etwas ab, was über das Leben seines Sohnes entscheiden könnte. Wenn sein idiotischer Bruder etwas falsch machte, konnte dieser Tag in einem Fiasko enden. Die Fahrt war wie ein zähes, hoffnungsloses Kriechen hin zu ihrem eine weitere quälende halbe Stunde entfernten Ziel. Wärmland stand der Schweiß auf der Stirn, obwohl die Klimaanlage der Aufheizung des Dienstwagens Einhalt gebot. Lass uns rechtzeitig dort sein, betete er still, während seine Angst zunahm.

Ein Loch im Zaun also. Jörg Wärmland fluchte beim Anblick der wild bewachsenen Bahnanlage und der sich abzeichnenden Notwendigkeit, sich einen Weg durch dieses Gestrüpp bahnen zu müssen. Aber dann hellte sich sein düsterer Gesichtsausdruck auf. Ein paar Meter weiter sah er etwas, was seiner Hoffnung Auftrieb gab. Ein kleiner Trampelpfad ging zwischen zwei Büschen hindurch von der Straße ab und ins Unterholz hinein – das konnte der Zugang sein zu der Stelle im Zaun, von der der Alte gesprochen hatte.

Nachdem er dem unscheinbaren Weg etwa zwanzig Meter

gefolgt war, erreichte er tatsächlich den Zaun und ging südwärts weiter an ihm entlang. Dann war sie auf einmal da, die entscheidende Stelle, an der ein Stück des Maschendrahts seitlich nach unten weggeklappt war, sodass ein dreieckiger Durchlass entstand.

Erleichtert und betroffen zugleich atmete Jörg Wärmland durch. Hier begann es also, hier gelangte er auf das Terrain seines Feindes. Wenn es doch nur ein Feind gewesen wäre, den er einschätzen konnte, dessen Gefährlichkeit er bar jeder Eventualität zu kalkulieren vermochte. Er hatte Gerd einiges an Vertrauen geschenkt, weil dieser harmlos und nett gewirkt hatte. Das musste nach dem, was sich inzwischen ereignet hatte, jedoch ein kolossaler Irrtum gewesen sein. Auf die freundschaftliche Atmosphäre ihrer Begegnungen konnte er kaum noch etwas geben. Er war nur ein Mittel zum Zweck gewesen, gezielt ausfindig gemacht und ausgehorcht.

Jörg war frustriert, dass ihn dieser Mann über seine tiefe innere Bösartigkeit hatte hinwegtäuschen können. Wie war das nur ohne eine ihn warnende innere Stimme möglich gewesen?

Vielleicht hatte er sich zu sehr einen Freund gewünscht, der ihm in seiner Kölner Zeit bislang nicht zuteilgeworden war. Alles ganz nette Zechkumpels, die Jungs im Pitterstüffje, aber keiner von der Art, die er suchte. Er hatte sich bis zuletzt wie ein Fremder gefühlt.

Jörg war eigentlich nicht der Typ, der jedem sofort sein Herz samt seiner Lebensgeschichte ausschüttete. Er selbst mochte es ja auch nicht, wenn jemand in seiner Biografie stochern wollte. Also hatte er das auch bei seinem neuen Kneipenkumpel zunächst unterlassen, sich dann aber dermaßen wohl in dessen Gesellschaft gefühlt, dass er alle Bedenken über Bord geworfen hatte. Dabei hätte er spätestens bei persönlicheren Fragen zu Jan und seinem Jungen, zu Stefan, misstrauisch werden müssen. Stattdessen hatte ihn der Mistkerl mit seiner Harmlostuerei so eingelullt, dass er auf ihn reingefallen war und mit einem verurteilten Mörder über seine Familie gesprochen hatte. Jörg war sich allerdings nicht sicher, ob ihn ein Bekenntnis seines Gegenübers bezüglich dessen Vergangenheit verschlossener hätte reagieren lassen, wo er sich doch für aufgeschlossen, vorurteilsfrei und großmütig hielt. Und was sollte man auch sagen? »Hallo, ich bin der Gerd! Ich hab einen umgebracht und war ein Weilchen hinter Gittern, aber jetzt ist alles gut. Ich häkle gern, und ich will Präsident bei den Pfadfindern werden«?

Dass Gerd dem Pitterstüffje ein paar Tage ferngeblieben war, hatte ihn zunächst nicht weiter verunsichert. Aber dann hatte er durch Ulli von der Entführung erfahren und später weitere Details des Verdächtigen. Jörg war sich sicher, dass es Scheffler war und kein anderer. Weil der Urkölner in seiner alten Heimat einen Trottel gefunden hatte, den er bezüglich Informationen zu einem ihm verhassten Bullen hatte anzapfen können, bis er genug erfahren hatte, um seinen Racheplan in die Tat umzusetzen.

Welches Kapitel ihrer Bekanntschaft würde wohl heute geschrieben werden? Eine heimliche Befreiung im besten Fall, ein Aufeinandertreffen und eskalierende Gewalt im schlimmsten. Wahrscheinlich hatte sein allwissender kleiner Bruder sogar recht, wenn er behauptete, dass ihm dieser erfahrene Ex-Knacki bei Weitem überlegen war und mit einem gelegentlich auf die Elchjagd gehenden entwurzelten Deutschen mit passablen Schwedischkenntnissen leicht fertigwurde.

Mist, eigentlich war jetzt der Punkt gekommen, sich seine eigene Überheblichkeit einzugestehen und auf Jan und seine Leute zu warten, bevor er sich dem brutalen Potenzial eines Mörders aussetzte.

Jörg musste wieder an seine Bärenbegegnung in Schwedisch-Lappland denken. Wenn er die Wahl hätte, würde er jetzt vielleicht wieder einen Bären wählen, denn die galten allgemein nicht als aggressiv, wenn sie ausreichend Raum und Möglichkeiten für einen Rückzug hatten.

Scheffler hingegen würde sich, falls er in seiner Höhle war, in die Enge getrieben fühlen, und ganz sicher würde er sich Stefan nicht ohne Gegenwehr wegnehmen lassen. Aber wie weit würde er gehen, um ihn davon abzuhalten? Diese Frage schien ihm der Kern des Ganzen zu sein, verbargen sich darin doch Leben und Tod. Alles schien Jörg möglich, und er spürte, dass sein Herz ob der Anspannung schneller schlug. Dabei war er gerade mal am Anfang. Die Höhle des Bären musste er erst noch finden und betreten.

»Verdammte Scheiße!«, fluchte er und wünschte sich die Flinte zur Hand, die er in Lappland besessen hatte.

Wärmland rief Trobisch an, den er noch nicht informiert hatte.

»Das kann doch wohl nicht wahr sein«, war dessen erste Reaktion. »Dein Bruder ist ja noch bekloppter, als du immer sagst.«

»Ich darf gar nicht daran denken, wie sehr er Stefan dadurch in Gefahr bringen kann«, schnaufte Wärmland. »Er geht auch nicht mehr ans Handy, der sture Mistkerl. Wahrscheinlich hat ihm die Mitternachtssonne zu viel Gehirn weggebrannt.« Seine Empörung kochte noch einmal hoch.

Trobisch wollte wissen, mit wie vielen Kollegen Wärmland unterwegs war und ob er noch etwas tun könne. Diese Frage war eher rhetorischer Natur, denn unmittelbar selbst eingreifen konnte Trobisch von Koblenz aus nicht. Und weitere Verstärkung konnte Wärmland gegebenenfalls in der zu Mayen gehörenden Polizeiinspektion in Bad Neuenahr ordern.

Das brachte Wärmland auf eine Idee. Nachdem er sich von Trobisch verabschiedet hatte, rief er den Chef der Bad Neuenahrer Dienststelle an und erläuterte ihm sein Vorhaben. Außerdem bat er ihn, den Bereich um das alte Bahngelände in Kreuzberg, vor allem die Bahnhofstraße und das Campingplatzgelände auf der Ostseite, durch Kollegen absichern zu lassen, damit eine eventuelle Flucht des Entführers vereitelt werden konnte. Die Kollegen, die ja von ihrer Dienststelle aus einen Zeitvorsprung hatten, sollten aber ungesehen bleiben und noch nicht auf das Gelände selbst vordringen, um den Entführer nicht aufzuscheuchen. Wärmland kannte das Areal, jedenfalls von außen. Stefan und er waren dort einmal mit Fahrrädern unterwegs gewesen und hatten auch die Bahnhofstraße und den sich anschließenden Waldweg befahren.

Sonst schaute Wärmland immer von der Brohltalbrücke gen Westen, um die Aussicht zu genießen, doch heute war es das erste Mal, dass er stur geradeaus schaute und in sein Grübeln vertieft blieb. Er war irgendwie gelähmt und leer zugleich. Der Gedanke, nicht rechtzeitig bei Stefan sein zu können, um sein Leben zu schützen, war zum Fürchten.

Sie hatten die Brücke gerade überquert, als Reuter voll auf

die Bremse trat, weil ein Lkw unmittelbar vor ihnen nach links ausscherte. Wärmland dachte nur noch: Jetzt komme ich nicht mehr zu ihm.

Langsam folgte Jörg auch auf der anderen Seite des Zauns weiter dem schmalen Pfad, der sich zwischen kleineren Bäumen und Sträuchern fortsetzte.

Ihm kamen neue Zweifel. Vielleicht würde das Ganze ja ein totaler Flop werden? Möglicherweise hatte er Gerds Erwähnung des Kreuzberger Stellwerks ja völlig überbewertet? In Köln gab es weiß Gott genügend Alternativen, um eine Geisel einzusperren und festzuhalten. Dazu brauchte man nicht zwingend bis in die Ahreifel zu fahren, wo es in beschaulicher, naturnaher Umgebung ein abrissreifes Bahngebäude gab. Vielleicht war hier gar nichts, und er würde an oder in diesem riesigen, womöglich verschlossenen Schuppen niemanden finden und unverrichteter Dinge heimfahren müssen.

Der Gedanke war niederschmetternd und verlockend zugleich. Wenn hier nichts war, wäre auch sein Leben nicht bedroht, und er würde sich heute Abend sicher ein kühles Kölsch genehmigen können, das ihm nicht durch ein Loch im Bauch gleich wieder nach draußen entfleuchte.

Er sah die Bewegung und duckte sich sofort. Mit klopfendem Herzen verharrte er zwischen den Büschen, schon halb überzeugt, entdeckt worden zu sein, doch der Mann, den er an der Vorderseite des Lokschuppens sah, als er vorsichtig über das Blattwerk hinwegspähte, hatte ihn nicht bemerkt.

Es war Gerd, ganz ohne Zweifel. Er trug wie immer eine Baseball-Kappe, den Schirm akkurat nach vorn gerichtet. Jetzt zog er an einem der großen hölzernen Schiebetore. Als der Spalt weit genug geöffnet war, dass er hindurchschlüpfen konnte, verschwand er im Inneren des Schuppens. Wie schon beim Öffnen gab das Tor auch beim Schließen ein unüberhörbares schleifendes und quietschendes Geräusch von sich.

So ein Mist, dachte Jörg, wie soll man denn da unbemerkt reinkommen bei dem Konzert? Er schluckte und fluchte noch einmal grimmig, aber leise.

Wenn das der einzige Zugang war und er ebenfalls an diesem Tor zerrte, würde Gerd ihn hören und vorgewarnt sein. Das wollte und musste Jörg auf jeden Fall vermeiden. Er saß also in der Klemme, jetzt schon, kaum dass er auf das Gelände gelangt war. Dann wurde ihm bewusst: Die Anwesenheit seines Zechkumpans an diesem vergessenen Ort sprach sehr stark dafür, dass er richtiglag und auch sein Neffe hier war. Aber in welcher Verfassung? Was, wenn er den Jungen gerade heute getötet hatte und jetzt nur noch hier war, um die Leiche besser zu verbergen oder wegzubringen? Für das Fortschaffen wäre die Dunkelheit der bessere Rahmen. Wartete er auf den Abend?

»Ich muss den Jungen lebend finden«, murmelte Jörg mehrere Male leise, und er gewann die Zuversicht zurück, dass es noch nicht zu spät war. Das bedeutete, dass er sich jetzt etwas Konkretes einfallen lassen musste – einen Schlachtplan, wie sein Neffe zu retten war.

Nun denn, wie unbemerkt in das Gebäude gelangen, seinen »Freund« überwältigen und den Jungen befreien? Eigentlich eine Kleinigkeit angesichts seiner Vorkenntnisse durch viele gelesene Jugendbücher und gesehene Western, wo Befreiungen zum Standardrepertoire der Helden gehörten. Gut, dass er damals immer aufmerksam verfolgt hatte, wie man einen Gefangenen vom Marterpfahl befreite. Genau das war hier und jetzt gefragt. Eine winzige Abweichung vom Standardfall sah er nur in dem völlig unwesentlichen Umstand, dass die Marterpfähle im Western niemals in einem riesigen Bundesbahn-Lokschuppen standen. Hier war also noch eine kleine Portion Improvisationstalent gefragt. Aber er hatte auch ausreichend Filme mit unheimlichen Burgen und geheimnisvollen Häusern gesehen. Irgendetwas davon würde ihm schon nützlich sein, beispielsweise das lautlose Anschleichen, ohne auf den Schwanz einer Katze zu treten. Eine kreischende Katze, das war glasklar, fiel unter verräterische Geräusche.

Jörg musterte das Gebäude, dessen Front nach Osten, zur Gleisanlage hin, ausgerichtet war. Auch die übrigen Schiebetore waren wie das, durch das Gerd gegangen war, aus morschem und vom Zahn der Zeit angefressenen Holz. Sicher waren sie alle verschlossen oder genauso laut beim Öffnen wie das eben von

Gerd benutzte Tor. Kein guter Ansatz für ein stilles Eindringen ins Gebäude. Aber was dann?

Die westliche Giebelseite wurde von ein paar kleinen Baumkronen beinahe völlig verdeckt. Jörg verließ den schmalen Pfad, der ihn hierhergeführt hatte, und ging darauf zu. Das Gras war hier immer noch hoch genug, um sich im Falle eines Falles hineinzuducken und unsichtbar zu werden.

Was er bei seiner ersten Annäherung nur flüchtig wahrgenommen hatte, entpuppte sich beim Näherkommen als eine Fensterreihe über einem kleinen, angebauten Schuppen. Vor dem Schuppen lagen alte Bahnschwellen aus Hartholz, zwischen ein und zwei Meter hoch gestapelt. Das ganze Ensemble offenbarte eine ungeahnte Möglichkeit: Hier konnte er über den Bohlenstapel auf das Dach des Schuppens gelangen. Vorsichtig prüfte er die Stabilität der Holzlagen. Die Bahnschwellen lagen sicherlich schon seit Jahrzehnten unverändert an dieser Stelle und schienen fest zusammengefügt. Jörg setzte vorsichtig einen Fuß darauf und kletterte Lage für Lage in die Höhe, bis er auf das Schuppendach gelangen konnte.

Hoffentlich hält das, dachte er angesichts des deutlich wahrnehmbaren Alters der Anlage. Beinahe alles hier bestand aus mehr oder weniger mürbem Material, wenn es sich nicht gerade um stabile Eichenbohlen oder festes Mauerwerk handelte.

Jörg musste bei seiner Kletteraktion in Kauf nehmen, dass er die Vorderfront des Gebäudes und damit auch den Zugang, den Gerd vorhin gewählt hatte, nun nicht mehr sehen konnte. Er würde es hören können, wenn sein Kumpel und Gegner wieder herauskam. Nur würde er dem Quietschen nicht entnehmen können, ob Gerd allein war oder ob er Stefan bei sich hatte.

Jörg hatte eine Wunschversion: Einmal Quietschen, und der Arsch verließ das Gebäude *und* das Gelände. Dann konnte er sich ohne Gefahr dem Gebäude nähern und Stefan befreien. Das wäre das Beste, was geschehen konnte. Wenn Gerd blieb, würde es unweigerlich zur Konfrontation kommen. Das war die weniger beruhigende Variante.

Jetzt galt es aber zunächst einmal, unbemerkt an die Fensterreihe zu gelangen. Sollte er etwas hören, konnte er sich bis zum

Rand des Daches bewegen, um an der Gebäudekante nachzusehen, wer sich vorn zeigte.

Sei ein starker Bärenmann und mach weiter, ermahnte er sich und konzentrierte sich wieder auf seine Aufgabe.

Er musste sich jetzt den Oberlichtern zuwenden und prüfen, ob sie verschlossen waren, denn der Weg durch die Fenster schien ihm der bisher beste alternative Zugang ins Gebäudeinnere zu sein.

Vom Schuppendach aus waren die Fenster erreichbar. Langsam näherte er sich dem hinteren der fünf Fenster und suchte nach einer Möglichkeit, wie man es von außen öffnen konnte, aber es gab keinen Griff und keine Kante, an der man hätte ziehen können. Er schaute an der Reihe der Fenster entlang, ob es bei den Modellen einen Unterschied gab. Alle Fenster waren gleich, mit trübem, verschmutztem Glas und Spinnweben in den Ecken. Das zweite Fenster unterschied sich dennoch von den anderen, denn es hatte eine Beschädigung. In der unteren linken Ecke fehlte ein Stück Glas. Die ganze Scheibe wies Risse auf, hielt aber noch zusammen, und nur diese eine dreieckige Stelle war glasfrei.

Dreiecke sind ab sofort meine Lieblingsform, dachte Jörg, wobei er auch an das hochgeklappte Maschendrahtzaunstück von vorhin dachte.

Er nahm ein Papiertaschentuch aus seiner Hosentasche, als Schutz für seine Hand, fasste dann den Glasrand an der Bruchstelle und prüfte, ob sich etwas bewegte. Tatsächlich ließ sich das Stück Scheibe bewegen und brach schließlich mit einem Knacken ab. Jörg erschrak, denn das Geräusch erschien ihm unter den gegebenen Umständen sehr laut. Wo er doch unbedingt vermeiden musste, Aufmerksamkeit zu erregen. Aber er hatte jetzt zumindest ein größeres Loch, und sofort prüfte er das benachbarte Stück Glas, das von der Bruchstelle bis zum unteren Fensterrand reichte. Wieder gab es entlang der sichtbaren Risse nach.

Jetzt konnte Jörg versuchen, mit seiner Hand ins Innere zu fassen und nach einem Riegel oder einem Griff zu suchen. Er fühlte etwas, was wohl ein Riegel war. Nur ließ sich das Teil keinen Millimeter bewegen. Dafür war es wohl zu viele Jahrzehnte nicht benutzt und bewegt worden.

Es war zum Verzweifeln: Jetzt war er schon so weit gekommen, das hier durfte einfach nicht die Endstation sein. Er fragte sich, wie das weitere Brechen und Herausnehmen des Glases wohl im Innenbereich des großen Baus wahrzunehmen wäre und ob die Geräusche bis zu Stefan und Gerd vordringen würden. Natürlich war diese Frage nicht zu beantworten. Weiterzumachen und Geräusche zu verursachen blieb ein unkalkulierbares Risiko. Es aber nicht einzugehen bedeutete aufzugeben. Das war jetzt nicht mehr akzeptabel. Er musste weiter in das Gebäude vordringen. Das war die einzig richtige Richtung.

Da der Riegel aber unbrauchbar war und er noch nicht durch das Fenster passte, musste das Loch in der Scheibe größer werden. Jörg fasste entschlossen nach dem nächsten Scheibenstück und löste es aus dem Gesamtgefüge. Nach und nach konnte er alle vorgebrochenen Glasstücke aus der Scheibe lösen. Jetzt war die Öffnung groß genug für einen erwachsenen Mann.

Er zögerte einen Augenblick, ehe er den nächsten Schritt wagte. Er musste den Kopf durch die Öffnung stecken, um die Lage im Inneren zu klären. Im schlimmsten Fall wartete drinnen schon sein bester Kölner »Kumpel« auf ihn, um ihm zur Begrüßung ein Brett vor den Kopf zu knallen. Im Knast hatte er seine Kenntnis herzlicher Begrüßungsrituale sicher verfeinert und ausgebaut.

Doch als er sich schließlich dazu durchrang, geschah nichts dergleichen. Jörg konnte ungehindert den Innenraum in Augenschein nehmen. Da war niemand, nur Berge von Material, die man vor Zeiten einmal aufgehäuft und gelagert hatte.

Alle möglichen rostigen und verbogenen Eisenteile lagen in verschieden großen Haufen aufgestapelt. Er konnte Räder erkennen, Ketten, Rohre, große Bolzen und Holzbalken in verschiedenen Längen und Stärken. Das Eisen hätte man doch verkaufen können, dachte Jörg. Aber das war nicht der entscheidende Punkt bei der Ausgestaltung dieses Raumes. Denn statt einer großen Halle, die er erwartet hatte, gab es nach etwa acht Metern Raumbreite eine Wand. Der Materialstapel unter seinem Fenster reichte aber immerhin so weit in die Höhe, dass er nicht auf den Hallenboden hinunterspringen musste.

In Göteborg hatte er mal eine ähnliche Lokhalle gesehen, die noch genutzt worden war. Sie hatte dieser im Prinzip geglichen, aber dort war es eine riesige, zusammenhängende Halle gewesen, mit Schienen, auf der Züge abgestellt werden konnten. Dass hier im Inneren eine Wand eingezogen war, überraschte ihn, aber was sollte er über die Gründe nachdenken? Er hatte seine Aufmerksamkeit anderen Dingen zu widmen. Wegen des löchrigen Daches war dieser kleinere Raum den Wettereinflüssen mit Regen und Kälte schon seit vielen Jahren ungeschützt ausgesetzt. Glücklicherweise hatte sich Jörg für ein etwas gröberes Outfit mit alter Jeans und einem schon etwas in die Jahre gekommenen Poloshirt entschieden.

Er zog den Kopf noch einmal zurück und richtete sich auf. Für einen Moment hielt er inne und lauschte, bevor er vorsichtig zum südlichen Ende des Schuppendachs ging, von wo aus er um die Gebäudeecke über das ganze Gelände bis zu dem fraglichen Tor schauen konnte. Niemand zu sehen. Alles war ruhig und wie ausgestorben, so als wäre dies nur einer der vergessenen Plätze in der Welt, an die sich nie mehr irgendjemand begab – abgesehen von rachsüchtigen Entführern mit ihren Opfern und von leichtsinnigen Onkeln.

Bisher war alles ziemlich unproblematisch verlaufen. Aber Jörg machte sich nichts vor: Das war sicher nur die berühmte Ruhe vor dem Sturm. Er durfte sich auf keinen Fall von der Stille um ihn herum einlullen lassen. Wenn der Moment gekommen war, konnte schlagartig alles anders werden. Eine unberechenbare Konfrontation konnte zu allem Möglichen führen – auch zum Schlimmsten. Aber inzwischen war er wild entschlossen, es darauf ankommen zu lassen. Stefan war vielleicht nur noch zwanzig oder dreißig Meter von ihm entfernt irgendwo in diesem Gebäude, zu dem er nun endlich einen Zugang gefunden beziehungsweise geschaffen hatte.

Also los, munterte Jörg sich auf, du hast einem großen schweren Bären getrotzt. Diesmal ist es nur ein Mann von vielleicht fünfundsiebzig Kilogramm. Also gib Gas, Bärenmann. Lass jetzt nicht nach.

Reuters Vollbremsung verhinderte das Schlimmste – die Kollision mit den linken hinteren Reifen des Lkw-Anhängers. Aber er hatte in einem Ausweichimpuls etwas nach links gelenkt. Dadurch stieß der Passat in einem spitzen Winkel mit der linken vorderen Fahrzeugseite gegen die Mittelleitplanke. Zum Glück behielt Reuter die Kontrolle über den Wagen und reagierte nicht mit einem Gegenlenken nach rechts. Auf diese Weise waren schon viele Unfälle entstanden – nicht selten mit fatalen Folgen.

Bei einem Verreißen des Steuers hätte der Dienstpassat quer zur Fahrtrichtung in den Strom nachfolgender Fahrzeuge oder gar zwischen zwei der vielen Lkws auf der äußeren rechten Fahrbahn geworfen werden können. Aber auch ohne eine solche Kollision wartete an dieser Stelle der Autobahn außerhalb des Fahrbahnbereichs zudem ein tödliches Hindernis von ganz besonders erlesener Güte. Vor Tausenden von Jahren war vom westlich ansteigenden Vulkan Bausenberg ein Lavastrom herabgeflossen, den man für den Bau der Autobahn mit Sprengstoff durchschnitten hatte. Die Trasse lief also in einem Hohlweg durch den erstarrten Lavastrom hindurch. Ein Wagen, der die Fahrbahn mit hoher Geschwindigkeit zur Seite ausbrechend verließ, landete nicht auf einem Grünstreifen, sondern prallte unweigerlich gegen die meterhoch aufragende steinerne Lavawand.

Reuters relativ kontrollierte Bremsaktion hatte also zunächst einmal alle im Wagen vor einer unmittelbaren Katastrophe bewahrt. Die mit ausreichend Abstand folgenden Pkws hatten alle noch abbremsen können, auch wenn es haarscharf gewesen war. Der Lkw, der das ganze Manöver verschuldet hatte, fuhr unbeirrt weiter, und Wärmland hielt Reuter sofort an, ebenfalls weiterzufahren, wenn der Wagen das hergab.

Tatsächlich konnte Reuter den Wagen wieder beschleunigen, und es hatte den Anschein, dass der Passat noch immer fahrtüchtig war und der Schaden sich möglicherweise auf verbeultes Blech an der Fahreraußenseite beschränkte.

Wärmland nahm seinen kleinen Notizblock aus der Jacketttasche und notierte das Nummernschild des Lkws. »Dieser verdammte Mistkerl«, explodierte er im nächsten Augenblick.

»Das ist genauso ein Lkw wie der, der mich am Mittwoch schon mal geschnitten hat – hellgraue Plane mit grünen Schriftzügen. Verdammt noch mal, das darf doch nicht wahr sein. Dieselbe Firma. Fehlt nur noch, dass auch noch dasselbe Arschloch drinsitzt.«

Die zusätzliche Aufregung war nicht gut für Wärmlands Herz. Er fühlte es sofort. Er rang nach Luft und fluchte in sich hinein, weil ihn dieser kleine Zwischenfall wertvolle Kraft kostete – Kraft, die er beim Einsatz in Kreuzberg benötigte. Er hatte doch wirklich genug am Hals, warum stellte man ihm eine Prüfung nach der anderen?

Er steckte das Notizbuch weg. Der Lkw gewann weiter an Vorsprung, da Reuter erst langsam wieder das Gaspedal runterdrückte.

»Wie fühlt sich der Wagen an?«, fragte Wärmland.

»Ich merke noch nichts«, antwortete der Oberkommissar und beschleunigte weiter.

»Gut«, sagte Wärmland, der von einem Schweißausbruch nun völlig durchnässt war. »Bleiben Sie dran an dem Arsch. Würde mich nicht wundern, wenn es derselbe Typ wäre. Kann doch nicht sein, dass alle Fahrer einer Firma den gleichen Mist machen und andere so massiv gefährden.«

Er nahm sein Handy und wählte die Nummer eines Mayener Hauptkommissars von der Bereitschaftspolizei. Er erklärte dem Kollegen die Situation und setzte damit die polizeiliche Verfolgung des Lkw-Fahrers auf der nordrhein-westfälischen Seite der A 61 in Gang. Man würde diesen rücksichtslosen Typen herausfischen und zur Rechenschaft ziehen. Gegen vier Polizeibeamte als betroffene Zeugen hatte er keine Chance.

Wärmland konnte einfach nicht fassen, dass ihm eine solche Geschichte nun erneut widerfahren war. Wenn sie es nicht so entsetzlich eilig gehabt hätten, weil sie zu einer wohl schon begonnenen Befreiungsaktion unterwegs waren, hätte er sich auch diesen Verkehrsrowdy wieder selbst vorgenommen, aber im Moment ging es um viel mehr. Er hatte keine Zeit an diesen rücksichtslosen Typen zu verlieren. Gleichzeitig hoffte er inständig, dass der Mann Situationen wie diese nicht ständig provozierte und es nicht doch noch zu einem schweren Unfall kam, ehe die NRW-Kollegen ihn aus dem Verkehr zogen.

Jetzt näherten sie sich dem fraglichen Lkw. Wärmland wandte sich an die hinter ihm sitzende Kollegin. »Nauchen, wollen Sie mal spontan einen Kurzfilm drehen?«

Sie wusste sogleich, was Wärmland damit meinte, und zückte ihr Smartphone.

»Mein günstiges Gerät hat nicht so die ganz tolle Kamera«, erklärte Wärmland. »Deshalb wäre es wohl besser, wenn das jemand macht, der eine bessere Auflösung hat. Nicht nur für das Fahrzeug, sondern vor allem für die Visage des Fahrers.«

Regine Nau filmte die Rückseite, den Schriftzug auf der Seite und schließlich den aus dem Führerhaus auf sie hinabschauenden Fahrer, der ihr mit einem augenscheinlich aggressiven Wortschwall seine linke Hand mit abstehendem Mittelfinger präsentierte. Sie überholten vollständig, und Regine Nau schloss die Aufnahme mit der Vorderseite des Trucks ab.

»Für die nächsten Filmfestspiele wird es nicht ganz reichen, aber den Autobahn-Hauptdarstellerpreis hat er sicher«, meinte sie zufrieden. Da war Wärmland aber in Gedanken schon wieder ganz woanders.

Jörg prüfte noch einmal das Messer, das er in seiner Hosentasche mit sich trug. Es war nur ein kleineres Jagdmesser, das ihm mal von seinem jagenden Patenonkel geschenkt worden war und um das ihn sein jüngerer Bruder Jan damals sehr beneidet hatte. Zu diesem Patenonkel, dem ältesten Bruder seines Vaters, hatte er zwar nie eine besondere Beziehung gehabt, aber das Messer hatte er immer gut verwahrt und in Ehren gehalten.

Er musste daran denken, dass er selbst noch nie Pate bei irgendjemandem geworden war – und natürlich schon gar nicht bei seinem einzigen Neffen Stefan, aber das war jetzt belanglos. Das Messer war im Moment jedenfalls die einzige Waffe, die er hatte. Gestern hatte er es nach Jahren zum ersten Mal wieder hervorgekramt und angeschaut. Das Messer hatte eine schöne, schlanke Form und einen Hirschhorngriff, der gut in der Hand lag. Es hätte ein klein wenig größer sein können, aber beim Fischen in Lappland hatte es ihm beim Zerlegen und Ausnehmen der Forellen immer gute Dienste erwiesen.

Ich hoffe, es bleibt ein Fischmesser, dachte Jörg und schickte ein Stoßgebet zum Himmel, dass er es nicht einsetzen musste. Obwohl die meisten Menschen vor allem Schusswaffen fürchteten, konnten Messer furchtbare Waffen sein. Dann kauerte er sich nieder, um rückwärts durch die Fensteröffnung in die kleine Halle zu gelangen. Da er die Glasreste beinahe vollständig aus dem Rahmen entfernt hatte, konnte er sich an dem alten Holzrahmen festhalten, bis seine Füße etwa eineinhalb Meter tiefer die obere Lage des aufgestapelten Materials erreichten. Das Metallstück, auf dem er zum Stehen kam, wippte leicht, und Jörg setzte sicherheitshalber einen Fuß auf einen großen Kasten nebendran, der nicht ganz so weit in die Höhe ragte. Eines war klar: Wenn dieser Haufen aus Holz und Metallteilen in Bewegung geriet und zu Boden stürzte, war das wahrscheinlich noch im Kurhaus in Bad Neuenahr zu hören. *Das* durfte auf keinen Fall passieren.

Vorsichtig prüfte Jörg die nächste, etwas niedrigere Lage Metall. Auch sie erwies sich als fest. Das Glück blieb ihm hold, und er stand schließlich unten auf dem Boden. Er schaute sich um und musterte die Tür in der gegenüberliegenden Wand, die ihm schon beim Blick durch das Fenster aufgefallen war. Sie war der Schlüssel für sein weiteres Vorankommen. Also weiter mit der Mutprobe für alte Säcke, die noch mal an ihre Grenze gehen wollen, dachte er. Herzlichen Glückwunsch, Herr Wärmland, Sie haben den ersten Preis gewonnen beim diesjährigen Outdoor- und Indoor-Hindernisparcours, Kontakt mit einem Mörder und Entführer inklusive. Treten Sie doch bitte vor und lassen Sie sich zur Belohnung eine verpassen – für den Schwachsinn, zu glauben, Sie könnten es mit einem ausgebufften Ex-Sträfling aufnehmen. Danach werden Sie im Rahmen eines Modellprojekts der EU zur Förderung strukturschwacher Räume umgehend auf die intensivpsychiatrische Abteilung einer Heilanstalt in der Ostslowakei verlegt.

Dann hatte er auf einmal einen neuen, unerträglichen Gedanken: Was, wenn Gerd gekommen war, um seinen Standort beziehungsweise den von Stefan zu verändern – ihn woandershin zu schaffen, weil ihm seine Intuition die nicht mehr gegebene Sicherheit dieses Verstecks eingeflüstert hatte?

Dass eine andere Möglichkeit die sein konnte, dass Scheffler seinem Neffen vielleicht gerade heute etwas antun wollte, um die Sache zu beenden, wollte er nicht einmal denken.

Er hatte aber das Gefühl, dass er schneller und zugleich vorsichtiger werden musste. Zieh es endlich durch, Wärmland, und bring es hinter dich.

Mit sorgenvollem Blick musterte Jörg die Metalltür, die vielleicht schon die Endstation dieser Expedition war. War es die Tür zu der von ihm ursprünglich erwarteten großen Halle? Oder lag dahinter nur wieder eine andere, kleinere, abgetrennte Einheit? Wie auch immer, er hatte keine andere Wahl, als zu versuchen, es herauszufinden.

Der Gedanke, dass die Tür beim Öffnen ein verräterisches Quietschen von sich geben konnte, war quälend. Mit unendlicher Langsamkeit drücke er die Klinke nach unten. Das dabei entstehende Geräusch war erträglich, aber was war mit den Türangeln? Die warteten vielleicht nur auf eine Gelegenheit, auffällige Töne zu erzeugen.

Jörg spürte, wie er noch stärker zu schwitzen begann als bisher. Sein Atem ging schneller, und er entschloss sich, vorsorglich das Messer in die Linke zu nehmen, um einen überraschenden Angriff abwehren zu können. Er zog es aus der Scheide und steckte sie wieder zurück in die Hosentasche. Dann umfasste er die Waffe mit seiner linken Faust, die Klinge nach vorn beziehungsweise nach oben gerichtet. Das war nicht die beste Lösung für einen Rechtshänder, aber seine Rechte brauchte er ja für ein gefühlvolles Öffnen dieser verdammten Tür.

Ganz, ganz langsam zog er sie auf. Der Schweiß rann ihm aus den Haaren, hinunter auf Rücken und Brust. Er schaffte einen ersten schmalen Spalt ohne ein nennenswertes Geräusch. Dann gab es einen Laut, und er erstarrte. Noch passte er aber nicht hindurch. Es kostete ihn große Überwindung, weiter an der Türklinke zu ziehen, weil der Anfangslaut dabei zu einem verhaltenen Ächzen wurde, das Jörg geradezu kreischend fand.

Er war in extremem Maße angespannt und machte sich darauf

gefasst, dass ihm von der anderen Seite irgendetwas entgegenkommen könnte, aber da kam nichts. Er trat durch die Tür, die er offen ließ für einen möglichen Rückzug.

Er befand sich nun in einer zweiten Halle, die in ihren Ausmaßen der ersten entsprach. Niemand war zu sehen, Täter und Entführungsopfer mussten sich noch einmal woanders aufhalten. Hier stand allerdings ein kleiner Waggon, der nur aus einem Fahrwerk und einer Plattform bestand. Einige seitlich nach oben ragende Metallstangen hatten wohl früher einmal das zu transportierende Holz beziehungsweise die Baumstämme auf der Plattform fixiert. Jörg konnte noch einige alte Rindenstücke ausmachen, Spuren der früheren Verwendung.

Er war sowohl erleichtert als auch niedergeschlagen. Er war ohne eine Konfrontation weiter vorangekommen. Der Moment der Wahrheit ließ auf sich warten, aber hinter der nächsten Tür konnte es so weit sein. Jörgs Nerven waren zum Zerreißen gespannt. Den von ihm überraschten Bären hatte er mit Worten beindrucken können, mit gesungenen Worten. Er hatte damals intuitiv das Richtige getan, aber in dieser Situation wäre Singen wahrscheinlich weniger hilfreich. Er konnte noch zurück, aber dann dachte er an diesen ihm völlig unbekannten Jungen, dessen Onkel er war, und fühlte sich ganz eigenartig berührt von diesem Wort und von seiner Bedeutung: Onkel. Vielleicht gelang es ihm heute und hier, den Bann der ewigen Ablehnung seitens seines Bruders zu beenden. Dann durfte die nächste Tür auf keinen Fall verschlossen sein, sonst war die Chance vertan, bevor sie greifbar geworden war. Dann wäre er nur ein lächerlicher, harmloser Kerl in einer verlassenen Eisenbahnhalle, der nichts für seinen Neffen tun konnte, außer Flüche und Verwünschungen gegen den Entführer auszustoßen.

Die Luft schien irgendwie stickiger geworden zu sein, sie roch verbrauchter als zuvor, und das Atmen fiel Jörg schwerer. Nur so eine bescheuerte Psychonummer, sagte er sich. Damit musste er fertigwerden. Die Luft konnte sich nicht verändert haben. Das Dach war löchrig und die großen Schiebetüren nach draußen ebenfalls. Hier war immer ein Luftzug. Es ging gar nicht anders.

Jörg vergegenwärtigte sich noch einmal das Bild von der Vorderseite des Lokschuppens. Er versuchte zu überschlagen, wie viele kleinere Abteilungen es wohl insgesamt sein mochten bis zu dem Bereich, den Gerd betreten hatte. Das Ergebnis fiel jedoch äußerst vage aus.

Vielleicht war es schon nach der nun folgenden Tür so weit. Vielleicht trennten ihn nur noch wenige Minuten vom Augenblick der Erkenntnis, vom Kampf Mann gegen Mann.

Etwas drehte sich in Jörg. Er verspürte auf einmal eine wilde Entschlossenheit, seinem Hadern und der Ungewissheit ein Ende zu bereiten und alles auf eine Karte zu setzen. Er würde jetzt diese nächste Tür öffnen und auf das Schlimmste gefasst sein. Auf einen gewaltbereiten Mann, der ihm all seine Brutalität entgegenwerfen würde, aber dann war es eben so. Er musste endlich wissen, wie es um Stefan stand, auch wenn die Geschichte seiner Mission letztlich nur daraus bestehen könnte, dass er von seinem Widersacher niedergeschossen wurde, ohne selbst etwas bewirkt zu haben.

Endlich erreichten sie das Autobahnkreuz Meckenheim. Das Navi zeigte noch vierzehn Minuten Fahrzeit an. Eine halbe Ewigkeit, dachte Wärmland.

Wenigstens hatte Reuter seit dem Unfall nichts am Fahrzeugverhalten bemerkt, was auf eine Beschädigung hinwies, die die Fahrtüchtigkeit beeinträchtigen oder gar ihre Sicherheit gefährden könnte. Nicht auszudenken, wenn sie ihre Fahrt gar nicht hätten fortsetzen können. Wärmland durfte diesen Gedanken gar nicht zu Ende denken.

Mit Vollgas fuhren sie gen Westen aus der Meckenheimer Senke und hielten auf das Ahrgebirge zu. Sie erreichten die Anhöhe, nachdem der vierspurige Ausläufer der Autobahn zur normalen zweispurigen Bundesstraße 257 geworden war, und erreichten auf der nun wieder leicht abschüssigen Strecke die nächste Senke, in der sich der noch ganz junge obere Swistbach unter Erlen schlängelte. Reuter fuhr dicht auf einen langsam vor ihnen fahrenden alten Golf auf. Er schätzte die Entfernung zum Gegenverkehr ein und setzte zum Überholen an, dann lenkte er aber doch wieder nach rechts. Es gab ein knackendes Geräusch, und der Wagen wurde instabil.

Langsam ging Jörg auf die nächste Verbindungstür zu und presste sein linkes Ohr an das kalte Metall. Da hörte er hinter sich ein Geräusch und erstarrte. Das Geräusch war nicht unmittelbar hinter ihm, sondern etwas weiter weg, aber da durfte nichts sein, was irgendeinen Laut verursachte. Wie war das möglich? Noch einmal vernahm er ein leichtes Rascheln.

Langsam wandte Jörg sich um und erwartete ein Wort oder einen Schlag oder irgendetwas, was alles verändern würde, aber da war nichts. Doch – wieder ein Rascheln, weiter links, im hinteren Teil der Halle.

Es kam vom Boden. Vielleicht eine Maus oder ein Igel? Aber was hatten die in diesem Schuppen zu suchen? Hier gab es nichts Fressbares, weder Nüsse noch Käse oder Schnecken und Würmer. Hier gab es nichts als Stein, Metall und altes Holz.

Jörg wandte sich wieder der Tür zu. Er starrte die Klinke an, als erwartete er einen Stromstoß, wenn er sie berührte. Er zögerte noch – dann hörte er wieder ein Geräusch. Diesmal kam es von der anderen Seite der Tür. Erneut presste er das Ohr an die Metalltür.

Das Geräusch, das sich jetzt noch mal wiederholte, hatte er zuvor schon gehört, und zwar als Gerd die Schiebetür bewegt hatte. Zweimal hatte er dieses Ächzen gehört, beim Aufschieben und beim Schließen des Tors. Jetzt hatte sich der Vorgang anscheinend wiederholt, einmal Quietschen, Schiebetor öffnen – einmal Quietschen, Schiebetor schließen.

Das konnte nur bedeuten, dass Gerd den Lokschuppen wieder verlassen hatte. Niemand anders kam in Frage, denn Stefan würde er sicher nicht zu einem kleinen Hofrundgang ins Freie lassen. Natürlich konnte er den Jungen nach draußen mitgenommen haben, um ihm etwas Bewegung unter freiem Himmel zu gewähren. Oder … nein, das durfte nicht sein, auf gar keinen Fall. Dann wären alle seine Bemühungen vergebens.

Es gab jedoch nur eine Möglichkeit, herauszufinden, was geschehen war: Er musste durch diese verdammte Tür und sich persönlich davon überzeugen.

Er fasste die Klinke so behutsam, als bestünde sie aus dünnem Porzellan, drückte sie leicht nach unten. Dann atmete er noch einmal tief durch und erhöhte den Druck.

Langsam senkte sich die Klinke nach unten, und das beinahe geräuschlos. Jörg konnte es nicht fassen. Die Eisenbahnfreunde mussten das Schloss wohl mal geölt haben.

So, die Klinke war unten. Jetzt musste er nur noch an ihr ziehen.

Reuter versuchte verzweifelt, den Wagen unter Kontrolle zu halten. Irgendwie war die Lenkung verändert, aber er konnte wenigstens abbremsen und etwas Abstand zwischen sie und den langsam fahrenden Golf bringen. So konnte Reuter den Passat dann noch nach rechts in einen von der Straße abgehenden Feldweg hineinlenken.

»Wenn mich nicht alles täuscht, ist der linke Vorderreifen hinüber«, presste er zwischen zusammengebissenen Zähnen hervor. »Tut mir furchtbar leid.«

Wärmland war wie erstarrt. Es war klar, dass sie so nicht an ihr Ziel kommen würden.

Langsam, ganz langsam zog Jörg die Tür auf. Sein Körper war gespannt wie der einer Katze vor dem Sprung.

Als der Spalt wenige Zentimeter breit war, schaute Jörg in die Nachbarhalle, darauf gefasst, dass etwas geschah.

Es geschah nichts.

Er öffnete die Tür noch weiter und sah, dass diese Halle deutlich größer war als die beiden zuvor. Sie hatte die wohl dreifache, wenn nicht vierfache Breite, aber das Auffälligste war ein alter Waggon im hinteren Teil der Halle, der auf Schienen stand, die unter einem verschlossenen Tor nach draußen führten.

Vor der Wand zu seiner Rechten lagen aufeinandergestapelt einige alte Biergarnituren mit zusammengeklappten Bänken und Tischen. Vermutlich Überbleibsel aus der nicht ganz so historischen Zeit, als die Eisenbahnfreunde die Halle nutzen durften.

Jörgs Blickfeld beschränkte sich bisher auf den rechten Teil der Halle. Er öffnete die Tür komplett, um den gesamten Bereich in Augenschein nehmen zu können. Noch immer hielt er eine gegen ihn gerichtete Attacke für möglich, und er fasste das Messer noch etwas fester.

Jörg machte einen Schritt nach vorn und schaute überrascht auf eine Wand, die zu einem in die Halle hineingebauten separaten Raum gehörte. Sie hatte eine Länge von etwa fünf Metern und eine Höhe von kaum mehr als zwei Metern. Die Tiefe mochte angesichts des Abstandes zur Tür nach seiner Schätzung vielleicht drei Meter betragen. Dieser Bau wirkte nicht annähernd so alt wie der Rest des Gebäudes. Sicher war er nachträglich eingebaut worden, aber das war unerheblich angesichts der Frage, wo sich sein Neffe befand, wenn er denn überhaupt noch hier war. Jörg konnte ihn nirgends sehen, und der zusätzlich eingebaute Raum war der nach Jörgs Einschätzung bisher geeignetste Ort zur Unterbringung einer Geisel.

Endlich war es so weit. Ein paar Schritte noch, und er würde die Wahrheit erfahren.

Der dunkelblaue BMW war nach der Verengung auf nur noch zwei Spuren auf der B 257 unvermindert mit hundertzehn Sachen weitergefahren und ins Swistbachtal gelangt. Als er die Talsohle erreicht hatte, sah der Fahrer in etwa zweihundert Metern Entfernung zwei Männer auf seiner Fahrbahnseite stehen. Von oben kamen ihm zwei Lkws entgegen, die verhinderten, dass er auf die linke Seite auswich und an den beiden Idioten vorbeizog. Einer der Männer hielt plötzlich einen Arm hoch und gab ihm mit seinen Bewegungen zu verstehen, dass er bitte anhalten solle.

Der BMW-Fahrer verringerte missmutig seine Geschwindigkeit, hoffte aber vergebens darauf, dass die beiden Männer seine Fahrbahnseite freigaben. Im Gegenteil: Einer der beiden kam auf ihn zu und hielt ihm etwas entgegen, was er als eine Art Ausweis identifizierte. Zornig bremste er seinen Wagen noch weiter ab und ließ die linke Scheibe runter. »Was soll denn das werden?«, rief er dem Mann entgegen.

»Kriminalpolizei, fahren Sie bitte rechts ran«, bekam er zur Antwort.

»Ich habe es eilig, was wollen Sie denn?« Er war sich sicher, dass er mit seiner nur leicht überhöhten Geschwindigkeit keiner Radarfalle ausreichend Gründe geliefert hatte, um gestoppt zu werden. Also blieb er zunächst relativ ruhig. Erst als der in Zivil gekleidete Polizist sagte, dass er sein Fahrzeug für einen Polizeieinsatz benötigen würde, verlor er die Fassung und wurde laut.

Der alte Waggon machte einen ziemlich abgehalfterten Eindruck mit seinen morschen hölzernen Seitenwänden, die viele Lücken aufwiesen. Auch dieser große Hallenabschnitt hatte nur ein marodes, löchriges Dach über sich, das vor Witterungseinflüssen kaum Schutz bot. Vielleicht hatte man in diesem Wagen früher einmal Tiere transportiert. Das spielte aber keine Rolle. Er wirkte völlig ungeeignet für eine einigermaßen akzeptable Unterbringung eines Menschen. Dagegen wäre dieser Raum im Raum links auf jeden Fall ein geeigneter Unterbringungsort für eine Geisel. Diesem Bau musste er seine Aufmerksamkeit widmen.

Jörg ging in aufgeregter Erwartung auf die nur angelehnte Tür zu. Sein Atem ging schneller, als er seine rechte Hand nach dem Türgriff ausstreckte. In der linken hielt er das Messer, für den Fall, dass er die zuvor gehörten Geräusche vom äußeren Schiebetor falsch interpretiert hatte.

Zögerlich berührte er den Griff, dann riss er die Tür abrupt auf, ganz auf einen Gegenangriff gefasst.

Auf einem weißen Klapptisch stand eine kleine batteriebetriebene Campinglampe. Sie tauchte den Raum in ein schwaches Licht. In der hinteren Ecke lag eine Matratze auf dem Boden. Darauf lag ein Mensch, der Wand zugewandt. Jörg trat in den Raum hinein.

»Stefan«, sagte er leise.

Langsam drehte sich die Person um und richtete sich abrupt auf, als sie ihn sah, obwohl sie vermutlich den Entführer erwartet hatte.

»Wer sind *Sie* denn?«, fragte Stefan angespannt und mit wenig Begeisterung in der Stimme. »Wenn Sie das neue Hausmädchen sind, sollten Sie erst mal was kochen. Das Essen ist lausig hier.«

Wärmland hatte in letzter Sekunde noch an den Bolzenschneider im Kofferraum des Dienstwagens gedacht und ihn geistesgegenwärtig in den BMW mitgenommen, für den Fall, dass sie sich auf andere Weise keinen Zugang zum Gelände verschaffen konnten. Jetzt hatten er und seine Leute mit der Kalenborner Höhe den höchsten Punkt des Streckenabschnitts nach dem Autobahnkreuz erreicht und fuhren nun talwärts auf der kurvigen Straße, die nach Altenahr und weiter ins obere Ahrtal führte. Rechts lag das Freizeitgelände mit der beliebten Sommerrodelbahn. Es folgte eine scharfe Linkskurve, in der rot-weiße Planken als zusätzliche Absicherung für stürzende Motorradfahrer dienten. Auf Höhe des kleinen Parkplatzes links ging es in eine scharfe Rechtskurve. Reuter musste den BMW stark abbremsen. Auch weil ein alter Audi vor ihnen mit rund zwanzig Stundenkilometern eher kroch als fuhr. Als die Strecke dann wieder etwas gerader wurde, beschleunigte der alte Herr in seinem über zwanzig Jahre alten Wagen aber immer noch nicht nennenswert. Dafür gelang Reuter diesmal das Überholen besser als kurz zuvor, und sie hatten endlich wieder freie Fahrt.

Vorhin, als Wärmland den zeternden BMW-Fahrer mit vorgehaltener Waffe aus seinem Wagen geholt hatte, war ihm wieder schwarz vor Augen geworden. Er hatte sich kurz in die Hocke begeben müssen und sich furchtbar gefühlt. Regine Nau war sofort eingesprungen und hatte die nach dem kurzen NRW-Abstecher über das Meckenheimer Kreuz nun wieder zuständigen Kollegen der Polizeiinspektion in Bad Neuenahr-Ahrweiler informiert, dass an ihrem in einem Feldweg abgestellten Mayener Dienstpassat ein Mann auf Abholung wartete. Wie gut nur, dass sie an jener Stelle auf der 257 gerade wieder rheinland-pfälzischen Boden erreicht hatten.

Sie passierten die Abfahrt nach Altenahr. Jetzt waren es noch sechs Minuten bis zur Bahnhofstraße in Kreuzberg.

Jörg war verblüfft über die direkte und nicht sehr eingeschüchtert wirkende Reaktion seines Neffen. Für ihn stand fest, dass er es mit Stefan zu tun haben musste. Welchen männlichen Jugendlichen von etwa sechzehn Jahren sollte er sonst hier erwarten?

»Ich bin nicht zum Kochen hier, Stefan. Ich bin dein Onkel Jörg und will dich hier rausholen.«

Statt des erhofften freudigen Gesichtsausdrucks verzog Stefan keine Miene. Er blieb überraschend teilnahmslos.

»Als sich mir das letzte Mal jemand als Onkel Jörg vorgestellt hat, bin ich entführt worden. Wie glaubwürdig soll das sein?«, wollte der Junge wissen.

»Ich bin jedenfalls der echte Onkel Jörg, der, den dein Papa nicht besonders mag. Das weißt du doch sicher?«

»Und wieso sind Sie jetzt plötzlich hier? Haben Sie auch was damit zu tun?«

»Deinen Entführer habe ich vor ein paar Wochen in Köln kennengelernt, daher wusste ich, wo ich dich suchen muss, aber er weiß nichts von meinem Kommen. Das hier ist vielleicht meine Chance, meine familiären Bindungen, vor allem die zu meinem Bruder, etwas zu verbessern, aber dafür sollten wir beide jetzt so schnell wie möglich von hier verschwinden.«

»Das könnte schwierig werden«, entgegnete Stefan, als plötzlich das Schiebetor draußen seinen charakteristischen Ton von sich gab.

Jörg zuckte zusammen, und sein Befreiungsplan-Kartenhaus brach zusammen. Trotz aller Szenarien, die er vor seinem inneren Auge durchgespielt hatte, traf ihn die Rückkehr dieses nicht rechtzeitig durchschauten Mannes wie ein Schlag, den er nicht hatte kommen sehen. Zu sehr hatte er sich schon auf der Erfolgsspur gefühlt. Jetzt kam also doch noch der Worst Case – das Aufeinandertreffen Mann gegen Mann. Hier gab es keine Möglichkeit, sich wegzuducken. Er saß mit Stefan in der Falle.

Nachdem sich das Quietschen beim Schließen des Tores wiederholt hatte, geschah zunächst nichts mehr.

Jörg hielt den rechten Zeigefinger mahnend vor seine Lippen. Beim Eintreten in den Raum im Raum hatte er die Tür nur halb geschlossen. Von außen konnte der Raum nicht eingesehen werden, also war auch nicht erkennbar, dass er zwei Schritte hinter der Tür im Innern des Raumes stand.

Jörg sah sich nach einem Standort um, von dem aus er besser auf den Entführer losgehen konnte. Er drückte sich schließlich an die Wand, weil es nichts im Raum gab, wohinter er Deckung gefunden hätte.

Er konnte nichts weiter tun, als an seiner jetzigen Position zu verharren und zu warten. Doch seine Rechnung ging nicht auf. Nichts geschah, niemand öffnete die Tür. Was hatte das zu bedeuten?

Draußen in der großen Halle konnte man nicht gehört haben, dass er mit Stefan gesprochen hatte. Ihre kurze Konversation war mit dem ersten Ächzen des Tores beendet gewesen. Warum also kam der Typ nicht näher?

Ein Schauder lief Jörg über den Rücken, als ihm bewusst wurde, was ihn verraten hatte: Die Tür zur Nachbarhalle, aus der er gekommen war, stand offen. Ein dummer Fehler, der unweigerlich auffallen musste. Er selbst hatte sich dem Entführer angekündigt. Nur *wer* sich inzwischen als dritte Person in dieser Halle aufhielt, das konnte er nicht wissen.

Sein Spezi würde aber sicher richtig vermuten, dass sich der Eindringling im Raum mit der Geisel aufhielt. Damit hatte Jörg den Überraschungseffekt eingebüßt, er konnte nicht mehr als Erster handeln. Aus der Traum von einem ruhigen Rückzug – jetzt lauerte ihm der Entführer auf.

Wie sollte es nur weitergehen?

Jörg wurde bewusst, dass er ohnehin keine Chance zur Befreiung seines Neffen gehabt hatte, denn als er Stefan musterte, der still und bewegungslos auf seiner Matratze ausharrte, fiel ihm auf, dass ein dünnes Stahlseil vom Fußgelenk des Jungen zu einer dicken eisernen Öse in der Wand führte. Der Junge war wie ein Hofhund angeleint und hatte gerade noch Spielraum genug, dass er ein kleines Chemieklo in der rechten Ecke erreichen konnte. Jörgs Traum von der gemeinsamen Flucht zerplatzte. Er hatte kein Werkzeug mitgebracht, mit dem man Stefan hätte befreien können.

Jörg fluchte still in sich hinein. Er spürte, wie ihn seine Entschlossenheit und Kraft verließen, wie sich seine Anspannung in Resignation verwandelte. Die ganze Situation hatte sich zu einer perspektivlosen Sackgasse entwickelt. Ein lauernder Entführer auf der einen und ein nicht zu befreiender Neffe auf der anderen Seite – es war ein Desaster.

Die Kreuzberger Bahnschranke war unten. Die Ahrtalbahn befand sich in Zufahrt zur örtlichen Haltestelle. Der dunkelblaue BMW stand hinter einem weißen Lieferwagen in Warteposition. Die vier Polizisten waren hochgradig nervös, aber einer von ihnen litt körperlich und seelisch. Wärmland verspürte Folterqualen. Er fühlte sich verraten und alleingelassen, gepeinigt von einem grausamen Schicksal, das ihn daran hinderte, auf direktem Weg zum möglichen Aufenthaltsort seines Sohnes zu gelangen. Stattdessen eine Hürde nach der anderen. Sein Puls ging viel zu schnell.

Wärmland musste an die Worte seines Sangesbruders und Kardiologen denken: Du darfst dich nicht übernehmen, du musst es ruhig angehen lassen und dich schonen, sonst kann es richtig schiefgehen.

Sterben?, dachte er weiter. Wenn er heute zu spät kam und seinem Jungen etwas zugestoßen war, wenn er seinen Jungen nicht mehr lebend fand, dann war Sterben genau das Richtige, aber jetzt war es noch zu früh.

Er fühlte sich ausgebrannt und unendlich müde. Die Angst fraß an seiner Seele. Sein Junge war vielleicht ganz nah, aber wie würde er ihn vorfinden? Wenn er daran dachte, presste sich sein krankes Herz noch mehr zusammen. Hoffentlich schaffe ich das noch, dachte er, als der Zug langsam vorüberfuhr. Hoffentlich haben wir noch eine Chance.

Zeit verstrich, ohne dass etwas geschah. Jörg schaute zu Stefan, der regungslos auf seiner Matratze saß. Er ahmte mit der rechten Hand eine Pistole nach, indem er Daumen, Zeige- und Mittelfinger ausstreckte und dabei lautlos die Frage »Hat er eine Waffe?« formulierte, während er gleichzeitig mit seinem Kopf in Richtung Tür wies.

Stefan verstand – und nickte.

Wärmland ahnte, dass er in seiner Verfassung nicht mehr lange funktionieren würde. Er hatte bald keine Reserven mehr.

Endlich ging der Schlagbaum hoch. Sein Blick fiel auf die erhaben über dem Ort thronende Burg der Familie von Böselager. Er erinnerte sich, dass während des Dritten Reiches zwei Offiziere aus der Familie zum Widerstand gegen Hitler gehört hatten. Gegen Hitler und seine fünfundfünfzig Millionen Toten. Er stand jetzt auch gegen einen Mann, der zwar ohne Volk und Armeen war, aber durchaus in der Lage, sein Leben zu zerstören, indem er seinem Jungen etwas antat. Wenn er es nicht schon getan hatte.

Reuter lenkte den Wagen über die Gleise der Ahrtalbahn hinweg und über die Ahrbrücke, dann bog er nach links in die Bahnhofstraße ein.

Weitere Minuten verstrichen, die Jörg endlos lang erschienen. Er sah nur noch eine Möglichkeit, diesem Katz-und-Maus-Spiel ein Ende zu machen. Er wandte sich zur Tür und nahm sein Messer in seine rechte Hand.

»Gerd, hörst du mich? Ich bin's, Jörg. Dein Pitterstüffje-Kumpel. Ich wollte mal meinen Neffen besuchen, okay? Ich komme langsam raus. Du musst nicht schießen. Ich hab keine Knarre. Ich komme jetzt raus, in Ordnung?«

Jörg streckte langsam seine Linke aus, um die Tür weiter aufzuschieben. Die Hand hatte die Klinke noch nicht erreicht, als sein linker Unterarm gepackt und er mit Macht nach draußen gezerrt wurde. Er stieß dabei mit der rechten Körperhälfte gegen den Türrahmen, was ihn aufstöhnen ließ. Der Angreifer hatte es wohl darauf abgesehen gehabt, ihn zu Fall zu bringen, und tatsächlich verlor Jörg das Gleichgewicht. Doch während er fiel, stieß er das Messer nach vorn, in Richtung des Angreifers, dem er im selben Augenblick in die Augen sehen konnte. Für den Bruchteil einer Sekunde glaubte er, so etwas wie Erstaunen darin zu erkennen, dann schlug er auf dem Boden auf.

Die von Jörg sofort erwartete Fortsetzung der Angreiferattacke blieb zu seiner Überraschung aus. Er lag wie erstarrt auf dem Rücken und stellte fest, dass sein Gegner wie in Zeitlupe zu Boden ging, während er ein eigenartiges Stöhnen von sich gab. Noch spürte er nicht den Schmerz der heftigen Prellung, die er durch den Stoß gegen den Türrahmen erlitten hatte.

Jörg dachte sofort das Richtige: Ich habe ihn mit meinem

Messerstoß so schwer erwischt, dass er nichts mehr gegen mich tun kann.

Dann war es vielleicht vorbei.

Jörg empfand Erleichterung. Er lag keuchend auf dem Boden. Sein Atem ging hastig, und er schnappte nach Luft. Das Adrenalin ließ allmählich nach. Jetzt spürte er seine geprellte Schulter.

Er schaute hinüber zu dem zusammengesunken an der Wand liegenden Mann. Der stöhnte noch immer und hielt sich mit seiner Linken den Bauch, während er sich mit dem rechten Ellenbogen abstützte. Jörg konnte allerdings keine Schusswaffe sehen.

Er rappelte sich mühsam auf, behielt den Entführer aber weiter im Auge, um nicht von einer neuen Attacke überrascht zu werden. Er hätte sich keine Sorgen machen müssen. Gerd schaute nicht einmal zu ihm auf, als er aufrecht stand und zur Tür zurückging, durch die er vorhin hinausgezerrt worden war.

Jörg ging hinein und hockte sich neben Stefan. »Wie hat er dich festgemacht?«, fragte er den Jungen ohne Umschweife. Er wollte so schnell wie möglich raus aus diesem Loch.

»Ihr habt doch gekämpft oder? Was macht er jetzt?«, wollte Stefan wissen.

»Ich hab ihn mit meinem Messer abgewehrt und dabei wohl so erwischt, dass er erst mal außer Gefecht ist. Aber wir sollten sehen, dass wir hier wegkommen. Was ist also mit dem Stahlseil und deinem Bein?«

Für Jörgs Geschmack schaute Stefan noch immer viel zu ernst angesichts ihrer sich jetzt bietenden Gelegenheit zur Flucht. Warum das so war, verstand er, als Stefan das linke Hosenbein etwas in die Höhe schob, sodass eine zweiteilige Stahlmanschette sichtbar wurde, die an einer Seite durch ein Scharnier verbunden und an der anderen Seite mit einem Vorhängeschloss zugesperrt war.

»Weißt du, wo er den Schlüssel hat?«, fragte Jörg ungeduldig. »Wo hat er den Schlüssel?«, wiederholte er gleich noch einmal.

»Er hat ihn meistens in seiner Jackentasche. Diese dünne dunkelblaue Jacke, die er fast immer anhat, heute auch.«

»Okay. Ich werde sehen, ob ich ihn kriege. Lauf nicht weg, ich bin gleich wieder da.« Er wies auf die Stahlmanschette.

Stefan reagierte nicht auf den Witz seines Onkels, sondern rieb sich das Bein oberhalb der Metallfessel.

Jörg stand auf und verließ den Raum. Gerd lag noch immer in sich zusammengesunken an derselben Stelle und hielt sich mit der Linken seinen Bauch. Als er Jörg kommen hörte, fasste er mit der anderen Hand langsam in seine Jackentasche. Er stöhnte vor Schmerz. Sein Hemd war im Bauchbereich dunkel gefärbt von Blut.

Jörg überlegte, was er sagen könnte, da streckte Gerd ihm die Hand entgegen, die einen Schlüsselring mit einem blauen Plastikanhänger und zwei kleinen Schlüsseln hielt.

»Bring den Jungen fort«, sagte er unter Schmerzen. »Er ist schon viel zu lange fort von daheim.«

Gerd Scheffler hatte leise gesprochen, aber Jörg hatte seine Worte gehört und wunderte sich sehr darüber. Er wollte sich jedoch nicht länger mit Scheffler beschäftigen, sondern endlich seine Mission erfüllen und seinen Neffen befreien. Das Werkzeug dazu hielt er in der Hand – die vom Entführer freiwillig ausgehändigten Schlüssel für die Fußfessel des Jungen.

In dem kleinen Raum kniete er neben Stefan nieder und steckte einen der Schlüssel in das Vorhängeschloss. Jetzt erst nahm er wahr, dass am Schlüssel Blut haftete. Er zögerte einen Augenblick, denn auch an seinen Fingern war etwas Blut. Dann drehte er den Schlüssel, und der Bügel ließ sich öffnen.

Ein Lächeln huschte über Stefans Gesicht. Die Manschette war offen, er war frei.

»Kannst du gehen?«, wollte Jörg von seinem Neffen wissen.

»Wie geht es ihm denn?«, fragte Stefan anstelle einer Antwort, und Jörg hob überrascht die Augenbrauen.

»Erstaunlicherweise hat er den Schlüssel von allein rausgerückt, freiwillig, ohne dass ich ihn anfassen musste.«

»Ich meinte, wie es ihm mit seiner Verletzung geht«, fasste Stefan noch einmal nach, was Jörg eigenartig vorkam. Was interessierte es den Jungen, wie es diesem Verbrecher ging? Jetzt zählte doch nur noch eines: dass sie dieses Gefängnis endlich verlassen konnten.

Dann hatte Jörg eine Idee und zog sein Handy aus der Hosentasche. »Ich bin doch ein Trottel«, murmelte er leise, als er sah, dass er das Gerät nicht ausgeschaltet hatte. Er griff sich an den Kopf. Damit hatte also die ganze Zeit über die Gefahr bestanden, dass er sich durch das Läuten seines Handys verriet! Hastig tippte er die Worte »Alles okay, habe Stefan bei mir« als Nachricht an seinen Bruder.

Stefan richtete sich auf und stand etwas schwankend im Raum.

»Können wir los?«, fragte Jörg. »Wir sollten hier raus. Du siehst blass aus und brauchst mal ein paar Sonnenstrahlen. Dein Vater wird auch gleich da sein und sich um alles kümmern. Soll ich dich stützen?«

Stefan fasste nach Jörgs rechtem Arm und nickte. »So wird es gehen«, meinte er zuversichtlich, und sie setzten sich in Bewegung.

Jörg strebte zügig in Richtung Ausgang, doch Stefan ließ seinen Arm los und ging vor Scheffler in die Hocke. Jörg wusste nicht, was er davon halten sollte, ließ den Jungen aber widerwillig gewähren.

»Wie geht es Ihnen?«, fragte Stefan den zusammengesunkenen Scheffler.

Jörg konnte das leise gesprochene »Ist okay … geh jetzt« kaum verstehen.

»Wir rufen einen Krankenwagen«, sagte Stefan entschlossen und berührte Scheffler kurz an der Schulter, als könnte er seiner Ankündigung damit mehr Glaubhaftigkeit verleihen. Er richtete sich auf. »Kann ich dein Handy haben, Onkel Jörg?«, fragte er und streckte die Hand aus.

»Ich geb's dir, aber lass uns endlich ins Freie gehen, okay?«, antwortete Jörg, der Stefans vertraulichen Umgang mit seinem Entführer nicht nachvollziehen konnte. Er mochte dem Jungen aber auch nichts abschlagen, also gab er Stefan sein Handy, und der Junge wählte schnell die 110.

Als beide schließlich nur noch zwei Schritte vom Tor entfernt waren, hörten sie draußen knirschende Geräusche, als würde sich jemand auf dem alten Schotterbett auf das Gebäude zubewegen. Jörg dachte spontan an seinen Bruder und dessen Leute und wollte schon etwas rufen, bremste sich jedoch, als ihm einfiel, dass es auch jemand anders sein konnte. Vielleicht sogar jemand, der zu Scheffler gehörte.

Er hielt wieder seinen rechten Finger an die Lippen und fragte Stefan leise flüsternd: »Hat er noch irgendwelche Komplizen? Weißt du, ob er zu irgendwem Kontakt hatte in der Zeit?«

Stefan schüttelte den Kopf. Also fällte Jörg seine Entscheidung.

»Bist du das, Jan?«, rief er laut und vernehmlich nach draußen. Wer auch immer auf der anderen Seite war, er musste es gehört haben.

»Ja, ich bin hier draußen«, hörten die beiden Wärmland rufen. »Ist das Tor offen? Könnt ihr rauskommen? Seid ihr sicher?«

»Ich denke schon«, rief Jörg. Er fasste den inneren Griff und begann zu schieben.

Langsam öffnete sich das auf einer oberen Schiene mittels Rollen geführte Tor, und die beiden von der Sonne etwas geblendeten »Ausbrecher« sahen Wärmland mit einer Waffe in der Hand vor der Halle stehen.

Wärmland erblickte seinen Sohn, der aufrecht im Tor stand, anscheinend unverletzt. Er konnte nichts dagegen machen – die Tränen bahnten sich eigenmächtig ihren Weg ins Freie, und Wärmland spürte einen Schwindel, als die Geröllmasse auf seiner Seele in Bewegung kam und Erleichterung Platz machte. Glücklich ging er auf Stefan zu und breitete ein wenig seine Arme aus.

Der Junge lief ihm entgegen, und sie nahmen sich in die Arme und drückten sich so fest, wie sie sich noch nie gedrückt hatten.

»Es tut mir so leid, dass ich dich nicht früher gefunden habe«, brachte Wärmland schluchzend hervor. »Ich hab furchtbare Angst um dich gehabt.«

»Ist schon gut, Papa«, erwiderte Stefan. »Es war alles halb so wild.«

Wärmland wusste mit dieser Bemerkung nichts anzufangen. Wie konnte eine Entführung und fortgesetzte Freiheitsberaubung mit Todesgefahr nur halb so wild sein? Aber die Interpretation dieser Mitteilung hatte angesichts der gerade erst stattgefundenen Befreiung keine Priorität. Im Moment war er einfach nur heilfroh, seinen Jungen lebend wiederzuhaben.

Vater und Sohn ließen sich wieder los. »Was ist mit Stefans Entführer?«, fragte Wärmland an Jörg gerichtet.

»Der ist drinnen, Papa. Er ist schwer verletzt, und ich hab einen Krankenwagen gerufen.«

»Einen Krankenwagen? Was ist denn passiert?«

»Herr Scheffler hat Onkel Jörg angegriffen, und der hat sich mit einem Messer gewehrt.«

»Nauchen, wollen Sie mal nach dem Mann sehen?«, fragte Wärmland seine junge Kollegin. Sie war mit Wärmland zur Vorderseite des Lokschuppens gekommen, während die beiden anderen Beamten sich einen Weg zur Rückseite des Gebäudes bahnten, um dort im Fall des Falles ein Verschwinden des Entführers vereiteln zu können.

»Okay, mach ich«, sagte Nau und hielt auf das offene Tor zu.

Wärmland wandte sich wieder seinem Sohn zu. »Wie geht es dir denn, mein Lieber? Hat er dir etwas getan? Bist du so weit okay?« Er konnte noch gar nicht recht fassen, dass sein Sohn so unvermittelt und anscheinend völlig heil neben ihm stand. Er fühlte sich ganz eigenartig.

»Ich bin in Ordnung, aber ich glaube, Herrn Scheffler geht es wirklich ziemlich schlecht.«

Wärmland war erstaunt und irritiert über die Hartnäckigkeit seines Sohnes, den Zustand seines Entführers ins Zentrum der Aufmerksamkeit zu stellen. Gerade so, als sorgte er sich um diesen Mistkerl. Er schenkte nun endlich auch seinem Bruder einen Blick. Als der ihn erwiderte, presste Wärmland die Lippen zusammen und nickte ein wenig als Zeichen seines Danks.

Jörg nickte zurück als Zeichen, dass er verstanden hatte.

Wärmland fixierte wieder seinen Sohn. »Du hast mir echt gefehlt, mein Großer«, presste er heraus. »Und deiner Mutter ist es auch nicht besonders gut gegangen. Aber jetzt sag mal, wie es dir geht.«

Stefans Antwort verblüffte Wärmland erneut.

»Alles halb so schlimm, aber ein Mini-Chemieklo und keine Dusche – das ist echt nicht der Hit.«

»Halb so schlimm?«, fragte Wärmland ungläubig nach. »Das ist gut, obwohl ich mir das nicht so recht vorstellen kann. Wenn man von einem verurteilten Mörder entführt und gefangen gehalten wird, denkt man so von außen doch eher, dass es irgendwie schlimm sein muss. Dann hat er dich ordentlich behandelt?«

Stefan sah seinen Vater sehr ernst an. »Herr Scheffler hat mir alles erzählt, die ganze Geschichte. Ich kann ihn verstehen.«

Wärmland kapierte nicht, was sein Sohn meinte. Welche Geschichte hatte er erzählt? Was hatte Stefan verstanden? Die Auskünfte seines Jungen waren verwirrend, vielleicht weil er doch unter Schock stand.

»Ich möchte nachsehen, wie es ihm geht«, sagte Stefan unvermittelt.

Wärmland schaute kurz zu seinem Bruder, aber der hob nur die Schultern und machte ein Gesicht, das wohl zum Ausdruck bringen sollte, dass auch er nicht wisse, warum Stefan so besorgt um seinen Entführer war.

»Lass mich mal zu ihm gehen, okay?«, schlug Wärmland an Stefan gerichtet vor. »Dann kannst du jetzt endlich deine Mutter anrufen und sie aus ihrem Alptraum befreien. Und du kannst noch hier draußen im Licht und an der Luft bleiben. Davon hattest du ja ein bisschen wenig die letzten Tage. Lass mich nachsehen.« Er reichte ihm sein Smartphone.

»Er ist nicht so schlimm, wie du denkst, Papa«, sagte Stefan und hatte dabei einen traurigen Unterton. Das Martinshorn eines Krankenwagens war in der Ferne zu hören.

Ehe sich Wärmland in Bewegung setzte, nickte er seinem Bruder noch einmal dankbar zu. Sosehr er Jörg bisher auch abgelehnt hatte – er konnte nicht leugnen, dass er ihm etwas schuldete. Er war Jörg unendlich dankbar, obwohl es ihm nicht leichtfiel, dies dem ungeliebten Bruder gegenüber einzugestehen. Nach so vielen konfliktbehafteten Jahren widerstrebte ihm ein positives Gefühl gegenüber diesem Mann.

Regine Nau erschien am Lokschuppentor. »Dem Mann geht es sehr schlecht, er hat schon sehr viel Blut verloren. Ich kann dieses Bluten aus dem Bauch aber auch nicht richtig stoppen.« Sie klang verzweifelt.

»Rufen Sie bitte die Kollegen zu uns, Nauchen, und Nowak soll sofort nach vorn auf die Straße gehen, damit der Rettungswagen nicht unnütz rumsuchen muss. Die dürften das Gelände ja kaum kennen.«

Nau nickte und machte sich sofort daran, das Gewünschte in die Tat umzusetzen.

Dann ging Wärmland eilig in die Halle.

Scheffler lag ausgestreckt am Boden neben der Tür zu einem Raum, den jemand nachträglich in die Halle hineingebaut haben musste, und hielt sich den Bauch.

Wärmland sah das viele Blut, das Schefflers Hemd unterhalb der Brust und auch den oberen Bereich seiner Stoffhose dunkel gefärbt hatte. Er hatte anscheinend tatsächlich schon eine beträchtliche Menge Blut verloren. Das Ausmaß war vielleicht lebensbedrohend. Wärmland dachte an Stefans Sorge um diesen Mann. Er habe ihm alles erzählt, hatte sein Sohn ihm gerade noch gesagt. Was mochte das sein, und wie konnte es Stefan so für den Verbrecher Scheffler eingenommen haben?

Wärmland ging neben dem Mann in die Hocke und berührte ihn leicht an der Schulter.

Scheffler stöhnte leise, schlug dann aber die Augen auf. Zu Wärmlands Überraschung schien er ein wenig zu lächeln. Angesichts der Umstände eine ungewöhnliche Reaktion.

»Gut, dass Sie ihn wiederhaben«, hörte Wärmland ihn leise flüstern. Der Mann war offensichtlich sehr schwach.

»Halten Sie durch«, sagte Wärmland. »Der Notarzt ist im Anmarsch, man wird Ihnen gleich helfen.«

Scheffler machte eine schwache Geste mit der linken Hand. »Alles … in Ordnung«, flüsterte er.

Den Eindruck hatte Wärmland allerdings ganz und gar nicht.

»Wir müssen irgendwie die Blutung stoppen«, sagte er und schaute sich um. Dann stand er auf und warf einen Blick in den Raum, der Stefans Gefängnis gewesen war. Auf einer kleinen hochkant gestellten Kiste sah Wärmland ordentlich gefaltete Wäschestücke, obenauf anscheinend T-Shirts. Wärmland griff sich das oberste Shirt, an dem noch ein Preisschild befestigt war. Er kehrte zu Scheffler zurück und hockte sich wieder vor ihn. Nachdem er das Shirt zu einem kleinen weißen Stoffballen gefaltet hatte, schob er Schefflers Hemd nach oben, bis der Bauch und der Bereich der Wunde freilagen. Vorsichtig hielt er den Stoff vor die Wunde. »Können Sie das auf Ihre Wunde pressen?«, fragte er den Verletzten. Dabei wurde ihm bewusst, dass das Bluten einer Bauchwunde von außen kaum vernünftig zu stoppen war, weil man auch in den Bauchraum hineinblutete. Zum Glück war das Martinshorn jetzt ganz nah. Die professionelle Hilfe würde bald hier sein.

Scheffler legte seine blutige Hand auf das T-Shirt.

»Mein Junge hat mich eben ziemlich überrascht. Offensichtlich macht er sich ernsthaft Sorgen um Sie. Das habe ich ehrlich gesagt nicht erwartet. Sie müssen ihn wohl einigermaßen ordentlich behandelt haben. Wenn das wahr ist, wenn Sie ihn also gut behandelt haben, bin ich Ihnen dankbar dafür. Obwohl mir das doch irgendwie sehr eigenartig vorkommt.«

Wärmland fühlte sich in einem Zwiespalt. Wie sollte er Stefans Verhalten richtig interpretieren? Eigentlich war es doch völlig irre, sich beim Entführer seines Kindes zu bedanken.

»Er spielt … sehr gut … Schach«, sagte Scheffler leise, bevor er wieder vor Schmerz aufstöhnte.

Wärmland kam aus dem Staunen nicht mehr heraus. Was war das denn für eine Entführung gewesen? Mit Schach hatte sein Junge doch vor ein paar Jahren aufgehört. Sie hatten es früher mal eine Zeit lang gespielt, wenn Stefan an den Wochenenden bei ihm gewesen war.

»Ja«, stimmte Wärmland zögernd zu. »Er hat mich früher auch immer wieder fertiggemacht.« Er lächelte, während Scheffler mit einem Stöhnen und einem schwachen Lachen reagierte.

Scheffler lag auf der rechten Seite, den Kopf unnatürlich abgeknickt und sicher nicht in angenehmer Position. Wärmland stand auf und ging in das Zimmer, in dem Stefan die Zeit seiner Gefangenschaft verbracht hatte. Drinnen fand Wärmland eine Decke auf der am Boden liegenden Matratze. Er nahm sie und ging wieder nach draußen. Zurück bei Scheffler rollte er die Decke zusammen und schob sie unter den Kopf des Verletzten.

Der Ton des Martinshorns kam nun merklich näher.

»Halten Sie durch«, forderte Wärmland Scheffler auf. »Die sind gleich da.«

Diesmal reagierte Scheffler nur noch mit einem leisen Stöhnen. Aber dann klopfte er mit der Hand auf den Boden und zeigte auf seine rechte Seite. Wärmland verstand nicht, was er wollte.

»Meine Waffe«, röchelte Scheffler. Jetzt wusste Wärmland, worauf er hinauswollte. Scheffler versuchte stöhnend, sich etwas zu drehen, und zupfte schwach an seiner Jacke. Wärmland zog am rechten unteren Jackenzipfel und entdeckte den Griff einer Pistole, die unter Scheffler hervorschaute. Er hatte die Waffe offenbar in der Jackentasche deponiert. Wärmland zog sie vorsichtig ganz heraus.

Es war eine ältere Beretta 952 aus den fünfziger Jahren. Wärmland hatte dieses Modell zuvor einmal während eines Waffenseminars gesehen, eine Schusswaffe der ältesten Rüstungsfirma der Welt, die auf das Jahr 1526 zurückging.

»Herr Scheffler«, sagte er und berührte den Verletzten an der Schulter, aber der sagte nichts und rührte sich nicht mehr. Anscheinend hatte er die Besinnung verloren.

Nach dem, was Wärmland bisher herausgehört hatte, hatten sich Stefan und Scheffler irgendwie gut verstanden – erstaunlich angesichts der Umstände. Stefan würde ihm noch mehr dazu berichten müssen, damit er es verstand.

Die Lautstärke des Martinshorns ließ Wärmland vermuten, dass sich der Rettungswagen inzwischen in unmittelbarer Nähe befand, und er richtete sich auf. Ihm wurde jedoch schwarz vor Augen, und er ging sofort wieder runter in die Hocke. Jetzt spürte er wieder, wie sich sein Herz abmühte. Es war ein sehr schlechtes Gefühl.

Nicht jetzt, nicht jetzt schon, dachte Wärmland und krabbelte einen Meter auf allen vieren, ehe er den nächsten Versuch unternahm, auf die Beine zu kommen. Ihn befiel erneut ein Schwindel, als er zum offenen Schiebetor nach draußen strebte. Er hielt sich kurz am Tor fest und atmete heftig ein und aus, aber dann lächelte er, weil er Stefan bei Nau stehen sah.

Jetzt konnte endlich alles gut werden.

Oberkommissar Nowak war dem Notarztwagenteam bis zum alten Haupteingang, den Wärmland und sein Team bei ihrer

Ankunft nur provisorisch verschlossen vorgefunden hatten, entgegengegangen. Er kam nun forschen Schrittes zurück, unmittelbar gefolgt von drei Männern. Der starke Wildwuchs auf dem Gelände hatte verhindert, dass der Wagen bis vor die Halle fahren konnte.

»Wo ist der Verletzte?«, rief der Notarzt schon von Weitem.

»Ich bringe Sie zu ihm«, sagte Stefan und schaute seinem Vater in die Augen.

»Natürlich, mach das«, stimmte Wärmland zu. Er musste Stefans Sympathie für Scheffler akzeptieren, auch wenn er die genauen Umstände dafür noch nicht kannte. Dass Stefan gut behandelt worden war, machte Schefflers bedenklichen Status als verbrecherischer Entführer aus seiner Sicht jedoch nicht zunichte.

Stefan setzte sich in Bewegung, und die drei Männer aus dem Rettungswagen folgten ihm ins Innere des Gebäudes.

Jörg Wärmland hatte dem Geschehen schweigend zugeschaut, ohne etwas zu sagen, aber jetzt brach es aus ihm heraus.

»Was sind denn das für fortschrittliche Polizeimethoden?«, fragte er mit einem etwas sarkastischen Unterton. »Da befreit man eine Geisel aus den Händen eines Verbrechers und Mörders, und dann wird die in Freiheit gekommene Geisel zur Betreuung des Täters abgestellt. Ist schon etwas schräg, oder?«

»Ich verstehe meinen Jungen ja auch nicht. Ich bin mir aber sicher, dass es einen guten Grund gibt, warum er sich so sehr um den Mann sorgt.«

»Der Typ hat mich mit seiner dezenten Ausfragerei arglistig getäuscht und hinters Licht geführt, um sich dann deinen Sohn greifen zu können«, platzte es aus Jörg heraus. Sein Ärger auf Scheffler war begründet, spiegelte nach Wärmlands Meinung aber auch den Ärger auf sich selbst, weil er sich hatte austricksen lassen. »Vielleicht hat er Stefan ja erzählt, dass er Missionar und das Ganze nur Teil einer Aufmerksamkeitskampagne zugunsten seiner in Afrika hungernden Kinder ist«, ätzte Jörg mit unverhohlenem Zynismus.

»Gib uns ein bisschen Zeit, wir werden es schon noch genau erfahren, okay?«, erwiderte Wärmland beruhigend.

»Vielleicht hätte es ja gereicht, wenn ich einfach nur angeklopft hätte: ›Hallo, ich nehm den Jungen dann mal wieder mit. Ich hoffe, er hat sich gut betragen.‹ Wir hätten vielleicht noch ein paar leckere Kekse gegessen, und ich hätte mich entschuldigt, dass ich nicht daran gedacht habe, frischen Kaffee mitzubringen, und natürlich an den Blumenstrauß als Abschiedsgeschenk für die nette Beherbergung meines Neffen.«

»Lass gut sein, Jörg. Du hast alles richtig gemacht. Ich bin dir sehr dankbar.« Wärmland konnte ein kurzes, befreiendes Lächeln nicht unterdrücken. »Ich war scheißwütend auf dich nach deinem Anruf, weil ich gedacht habe, dass du alles vermasseln wirst. Ich hatte eine Wahnsinnangst, aber darüber will ich gar nicht länger nachdenken.« Kaum dass er das gesagt hatte, wurde Wärmland wieder schwarz vor Augen, und er ging wieder in die Hocke.

»Was ist denn los mit dir?«, fragte Jörg irritiert.

»Ist wohl der Kreislauf, von der ganzen Anspannung«, behauptete Wärmland.

»Nachdem wir uns länger nicht gesehen haben, will ich ja nicht unhöflich klingen, aber du siehst – um es nett auszudrücken – ziemlich mies aus.«

Wärmland nickte. »Das wird jetzt schnell wieder besser. Er ist ja wieder da.«

Der riesige Mühlstein, der auf ihm lastete, konnte sich jetzt, nachdem es geschafft war, langsam davonstehlen.

»Er ist tatsächlich wieder da. Das Schlimmste ist überstanden.« Sein Lächeln blieb, und Regine Nau, die ein paar Meter entfernt stand, sah es und lächelte froh zurück.

Jörg dagegen schaute weiter ernst auf seinen jüngeren Bruder.

»Es ist alles so irritierend«, sagte Wärmland. »Aber was jetzt zählt, ist, dass wir Stefan unverletzt wiederhaben, und den Täter haben wir auch. Alles Weitere lässt sich später klären.«

»Okay«, entgegnete Jörg und nickte.

Die beiden Rettungssanitäter kamen aus dem Gebäude und eilten zu ihrem Wagen, um die Trage zu holen.

»Wie sieht es aus?«, fragte Wärmland, als die beiden Männer mit der Trage vorbeikamen. Einer der beiden, ein wuchtiger Kerl, Typ Gangster-Rapper mit schwarzem Bart und schwarzer

Sonnenbrille, schaute kurz zu ihm herüber und wiegte den Kopf hin und her.

»Der Mann hat mächtig Blut verloren. Könnte knapp werden.« Dann verschwanden die Männer im Gebäude.

Stefan kam heraus und ging zu seinem Vater.

»Der Arzt sagt, dass es nicht gut aussieht. Aber ich verstehe, dass sich Onkel Jörg in einer Notsituation befunden hat, als ihn Herr Scheffler plötzlich am Arm gepackt und aus dem Raum gezerrt hat. Er konnte ja nicht wissen, was er mit ihm vorhatte. Da musste er sich natürlich wehren. Leider konnte ich ihm nicht mehr rechtzeitig erzählen, wie friedlich und freundlich Herr Scheffler eigentlich ist.«

Das waren Worte, die Jörg sichtlich guttaten. Wärmland bemerkte, wie er direkt ein paar Zentimeter größer wurde und Stefan versöhnt ansah, weil dieser Partei für ihn ergriff.

Der Notarzt und die Sanitäter kamen mit dem Verletzten nach draußen. Der Arzt machte ein sehr ernstes Gesicht. Wärmland war gezwungen, ihn kurz aufzuhalten.

»Dieser Mann da ist der Entführer eines sechzehnjährigen Jugendlichen. Er hat den Jungen eine Woche lang in dem Lokschuppen dort gefangen gehalten. Das ist eine schwere Straftat. Wenn er nicht verletzt wäre, hätten wir ihn festgenommen und mitgenommen. Jetzt muss einer unserer Leute mit ins Krankenhaus fahren, denn er ist auch schwer verletzt immer noch ein Täter.«

»Wenn es sein muss«, erwiderte der Arzt achselzuckend. »Aber weglaufen wird der sicher nicht. Ich weiß nicht mal, ob er es bis ins Krankenhaus schafft. Er hat sehr viel Blut verloren. Damit braucht er jetzt weniger eine Polizeibegleitung als einen heilkundigen und gut gelaunten Schutzengel. Wir müssen uns beeilen.«

»Ich mach das«, sagte Oberkommissar Reuter. »Ich war in früheren Jahren selbst mal Rettungssanitäter. Da könnte ich mich unter Umständen noch nützlich machen.«

Wärmland nickte zustimmend, und Reuter folgte dem Rettungsteam zum Wagen.

Jörg schaute zu Stefan, der an Schefflers Zustand offensichtlich großen Anteil nahm. Er sprach den Jungen noch einmal an.

»Stefan, ich hab in dem Moment, als er mich gepackt hat, wirklich gedacht, dass es um Leben oder Tod geht«, erklärte er entschuldigend.

»Das muss man wohl auch annehmen in so einer Situation«, antwortete Stefan. »*Er* hat an der Stelle einen Fehler gemacht. Er hätte besonnener reagieren müssen, aber du warst für ihn in dem Augenblick ja ebenfalls eine nicht einschätzbare Bedrohung. Es ist traurig, weil das alles so unnötig war. Er ist nämlich eigentlich ein ganz friedlicher Mann.«

Wärmland wählte Trobischs Nummer. »Ich hab meinen Stefan wieder, sogar in ganz ordentlicher Verfassung«, sagte er leise.

»Du klingst ziemlich froh und ziemlich kaputt. Es war auch höchste Zeit. Ich freue mich wahnsinnig für dich«, erwiderte Trobisch erleichtert.

»Wir fahren jetzt zurück, und ich bringe meinen Jungen zu seiner Mutter. Danach melde ich mich wieder.«

Wärmland hatte Scheffler beinahe vergessen, aber Trobisch wollte noch etwas zum Entführer wissen. Als er hörte, dass der auf dem Weg ins Krankenhaus war, kündigte er an, ein Spurensicherungsteam zum Lokschuppen zu schicken. Dann war das Gespräch beendet. Sie konnten endlich die Rückfahrt antreten.

Dadurch, dass Reuter mit dem Notarztwagen mitgefahren war, gab es jetzt auch ausreichend Platz für einen weiteren Passagier – für Stefan.

»Ich brauche dich in Koblenz, damit meine Kollegen deine Aussage aufnehmen und protokollieren können«, sagte Wärmland zu Jörg, nachdem Stefan sich von seinem Onkel verabschiedet hatte, »aber das hat Zeit bis morgen. Man wird dich anrufen, okay?«

Jörg nickte stumm und zog einen imaginären Hut. Dann schob er die Hände in die Hosentaschen und machte sich auf den Weg zu seinem Wagen. Er wirkte recht zufrieden mit sich selbst, und Wärmland konnte nicht umhin, ihm dieses Gefühl zuzugestehen.

Regine Nau hatte zwei Polizisten aus Bad-Neuenahr zur Sicherung des Geländes einbestellt. Da das Zufahrtstor nunmehr ungesichert war, konnten sie nicht ausschließen, dass Neugierige auf das Gelände gelangen wollten, zumal ein Notarztwagen mit

Blaulicht und Martinshorn auf ungewöhnliche Umstände am Lokschuppen hingewiesen hatte.

Während der neunundvierzig Minuten Fahrt von Kreuzberg bis zur Roonstraße in Koblenz, wo Stefan mit seiner Mutter lebte, vermied Wärmland es, seinen Sohn mit Fragen zu bedrängen. Dabei brannte er darauf, endlich mehr zu erfahren. Sowohl der besorgte Vater als auch der Polizist und Ermittler in ihm bebten vor Ungeduld. Allein die Umstände des Nachmittags und Abends, an dem sich die Entführung abgespielt hatte, warfen noch immer so viele Fragen auf. Aber Wärmland übte sich in Zurückhaltung. Zum einen fühlte er sich trotz der großen Erleichterung, seinen Sohn wohlbehalten wiedergefunden zu haben, körperlich sehr schlecht. Außerdem hatten sie nun ja sowohl den Entführten als auch den Entführer, womit die Ermittlung aus polizeilicher Sicht bezüglich der entscheidenden Punkte abgeschlossen war.

Wärmland hatte jedoch nicht nur auf die Erlösung von seinem schlimmsten Alptraum gehofft, sondern auch auf ein Nachlassen dieses kranken Gefühls, das sein Herz in ihm verursachte. Sein Körper schien aber noch nicht richtig in der Lage zu sein, die riesige Freude, die er angesichts des Wiedersehens mit Stefan empfand, in mehr Kraft und Wohlbefinden umzusetzen. Er musste sich eingestehen, dass diese Herzerkrankung ihn wohl doch fester im Griff hatte, als ihm lieb sein konnte. Gleichzeitig hoffte er, dass dieses freudigste Ereignis seines Lebens ihm letzten Endes bei der Gesundung helfen würde. Was konnte besser helfen? Wenn gebrochene Herzen Menschen um den Verstand und das Leben bringen konnten, musste das jetzt empfundene Glück ihn doch nachhaltig und rasch heilen können. Aber noch ging sein Atem schnell und hektisch, als versuchte er verzweifelt, seinem alten, besseren Leben hinterherzulaufen.

Während sich Stefan nach dem Telefonat mit seiner Mutter auch noch bei seinen Großeltern und seinem besten Freund zurückmeldete, grübelte Wärmland im Fond des Wagens über das, was ihm sein Junge wohl noch offenbaren würde.

Die Unterbringung in dem kleinen Raum in der Halle war von erschreckender Primitivität gewesen, und Wärmland fragte sich mehr und mehr, ob sich hinter Stefans so heil wirkendem Äußeren nicht vielleicht innere Störungen verbargen, die der Junge erst nach und nach preisgeben würde. Selbst stabile Erwachsene konnten durch solche gewaltsamen Ereignisse ein Trauma davontragen, das ihnen noch lange darüber hinaus zu schaffen machte, und die aus Wärmlands Sicht befremdliche Sorge um seinen Entführer konnte er sich nur durch ein von Psychologen immer wieder beschriebenes, bekanntes Phänomen erklären: Bei Geiselnahmen von längerer Dauer stellte sich manchmal ein Vertrauensverhältnis zwischen Geiselnehmer und Opfer ein. In manchen Fällen kam es gar zu einer Solidarisierung zwischen Täter und Opfer, etwa wenn der Grund der Entführung etwas mit Politik und Weltanschauung zu tun hatte und das Opfer diese Ansicht grundsätzlich teilte. Hier lagen die Dinge nach Wärmlands Empfinden aber noch einmal anders. Das Motiv war persönlich und der Racheakt an einem Polizisten mittels Kindsentführung zudem ein extrem seltenes Phänomen. Ein vergleichbarer Fall war Wärmland aus der deutschen Kriminalgeschichte jedenfalls nicht bekannt.

Nachdem Stefan die Telefonate beendet hatte, schaute er seinen Vater an. »Jetzt wird alles wieder gut«, sagte er in überzeugtem Tonfall und umarmte Wärmland, so gut es auf den Rücksitzen und angeschnallt eben ging. »Du bist sicher total neugierig darauf, zu erfahren, wie alles passiert ist.«

Wärmland lächelte. »Da muss ich mich wohl schuldig bekennen, ich kann es vor Ungeduld kaum aushalten.«

»Aber lass es mich dir und Mama zusammen erzählen. Gleich morgen, wenn ich geduscht und mich mal richtig ausgeschlafen habe. Wäre das möglich?«

Wärmland gestand seinem Sohn diese kleine Schonfrist gern zu, wenn ihm die Fragen auch unter den Nägeln brannten. Aber *eine* bestimmte Frage, die ihn die ganze Zeit beschäftigt hatte, konnte er nicht zurückhalten, und zwar die, ob Scheffler ihn beim oder nach dem Gewaltakt der Entführung irgendwie misshandelt habe. Stefan verneinte das geradezu empört.

»Kannst du mir dann etwas zu diesem ziemlich blutigen T-Shirt sagen, das uns alle sehr erschreckt hat? Denn wir haben natürlich herausgefunden, dass das Blut tatsächlich von dir stammt. Und es war gar nicht so wenig.«

Stefan nickte. »Dafür gibt es eine ziemlich harmlose Erklärung: Ich hatte starkes Nasenbluten, und Herr Scheffler meinte, er würde mir gleich ein frisches T-Shirt geben. Ich könnte das, das ich anhatte, zum Abwischen nehmen. Er hatte einen kleinen Wäschevorrat für mich angeschafft, weil es ja mit den Dusch- und Bademöglichkeiten eher mies aussah. So hab ich jeden Tag was Frisches anziehen können. Ich hab ihm dann das blutige T-Shirt zum Entsorgen gegeben. Ich ahnte ja nicht, dass er es euch zuschicken würde, um euch einen Schrecken einzujagen. Tut mir leid.«

»Das konntest du auch nicht wissen und schon gar nicht verhindern«, erwiderte Wärmland tröstend und legte noch mal einen Arm um seinen Sohn. »Es hat jedenfalls voll gewirkt. Aber jetzt bist du ja wieder da.«

Weitere Fragen verkniff sich Wärmland. Stefan würde in den nächsten Tagen noch sehr viele Fragen wieder und wieder beantworten müssen, damit die Ermittlungen abgeschlossen werden konnten.

Wärmland hatte seine Ex-Frau noch nie so sehr in Tränen gesehen wie in dem Moment, da sie ihren Sohn wieder in die Arme schließen konnte. Sie erdrückte Stefan fast und bedeckte sein Gesicht mit Küssen, was dieser geduldig über sich ergehen ließ.

Wärmland kam nicht mit in die Wohnung, aber als Ursula schließlich von Stefan abließ, sah sie ihn an und sagte mit tiefer, ehrlicher Empfindung nur ein einziges Wort: »Danke.«

Wärmland nickte kurz, sagte: »Ich hab kaum was gemacht«, und legte Stefan noch einmal aufmunternd die Hand auf die Schulter.

»Bis morgen, Papa«, sagte der völlig unter Tränen stehende Junge.

Wärmland lächelte und wandte sich zur Treppe.

Am nächsten Tag lieferte Stefan Wärmland seinen Eltern eine umfassende Schilderung der Vorgänge seit dem Nachmittag der Entführung.

Er war von einem Mann angerufen worden, der behauptet

hatte, er sei Jörg Wärmland, Stefans Onkel. Der vermeintliche Anverwandte hatte ihn gefragt, ob er mit ihm über Stefans Vater, seinen jüngeren Bruder Jan, reden könne. Es gehe um eine sehr schwierige Situation, eine knifflige familiäre Angelegenheit, in der er Stefans Rat suche, da dieser seinen Vater ja sehr gut kenne. Stefan wusste, dass Wärmland nicht besonders gut auf seinen Bruder zu sprechen war und dass dieser nur zu Tante Ulli in Köln ein einigermaßen normales, geschwisterliches Verhältnis hatte, doch die Angaben zu den Verhältnissen der Geschwister untereinander, die seiner Kenntnis entsprachen, machten ihn glauben, dass der Mann am anderen Ende der Leitung tatsächlich sein Onkel Jörg sein müsse. Das wurde noch weiter gefestigt durch dessen Vorschlag, sich in der St.-Josef-Kirche in der Koblenzer Südstadt zu treffen, wo die Wärmland-Jungen in ihrer Kindheit beide einmal Messdiener gewesen waren. Das beseitigte bei Stefan jeden Zweifel und überzeugte ihn, es tatsächlich mit seinem Onkel zu tun zu haben.

Als Stefan dann beim vereinbarten Treffpunkt erschien, habe ihn der vermeintliche Onkel nach kurzem Gespräch betäubt, indem er ihm ein mit irgendetwas getränktes Tuch auf Mund und Gesicht presste.

Wärmland merkte, dass sich sein Sohn wegen dieser Überrumpelung ein wenig schämte. Als sportlicher junger Mann mit einer Körpergröße von eins dreiundachtzig musste ihm sein Unvermögen zur Gegenwehr wie eine kaum verzeihliche Schwäche vorkommen.

»Er hat mich plötzlich gepackt und meinen rechten Arm so fixiert, dass ich einen Moment lang völlig hilflos war«, sagte Stefan entschuldigend.

Ursula sagte nichts, aber ihr kamen wieder Tränen, als sie diese Schilderung hörte.

Wärmland erklärte seinem Sohn, dass es viele Möglichkeiten gab, selbst einen körperlich überlegenen Menschen zu überrumpeln. Er dürfe sich das nicht als Fehler anrechnen, Scheffler habe immerhin Erfahrung in diesen Dingen. Dass sich an diesem Nachmittag keine weiteren Besucher in der Kirche befanden, hatte es dem Angreifer noch leichter gemacht.

Stefan berichtete, dass er schließlich gefesselt und geknebelt in einem kleinen, fahrenden Transporter aufgewacht war. Als er sich beim Aussteigen aus dem Fahrzeug gewehrt habe, sei er wieder betäubt worden. »Herr Scheffler hat mir später erzählt, dass er mich mit einer großen Schubkarre in den Raum verfrachtet hat. Er wollte keine Verletzungen riskieren, daher hat er mich noch mal betäubt, ehe es zu einem Kampf kam.«

Wärmland hatte in der Halle neben dem inneren Raum tatsächlich eine Schubkarre stehen sehen. Das passte also. Ihn beschäftigte seit gestern aber vor allem eine Frage.

»Stefan, mir ist aufgefallen, dass du dir große Sorgen um Herrn Scheffler gemacht hast.« Er musste sich an dieser Stelle ziemlich durchringen, aus Respekt vor Stefans positiver Reaktion auf seinen Entführer den Zusatz »Herrn« zu benutzen. »Was hat dazu geführt, dass du so viel Sympathie für ihn empfindest?«

Ursula griff nach der Hand ihres Sohnes. »Ist das auch okay für dich, wenn wir dich jetzt so löchern?«, wollte sie von Stefan wissen.

»Kein Problem, Mama«, sagte der Junge. »Es ist wichtig, dass ihr die ganze Geschichte erfahrt.«

Ursula lächelte, aber es rannen Tränen über ihre Wangen.

Stefan berichtete ausführlich von seiner Woche im Lokschuppen und entwarf dabei ein Bild von seinem Entführer, mit dem Wärmland nicht gerechnet hatte. Er machte deutlich, dass Scheffler sehr freundlich und aufmerksam sowie darum bemüht gewesen sei, ihm den Aufenthalt so angenehm wie möglich zu machen. Die ganze Zeit über sei er ausreichend mit Essen und Trinken versorgt worden, zum Schlafen hatte er eine fabrikneue Matratze vorgefunden. Scheffler habe zudem glaubhaft dargelegt, dass es ihm sehr leidtat, Stefan in diese Situation gebracht zu haben. Er hätte ihm am Ort seiner Gefangenschaft zudem gern etwas mehr Komfort geboten. Die sanitäre Situation sei ja unbestreitbar miserabel gewesen. Dass sich Stefan mit seiner Fußfessel nur in einem begrenzten Radius bis hin zu einem Camping-Chemikalien-Klo hatte bewegen können, war eine üble Angelegenheit für den Jungen und das, was er am meisten verabscheut hatte.

Schließlich hatte Scheffler Stefan anvertraut, warum er sich zu der Entführung entschlossen hatte: weil er selbst einmal Vater einer fünfzehnjährigen Tochter gewesen war. Das Mädchen war jedoch während Schefflers Haftzeit an Krebs erkrankt, und er hatte in ihrer letzten Lebensphase nicht für seine geliebte Tochter da sein können. Sie sei ohne seine Fürsorge und sein Beisein gestorben. Das habe ihn seinen Lebenswillen verlieren lassen, und irgendwann habe er auch den Entschluss gefasst, seinem verpfuschten Leben ein Ende zu bereiten. Aber dann hatte er den Gedanken, Wärmland auch einmal in eine ähnlich schmerzhafte Situation von Hilflosigkeit zu bringen, nicht mehr aufgeben können.

»Weißt du, Papa, dass du ihn damals geschnappt hast, war für ihn nicht das Problem, weil so die Regeln sind. Aber was dann daraus geworden ist, war unerträglich für ihn, dass seine Tochter sterben musste, während er zur Untätigkeit verdammt war.«

»Scheffler … also Herr Scheffler hat damals behauptet, unschuldig am Tod des Wachmanns gewesen zu sein, der bei dem Überfall getötet worden war«, sagte Wärmland mit ernster Miene. »Er hatte zugegeben, dass er sich nach längerem Sträuben von den beiden tatbeteiligten Brüdern zu dem Überfall überreden ließ und in ihrem Auftrag die Waffen besorgte, die dabei zum Einsatz kamen. Einer der Brüder soll nach seiner Aussage dann diesen Wachmann erschossen haben. Auf der Mordwaffe, der einzigen, die später gefunden wurde, waren aber nur Schefflers Fingerabdrücke. Die beiden Brüder könnten von vornherein unsauber gespielt haben, denn Scheffler behauptete, dass beide Handschuhe getragen hätten. Beweisen konnte die Verteidigung das aber nicht. Nachdem Scheffler und seine beiden Komplizen gefasst waren, beschuldigten die Brüder ihn, der Todesschütze gewesen zu sein. So bekamen sie ein paar Jahre für schweren Raub, Scheffler hingegen wurde zu ›lebenslänglich‹ wegen Mordes verurteilt.«

»Und dann hat er sich auf unseren Jungen gestürzt?«, empörte sich Ursula. »Er hätte sich an die beiden Brüder halten sollen, die ihm das eingebrockt haben.« Stefans Mutter war richtig laut geworden.

»Ich meine, mich zu erinnern, dass der eine in der Haft gestorben ist«, meinte Wärmland. »Der andere sitzt inzwischen wieder –

und diesmal für einen längeren Zeitraum, von denen hat nach Schefflers Entlassung also keiner mehr für eine Racheaktion zur Verfügung gestanden.«

»Herr Scheffler hat gesagt, mit einer Verurteilung wegen schweren Raubes wäre er vielleicht schon nach acht, zehn oder zwölf Jahren freigekommen. Dann wäre er ein freier Mann gewesen zu der Zeit, als seine Tochter so furchtbar krank geworden ist. So hatte er keine Möglichkeit, sich richtig um sie zu kümmern.«

»Dafür hat er erreicht, was er sich vorgenommen hatte«, meinte Wärmland niedergeschlagen. »Er hat mich beziehungsweise deine Mutter und mich deutlich spüren lassen, wie furchtbar quälend es ist, seinem Kind nicht helfen zu können. Jetzt kann ich mir vorstellen, wie es ihm damals ergangen ist, als er nicht zu seiner kranken Tochter konnte.«

»Darauf hatte er es angelegt«, bestätigte Stefan. »Die Wahl fiel auf dich, weil du der Einzige von damals bist, der noch ein minderjähriges Kind hat, um das er sich Sorgen machen konnte.«

Es folgte ein Augenblick der Stille, in dem alle drei ihrer inneren Verfassung begegneten. Dann spürten sie aber wieder die unbändige Freude, dass alles gut geendet hatte.

»Du solltest jetzt schleunigst einen Gang zulegen beim Erwachsenwerden, damit sich so etwas nicht wiederholen kann«, meinte Wärmland streng, und alle drei mussten lachen.

Sie umarmten sich und hielten sich einen Moment lang fest. Fast war es, als würden sie damit einen neuen Bund eingehen, der sie noch stärker machen und vor allen weiteren Anfechtungen und Schwierigkeiten ihres gemeinsamen Lebens beschützen würde.

»Was soll ich denn jetzt mit deinem lieben Onkel machen?«, wollte Wärmland schließlich von seinem Sohn wissen. »Von ihm hat Scheffler alles erfahren, was er über uns wissen musste. Da war Onkel Jörg wohl etwas zu zutraulich. Aber dann hat er dich befreit und das ein Stück weit wieder ins Reine gebracht. Eine komplizierte Gesamtleistung mit leichtem Ausschlag ins Positive, wenn man alles gegeneinanderrechnet.« In Wärmlands Worten schwang Ironie.

»Ich denke, die Befreiung hat Übergewicht«, meinte Stefan. »Oder, Papa?«

»Na gut, wenn du meinst.«

»Vielleicht könnt ihr euch jetzt wieder ein bisschen besser vertragen. Dann hätte ich vielleicht nicht ganz vergebens eine Woche lange mit diesem sch… Chemieklo leben müssen.«

»Ich werde mit ihm reden und sehen, was sich machen lässt. Die Hauptsache ist, du bist wieder daheim und wir können alle wieder gut schlafen.«

»Weißt du eigentlich etwas über Herrn Schefflers Zustand?«, wollte Stefan wissen.

»Er hat ziemlich viele Blutkonserven kriegen müssen. Das ist eine schwierige Situation für einen Körper.«

»Aber er kann es doch schaffen, oder?«

Wärmland hörte Stefans Sorge. »Er kann es schaffen, wenn sein Körper das fremde Blut annimmt. Manche Menschen kommen mit dem Fremdblut nicht klar, und dann …« Er stockte. Sein Sohn hatte sich eine unproblematischere Prognose gewünscht, aber die konnte er ihm nicht geben.

Die Familie beendete den Austausch, und sie brachen auf zu Stefans Lieblingsrestaurant.

So heiter und ausgelassen wie heute waren sie als Familie schon viele Jahre nicht mehr gewesen. Wärmland machte sich nichts vor. Er ging davon aus, dass dieses Hochgefühl nachlassen und Ursula und er wieder in die alten Muster zurückfallen würden, aber er genoss den Augenblick und vor allem die Lebendigkeit seines Sohnes, der – und dazu trug auch das jüngste Erlebnis mit seiner Härte und emotionalen Intensität bei – im Begriff war, ein erwachsener, verantwortungsbewusster junger Mann zu werden.

Am Abend rief Wärmland zunächst bei seinem Bruder an, und sie verständigten sich auf ein baldiges privates Treffen in Köln. Anschließend wählte er die Nummer von Ariane Aldenhoven. Sie freute sich überschwänglich für ihn, als er ihr von der Heimkehr seines Sohnes berichtete, und lud Wärmland zum Kaffee ein, um noch mehr Einzelheiten zu Stefans ungewöhnlichen Schicksalstagen zu erfahren.

Zwei Tage später wurde am Rheinufer bei Wesel die halb verweste Leiche von Ivan Schaupp gefunden. Sein Körper wies mehrere Einschüsse auf.

An diesem Tag hatte Wärmland in Mayen einen starken Schwächeanfall und ließ sich zur Praxis von Dr. Conrad fahren. Nachdem ihm sein Chorbruder noch einmal drastisch die Gefährlichkeit einer Herzmuskelentzündung geschildert hatte und das auch noch mit Beispielen von Todesfällen bei sehr viel jüngeren Menschen untermauert hatte, ließ sich Wärmland endlich krankschreiben. Die Aussicht auf eine starke bleibende Schädigung des Herzmuskels mit einem massiven Leistungsverlust erschien ihm nun doch erschreckend genug, um sich größtmögliche Ruhe und Schonung zu gönnen.

Scheffler war in ein Krankenhaus in Bad Neuenahr-Ahrweiler gebracht worden. Dort stellte man unter anderem eine fortgeschrittene Krebserkrankung bei ihm fest, die keine Aussicht auf Heilung mehr bot. In seiner Wohnung fanden sich bei einer Hausdurchsuchung ärztliche Unterlagen, die das bestätigten. Scheffler hatte die Diagnose gekannt. Sein Gesundheitszustand verschlechterte sich nach einer kurzen Phase der Stagnation zusehends. Vier Tage nach dem Messerstich starb er nach Komplikationen infolge der hohen Fremdblutgaben. Seine Urne wurde neben der Urne seiner Tochter beigesetzt.

Wärmland und Stefan waren dabei.

Danksagung

Ich danke sehr meiner Lektorin Marit Obsen. Nachdem ich versehentlich eine Übersetzung eines mongolischen Telefonbuches geschrieben hatte, konnte sie mir dennoch mit wertvollen Hinweisen dabei helfen, daraus einen Krimi zu »formen«!

Ich danke auch sehr meiner Schwester Ulrike, die mir bei zum Teil schwierigen Elternbetreuungsaufgaben den Rücken freigehalten hat, damit ich schreiben konnte.

HANS JÜRGEN SITTIG
Bitburger Blut
EIFEL KRIMI
emons: